우리가 보는 세상

우리가 보는 세상

발행일	2021년 2월 10일		
지은이	김정호		
펴낸이	손형국		
펴낸곳	(주)북랩		
편집인	선일영	편집	정두철, 윤성아, 배진용, 이예지
디자인	이현수, 한수희, 김민하, 김윤주, 허지혜	제작	박기성, 황동현, 구성우, 권태련
마케팅	김회란, 박진관		
출판등록	2004. 12. 1(제2012-000051호)		
주소	서울특별시 금천구 가산디지털 1로 168, 우림라이온스밸리 B동 B113~114호, C동 B101호		
홈페이지	www.book.co.kr		
전화번호	(02)2026-5777	팩스	(02)2026-5747

ISBN	979-11-6539-617-6 03810 (종이책)	979-11-6539-618-3 05810 (전자책)	

(주)북랩 성공출판의 파트너
북랩 홈페이지와 패밀리 사이트에서 다양한 출판 솔루션을 만나 보세요!
홈페이지 book.co.kr · **블로그** blog.naver.com/essaybook · **출판문의** book@book.co.kr

김정호 장편소설

우리가
보는 세상

북랩 bookLab

차례

성장의 시대

산이 있으면 물이 있고 산이 높으면 물도 넘친다. 산과 물은 떨어질 수 없는 거대한 생명체로 자연과 인간의 터전을 만들어 준다. 그 규모에 따라 거기에 맞는 고을, 마을이 형성된다. 삶의 터전은 크면 큰 대로 작으면 작은 대로 그 쓰임이 있다. 그 속에서 살아가는 사람들, 언제부턴가 삶은 그렇게 시작되었다.

아, 한반도! 백두산에서 시작한 백두대간이 지리산으로 뻗어간다. 금강산, 설악산을 지나 동해안과 나란히 가는 태백산맥, 다시 태백산에서 나와 소백산을 거쳐 서남으로 휘달리는 소백산맥, 소백산의 정기가 퍼져 크고 작은 산봉우리를 만들어 놓은 곳에 해발 728m의 국사봉이 우뚝 솟아 있다. 그 아래 오밀조밀 듬성하게 여러 마을을 형성하여 민초들은 하늘에 삼사하고 자연에 순응하며 소박한 삶을 이어 왔다.

국사봉 아래 첫 동네, 사곡 마을에는 최 진사 댁이 있다. 선대 할아버지가 소과에 급제하여 그로부터 마을 사람들이 그렇게 불러 왔다. 그 댁 종손인 최 처사는 아들을 내리 4형제를 낳고 느지막에 부처님 은덕으로 막내딸을 얻었다.

1942년 초파일이 다가오기 열흘 전이었다. 부처님 오신 날은 번잡하기에 앞서 최 처사는 문경 사불산이 품은 대승사에 가는 길이었다. 시줏쌀 두어 말을 가져가느라 박 서방이 동행했다. 산 넘고 물 건너 얼추 이십 리 험한 길을 가야 하니 아침에 서둘렀다.

최 처사는 국사봉 능선을 넘는 고갯길이라 산천초목을 둘러보며 천천히 앞서가고, 박 서방은 지게 짐을 지고 뒤따르고 있다. 꽃이 흐드러지게 피어서 꽃재라 했던가! 두 사람은 꽃재에 올라 잠시 쉬면서 서로 다른 상념에 잠긴다. 박 서방은 지난 삼동에 동네 장정들과 땔나무를 하러 와서 차가운 도시락을 먹으며 이런저런 얘기를 나누던 때를 생각하고, 최 처사는 진달래가 피었다 지고 이제 산등성이에 붉게 물드는 철쭉을 바라보며 딸아이를 떠올리고 있다.

최 처사는 지난날을 회상해 본다.

"딸아이 세령이가 태어나던 날 얼마나 기뻐했던가! 그동안 절에 가서 불공을 드린 게 효험이 있었다고 사람들에게 자랑하지 않았던가. 그런데 딸아이가 돌 지나고 그해 여름에 소아마비를 앓아 왼쪽 다리에 불편이 생겨 걱정이 태산이었다. 날마다 노심초사하며 심기가 이만저만이 아니었는데, 마을 어르신들은 크면 괜찮다며 위로를 했지만 마음 한구석에는 불안감이 남아 이를 어찌해야 할지."

점심때가 되어 절에 도착한 최 처사는 대웅전에서 예불을 드리고 절밥으로 요기를 한 후, 총무스님의 안내를 받아 주지스님을 뵙고 차를 마시게 되었다.

"주지스님, 그간 별고 없으셨는지요?"

"절 사람들이야 매일 하는 게 똑같으니 별일이 있겠습니까. 처사님은 어떠신지요?"

"나랏일이 점점 더 어렵고 세상이 어지러우니 백성들의 삶이 갈수록 고단해집니다. 중국이나 해외에서 불철주야 독립을 위해 애쓰시는 애국지사들에 비하면 부끄럽기 그지없습니다만, 저 개인적으로는 근심이 하나 있습니다. 딸아이가 부처님 은덕으로 태어나 참 기뻐했는데 지난여름에 소아마비를 앓아 그만 신경이 쓰입니다."

"자라면 괜찮겠지요. '인간만사 새옹지마(人間萬事 塞翁之馬)'란 말도 있지 않습니까. 사람의 일이란 모를 일이니 크게 상심하지 마세요. 누구나 세상에 나올 때는 다 쓰임새가 있으니 정성껏 돌보면 되겠지요."

주지스님은 지그시 눈을 감고 '나무아미타불 관세음보살'을 읊조린다.

근 5백 년을 이어온 동방의 나라, 조선을 강제 침탈한 일본은 대동아 전쟁이란 미명하에 태평양 연안으로까지 전쟁을 확전시켰다. 지난 30여 년의 세월보다 갈수록 일본의 광기는 극으로 치닫고 있었다. 나라는 점점 피폐해지고 백성들은 견디다 못해 만주로 떠나가며 마지못해 남은 민초들은 처참한 고초를 겪고 있었다.

1945년 8월, 히로시마와 나가사키에 원폭 투하로 철옹성 같던 일제도 하루아침에 초토화되었다. 결국 일본은 항복하고 한반도는 8월 15일에 해방을 맞았다. 전국 방방곡곡에 만세의 물결이 출렁이었다. 사곡 마을에서도 뒤늦게 해방 소식을 듣고 사람들은 얼싸안으며 감격의 눈물을 흘렸다.

일제강점기의 국권 침탈로 해외에서 독립운동을 하던 애국지사들도 고국으로 속속 돌아왔다. 감격의 기쁨을 뒤로하고 미국과 소련은 남북을 점령하여 첨예하게 대립하고 있었다. 그 누가 삼천리 금수강산, 한반도가 분단되리라고 상상이나 했겠는가! 그 많은 노력에도 불구하고 자유민주주의와 공산주의의 이데올로기에 휩싸여 나라는 분단되고, 1948년 남한에 대한민국 정부가 수립되었다.

황해도 평산에는 평산 신씨들이 대대로 집성촌을 이루며 살아오고 있었다. 1950년 6월 초순, 서당을 운영하는 신 훈장은 이장인 사촌 동생과 급박하게 돌아가는 시국을 논의하고 있다. 조선인민공화국에서 남조선을 해방하기 위해 18세 이상 장정을 조선인민군으로 소집한다는 것이다.

"동생, 어떻게 우리 애들을 소집에서 뺄 수 없겠나?"

"형님, 공화국에서 이미 인원을 다 파악해 갔고 워낙 단호하여 윗선에 청을 넣어도 소용이 없습니다."

"그렇더라도 자네는 군관 나리들을 많이 알잖아. 큰애는 몸도 허약하고 우리 집 장손이라 어떻게 손 좀 써 보게."

"형제들 중에 누구라도 한 사람은 보내야 합니다."

"이 일을 어쩌나!"

"형님, 선일이 대신 나이는 두 살 어리지만 몸도 건장하고 눈치 빠른 현일이를 보내는 게 어떨까요? 다른 방도가 없을 듯합니다."

"부모로서 못 할 짓을 해야 하는가."

신 훈장은 밤새 고민하고 다음 날 점심나절이 되어 둘째를 불러 자초지종을 얘기한다.

듣고 있던 현일이가 말한다.

"아버님, 잘 알겠습니다. 몸성히 돌아올 테니 걱정 마이소."

"북쪽은 공산주의 사회가 되었고, 남쪽은 자유민주주의 나라니 세상이 여의치 않으면 남쪽에 남아 있으라. 집 걱정은 하지 말고 몸 성한 게 제일이야."

신 훈장은 아들을 안타까이 보며 신신당부를 했다.

1950년 6월 25일, 북한군은 남침을 감행하여 한국전쟁이 일어났다. 현일이는 6월 초순에 조선인민군에 끌려가 보름 남짓 훈련을 받고 인민군 3사단에 배치되었다. 전쟁 발발 후 북한은 무기와 훈련이 부실한 국군을 연이어 물리치고 승리하며 3일 만에 서울을 점령하고, 파죽지세로 7월에는 오산·대전·목포·진주를, 8월 초에는 김천·포항을 함락시켰다.

그사이 북한군이 가까이 쳐들어왔다는 소식을 접하자 마을 사람들은 피난을 갔다. 최 처사네도 피난을 떠나고, 세령이는 몸이 불편하여 어머니와 마을에 남아 있었다. 낮에는 뒷골로 가 피해 있었고, 밤이 되면 집으로 와 다락방에서 지냈다.

1950년 8월에 정부는 임시 수도를 부산으로 옮기고, 인민군은 부산으로 진격하기 위해 대구를 집중 공격했다. 낙동강 전투에서 치열한 공방을 펼치다가 국군과 미군의 항전으로 북한군은 전세가 약화되었다. 인천상륙작전이 개시되면서 미군 본대가 도착함에 따라 연합군의 대대적인 반격으로 북한군은 후퇴할 수밖에 없었다.

다부동 전투에서 크게 패한 현일이 부대는 패잔병들을 수습하여 큰길을 피해 후퇴하며 북쪽으로 가고 있었다. 어둠이 내리고 사곡 마을을 지나가게 되었는데 부대장은 잠시 휴식할 테니 요깃거리를 찾아보라고 했다. 병사들은 각자 집들을 뒤졌다.

해가 져서 뒷골에서 집에 온 세령이가 뒷간에서 나오는데 "꼼짝 마!" 하는 소리에 놀라며 쳐다보니 인민군 복장에 총을 든 앳된 청년이었다.

"너는 왜 피난 안 가고 여기 있니?"

"다리가 불편해서 잘 걸을 수 없어서요."

"이름은?"

"세령이요."

"빨리 피해라. 병사들이 올지도 모르니."

세령이가 헛간에 숨어 있는데 다른 한 병사가 와서 둘이 나누는 말소리가 들린다.

"선일 동무, 여기는 뭐 없소?"

"아무것도 없습니다."

"시간이 없으니 날래 가자."

인민군 병사들이 돌아가고 난 뒤 세령이는 다락방에서 숨죽이고 있던 어머니께 이 사실을 말씀드렸다.

그날 밤 꽃재를 넘는데 현일이 마음속에는 그 가냘픈 아이가 아른거린다.

"그 아이가 낯이 익어. 기억에는 없지만 왜 그리 친근하게 다가오지? 고향 집의 여동생도 떠오르고 아버지, 어머니, 형제들은 잘 있을까? 아버지는 세상이 여의치 않으면 자유가 있는 남쪽에 남으라고 했을까?"

후퇴하는 인민군은 군경을 피해가느라 험한 산길을 넘고 하천을 건너 자정이 가까워서야 대승사 어귀 마을을 지나가게 되었다. 마을은 불빛 하나 없는 칠흑의 밤이었다. 수통에 물을 넣기 위해 병사들이 어수선하게 움직이는 사이, 몇몇 병사가 순식간에 절 쪽으로 달아나고 있었다. '전쟁에 패한 부대가 북으로 가 봤자 처벌받을 게 뻔할 것 같다'는 생각이 들자, 현일이도 그 틈을 타 물소리 나는 계곡으로 달아났다. 절 쪽에서 총성이 울리고 한참을 지나 추격하던 병사들이 돌아가는 소리가 들렸다.

현일이가 산등성을 넘으니 새어 나오는 호롱불빛에 암자가 어렴풋이 보여 다가가는데, 발소리를 들은 스님이 법당을 내려오며 '뉘시오?' 한다. 스님은 당황하는 현일이의 몰골을 살피며 어떻게 왔느냐고 묻는다. 현일이는 그간의 자초지종을 얘기한다. 스님은 밤이 깊었으니 오늘 밤은 이곳에서 지내라며 수도하던 토굴에 숨겨 준다.

며칠 지나고서 암자스님이 주지스님께 현일이 일을 말씀드리니, 주지스님은 현일이 신상을 물으며 숙고하더니 절에서 일할 수 있게 했다. 총무스님에게는 현일이 신분이 노출되지 않게 주의를 당부하고, 전쟁이 잠잠하면 거처를 모색해 보자고 했다.

1953년 7월, 휴전협정이 되고 사회는 안정을 찾아가고 있었다. 그러던 어느 날, 주지스님이 현일이를 불러 부처님 제자가 되고 싶지 않으냐고 물었다. 현일이는 북한에 계신 부모님과 형제들의 안부도 궁금하고 어떻게 해야 할지 모르겠다며 지금은 불가에 귀의하고 싶지 않다고 했다.

그해 가을, 추석이 지나고 최 처사는 절에 불공드리러 가서 주지스님을 뵈었다.

"처사님, 요즘 세상은 어떻습니까?"

"전쟁이 끝났지만 아직도 많이 어수선합니다. 그래도 농사가 그런대로 되어서 농민들은 한숨을 돌리는 것 같습니다."

"여식도 많이 자랐겠네요?"

"걸음걸이가 자연스러워져 혼자서 잘 걸어 다닙니다. 그런데 스님, 전쟁 때 딸아이가 다리가 불편해서 피난을 못 갔었는데, 그때 피난 간 몇몇 또래 아이가 죽거나 다쳤습니다."

"아이고, 저걸 어쩌나. 관세음보살!"

주지스님은 현일이의 됨됨이, 집안내력 등을 자세히 얘기하며 처사님이 거두어 주시면 어떻겠냐고 묻는다. 최 처사는 흔쾌히 받아들이고 댁에서 함께 살기로 했다.

처사 댁에 오던 날, 현일이와 세령이가 얼떨결에 눈이 마주치자 서로 깜짝 놀란다. 최 처사는 가족들에게 현일이가 지난 전쟁 통에 이북에서 왔다고 하며 농사일을 도울 것이라고 했다. 가족들과 인사를 나누고 파한 후 세령이가 어머께 현일이가 전쟁 때 자신을 숨겨 준 병사라고 하니, 어머니는 "그랬었구나!" 하며 놀라움을 금치 못한다.

이듬해 어느 봄날, 어르신들은 이웃 잔치에 가고 현일이는 집안에서 소일하고 있었다. 그때 세령이가 다가왔다.

"오라버니, 하나 물어볼 게 있는데."

"말해 봐."

"전쟁 때 내게 피하라고 해서 헛간에 숨어서 다른 병사와 오라버니가 나누는 말소리를 들었는데, 그 병사가 오라버니에게 '선일 동무'라고 했던 것 같았는데……."

"아, 선일이가 형님 이름인데. 내가 형님 대신 인민군에 소집되어서 그때는 선일이로 불렸지. 형님이 몸도 약하고 장남이라서……."

그 후로 두 사람은 오누이처럼 다정하게 지냈다.

세월은 흘러 현일이가 최 처사 댁에 온 지도 5년이 지났다. 현일이가 스물넷, 세령이가 스물이니 둘 다 혼인할 나이가 되었다. 세령이는 자태가 곱고 심성이 착하여 혼담이 여러 번 오갔으나, 아기 때 소아마비를 앓았다는 소문이 있어서인지 혼인이 쉽지 않았다.

1958년 추석이 지나고 추수가 한창이던 무렵, 최 처사 내외는 딸 혼인 문제를 의논하게 되었다. 어머니가 말을 꺼낸다.

"영감, 세령이도 혼인을 시켜야 되지 않겠어요?"

"그러고 싶지만 마음 같지 않으니 어쩌겠소. 서로 맞는 사람이 있어야 할 텐데."

"현일이 총각 말인네요. 집안도 괜찮고 시당에서 글깨나 배웠으며 일도 야무지게 하고 우리가 보아 왔지만 사람 됨됨이 하며 나무랄 데가 없잖아요. 영감 생각은 어떠세요?"

"두 사람 의향이 중요하지 강제로 시킬 수는 없잖은가."

"작은집 아재가 그러는데 서로 마음이 있다던데요. 현일이 총각은 좋다고 하고, 우리 세령이도 싫은 눈치는 아니라던데요."

"그래, 한번 생각해 봅시다."

"그리고요, 지금 드리는 말씀인데 인민군이 북으로 가면서 우리 집에 들이닥친 병사가 현일이 총각이래요. 세령이를 숨으라고 한 그 병사가요. 이만하면 보통 인연이 아니잖아요."

"그 얘기를 왜 이제야 하는 거요? 임자도 참! 알았네. 혼인시킵시다."

그해 초겨울, 두 사람은 조촐하게 혼인을 하고 새집을 마련할 때까지 처가에서 신혼을 보내고 있었다. 추운 겨울 사람들은 들뜬 마음으로 새해를 맞을 준비를 하느라 분주하였다.

섣달그믐 밤에 어머니는 안골 웅덩이에 연꽃이 우람하게 피어 있는 꿈을 꾸었다. 아침에 일어나 무슨 꿈일까 생각하며 정초를 보내고 있었다. 그리하여 자주 딸 눈치를 살피고 있었다.

그러던 어느 날 안방에서 모녀가 다정하게 정담을 나누게 되었다.

"신 실아, 태기 같은 거 없니?"

"어머, 어머니는 혼인한 지 얼마 되었다고 아기타령을 해요."

"그게 아니고 지난 섣달그믐 밤에 안골 웅덩이에 연꽃이 핀 꿈을 꾸었거든. 태몽이 아닐까 해서."

"저도 연꽃 꿈을 꾸었는데요."

그해 9월에 세령이는 자신을 쏙 빼닮은 딸을 낳았다. 삼칠일이 지나고 어느 날, 최 처사가 외손녀 이름을 짓는다며 가족들을 불러 모았다.

"귀하고 예쁜 우리 외손녀 이름을 무엇으로 할까?"

최 처사가 말했다.

"아버지! 어머니와 지가 똑같이 섣달그믐 밤에 안골 웅덩이에 핀 연꽃 꿈 태몽을 꾸었는데요."

"뭐야! 그 좋은 꿈을 이제야 말하는 거야? 참 임자도 어지간하네. 입이 무겁기로 말하면 뒷산 바위보다 더 무겁지. 연꽃이라, 성이 신씨니까 신연꽃이라면 뭐하고 신연화 어떠니?"

"근사한데요, 아버지."

세령이가 말했다.

최 처사가 사위에게 의사를 묻는다.

"신 서방 생각은 어떤가?"

"좋습니다. 저는 장인어른 뜻을 따르겠습니다."

"연화란 이름이 여자에게 어울리는 이름이긴 한데 좀 약해. 예전에 내가 대승사 설파 스님과 우리 집안 얘기를 하다가 그때 스님이 하신 '인간만사 새옹지마'라는 말의 의미를 이제야 알 것 같아. 돌아보니 우리 신 실이도 어려운 환경을 만났고, 신 서방도 고난의 세월을 보내지 않았던가? 그래서 말인데 연화보다 선녀가 더 나을 것 같아. 하늘이 주신 신선녀, 멋지지 않은가?"

모두들 좋다며 웃었다.

국사봉의 성기가 서린 이 고상노 서당 교육에서 학교 교육으로 변모하기 시작했다. 지금의 화남초등학교는 1939년 유천공립심상소학교 부설 중평간이학교로 개교하여 유천북부공립국민학교 승격을 거쳐 1955년 화남국민학교로 변경되었다.

학교는 알고 있다. 어떻게 코흘리개 아이들이 격변의 세월을 견디며 살아왔는지 잘 알고 있었다. 부모가 못났더라도 자식이 부모를 버릴 수 없듯이, 일제강점기의 울분과 한국전쟁의 서러움을 그 누구의 탓으로 돌릴 수는 없다. 역사의 질곡에서 학교는 세상을 묵묵히 바라보며 희망을 품고 있었다. 언젠가 저 아이들이 숱한 어려움이 닥치더라도 은근과 끈기로 삶을 슬기롭게 헤쳐 가리라는 것을……

삼시 세끼를 먹지 못하고 하루하루를 연명하는 삶은 한스럽기 짝이 없다. 아이들의 희망은 오로지 학교에서 또래들과 어울려 공부하는 것이었다. 부모는 '모든 것은 저절로 찾아오지 않는다'는 것을 너무나 잘 알고 있다. 이 지긋지긋한 가난을 대물림하지 않으려고 부모는 자식을 학교에 보내려는 일념뿐이었다.

그렇지만 형편이 따라 주지 않으니 이를 어찌하리. 야속하게도 천지신명이 아이를 먼저 불러 자식을 부모의 가슴에 묻어야만 했던 세월인데. 태반의 아이들이 학교를 가지 못했다. 대부분의 아이들은 취학이 늦었으며 같은 학년인데 나이 차도 났다. 그러다가 학교는 서서히 변모하기 시작했고 해가 갈수록 더 많은 아이들이 학교에 들어갔다.

1959년 9월, 추석을 이틀 앞두고 발생한 사라호 태풍으로 인해 전 국토는 심한 폭풍우에 휩쓸리고 전국 곳곳에 홍수가 나 많은 피해가 있었다. 태풍이 명절날 한반도를 강타하여 국민들의 상처는 더욱 깊었다. 이듬해가 되자 사람들은 새로운 60년대가 되면 살림살이가 나아지려나, 기대를 했건만 3.15 부정선거 등으로 사회는 혼란에 빠졌다.

그래도 그 시련기를 딛고, 지난 10년의 끝자락이 가고 새로운 10년의 첫자락이 시작되는 이태 동안에 국사골 고을에는 예년보다 아기가 많이 태어났다. 그 아이들은 산업화의 서곡이 싹트는 격동의 시대와 함께 굳건하게 자라나고 있었다.

1960년대 혼란기가 지나자, 송 목사 부부는 딸애를 데리고 낯선 이 고장에 하나님의 성령과 복음을 전하러 왔다. 송 목사는 화남 국민학교에서 1㎞ 남짓한 곳에 소외받는 사람들과 함께하기 위해 생명나눔교회를 개원했다.

처음에는 전도에 어려움이 많았다. 대부분의 사람들이 불교문화에 친숙하고 기독교에 대하여 잘 모르니 배타적일 수밖에 없었다. 전도할 때 욕지거리를 듣는 등 많은 수모를 겪은 송 목사는 회의가 들어 전도를 접어야 하나 고민에 빠지기도 했다. 하지만 하나님께 기도할 때마다 '아니야. 함께 일어서야 한다.'라고 다짐을 했다. 어떻게 하면 농민들과 삶을 나눌 수 있을까 궁리하다가 농사짓는 목사가 되기로 했다.

전도 못지않게 농사일도 어렵기는 마찬가지였다. 그래도 송 목사는 농업학교를 마치고 목회자의 길로 들어섰기에 하나하나 극복해 나갈 수 있었다. 교회에 딸린 적박한 땅부터 일구어 과수나무를 심고 자투리땅에도 닭장을 지어 양계를 하였다. 해를 거듭할수록 임차 등으로 농토를 늘려 본격적으로 농부가 되었다.

낮에는 농사일을 하고 밤에는 예배와 설교를 하는 참신앙인으로 거듭났다. 성도들의 일손을 돕기도 하고 주변 사람들의 궂은일에도 앞장섰다. 채소, 달걀 등 소소한 먹을거리도 나누어 먹으니, 송 목사의 진정성이 전해져 사람들은 하나둘 마음을 열고 성도가 늘어나기 시작했다.

이 고장에서 터전을 잡은 지도 몇 년이 지나고 딸도 국민학교에 들어갈 나이가 되었다. 송 목사는 밭에서 일하다가 잠시 쉬며 어린 미나의 장래를 생각해 본다. 도시에 살았으면 학교 환경도 좋고 배움에 애로가 덜할 텐데, 딸에 대한 미안함이 밀려와 눈시울을 적신다.

그즈음 정부의 농지 개간 장려 및 농기구 개량에 힘입어 농촌에도 경운기가 도입되기 시작했다. 농기계가 좋은 것은 알지만 농촌의 사정은 경운기를 구입할 여유가 없었다. 이러한 현실에도 불구하고 송 목사는 조합에서 자금을 빌려 어렵게 경운기를 구입하여 마을 사람들과 공동으로 이용하였다. 농사일에 효율적인 경운기는 바쁠 때 농촌의 일손을 덜어 주는 등 영농에 획기적인 변화를 가져왔다.

1967년 새봄을 맞아 화남국민학교에도 어린 새싹들이 입학했다. 통상 한 학년이 2개 반인데 아이들이 많아 3개 반으로 편성되었다. 학교는 활기가 넘치고 선녀와 미나도 처음으로 학교 문턱에 들어섰다.

그해 국사봉 고을에는 획기적인 변화가 있었다. 몇 년간의 공사 끝에 농업용 저수지가 완공되었다. 이 저수지는 제방 길이가 약 280m, 만수 면적이 약 18만㎡나 되는 중대형 호수로 일대 농지의 젖줄 역할을 하고 매년 일어나던 홍수 피해도 예방하였다. 무엇보다 저수지 윗동네에 사는 아이들은 학교를 오가며 호수의 푸른 물결을 보는 즐거움이 있었다. 주말이면 낚시꾼들이 모여들고 봄가을이면 으레 관광객이 찾아와 사람 사는 이면을 볼 수 있었다.

선녀가 학교에 들어가고 처음 맞는 4월 어느 봄날, 마을에는 초상난 집이 있었다. 장삿날이 일요일이어서 아이들도 발인제를 볼 수 있었다. 그날 아침에 선녀도 외할머니와 함께 구경하고 있었다. 그런데 한 할머니가 선녀에게 다가왔다.

"선녀야, 다음에는 누구네 집에 상여 나갈 것 같으냐?"

"네에? 그보다 할머니 집에 불이 날 것 같은데요."

"뭐라고, 언제?"

그 할머니가 깜짝 놀라며 물었다.

그때 옆에서 듣고 있던 외할머니가 화를 내며 말한다.

"애한데 별걸 다 물어봐. 우리 손녀가 점쟁이야?"

"선녀가 그런 것을 잘 맞추어서 심 삼아 한 건데."

그 할머니가 무안한 듯 말하자, 외할머니는 선녀에게 어서 집에 가라고 했다.

선녀가 학교 들어가기 전에도 이런 일이 있었는데, 그때는 선녀가 자발적으로 했고 마을 할머니들은 그저 신기하게 생각했다. 그런 일이 있을 때마다 어머니는 석성이 앞서고 해서 '그런 예기하면 안 된다'고 선녀를 순순히 타일렀다. 착하디착한 그녀는 오늘 발인제 때 있었던 일을 전해 듣고, 선녀에게 학교도 들어갔으니 '다시는 그런 말을 하지 말라'며 버럭 화를 냈다.

여느 산이 다 그렇듯이 국사봉에 오르면 사방이 확 트여 있다. 남쪽으로 한눈에 내려다보이는 곳이 예천군 유천면이고, 서쪽 능선이 문경군 산북면이며, 동쪽 능선을 따라가다 자리 잡은 곳에 예천군 용문면 노사리가 있다.

노사리는 야산을 사이에 두고 가실 마을과 새랄 마을로 나뉜다. 면 소재지에 더 가까운 새랄은 황씨들이, 좀 더 먼 가실은 고씨들이 집성촌을 이루어 살고 있다. 한동네면서 지리적으로 나뉘었어도 특별하지 않으며, 다만 국민학교 생활권이 가실은 이웃 면에 있는 화남국민학교이다.

산골 오지 마을 가실은 사방이 산이라 해도 무방할 정도로 농토가 제한돼 있다. 대대로 산을 의지하며 살아온 사람들에겐 논을 갖는 것이 꿈이었다. 그 꿈은 그림의 떡이나 다름없으니 그들은 산전을 일구며 근근이 목구멍에 풀칠하며 살아왔다. 가난은 민초들을 곤궁하게 만들고 영혼에 상처를 할퀴며 지나갔다.

모질었던 추위가 가고 3월 중순이 되었지만 날씨는 찬바람에 스산하다. 성모 아버지는 일찍이 밭에 나와 농사를 준비하고 있다. 허리를 펴니 저 멀리 밭둑길 따라 아이들이 줄지에 학교엘 가고 있다. 이제 2학년이 된 성모도 보인다. 갑자기 한 서린 지난 시절이 몰려와 가슴을 아리게 한다.

일제강점기에 태어나 해방을 맞고 처절한 한국전쟁을 겪으며 굶주림과 허기를 안고 국민학교를 다니던 때가 엊그제게 같았는데, 세월은 소리 없이 흘러갔다. 그때는 학교나 동네에서 총명하다는 말을 들었는데, 가난이란 굴레에 갇혀 꿈을 접을 수밖에 없었다. 이제 꿈은 농촌을 계몽하고 마을 사람들과 함께 잘 사는 세상을 만드는 것으로 바뀌었다.

성모 아버지는 잠시 하늘을 바라보더니 눈물을 글썽이며 다짐을 한다. '우리 성모가 오대양 육대주로 나아가 세계인으로서 마음껏 꿈을 펼칠 수 있도록 뒷바라지를 하리라'고!

사계절이 몇 번 바뀌고 아이들은 쑥쑥 자라 저학년의 때를 벗고 고학년으로 접어들었다. 미나네 교회의 집은 방과 후에 친해진 아이들이 놀며 쉬어 가는 장소가 되었다. 미나 어머니가 찐 감자, 삶은 달걀 등 간식을 마련해 놓아 아이들은 먹는 재미에 참새방앗간을 지나치지 않았다. 언제나 웃으며 반갑게 맞아 주는 미나 어머니, 어쩌면 아이들은 예쁘고 공부 잘하는 미나보다 천사 같은 미나 어머니를 동경하고 부러워했는지도 모른다.

그 시절 시골 마을 아이들은 학교 공부를 소홀히 한다기보다 방과 후 집안 일손 돕는 일이 우선이었다. 논밭갈이 등 소가 많은 일을 하기에 집집마다 소를 키웠다. 들판을 다니며 소꼴을 베어 오는 등 소 먹이는 일은 남자아이들의 몫이었다.

4학년이 되고 나서 주서는 소 먹이는 일을 도맡아 했다. 6월 하순에 모내기가 끝나면 소 뜯기기가 본격적으로 시작된다. 여름 방학을 맞으면 오전에는 소꼴을 베고 오후에는 어김없이 소 풀을 먹이러 간다. 오후 3시쯤이면 아이들은 소를 몰고 뒷산을 지나 두리봉으로 갔다.

두리봉에 오르면 나무가 듬성하여 사방 풍광이 잘 보인다. 북서쪽으로 국사봉이 솟아 있고 동쪽에는 학가산이 근엄한 모습을 드러낸다. 저 멀리 남쪽으로는 이름 모를 산들이 겹겹이 펼쳐진다. 무엇보다 국사봉 아랫마을들을 품은 죽안저수지가 한눈에 들어와 시원함을 더해 준다. 뭐니 뭐니 해도 일상의 풍경은 논밭에서 일하는 농부들의 모습이다. 또한 소 뜯기는 아이들만 공유하는 그림을 볼 수 있다. 두리봉에서 2㎞가 채 안 되는 산에는 노사리 아이들이, 두리봉 밑자락에는 명당골 아이들이 놀이하고 있다.

시간은 어김없이 흘러 4학년 겨울방학이 되었다. 아이들은 추위에도 아랑곳없이 학교에 가지 않는 것만으로 신나는 나날을 보내고 있다. 남자아이들은 낮에는 산과 들판을 누비며 연날리기, 얼음지치기를 한다. 밤이면 공터에 모여 술래놀이를 하고, 따분해지면 뒷산에서 아군과 적군으로 나누어서 간첩놀이를 한다. 어느새 밤이 깊어지면 아이들은 배도 출출하고 기운이 빠져 무덤가에 누워 도란도란 이야기를 나눈다. 한참 지나니 아이들은 하나둘 슬그머니 집으로 사라진다.

주서는 추위도 잊은 채 홀로 은은한 별빛 하늘을 쳐다본다. 별이 유난히도 빛난다. 은하수가 부옇게 하늘을 가르고 있다. 쏟아지는 별빛을 보며 미지의 세계를 동경해 본다.

"하늘에는 별이 저리도 많을까? 별은 세고 또 세어도 끝이 없네. 별빛은 어디쯤에서 오는 걸까? 그리운 별님의 나라에 가 보고 싶다. 저 별들이 있는 곳에는 어떠한 세상이 있을까?"

지난여름 모기가 극성을 부리던 밤이었다. 모깃불을 피워 놓은 마당에서 주서는 할머니와 멍석에 누워 하늘을 보며, 할머니가 들려주는 견우직녀 이야기를 들었다. 여러 번 듣는 것이지만 그런대로 재미가 있었다. 그다음은 국자 모양의 북두칠성 이야기가 이어진다. 이야기를 들으면서 문득 북두칠성 반대편에 있는 이름도 모르는 더블유(w) 자 모양의 별자리가 눈에 들어오는데, 할머니가 모르실까 봐 여쭈어보지 못하고 마음속에만 간직하고 있었다.

1971년 3월 2일, 오늘은 봄방학이 끝나고 5학년이 되는 개학 날이다. 주서네 집에도 온 가족이 둘러앉아 아침을 먹는다. 평소 별

말씀이 없으시던 아버지가 "이제 봄이 시작되는구나!"라면서 주서를 보며 몇 반이냐고 묻는다.

주서 표정이 뚱하자 어머니가 "두 반 중에서 1반 아니면 2반이지. 그게 뭐 중요해요." 한다.

"주서야, 너 2반이지?"

어머니가 물었다.

"네."

"2반이란 걸 병철이 엄마한테서 들어야 하니 말 좀 하고 살자."

어머니가 못마땅한 듯 말했다.

아버지는 주서 마음을 아는지 "운동회 때 백군도 하고 청군도 하듯이 번갈아 되는 것이 좋을 때도 있지." 한다.

아직 날씨는 차갑지만 새 학년에 처음으로 학교 가는 길은 마음이 들떠 있다. 오늘은 왠지 모르게 주서는 봄을 알리는 새소리도 듣지 못하고, 동네 아이들 무리에 뒤처져서 생각에 잠기며 걸어간다. 계속 1반이었는데 2라는 숫자가 마음에 걸린다. 그래도 미나와 한 반이어서 다행이라고 생각하며 고갯마루에 오르니 학교가 지척으로 다가온다.

새로 오신 담임 선생님은 인사말을 하고 출석을 부르고 나서 아이들에게 묻는다.

"학교에서 제일 먼 동네가 어디니?"

"사곡인데요."

"국사봉 아래 첫 동네니까 그렇겠구나. 그럼 노사 동네 손들어 봐."

몇몇 아이가 손을 드니 선생님이 묻는다.

"왜 용문학교에 다니지 않고 우리 학교로 왔니?"

"거리가 가까워서요."

성모가 말했다.

"얼마나 가까운데?"

"800미터요."

"800미터라, 알았다."

그렇게 선녀, 미나, 성모, 주서는 5학년 2반이 되어 그들의 새 학년을 시작했다.

학교에서는 5학년이 되면 1박 2일 여정으로 봄 소풍을 간다. 소풍 갈 수 있는 곳은 절이 유일하다. 고도 경주나 수도 서울로 수학여행을 가면 좋으련만 대부분의 아이들이 가정 형편상 가기가 어렵고 절에는 쌀 한 됫박 가지고 걸어서 가면 된다. 선생님은 이번 소풍을 문경 대승사로 가는데, 4월 마지막 주 금요일에 출발하여 토요일에 돌아온다고 했다.

미나는 수업을 마치고 집으로 가며 소풍에 대해 고민을 한다. 아버지가 목사이고 예수님을 믿는 기독교 집안인데, 부처님을 믿는 절에 가지 않아야 하는 게 맞지 않을까? 잠자리에 들기 전까지 이런저런 생각을 하다가 내일 선생님께 말씀드려야겠다고 마음먹었다.

다음 날 미나는 쉬는 시간에 교무실로 가서 선생님을 뵈었다. 선생님은 미나를 보더니 무슨 일 있느냐고 묻는다.

"선생님, 우리 집이 기독교 집안이라 이번 소풍에 절에 가기가 내키지 않는데요. 안 가면 안 되나요?"

선생님은 미나 표정을 살피며 조심스레 물어본다.

"그래, 아버지께서 가지 말라고 하시더냐?"

"아직 여쭈어보지 않았습니다."

"소풍은 그냥 나들이라기보다 자연을 관찰하거나 역사 유적지 같은 곳에 가서 보고 배우는 학교 활동인데. 절에 소풍 가는 것은 부처님을 섬긴다기보다 우리 문화를 알기 위해서야. 미나야, 아버지께 말씀드리고 다시 상의하자."

"네, 선생님."

방과 후 집에 돌아오자마자 미나는 예배당으로 가서 아버지께 말씀을 드린다.

"아버지, 봄 소풍을 1박 2일로 문경 대승사에 간다고 하는데요. 절에 가기가 내키지 않아서요. 어떻게 해야 돼요?"

아버지가 미소 지으며 말한다.

"왜 가기 싫은데?"

"우리 집안이 하나님, 예수님을 믿고 아버지가 목사님이신데 안 가는 게 맞는 것 같아서요."

"네 마음은 알겠는데, 사람은 때론 세상을 넓게 보아야 할 때가 있어. 학교에서 절로 소풍을 간다고 해서 특별한 의미를 갖지 않았으면 해. 세상을 사랑으로 바라보면 생각이 달라질 거야. 예수님도 훌륭한 분이지만 부처님도 대단히 훌륭한 분이야. 아버지는 하나님의 가르침을 실천하고 성령을 전하는 일을 하지만, 예수님이나 부처님이 인류를 위해 가신 길은 같다고 보지. 사람은 자기 자신

에게 맞는 종교를 따르면 되지 않을까? 그렇지만 예쁜 우리 공주
님은 예수님을 따르면 좋겠어."

"네, 알겠습니다. 아버지!"

드디어 소풍 가는 날이다. 사월의 화사한 봄꽃도 지고 대지는 연
녹색으로 변하였다. 개울가에는 여름이 온 듯 잡풀이 무성하다. 들
판에는 어르신들이 일하시느라 분주하고 여념이 없다.

아이들은 학교에 모여 9시경에 출발했다. 송전, 죽안, 화전, 사곡
마을을 스쳐 가면서 국사봉으로 가는 꽃재를 넘는다. 산과 들을
놀이터 삼아 뛰어다니던 시골 아이들이라 지친 기색 없이 잘 올라
간다.

주서는 학교를 오갈 때 국사봉을 바라보며 저 산 너머에는 무엇
이 있을까 궁금했는데 꽃재에 오르니 그 궁금증이 현실로 드러난
다. 저 멀리 산들이 우뚝 솟아 있고 골 따라서 신작로가 나 있으며
그 옆에는 냇물이 흐를 것 같다. 우리나라는 정말 산이 많구나! 백
두산, 한라산 다음으로 국사봉이 높다고 생각했는데 높은 산들이
참 많다는 느낌에 기운이 한풀 꺾인다.

이윽고 산길을 내려가 냇가에 이르렀다. 냇물은 맑고 철철 흐른
다. 내가 넓어서 신발을 벗고 건너야 할 곳도 있다. 선생님은 차례로
조심조심 건너가라 일러주고 아이들이 다 건너자 말씀을 하신다.

"이 하천의 이름이 금천인데, 소백산에서 시작하는 내성천과 태
백산에서 발원하는 낙동강이 흘러와 예천군 풍양면 삼강나루에서
만나 더욱 큰 물줄기를 형성하여 상주, 구미, 왜관, 달성, 밀양, 부
산의 을숙도를 끝으로 해서 남해바다로 흘러갑니다. 그리고 그 많

은 물은 태평양으로 가서 지구의 바다가 되겠지. 조그마한 빗방울 하나하나가 모여 내를 이루고 강물이 되어 바다로 흘러가듯이, 여러분도 꿈과 희망을 갖고 잘 자라 주었으면 해."

점심을 먹은 후 아이들은 냇가 여기저기에 옹기종기 앉아 놀이도 하고 다슬기를 잡는 등 시간 가는 줄 모른다. 다시 모여 인원 점검을 하고 줄을 지어 동로, 단양 가는 길을 따라간다. 길은 국도인데 비포장 단선 도로로 한참을 지나도 차가 한 대도 보이지 않는다. 길이 심하게 휘어져 끊어진 것 같은 굽은 곳에 이르렀다. 길섶에 나팔 모양의 교통표지판을 보자 아이들이 떠든다.

"저 표지판은 뭐지?"

"반대편에서 오는 차가 보이지 않으니 조심하라고 경적을 울리라는 표시야."

선생님이 웃으며 말했다.

"우리 학교 가는 길보다 더 촌이다!"

한 아이가 말했다.

곧바로 선생님이 말한다.

"말은 제주도로 보내고 사람은 서울로 보내라는 속담이 있는데, 이 뜻은 도시로 나가서 훌륭한 사람이 되라는 것이니까, 여러분도 더 좋은 환경을 보고 접하며 꿈을 키워 가."

이제 대승사로 가는 마지막 산을 넘는다. 길인지 산인지 구별이 안 되지만 아이들은 거침없이 올라간다. 한참을 오르는데 가까이는 아니지만 시야에 들어오는 산에서 연기가 피어오른다. 산불이 난 것이다. 그 시절에는 땔감이 나무와 풀이어서 겨울이 되면 산마다 검불을 싹싹 끌어와 사용했으므로 산불이 크게 위협적이지 않았다. 산불을 뒤로하고 대승사에 이르니 연기도 사라졌다.

절에 처음 온 아이들도 있지만 절은 언제 보아도 신기하다. 어떻게 이런 산속에 커다란 집을 지었을까? 아이들은 큰 요사채 2칸에 남녀로 나뉘어 소지품을 정리하고 웅장한 전각을 둘러본다. 대웅전에 아이들이 몰려가서 법당 안의 부처님상을 보고 신기한 듯 떠들어 댄다. 미나와 선녀는 대웅전 외벽의 심우도를 찬찬히 둘러보며 신기해한다. 그때 부처님께 삼배를 드리고 나온 선생님이 외벽을 돌면서 아이들에게 심우도를 설명해 준다.

"첫 번째 그림은 소를 찾는 동자가 망과 고삐를 들고 산속을 헤맵니다. 두 번째는 소 발자국을 발견합니다. 세 번째는 동자가 멀리서 소를 발견합니다. 네 번째는 동자가 소를 붙잡아서 고삐를 낍니다. 다섯 번째는 거친 소를 자연스럽게 놓아두더라도 갈 수 있게 길들입니다. 여섯 번째는 동자가 소를 타고 피리를 불며 고향으로 돌아옵니다. 일곱 번째는 집에 돌아와 보니 애써 찾은 소는 없고 자기만 남아 있습니다. 여덟 번째는 자기 자신도 잊어버린 텅 빈 동그라미(원상)만 있습니다. 아홉 번째는 주객이 텅 빈 동그라미 속에 자연의 모습이 그대로 비칩니다. 열 번째는 지팡이에 큰 포대를 메고 사람들이 많은 곳으로 갑니다.

이것이 불교의 수행 과정을 그림으로 나타낸 심우도인데, 10단계로 하고 있어 십우도라고도 해."

저녁을 먹고 한참 후 모두 요사채에 모였다. 소풍을 가면 으레 하는 오락 시간을 가졌다. 모두 재미있게 떠들며 정신없이 놀이를 하는데, 주지스님과 조실스님이 요사채에 들어오셨다. 오락을 멈추고 선생님과 아이들이 어리둥절해하며 두 스님을 바라본다.

주지스님이 두 선생님을 보며 말한다.

"경내에서는 스님들이 참선하기에 소란스럽게 떠들면 안 됩니다."

선생님이 민망한 듯 말한다.

"네, 알겠습니다. 스님, 저희가 경솔했습니다."

조실스님은 아이들의 얼굴을 찬찬히 둘러본다. 주지스님은 낮에 났던 산불이 꺼진 줄 알았는데 다시 타고 있으나 너무 걱정말라고 한다.

두 스님은 법당을 지나가며 "영성이 뛰어난 아이가 몇 있는 것 같다"며 말씀을 나눈다. 아이들은 멍하니 불길을 바라보고 잠자리에 들어서도 쉽사리 잠을 이루지 못한다. 아마 집 생각이 나고 부모님이 보고 싶은가 보다. 미나는 낮에 보았던 심우도가 아른거려 생각에 잠긴다. 그리고 선녀는 그저께 집에서 숙제하다가 잠시 졸면서 본 산불이 난 광경을 떠올리며 답답한 가슴을 쓸어내리며 마음을 추스른다.

어느덧 계절은 여름이 시작되는 6월로 접어들었다. 6월은 농촌에서 가장 바쁜 달이다. 벼농사는 장마철에 맞춰 제때 모내기를 해야하니 어느 집이나 일손이 부족하다. 학교에서는 아이들의 작은 일손이나마 집안에 보탬을 주려고 일주일가량 가정 실습에 들어갔다.

가정 실습이 끝나고 아이들은 건강하게 학교로 돌아왔다. 그날 조회 시간에 교장 선생님이 훈시를 한다.

"이제 며칠이 지나면 무더운 7월이 시작됩니다. 여름철 위생 관리에 철저를 기하고 물놀이 등 안전사고 예방을 당부하니……"

7월 둘째 주 금요일 저녁 무렵, 선녀는 다락방에서 잠시 눈을 감고 있는데 이상한 광경이 보였다. 죽안저수지 물가에서 사람들이 호수를 응시하며 5학년 1반 용진이를 애타게 부르며 찾는 모습이었다. 조만간에 용진이에게 무슨 일이 일어날 것만 같았다.

다음 날 선녀는 마을 아이들과 학교를 가며 저수지를 지나는데, 어제 본 곳이 눈에 선하여 이를 어떻게 해야 할지 답답했다. 선생님께 말씀드려야 될지, 어머니가 그런 얘기는 절대 하지 말라고 하셨는데……

오늘이 토요일이라 오전 수업이 끝나고 선녀는 미나와 교문을 나오면서 용진이 얘기를 한다.

"미나야, 용진이는 교회에 잘 나오니?"

"지난 주일에는 안 온 것 같고 지지난 주에 왔었는데."

"용진이가 가정 실습 때 부모님 일손을 돕느라 힘들었는지 기운이 없는 것 같더라. 그래서 말인데 내일이 주일이니 교회에서 예배도 하고 네가 용진이와 같이 놀았으면 하는데."

"그렇게."

미나가 무심코 대답했다.

주일날 용진이가 교회에 나오지 않아서 미나는 오후 2시쯤 용진이네 집으로 갔다. 사립문 앞에서 용진이를 두세 번 부르니 "용진이 형들과 고기 잡으러 갔다"는 용진이 어머니의 목소리를 듣고 그냥 돌아왔다.

월요일, 선녀는 학교에 가려고 일찍 집을 나섰다. 저수지를 지나는데 많은 사람이 모여 있다. 아차, 용진이에게 일이 생겼다고 직감했다. 학교에 도착하니 선생님들이 다 나오셨고 5학년 1반 교실은 깊은 슬픔에 잠겨 있다.

미나와 선녀는 관사 옆 플라타너스 나무 아래에서 눈물을 글썽이며 얘기를 나눈다.

"선녀야, 어제 내가 용진이와 같이 있었더라면 이런 일이 없었을 텐데."

"미나야, 그렇게 생각하지 마. 네 잘못 아니야."

"넌 어떻게 이런 일이 일어날 줄 알았니?"

"나도 몰라, 우리가 더 크면 얘기하자."

여름 방학이 되어 성모는 외가에 갔다. 우연찮게 대학교에서 생물학을 가르치는 외삼촌이 와 있었다. 외삼촌은 방학 때마다 시골에 내려와서 삼사일 머무르곤 한다.

한낮의 열기가 가라앉은 해 질 녘에 성모는 외삼촌 따라 들녘으로 나갔다. 논에는 벼가 튼실하게 자라 산들바람에 푸른 물결을 이루고, 밭에는 곡식들이 무더위와 싸우며 탐스럽게 자라나고 있다. 외삼촌은 농작물에 대해 여러 이야기를 들려주며 성모에게 묻는다.

"성모는 어떤 과목 좋아하니?"

"자연이 재미있어요."

"사람이 고귀하지만 자연을 떠나서는 살 수 없지. 자연을 잘 가꾸어야 사람도 건강하게 살 수 있는 거야. 크면 뭐가 되고 싶니?"

"외삼촌처럼 생물학자요."

"그럼, 생물학이 무엇이라고 생각해?"

"동식물을 공부하는 학문요."

"으음, 맞아. 생물학은 말 그대로 생물을 연구하는데, 더 중요한 것은 자연을 다루는 학문이야. 생물을 이해하지 않고는 생명의 신비를 이해할 수 없으며 더 나아가 인간에 대한 이해도 어렵지. 그래서 최고의 학문이 아닐까 해."

저녁을 먹은 후 외삼촌은 성모에게 생물의 진화에 관한 이야기도 들려주었다. 또한 동물의 세계에서 살아남은 치타, 기러기, 낙타, 박쥐 등 동물들이 살아가는 비법을 얘기해 주었다. 성모는 외삼촌 이야기에 가슴이 뛰고 마음이 들떠 밤늦게야 잠이 들었다.

2학기가 시작되니 날씨가 한결 시원하여 공부하기도 좋지만 놀이하기에는 더할 나위 없다. 가을은 결실의 계절이라 농부들뿐만 아니라 아이들에게도 풍요로움을 준다. 오곡이 익어 가고 코스모스가 피어나는 들녘은 동심의 꽃밭이다. 무엇이 그리 즐거운지 아이들은 학교를 오가며 운동회날 가을하늘에 떠 있는 풍선이 된 양 싱글벙글한다.

매년 9월 하순경이면 가을운동회가 열린다. 운동회는 아이들의 건강한 몸과 건전한 마음이 어우러지는 체육 행사이지만 학부모와 아이들이 함께하는 자리이기도 하다. 마을마다 어른, 아이 할 것 없이 구경을 오기에 학교에서는 오전 수업만 하고, 아이들은 오후에 정성스레 운동회 연습을 한다.

연습을 하다가 쉬는 시간에 성모는 몇몇 아이들에게 치타 이야기를 하고 아이들은 재미있게 듣고 있다.

"치타는 아프리카의 열대 사바나와 서남아시아의 온대 초원에서 사는데 활동성이 강한 사냥꾼이야. 얘는 죽은 고기는 먹지 않고 토끼 같은 작은 동물들을 사냥해서 신선한 살코기만 먹는다. 그러니 동물 중에서 가장 빨리 달린다고 볼 수 있지. 2초 만에 정지 상태에서 시속 70㎞로 돌진하는 가속력을 자랑한대. 달릴 때의 보폭이 7m나 되고 1초에 네 걸음을 움직인다고 하니 상상할 수 없을 정도로 빠르지.

그런데 약점이 있대. 빨리 달리면 곧 지쳐 버려. 자동차보다도 더 빠르기도 한데, 달릴 수 있는 거리가 300m 징도야. 말이 마라톤 선수라면 치타는 100m 선수지. 치타가 달리기왕으로 동물 생태계에서 우뚝 서게 된 것은 우연히 아니라 먹이 사냥을 위해서 진화한 거지."

"와, 어떻게 그런 걸 다 아니?"

한 아이가 물었다.

"외삼촌이 대학교 선생님인데 이야기해 줬어. 동물 책도 하나 받았걸랑."

다른 아이가 묻는다.

"성모야, 사람이 원숭이에서 진화했니?"

"원숭이랑 비슷한 유인원에서 진화했겠지."

그때 옆에서 듣고만 있던 미나가 못마땅한 듯 말한다.

"아니거든? 사람은 하나님이 창조하셨어."

"다윈의 진화론에 모든 생물은 진화했다고 되어 있다는데."

"성경에는 하나님이 창조하셨다고 했어."

"너는 성경을 믿어. 나는 진화론을 따를게."

"너, 그딴 말 하려거든 우리 교회 오지 마라."

"알았어."

성모가 시큰둥하게 말했다.

그 일이 있고 나서 미나와 성모는 서먹하게 지냈다.

　가을의 풍요와 함께 아이들은 산과 들로 다니며 신나게 놀았는데, 어느덧 계절은 초겨울로 접어들고 있었다. 울긋불긋하던 산은 하나둘 낙엽이 쌓여가고, 추수 끝난 텅 빈 들녘은 스산하고 휑하여 황량하기 그지없다.

　저녁을 먹은 후 성모는 마을을 한 바퀴 도는데 오늘따라 아이들이 보이지 않는다. 미루나무 공터에 이르니 하늘에는 초승달이 외로이 떠 있고 이따금 개짓는 소리만 들린다. 조금 있으니 "달 밝은 가을밤에 기러기들이 찬 서리 맞으면서 어디로들 가나요"로 시작하는 노랫소리가 들려온다. 여자아이들이 며칠 뒤 읍내로 이사 가는 미화네 집에서 송별회를 하는 모양이다.

　기러기 노래를 들으니 지난 여름 방학 때 외삼촌이 들려주던 에베레스트를 넘는 줄기러기가 떠오른다.

　　줄기러기는 인도의 저지대에서 겨울을 보낸 뒤 봄이면 떼를
　지어 세계에서 가장 높다는 에베레스트를 넘어 티베트 고원에

있는 번식지로 이동한다. 가을이 되면 월동을 위해 간 길을 따라 되돌아온다. 줄기러기는 9,000m 상공을 치솟아 올라 강력한 바람을 타고 날갯짓 없이 비행기가 상승기류를 이용하듯 먼 거리를 이동한다.

성모는 외삼촌 이야기를 떠올리며 생각에 잠긴다.

"줄기러기가 인도에서 에베레스트를 넘어 티베트 고원까지 1,600㎞가 넘는 거리를 하루 만에 이동한다고 했는데 어떻게 그것이 가능할까? 혹한과 바람, 산소 부족도 극복해야 되는데 줄기러기에게는 특별한 무엇이 있나? 사람들은 어떻게 그런 것을 알아냈을까? 이러한 것이 맞는지 확인해 보고 싶다. 그러려면 생물학자가 되어야겠지."

시골의 겨울은 쓸쓸할 때가 많다. 옷을 벗은 나무들, 하늘을 나는 새들도 그렇게 보인다. 생명들은 겨울을 나기 위해 단단히 웅크리고 봄을 기다리는지도 모른다. 엄동에는 활동량이 줄어들고 스산한 풍경에 어른이나 아이 모두가 심심한 일상을 보낸다. 밤이 되면 동네 사랑방에 들리는 것이 일과가 된 지 오래다.

어느 날 저녁, 주서는 마을 꼭대기에 있는 석이네 집에 놀러 갔다. 밤 깊는 줄 모르고 놀다가 야심하여 집으로 돌아오는데, 달도 없는 밤하늘에는 은하수 물결이 빛나고 있었다. 은하수 저편 너머에는 무엇이 있기에 은은한 밝음이 다가오는 걸까? 그리고 할머니방에 군불을 때고 아궁이에 숯불을 화로에 담으려고 타고 남은 장작불을 꺼낼 때 일어나는 파르스름한 불꽃이 떠올랐다. 빛의 근원이나 불꽃의 정체가 무엇인지 생각할수록 미지의 세계에 빠져든다.

그 추웠던 긴 겨울 방학도 아쉬움을 남기고 새봄이 왔다. 6학년 1반이 된 성모는 학교생활에 어딘가 어색함을 느낀다. 단짝 친구인 주서, 선녀, 미나가 모두 2반이어서 함께하는 시간과 보는 횟수가 줄어들어 자기만 소외된 것 같아서다.

그럭저럭 시간이 흘러 첫여름을 알리는 6월이 되었다. 오후 수업이 일찍 끝난 날, 성모는 집으로 가면서 모내기 준비 중인 들녘을 바라본다. 자연은 성장 속도가 무척 빠르다. 한 달 전 5월, 못자리 시기에 올챙이가 개구리 되는 과정을 관찰하던 때가 엊그제게 같았는데, 물 고인 논에서 꼬물꼬물 헤엄치며 돌아다니던 올챙이가 어느새 개구리가 되었으니 말이다.

오늘은 성모네 모내기하는 날이다. 성모도 잔심부름할 요량으로 들로 갔다. 어른들은 분주히 모를 심고, 성모는 들판 여기저기를 쏘다닌다. 그런데 풀밭에서 뱀이 개구리를 물고 있다. 개구리의 덩치에 비해 입이 작은 뱀이 힘겹게 개구리를 잡아먹는 광경이 신기하다. 어떻게 저렇게 잡아먹을 수 있나? 한참을 지나 개구리를 삼킨 뱀은 배가 불룩하여 풀숲으로 사라진다.

성모는 물고기, 개구리, 뱀을 떠올리며 생각해 본다.

'물고기는 어류, 개구리는 양서류, 뱀은 파충류이다. 어류에서 양서류로, 양서류에서 파충류로 진화를 했는데 뱀이 개구리를 먹고, 개구리가 물고기를 먹는다면 그들의 먹이사슬은 진화와 거꾸로네. 자신을 있게 한 조상을 먹는 꼴이니 세상 참 요상하다.'

어머니가 새참을 내와서 성모를 부른다. 어르신들이 둘러앉아 새참을 드시는데, 한 아저씨가 성모는 자연 관찰력이 남다르다며 묻는다.

"성모는 크면 뭐 되고 싶니?"

"생물학자요."

성모가 말했다.

"내가 생각해도 생물학자가 성모 소질에 맞을 것 같다."

아저씨가 말했다.

그때 옆에 있던 어머니가 못마땅한 듯 말한다.

"무슨 생물학자여, 쓸데없는 소리 마소."

그 아저씨가 무안해하자 아버지가 말한다.

"사람은 자기 하고 싶은 거 하고 사는 게 제일이지. 성모야, 직업도 적성에 맞아야 되는 거야. 지금은 열심히 공부하고 진로는 나중에 찬찬히 생각해도 된다."

"아버지가 저러니 애가 엉뚱한 데 정신 팔려 있지. 뭐니 뭐니 해도 공무원이 최고여! 더 좋은 게 판검사고."

성모는 내색은 안 했지만 어머니가 자기 마음을 헤아려 주지 못하여 답답해한다.

내일이면 아이들이 6년의 학업 과정을 마치는 졸업식이다. 졸업식 전날 밤에도 선생님은 반 아이들에게 줄 편지를 쓰고 있다. 며칠 전부터 하나하나 써 온 편지를 이제 다 쓴 후 지난 2년의 시간을 돌아본다. 많은 사연과 아이들의 모습이 주마등처럼 스쳐 간다. 더 정성을 쏟아 주지 못한 아쉬움이 밀려와 눈물이 맺힌다.

갑자기 성모가 "선생님!" 하며 달려올 것만 같다. 성모가 6학년 1반이 되었을 때 마음이 싱숭생숭했는데 한편으로 잘 자라 주어서 대견했다. 선생님은 특별히 성모에게 줄 편지를 쓴다.

사랑하는 성모에게

성모야, 졸업을 축하해! 그리고 중학교 진학을 더욱 축하한다. 네가 6학년 1반이 되었을 때 선생님 마음이 짠했는데 씩씩하게 활동하는 것을 보고 흐뭇했어.

선생님이 보기로 5학년 때 주서, 선녀, 미랑 단짝으로 알고 있었는데 너 혼자 1반이 되어 섭섭했겠지만, 학교 기준에 따라 반을 편성하다 보니 그렇게 되었어. 선생님이 너희 넷을 같은 반으로 편성할까 생각해 보았는데, 그것이 좋다고만 볼 수는 없었어. 무엇보다 기준이나 원칙을 지켜야 하고, 특히 1반 선생님은 훌륭하시고 교육 경력이 많아 큰 가르침을 주실 거라고 생각했어. 또 다양하고 폭넓은 생활도 중요하잖아. 그나저나 대부분의 아이들이 유천중학교로 가는데 노사리 아이들은 용문중학교로 가야 하니 아쉬움이 남네.

국사봉에 비가 오면 우리 학교 쪽으로 내리는 빗방울은 중평천을 지나 내성천으로 흘러가고, 대승사 쪽으로 내리는 빗방울은 금천으로 흘러가지. 다시 두 빗방울이 낙동강 삼강나루에서 만나 바다로 흘러가듯, 삶은 만나고 헤어지며 다시 만나고 헤어지기를 반복하는 것 같아.

너를 영원히 기억하고 응원할게. 드넓은 세상을 보며 위대한 생물학자의 꿈을 이루기를……

성장의 시대

1973년 2월 15일은 졸업식 날이다. 그 시절 시골 학교 졸업식은 특별한 것이 없었다. 대부분의 부모님이 졸업식에 참석하는 것도 아니고 꽃다발을 주고받는 것도 거의 없는 조촐한 행사이다. 교실을 졸업식장으로 만들어서 5, 6학년 어린이 대표가 송사와 답사를 하고, 졸업식 노래 1절은 5학년, 2절은 6학년, 3절은 함께 합창하는 것이 유일하다. 노래를 부를 때 눈물을 글썽이는 어린이들도 있다. 중학교에 진학하지 못하는 어린이들에게는 오늘이 학교라는 보금자리와의 마지막 인연이 되니 감정이 복받쳐 울컥한다. 처음으로 가슴 설레며 입학했던 철부지들이 6년이란 세월 속에 함께 뛰어놀던 정든 교정을 둘러보며 아쉬움을 남긴 채 헤어지고 있었다.

중학교 3학년 여름 방학 때 주서와 성모는 두리봉 노사리 방향 언저리에서 만났다. 매년 여름 방학이면 자기 동네 아이들과 소 뜯기러 와서 별도로 한두 번 만나기는 했지만 올여름은 특별하다. 그럭저럭 중학교 3년도 한 학기만 남았으니 이야기는 자연스레 상급 학교 진학으로 이어진다.

"성모야, 고등학교는 어디로 갈 거니?"

"대구로. 너는?"

"안동으로 갈 것 같은데."

"미나와 선녀는?"

"아마 미나는 안동, 선녀는 예천."

그리고 두 사람은 장래 희망 이야기를 나눈다.

"성모야, 너 꿈이 변함없는 생물학자냐?"

"응. 그래서 외삼촌이 사는 대구로 갈 거야. 너는 하고 싶은 것이 많았잖아?"

"글쎄, 한 세 가지쯤 되는 것 같았어. 처음에는 국민하교 다니기 전에 경북선 철도가 개통되는 날이었어. 그날 박정희 대통령이 지나간다고 해서 아버지를 따라 율현역에 갔었지. 그때 처음 기차를 보고 기관사가 되고 싶었거든. 그다음이 여름철이면 두리봉에 소 뜯기러 오가면서 양치는 목동이 되고 싶었고. 푸른 초원에서 자유로이 풀을 먹는 소와 양들의 풍경을 상상하면서 목장을 동경했지. 그리고 너도 알다시피 나는 밤하늘에 반짝이는 별들을 무척 좋아하잖아. 별을 보고 있으면 우주의 끝은 어디일까, 미지의 세계가 신비로움으로 다가와. 별밤지기, 천체물리학자가 꿈인데 말이야……."

"그 길로 가면 되잖아."

"우리 집 분위기가 영 그래. 말을 꺼내기도 어렵고, 내가 생각해도 천문학자는 막막할 것 같아."

"그럼 선생님과 상담해 보는 게 어때?"

"매 학년 초에 장래 희망을 조사할 때 선생님은 판검사, 외교관, 국회의원 등에 대해서는 관심을 갖는데, 천문학자라고 써낸 내게는 별말씀이 없으시기에 상담할 마음도 없더라. 성모 네가 생물학자의 꿈을 키워 가고, 부모님이 응원해 주신다는 것이 정말 부럽더라."

"아버지는 찬성이고 외삼촌이 적극 밀어 주는데, 어머니가 아직도 반대하셔. 어머니 마음을 상하게 하는 것이 어떨 때는 안 좋아."

1976년 새봄을 맞아 주서와 미나는 안동에서, 성모는 대구에서,

그리고 선녀는 고향 예천에서 학교를 다니게 되었다. 상급 학교라는 희망과 기대가 한껏 부풀었지만 고등학교는 무엇보다 공부하는 분위기가 중학교와는 사뭇 달랐다.

주서는 학교 근처에서 자취를 했다. 집 떠나 홀로 생활하니 애로가 많았다. 한 달에 한두 번 양식을 가져올 겸 시골집에 다녀온다. 운이 좋으면 집을 오가며 미나를 만날 수 있었다. 3월이 정신없이 지나가고 학교생활에도 잘 적응하여 한결 여유가 생겼다.

4월이 되니 학교 주변 과수원에는 사과꽃이 피어나고 논밭에는 새싹이 돋아나 봄기운이 대지를 덮는다. 화창한 어느 토요일 오후, 주서는 바람을 쐴 요량으로 무작정 낙동강 지류인 반변천으로 나갔다. 큰길 따라 1,500m쯤 걸어가니 도로가 굽이 돌아가는 깎아지른 낭떠러지 밑으로 넓고 푸른 소(沼)가 보이는데 섬뜩하다. 아래쪽 냇가에는 나룻배가 매여 있고 양 제방 사이에 밧줄을 설치하여 배를 운행한다. '선어대'라는 안내판이 있는데 경치 좋은 명소임에는 틀림없다. 자주 여기로 산책을 나와야겠다.

조금 지나니 선어대로 들어오는 입새에 시내버스가 멈추는데, 네댓 사람이 내리고 아주머니와 또래의 여고생이 나란히 걸어온다. 앞서 오는 아주머니와 참하게 생긴 여고생이 다정해 보인다. 지나가는 여고생을 곁눈으로 살짝 보는데 교복 상의에 '마은파'라는 명찰이 보인다. 눈길이 자꾸 그들에게 끌려 내려다보니, 건너편에서 뱃사공이 밧줄을 당기며 배를 끌어와 사람들을 태우고 다시 건너편으로 배를 끌어간다. 나룻배와 냇물, 사람들이 어우러지는 풍광이 한 폭의 소박한 그림 같다. 주서는 농사를 준비하는 건너편 들녘을 바라보며 물끄러미 무언가를 응시한다. 사람들이 들길을 따라 서너 채의 집들이 보이는 곳으로 사라지는 모습을……

어느새 5월이 되고 학교 옆 사과밭에는 언제 꽃이 졌는지 조금만 씨알이 열렸다. 중학교와는 다르게 고등학교에서는 대부분의 학생이 학교 일과를 마치고 곧장 집으로 가는 것이 아니라 저녁을 먹고 도서실에서 밤늦게까지 공부를 한다. 공부하다 따분해질 때면 왜 그렇게 뒷산에서 소쩍새가 서럽게 우는지 소쩍소쩍 소리가 처량하게 들려온다. 그 울음을 듣고 있노라면 고향 생각이 나고 부모님이 보고 싶어진다.

어느 월요일 쉬는 시간에 짝꿍이 말을 건넨다.

"너, 지난 토요일 오후에 미루나무 아래 평상에서 낮잠 잤지?"

"그걸 어떻게 알았어?"

"버스를 타고 시골집에 가는데 무심코 차창 밖을 보니 네가 자고 있던데."

"아, 그랬었구나!"

"창문을 열고 몇 번 크게 불러도 세상만사 잊은 듯 평온하게 잘 자던데. 그때 여학생들 눈길이 너에게로 쏠렸었지."

주서는 손으로 얼굴을 비비며 민망해한다.

5월 하순 토요일 오후에 주서는 여느 때와 다름없이 선어대로 산책을 나갔다. 아카시아꽃 피는 시기는 절정을 지났지만, 선어대의 벼랑 아래 그늘진 곳에는 아카시아가 만개하여 눈부시도록 하얀 입술을 드러내고, 벌들이 꿀을 모으느라 정신이 없다.

아래쪽으로 내려가니 몇 차례 스쳤던 여고생이 바위에 앉아 있다. 누구를 기다리나, 왜 홀로 있지? 주서는 매여 있는 나룻배를 보고 뱃사공 아저씨가 없어 건너가지 못하고 '아저씨를 기다린다'고 생각했다. 그동안 두 사람은 마주 보기는 했으나 이웃집 꽃밭에 핀 꽃을 보듯 서로를 바라보았을 뿐이다.

주서는 주위를 살피며 그 여고생에게 다가가 말을 붙인다.

"마은파, 뱃사공 아저씨 기다리지? 내가 건너 줄까?"

은파가 깜짝 놀라며 말한다.

"너, 누군데?"

"그냥 너 이름 정도만 알아."

"하기야 나도 너 이름 안다."

"뭔데?"

"주서 맞지?"

"어떻게 알았니?"

"보름 전에 너네 학교 앞 미루나무 그늘 평상에서 낮잠 잔 일 있지. 그때 네 친구가 차 안이 떠나가도록 '주서야!' 하며 부르더라."

주서는 "아이, 자식" 하며 쑥스럽게 웃는다.

주서가 나룻배로 은파를 건너 주니, 은파는 고맙다고 하며 곧장 집으로 갔다. 주서는 다시 건너와서 은파의 뒷모습을 바라보고 있었다.

한 주가 지나고 토요일 오후가 되자 주서는 일찍 선어대로 나갔다. 선어대의 아름다운 풍광은 기다림과 설렘에 가려져 버렸다. 한참이 지나도록 버스가 보이지 않더니, 그제야 선어대 입구에 버스가 멈춘다. 주서가 버스를 바라보는데 은파가 몇몇 사람과 내린다. 손을 살짝 흔드니, 은파가 보았는지 뒤처져서 천천히 걸어오고 있다.

두 사람은 눈웃음을 지으며 자연스레 제방 길 느티나무 아래로 갔다. 막상 마주하니 어색하여 일상적인 말만 하다가 얼떨결에 주서가 묻는다.

"은파야, '마씨' 성이 '마뜰' 할 때 그 마 자 아니냐?"

"맞기는 한데, 읽을 때는 마뜰 마가 아니고 '말 마(馬)' 자다."

"우리 학교 앞 들판을 마뜰이라고 부르기에 물어본 거야."

"마뜰 이름의 뜻은 알고 있니?"

"말을 기르던 곳 아니니?"

"그런 이야기도 있는데. 원래 마뜰의 지명은 마씨 머슴이 농사를 지었던 넓은 들판이야. 너네 학교 동네가 용상동이지?"

"그런데?"

"마저 알려 줄게. 용상이란 명칭은 용이 하늘로 올라갔다는 의미이고, 여기 선어대는 인어가 선녀로 변하여 나타난 물과 언덕이란 뜻이야."

"어떻게 그런 걸 다 아니?"

"어릴 적에 할아버지가 귀가 따갑도록 들려주셔서 다 외웠어. 선어대의 유래 얘기해 줄까?"

"해 봐."

"옛날 마씨 성을 가진 노총각이 머슴살이로 곤궁한 생활을 비관하다가 죽기로 결심했지. 어스름한 달밤에 선어대의 높은 바위에 올라가 깊은 물속으로 투신하려고 하는 순간, 누군가 등 뒤에서 '총각님' 하며 손목을 덥석 잡았대. 놀란 총각이 고개를 돌려보니 어여쁜 여인이 있었대.

　총각이 '당신 누구요?' 하며 물으니, 여인은 '총각님, 놀라시지 마세요. 소녀는 이 언덕 밑 소에 사는 인어이옵니다.' 하더래. 그리고 여인이 자기 부탁을 들어주면 큰 부자가 되게 해 주겠다고 했지."

　갑자기 은파가 시계를 보더니 "함께 버스를 타고 온 동네 아주머니가 기다릴 것 같다"며 남은 이야기는 다음에 해 주겠다고 하니, 주서는 "나 성질이 급하니 자세한 것은 다음에 하고 결말만 얘기해 달라"고 한다.

　은파는 마지못해 알았다며 말한다.

　"인어가 용으로 승천하자 소나기가 억수로 쏟아지고, 순식간에 강물이 범람하여 마을은 잠기고, 온 천지가 물바다로 변하였지. 이튿날 날이 밝자 수마가 스쳐 간 자리는 넓은 들판으로 변해 있었대. 그리하여 머슴은 많은 토지를 얻고 큰 부자가 되어 행복하게 살았다는 이야기야."

　"재미있네. 너 얘기 잘한다."

　그날 이후 두 사람은 자주 만나게 되고 가까워지고 있었다.

　고등학교 첫 여름 방학이 되어 성모는 시골집에 내려왔다. 외삼촌은 고향에 왔다가 성모 진로를 상의할 겸 성모네 집에 들렀다. 점심을 먹은 후 아버지, 어머니, 외삼촌이 감나무 그늘 평상에 둘러앉아 얘기를 나눈다.

　"누님, 오늘 들른 것은 성모 진로를 상의하려고요. 고등학교 2학년이 되면 문과와 이과로 나뉘는데, 문과는 인문 계열이고 이과는

자연 계열이에요. 성모가 생물학을 공부하려면 이과를 선택해야
되어서요."

"난 반대다. 부모 마음이 다 그렇듯이 성모가 편안하게 살기를
바라지."

"생물학자의 길이 다소 어려움은 있겠지만 더 좋을 수 있는데요.
한 번뿐인 인생 하고 싶은 거 하고 살아야 되지 않겠어요? 자형, 안
그래요?"

"처남 말이 맞아. 그렇게 하자고. 처남만큼만 되면 얼마나 좋겠어."
어머니는 삼촌을 보며 한바탕한다.

"자네 공부하며 고생한 것 다 아는데. 외국 유학도 가고 해서 돈
엄청 들어갔지. 아버지가 뒷바라지하느라고 문전옥답 다 팔아먹었
잖아."

"틀린 말은 아닌데. 그렇다고 내가 도박을 했어, 술과 여자를 좋
아했어? 내 나름대로는 국가와 사회, 자라나는 후학들을 위해 초석
을 다졌다고 자부하는데. 이제 그런 얘기는 그만하고 이해해 주라,
똑 부러진 우리 누님."

"새삼스러운 얘기지만 아버지 생각하면 모질게도 야속해. 딸년들
은 국민학교만 보내고, 아들 타령하면서 그 많던 재산 다 처분했으
니 어떨 때는 가엾더라."

"뭐가 가엾어. 처남이 있어 장인어른 큰소리 내며 유유자적하잖아."
한숨을 돌리더니 어머니가 외삼촌과 성모를 번갈아 보고 말한다.

"자식 이길 부모 없다더니 지가 좋다는데 어쩌겠어. 이 사람아,
성모 뒷바라지는 우리가 할 테니 옆에서 잘 이끌어 주게."

그렇게 성모의 진로는 결정되었다.

　여름 방학이 끝나고 2학기가 된 지도 보름이 지났다. 미나가 점심을 먹고 운동장 벤치에 앉아 있는데, 같은 반 기연이가 다가와서 옆에 앉는다.
　"미나야, 교회 잘 나가고 있니?"
　"갑자기 교회는 왜?"
　"그냥 어떤가 싶어서."
　"매주 가지는 않아. 좀 멀어서 시간도 걸리고 해서."
　"나도 교회에 죽 다녔는데, 집 가까이 성당이 있어서 나가 보니까 그런대로 괜찮더라. 교회와 차이는 있지만 너도 성당에 같이 다니지 않을래?"
　"얘는, 우리 아버지가 목사야!"
　"너 종교에 관심이 많잖아. 교회와 성당 다 하나님을 믿고."
　"그렇긴 한데 한번 생각해 볼게."
　미나는 기연이가 한 말이 맴돌아 오후 수업 내내 머리가 복잡했다. 그날 밤에도 성당에 대해 깊은 생각을 한다.
　'기연이 말도 일리가 있는데, 종교학을 공부하려면 여러 종교를 체험하는 것이 당연하지 않을까? 교회와 성당, 아니 기독교와 천주교는 예수 그리스도를 신봉하는데 어떻게 분리되었을까? 여러 생각이 밀려와 성당에 한번 가 보고 싶다.'
　토요일 학교에서 기연이가 성당에 가자고 부추기어 미나는 같이 가기로 했다. 주일날 집에서 기연이를 기다리는데 죄지은 양 얼굴이 달아오른다. 아버지께 성당에 다니고 싶다고 하면 어떤 말씀을 하실까? 예수님은 교회와 성당을 어떤 마음으로 보고 계실까? 여러 생각이 교차한다.

미나는 호기심 반 두려움 반으로 성당에 들어섰는데, 먼저 눈에 들어오는 것이 십자가에 못 박히신 예수님의 성화상이었다. 그리고 벽면을 둘러보는데 마리아상도 있었다. 신도들이 마리아상 앞에서 머리 숙여 인사하는 모습이 이채로웠다. 미사는 그 의미나 내용을 잘 모르지만 교회의 예배와 비슷했다.

그 후 미나는 몇 번 성당에 나갔다. 앞으로 종교학을 공부하려면 우선 기독교와 천주교가 왜 분리되었으며, 어떤 차이점이 있는지를 알아야 할 것 같다. 성직자의 길을 간다면 수녀가 될 수밖에 없는데, 종교에도 남녀 차별이 있다는 것이 의아하다. 불교에는 비구니 도량이 있고 주지스님도 비구니인 데 비해, 기독교나 천주교는 거의 남자 성직자가 교회와 성당을 관장하고 있지 않은가? 그나저나 성당에 나간 일을 아버지께 어떻게 말씀드려야 할지 고민이다.

시골집에 간 토요일 저녁 무렵, 미나는 서재에서 아버지와 담소를 나누게 되었다.

"아버지, 제가 몇 번 성당에 나갔었는데 말씀드리지 못해 죄송해요."

"죄송하긴, 너도 이제 고등학생이니 모든 것은 자신이 판단하는 거야. 그건 그렇고 성당 느낌은 어떻더냐?"

"성당 안에 예수님 성화상이 있고, 신도들이 마리아상 앞에서 손을 모아 기도하면서 허리 굽혀 절하는 모습이 이색적이었어요. 미사나 예배하는 형식은 성당과 교회가 비슷한데 미사는 제사 의식 같았습니다. 그리고요, 다 같이 예수 그리스도를 믿는데 기독교와 천주교가 왜 분리되었는지 궁금했어요."

이에 대해 아버지가 말한다.

"종교의 힘은 경전에 근거한 교리에서 나오는데 기독교와 천주교는 교리적 차이가 있어. 기독교는 성경의 권위만을 인정하는데, 구원과 신앙생활에 관한 모든 진리가 성경에 분명히 담겨 있기에 다른 기준이 필요 없다는 것이지. 이에 비해 천주교는 교회의 전통도 권위로 인정하는데, 교회의 전통이 성경 해석의 기준이 되고 성경의 권위도 교회에 의해서 주어진다는 것이야.

성경 해석에 있어 기독교는 모든 신도가 성경을 해석할 수 있기에 신도가 진실하게 성경을 읽는다면 성령에 힘입어 성경의 의미를 받아들일 수 있다는 것이고, 천주교는 교황이 최고 권위를 가지며 성경 해석의 권위가 교황과 교회에게만 있다는 것이지."

"두 종교가 종교개혁에 의해서 분리된 거 아닌가요?"

"종교개혁으로 그렇게 된 것이 맞는데 면죄부란 말 들어 봤지?"

"네."

"다시 얘기하자면 천주교를 가톨릭이라 하고 기독교를 개신교라고 하지. 가톨릭은 교황제도가 도입되면서 천국 권세가 교황에게만 있다는 것이야. 중세에 와서 이런 권세를 악용해 일반 사람들에게 성경을 읽지 못하게 하고, 성경을 왜곡하게 되는데, 대표적인 사례가 면죄부야.

면죄부란 돈을 내고 티켓을 사면 그 사람이나 가족의 영혼이 구원받는다는 엉터리 교리였지. 그리고 그 기치를 든 종교개혁자 마틴 루터의 기조는 다시 하나님, 예수님 말씀으로 돌아가자는 것이었어. 그렇게 생겨난 것이 개신교야."

"이런 차이 때문에 아버지는 기독교를 선택하셨나요?"

"그런 것은 아니고 두 종교가 근본적으로 같다고 보며, 수도 생활은 방편에 불과하다고 봐. 아버지는 예수 그리스도에 대한 믿음과 사람을 사랑하는 마음으로 성직자의 길을 가고 있을 뿐이야. 그런데 우리 딸은 성직자와 종교학자의 길 가운데 어디로 갈 생각이냐?

"저는 세계의 모든 종교를 연구하는 학자의 길로 가고 싶어요."

"알았다."

아버지와 딸은 마주 보며 꽃처럼 웃는다.

가을은 벌써 10월 하순으로 접어들었다. 결실의 계절이니, 독서의 계절이니 하는 수사는 어디론가 슬그머니 가 버린 채 만산은 단풍으로 치장했다. 거리에는 샛노란 은행잎이 하나둘 떨어지며 가을을 누비고 있다. 미나는 뭔가 허전한 아쉬움이 밀려와 이런저런 생각에 잠긴다. 어린 시절 단짝인 선녀, 성모, 주서는 이 가을을 어떻게 보내는지 오늘따라 무척 보고 싶다.

10월이 가기 전에 교회에서는 전도 활동 참가자를 파악했다. 미나는 몇 번 교회에 나가지 않은 죄책감에 참여하기로 했다. 전도 활동은 한 팀이 다섯 명씩 십여 개 조로 나뉘어 동별로 나가는데, 10월 마지막 주일날 오후로 잡혀 있었다.

10월의 마지막 일요일, 주서는 여느 때와 다름없이 오전에 학교

도서실에서 공부를 하고 집으로 왔다. 오후에는 선어대로 산책을 나갈 생각이었다. 그런데 그동안 밀린 옷가지가 방안에 널브러져 있어서 빨래를 하고 나갈 참이었다. 수돗가에서 신나게 손빨래를 하고 헹구려고 펌프질을 하는데 "안녕하세요? 교회 나오세요." 하는 낭랑한 목소리가 들려 대문 쪽으로 고개를 돌리니, 여고생 네다섯 명이 "실례합니다. 전도하러 왔습니다." 하는 것이었다. 빨래하는 모습이 창피하여 얼굴이 달아오르는데 "주서야!" 하며 부르는 소리가 들렸다. 그 친근한 목소리는 바로 미나였다.

"여기 사니? 뜻밖인데. 빨래도 하고."

"하필 빨래할 때 들어오니? 민망하게."

함께 온 교회 동아리들은 다른 집으로 가고, 미나는 주서와 이런저런 얘기를 나눈다. 전도 활동이 끝나고 두 사람은 선어대로 바람 쐬러 갔다. 가을걷이를 마친 들녘을 지나 주변 풍광에 젖어 들며 늦가을 정취에 흠뻑 취해 본다.

"미나야, 가을 풍경 하면 무엇이 떠오르느냐?"

"노란 은행잎, 바람결에 쓰러졌다가 일어서는 갈대, 불그스름하게 영그는 탐스러운 사과 정도가 생각나지. 너는?"

"황금빛을 발하는 벼 이삭이! 그리고 벼를 베고 난 뒤에 벼 그루터기에서 연녹색의 싹이 돋아나는 모습이 가을과 봄을 헷갈리게 하거든. 빈 들녘을 지그시 바라보고 눈감으면 사계절이 섞바뀌는 풍경이 아롱거릴 때 늦가을이 참 좋아."

"역시 넌 별을 좋아해서 그런지 감성이 풍부하다."

"감성은 무슨 감성. 다들 표현을 하지 않아서 그렇겠지. 이 가을에 어디론가 떠나고 싶지 않니?"

"어떻게 내 마음을 알았지? 나 진짜 일주일 전에 벌써 가을이 다 갔다고 생각하니 어디론가 훌쩍 떠나고 싶더라. 추억을 만들고 싶고, 가을을 탄다는 말이 이런 것인가 처음 느꼈거든. 오늘 눈물 나도록 아름다운 추억을 만들어 주어서 고맙다."

"나도 누군가와 둘이서 저물어 가는 가을을 느껴 본 것은 처음이야. 멋진 추억으로 간직하자."

두런두런 얘기하며 걸어가던 두 사람은 어느새 선어대에 이르렀다. 선어대 풍광을 둘러보고 바위에 앉았는데 나룻배에서 서너 사람이 내린다. 주서는 배에서 내려오는 은파를 바라보고, 미나는 신기한 듯 나룻배를 응시한다. 은파가 언덕을 올라 주서 쪽으로 오다가 놀란 표정을 지으며 "미나야!" 하며 부른다. 미나도 깜짝 놀라며 "은파야!" 한다.

"미나야, 어떻게 여기에 왔니?"

"전도 활동하러 왔다가 국민학교 동창을 만나서 오게 된 거야."

"그럼 동창이 주서니?"

"네가 어떻게 알아?"

"여기 주서 말고는 없잖아."

"주서와는 어떻게 아는데?"

두 사람의 얘기를 듣고 있던 주서가 말한다.

"선어대에 산책 나왔다가 그냥 알게 된 거야. 은파가 하천 건넛마을에 사니 가끔 만나게 되지."

두 사람을 번갈아 보더니 미나가 장난스레 말한다.

우리가 보는 세상

성장의 시대

"주서는 좋겠다, 예쁜 여자 친구가 생겨서. 은파도 좋겠네, 남자 친구가 멋있잖아."

은파가 대꾸한다.

"얘는, 그냥 아는 정도야. 넘겨짚지 마라."

주서가 말한다.

"농담 그만하자, 송미나."

그리하여 세 사람은 친구 사이로 다가가며 얽히게 되었다.

시간은 어김없이 흘러 1977년 새해가 밝았다. 어떨 때는 괴짜이기도 하지만 자신에게 충실한 시간을 보내는 네 친구의 새해 첫날은 이렇게 시작되었다.

주서는 먼동이 트기 전에 해맞이하러 두리봉에 올랐다. 어둠 속에 어렴풋이 다가오는 먼 산을 향해 포효한다. 세상을 다 가진 양 고동치는 가슴으로 기상을 발산한다. 성모는 얼음 덮인 마을 앞 저수지를 돌며 한겨울의 정취를 만끽하고 있다. 서릿발에도 아랑곳하지 않고 꿋꿋이 서 있는 나무들을 보고, 얼음장 밑에서 물고기들은 어떻게 살아가는지를 궁금해하며 겨울 세계를 안아 본다. 미나는 예배당에서 홀로 기도를 한다. 선택의 기로에 있는 어린 양에게 축복을 주십사 간절히 두 손을 모은다. 주님이 가신 길을 따르고 싶지만, 한편으로 또 하나의 꿈이 있기에 그 길로 인도해 달라며 긴 시간 눈을 감고 있다. 그리고 선녀는 어머니와 절에 갔다. 부처님 전에 예를 올리며, 약해진 몸을 추스르고 자성의 불빛을 찾아가리라고 다짐을 한다.

꽃피는 춘삼월이 되었건만 선녀는 봄의 기운을 느끼지도 못한 채 요 며칠 학교에 가기가 힘들 정도로 앓아누웠다. 생전 처음 겪는 병치레라 병원에 가도 특이한 병명이 없었다. 정신 나간 사람처럼 멍하니 누워 있으면 몽롱하여 꿈을 꾸는 것 같았다. 이따금 천장에서 거무스름한 물체가 나뭇잎이 흔들리듯 아늘거렸다.

이 모든 것은 어린 시절에 시작된 어떤 신기한 느낌에서 연유했으리라는 짐작이 들었다. 어떤 모습이나 광경을 보면 그렇게 되리라는 연상 작용이 일어나 그와 똑같은 일이 일어나지 않았던가. 어느 아저씨가 아파서 방에 누워 있는 모습이라든가, 누가 죽을 것 같다는 느낌이 오면 정말 어느 날 마을에 그렇게 되었다는 얘기가 돌기도 했었으니까. 누가 아프거나 불나는 광경이 눈에 보이면 그 일이 꼭 생기더라고 했을 때, 깜짝 놀라며 그런 말을 하면 큰일 난다던 어머니의 날카로운 말씀이 내 가슴을 꽉 막히게 하지 않았던가. 그 답답함에 스트레스가 쌓여 그리되었으리라! 이를 해소하기 위해서는 명상이나 기도밖에 없을 것 같다.

다음 날 아침, 선녀는 약해진 몸을 추스르고 자주 들르던 절에 갔다. 법당에 들어서니 아무도 없었다. 구석 쪽에 앉아 눈을 감은 채 집중하고 있었다. 며칠간 제대로 먹지 못한 탓인지 어지럼증이 더하여 정신이 가물가물하다. 비몽사몽간에 몸 밖으로 뭔가 빠져나가는 느낌이 강렬했다. 꿈인지 생시인지 분간이 안 되는 몽롱한 시간이 지속되었다.

그런데 법당 천장에서 아래가 보였다. 보살님 등 여러 사람의 불공드리는 모습이었다. '이게 뭘까?' 하는 순간 의식이 몸 안으로 빨려 들어왔다. 눈을 떠 보니 법당 안은 아까 본 모습 그대로였다. 정화된 마음으로 절 길을 내려오는데 그것이 유체이탈이 아닐까 하는 생각이 뇌리를 스친다.

선녀는 다음 날도, 그다음 날도 며칠을 계속 절에 가서 명상과 기도를 했다. 마지막이 되던 날, 눈을 감고 명상을 하는데 옆에서 기도하는 안면이 있는 보살님의 무의식 속으로 자신도 모르게 들어가게 되었다. 기억의 파노라마를 보듯이 보살님에 관한 정보가 영화처럼 스크린 위에 죽 펼쳐지는데, 그 장면들이 순식간에 빨려 들어오는 것이었다. 어떻게 이런 일이, 깜짝 놀랄 수밖에 없었다. 그런 일이 있고 나서 잠이 들면 꿈속에서 의식이 다른 차원으로 가는 일이 흔해졌다. 어떨 때는 누군가의 무의식 속으로 들어가 본 내용을 이야기해 주면, 그 사람도 그런 꿈을 꾸었다든가 친근한 느낌이 든다는 말을 해 주었다.

신록의 계절 5월이 가고 첫여름이 시작되는 6월이다. 절기로 치면 이 시기는 곡식의 종자를 뿌려야 할 망종으로 모내기와 보리 베기에 알맞은 때다. 농촌에서는 보리를 베어 내고 모를 심어야 하니 눈코 뜰 새 없이 바쁘다. 6월이 되어 농사일에 지친 농부들처럼 학생들도 오후가 되면 더위에 지치고 졸음이 쏟아지기 십상이다.

어느 오후 지구과학 시간이었다. 선생님은 학생들의 처지를 아는지, 기운을 북돋워 주려는지 아무거나 괜찮다며 궁금한 사항 있으면 질문하라고 한다. 뒤편에서 한 학생이 "선생님, 노래 한 곡 불러 주세요." 한다. 선생님은 "옆 반에 방해가 되니 노래는 다음에 들려

줄게." 한다. 학생들의 특별한 질문이 없자 망설이던 주서가 손을 들더니 질문을 한다.

"선생님, 중력에 관하여 질문하겠습니다."

"그래, 말해 봐."

"중력은 물체와 물체가 서로 끌어당기는 힘이라고 알고 있는데요. 물체를 잡아 주는 구심력이 없다면 작은 물체는 큰 물체에 끌려가 충돌할 수밖에 없습니다. 우주 공간에서 지구와 태양의 균형을 이루게 하는 구심력이 무엇이라고 봐야 할까요?"

"쉽고도 어려운 질문인데. 구심력은 지구와 태양 자체가 갖고 있는 힘이라고 봐야 하지 않을까?"

"하나만 더 질문하겠습니다."

선생님이 고개를 끄덕인다.

"지구가 왜 자전을 하는지 궁금합니다."

"잘 모르겠는데, 지구에게 물어봐야 될 것 같다. 그것을 알면 내가 여기에 있겠나! 지금쯤 카이스트에서 강의하거나 연구하고 있겠지. 모든 천체는 자전을 하는데, 왜 자전을 하는지 정확하게 아는 과학자는 아마 없을 거야. 그런데 '왜'라는 질문이 마음에 든다. 모든 학문이 그렇지만 특히 자연과학은 '어떻게'를 넘어 '왜'라는 의문을 가져야 근본적인 답을 얻을 수가 있어."

"네, 알겠습니다."

"주서 너, 이과로 진로를 바꾸어야 하지 않을까? 지금도 늦지 않았는데. 왜 문과를 선택했니?"

"부모님이 천문학 같은 거 하면 밥 못 먹는다고 극렬히 반대를 해서요."

선생님이 씩 웃으며 말한다.

"대한민국에 아까운 과학자 한 사람이 사라지는구나!"

이제 며칠이 지나면 무더웠던 여름 방학도 끝난다. 아, 방학! 시작은 신났는데 끝은 바쁘고 아쉽다. 더위가 한풀 꺾인 오후, 주서는 마을 소년들과 두리봉으로 소 풀을 먹이러 갔다. 소 뜯기러 가면 으레 소는 소대로 몰려다니며 풀을 먹고 소년들은 뭉쳐서 논다. 그러다가 해가 지면 소를 몰고 집으로 오면 된다. 살면서 소 뜯기기만큼 평화롭고 자유분방한 시간이 또 있으랴!

주서는 두리봉에 올라 사방으로 펼쳐진 산과 들을 굽어보며 노사리 마을 산을 바라본다. 저 멀리 산에도 소들이 풀을 뜯고 있다. 두 팔을 크게 흔드니 저쪽에서도 반응을 한다. 아마 성모도 소 먹이러 온 것 같다. 아이들에게 소를 봐 달라 하고 그쪽으로 갔다. 성모도 오고 있었다. 둘은 중간쯤에서 만나 반가운 시간을 보낸다.

"주서야, 방학 잘 보내고 있니?"

"그런대로. 너는?"

"방학이 끝날 때면 항상 아쉽잖아."

"그렇긴 하지. 내년이면 고3이 되니 소 뜯기기도 올해가 마지막인 것 같다."

"그러게 아쉽다. 우리의 청소년 시절도 이렇게 지나가는구나!"

"우리는 한편으로 소 뜯기기 친군데. 매년 여름 방학 때 여기서 만나 많은 얘기를 나누었잖아."

"그렇지. 추억이란 것이 이런 게 아닐까."

"성모야, 미나 보고 싶지 않니?"

"보고 싶지. 그런데 미나는 왜, 무슨 일 있나?"

"그런 건 아니고. 국민학교 때 너하고 미나 '원숭이 사건'으로 서먹하게 지냈잖아."

"그건 옛날 일인데 뭘. 그 사건 전에는 미나와 라이벌 의식이 강했던 것 같아. 곰곰 생각해 보니 각자 주관이 있고 가치관이 있는데. 미나한테 미안하다고 할걸 그러지 못한 게 좀……. 미나 보면 안부나 전해 줘."

둘만의 소 뜯기기 시절은 가물가물 저물어 가고, 잊을 수 없는 추억은 저 하늘에 반짝반짝 수놓으리라!

그날 밤, 주서는 미나가 보고 싶어졌다. 성모의 근황도 전할 겸 미나네 교회로 갔다. 미나가 놀라며 반갑게 맞아 준다.

"어쩐 일로 이 밤에 왔나요?"

"방학 잘 보내고 있는지 궁금해서."

"그게 아닌 것 같은데. 본론으로 넘어가자."

"그냥 왔다기보다 낮에 성모와 여름 방학 특집 마지막 소 뜯기기 행사를 끝냈거든."

"난 또 뭐라고. 성모 잘 지내지? 보고 싶은데."

"너 보면 미안했다고 안부 전해 주라고 하더라."

"야, 뭐가 미안한데? 밑도 끝도 없이."

"어쩌다 '원숭이 사건' 얘기가 나왔어."

"그걸 아직도 기억하고 있다더냐?"

"그런 게 아니고. 너 마음 아프게 해서 미안하고, 미안하다는 말 못 해서 더욱 미안하고 등등."

"그렇게 말하면 내가 더 미안하지. 성모 말이 틀린 게 아니잖아. 원숭이 사건인지 뭔지, 그 일 있고 나서 나도 많이 반성했어. 그때는 내가 열렬한 크리스천이었으니까. 성모도 이해할 거야."

"두 사람 생각이 같네. 이만 가 볼게."

"학교까지 바래다줄게."

미나와 주서는 하천 제방 길을 따라 걸어간다. 한여름이 지난 밤공기는 매미 우는 소리처럼 한결 시원하다. 밤하늘에는 상현달이 내려다보고 가지런하게 서 있는 나무들의 그림자를 밟으며 두 사람은 다정하게 얘기하며 간다.

"주서야, 지난 늦가을 선어대로 산책할 때가 가끔 생각나던데. 그때가 굉장히 좋았어."

"그때 우리가 한 편의 영화 속 주인공이라는 생각이 들던데."

얼마의 시간이 흐르고 학교 후문 가까이 왔을 때, 주서가 살며시 미나 손을 잡는다.

"손은 왜 잡니?"

"나도 모르게 손이 가네. 네가 예쁘고 달님처럼 은은한 향가가 나서 그런가 봐."

"시를 쓰고 있네. 오늘이 처음이자 마지막이다? 마음속으로만 좋아해라."

미나와 헤어지고 주서는 들길을 지나 신작로를 따라 집으로 가는데 갑자기 은파가 생각난다.

"참 이상하다. 미나를 만나고 나면 은파가 떠오르고, 은파를 만나고 나면 미나가 떠오르니……"

1978년 3월이 되었다. 고등학교 입학이 엊그저께 같았는데 벌써 3학년이 되다니 세월 빠르기도 해라. 주서는 고3이라는 자부심보다는 입시에 대한 걱정이 앞선다. 공부한 것도 별로 없고 은파와 선어대에서 몇 번 만난 것 외에는 특별이 한 일도 없었는데 어느새 7월이 되었다.

7월 4일 오후 수업이 끝나 갈 무렵, 청천벽력의 비보가 들렸다. 1학년 셋이 선어대 위쪽 반변천에서 수영하다가 익사했다는 전언이다. 이 일을 어쩌나! 슬픈 소식은 삽시간에 3층 교실로 전해지고, 선생님과 학생들이 현장으로 달려갔다. 어제까지만 해도 운동장에서 힘차게 축구하던 동생들인데. 주서는 슬픔이 밀려와 도저히 도서실에 갈 수가 없어 집으로 왔다. 저녁을 먹는 둥 마는 둥 멍하니 밤늦게까지 상념에 잠겨 있었다.

'선어대와 반변천, 그동안 많은 추억을 주었는데 이제는 그 모든 것이 미움을 넘어 싫어졌다. 철 따라 변하는 풍광이 아름다웠고, 은파와의 만남이 작은 기쁨이었는데 모든 게 사라져 간다. 때로는 고요하게, 비가 오면 요란하게 낙동강 물이 되어 바다로 흘러가는 냇물을 원망해 본다. 이 슬픔을 아는지 모르는지, 야속한 저 냇물은 이 깊은 밤에도 유유히 흘러가겠지.'

9월 중순, 은파는 화장실을 다녀오다 복도에서 미나와 마주쳤다.
"미나야, 주서 선어대에 안 나오던데."

"고3이라서 그렇겠지. 나도 저번 토요일 시골집에 가다가 만났는데. 지난 7월 초에 걔네 학교 1학년생 몇 명이 반변천에서 익사 당한 뒤로 선어대에 갈 마음이 내키지 않다고 하더라."

"그런 일 있었다고 들었는데. 충격이 너무나 컸겠구나!"

그 후로 은파는 주말에 시골집을 오갈 때마다 버스가 주서네 학교 앞 정류장에 멈추면 습관적으로 교문을 응시하곤 했다.

거리에는 낙엽이 뒹굴고 스산한 바람이 불던 11월 어느 오후였다. 은파는 시골집으로 가면서 주서네 학교 앞을 지나게 되었다. 차창으로 스쳐 오는 학교 풍경을 보자 알 수 없는 눈물이 쏟아진다. 오늘따라 애타도록 주서가 보고 싶다. 고독의 쓰라림은 공존에의 그리움이라 했던가! 선어대에 이르는 내내 지난 3년간의 만남이 파노라마처럼 펼쳐진다. 선어대 바위에서 말없이 흐르는 냇물을 물끄러미 바라본다. 주서야, 마지막까지 파이팅! 그리고 은파는 쏟아지는 눈물을 가슴으로 삼켰다.

내 삶은 나의 것이지만 마음대로 되지 않는 것이 또한 세상이다. 청소년 시절의 꿈은 희망과 설렘을 주지만, 그것이 이루어지지 않으면 상실감이 덮쳐 상처를 남긴다. 세상은 모두를 만족시키지 않는다. 그렇지만 신은 모두를 사랑한다. 다만 그것을 받아들이는 사람에 따라 세상은 달리 보일 뿐이다.

어찌되었건 1979년은 변화의 물결이 일렁인다. 대학 갈 놈은 대학으로, 또 다른 길을 갈 놈은 그 길로 가게 마련이다. 미나는 신학대학을 생각해 보았으나 일반 대학 종교학과를 선택했다. 성모는 어릴 적부터 꿈이었던 생물학과에 진학했다. 선녀는 자기 자신을 잘 알기에 그 길로 갈 수밖에 없었다. 생로병사와 길흉화복에서 자유로울 수 없는 인간의 삶에 대해 근원적인 공부를 하고 싶었다. 이들 세 친구에 비하면 주서는 확고한 신념이 있는 것도 아니고 원하는 대학을 간 것도 아니지만, 그 나름대로 세상에 맞추어 살 수밖에 없는 처지가 되었다.

그럭저럭 4년의 시간이 흘렀다. 선녀는 명산대찰을 찾아 심신을 수련하고, 이름난 도량(道場)에서 수행 정진하며, 명리학 등에 조예가 깊은 스승에게서 자신의 능력을 시험받았다. 세상에 나아가도 되겠다는 확신이 서자, 삶의 고민이 많은 사람들의 고뇌를 어루만져 주리라고 마음먹었다. 그리하여 계룡산 자락의 어느 정사에서 도반들과 함께 내방객들의 전생을 상담하고 있다. 미나는 불교대학원에 진학했으며, 성모는 병역을 마치고 복학하여 2년 후에 영국에 유학할 계획이다. 그리고 주서는 대학 생활 4년 동안 천문대를 찾는 등 틈틈이 천문학을 공부하는 것 외에는 별다른 흥미가 없었으며, 고시 공부를 했으나 뜻을 이루지 못하고 군에 가게 되었다.

주서가 군 생활을 한 지도 어느덧 2년이 지났다. 올겨울이 가면 지긋지긋한 공간에서 벗어나 자유롭게 하늘을 나는 새가 되리라. 겨울이 시작될 무렵, 부대가 전투 지역 전단에서 GOP 철책으로 이동하여 야간 경계 근무를 하게 되었다. 이제 혹독한 추위에도 적응되어 거리낄 것이 없었다. 갓 전입한 이등병과 한 조가 되어 철책선 계단을 오르다 걸음을 멈추고 밤하늘을 쳐다본다. 오늘따라 오리온자리가 선명하게 빛난다. 주서는 별자리를 가리키며 백 이병에게 보라고 한다.

"오리온자리 말입니까?"

주서가 놀라며 묻는다.

"오리온자리 알아?"

"네. 제가 천문학을 전공하고 있습니다."

"그래, 반갑다."

두 사람은 초소에 들어와서 별 이야기를 한다. 주서가 별자리 중에서 아까 본 오리온자리를 가장 좋아한다고 하자, 백 이병이 묻는다.

"금 병장님, 천문학 전공하셨습니까?"

"그건 아니고 어렸을 때부터 별을 좋아하고 천체에 관심이 많았는데, 그 길로 가지 못했어."

"대학원에서 천체물리학을 공부하면 되잖습니까?"

"인문사회학 전공자도 그쪽으로 갈 수 있나?"

"입사 시험도 아니고 학부 졸업하면 갈 수 있는 것 아닙니까? 기계공학 전공자가 천문대학원에 다닌다는 이야기를 들었던 것 같은데요."

"한번 생각해 봐야겠네. 고맙다."

"제가 한번 알아봐 드리겠습니다."

1985년 4월, 주서는 군복무를 마치고 한 7개월 동안 천문학 공부에 전념했다. 공부는 어렵긴 해도 재미가 있었다. 이듬해 1월, 천문대학원에 입학 지원을 했다. 시험을 보기도 전에 담당 교수로부터 면담 요청을 받고 면담하게 되었다.

"특이한 경우라서 단도직입적으로 묻겠습니다. 여타 학문은 학부 전공과 대학원 전공이 다를 수 있는데, 천문학의 경우에는 비전공자가 천문대학원에서 공부한다는 것은 어려움이 많습니다. 특별한 동기가 있습니까?"

"물론 어렵다는 것은 압니다만, 제가 천문학을 좋아하고 천체를 탐구하고 싶어서 그렇습니다. 시간이 더 지나면 학교에서 공부할 기회가 없을 것 같아서요."

"하나 물어볼게요. 오해는 마십시오. 생계는 걱정이 없습니까?"

"그건 아닌데요."

"그러면 본인은 천체물리학 쪽으로 공부하고 싶었는데, 혹시 부모님이 반대해서……."

"그렇습니다. 어떻게 그런 걸 다 아시나요?"

"제 경우도 그런 사정이 있었는데, 끝까지 고집을 부려 여기까지 오게 되었지만 때로는 후회한 적이 있었습니다. 다시 돌아간다면 다른 길도 한번 생각해 보고 싶습니다. 하나만 더 묻겠습니다. 아인슈타인의 일반상대성이론 아시죠?"

"네. 대부분의 천체물리학자가 그 이론을 금과옥조로 생각하는데, 저는 일반상대성이론이 다 맞다고 생각하지 않습니다."

교수님은 고개를 끄덕이며 말을 이어 간다.

"일반상대성이론의 주 내용은 물체가 있으면 중력이 있고, 중력은 시공간을 일그러지게 하고, 일그러진 시공간을 지나는 빛은 휘어지고, 시간은 느려진다는 것인데요. 공간에서의 빛이 휘어진다는 것은 맞지만 물질과 물질이 상호 작용을 하고, 물체의 주위에는 물체가 가지는 질량에 따라서 곡률이 만들어진다는 주장은 확인된 바 없지요. 천체가 빛을 끌어당기기만 하는 것이 아니라 밀어낸다는 생각은 해 보지 않았나요?"

그 순간 주서는 심장이 멎는 줄 알았다.

"저도 그렇게 생각하고 있습니다."

결론적으로 당신을 위해 우리 대학원 입학을 허용하기가 어렵다며 교수님는 그 연유를 말한다.

"천문학 비전공자가 천문대학원에서 공부하는 데는 학부 과정의 일부를 수강해야 하기에 공부해야 할 분량이 많고요. 또한 지원자가 알고 싶어 하는 여러 사항에 대하여 시원하게 답할 수 있는 여건이 안 됩니다. 무엇보다도 과학 이론으로 정립된 사항은 쉽게 변하지 않습니다. 학교라는 카테고리에 사고가 갇히면 유연성이 떨어져 새로운 방향으로 나아가기가 어렵지요. 종합적으로 볼 때 지금 그대로 공부하는 편이 낫지 않을까 합니다. 공부하다가 의문 사항이 있으면 어제든지 내방하여 함께 논의해 보고 싶네요."

"교수님, 아쉬움이 있지만 상담해 주셔서 감사합니다."

주서는 정중히 인사를 하고 나왔다.

주서는 며칠 동안 교수님의 말씀을 곰곰이 생각하고 곱씹어도 보고 또 되새겨 봤다. 그 말씀이 백번 맞고 타당하다고 하면서도 마음 한구석에는 뭔가 허전함이 밀려왔다. 다른 방법은 없는가? 한동안 우울한 시간을 보냈다. 지금 심정으로는 모든 것을 잊고 부처님 세계로 가고 싶다. 문득 재수하다가 예비고사 3일 전에 불교에 귀의한 고등학교 동창이 떠오른다. 그는 어떻게 살고 있을까? 만나 보고 싶은데 어느 사찰에 있는지도 모르고 이름만 아는 정도이니 그렇게 할 수도 없었다.

그러던 어느 날, 주서는 밤늦은 시각에 홀로 술을 마시게 되었다. 술기운에 성모, 미나, 선녀가 생각나며 참 좋은 시절이 스쳐 간다. 친구란 무엇일까? 또 다른 나의 영혼, 그냥 한번 웃어 본다. 진정한 친구는 어렵고 힘들 때 얘기할 수 있어야 하는데 성모는 외국에서 박사 과정 중이고, 선녀는 내방객이 많아 바쁜 것 같고. 그래. 미나를 만나 봐야겠다.

다음 날 오후, 주서는 미나가 다니는 대학원 도서관으로 갔다. 왠지 거기에 가면 미나가 있을 것 같다. 며칠이 지나면 입춘이지만 아직도 날씨는 춥고 방학 기간이라 캠퍼스의 풍경은 쓸쓸하다. 도서관에 가니 주위를 의식하지 않고 책에 빠져 있는 미나의 지적인 모습이 아름답다. 다가가서 옆에 서 있으니 미나가 올려보며 깜짝 놀란다.

미나가 나지막하게 말한다.

"여기 어떻게 왔니?"

"마음이 이곳으로 인도해서."

두 사람은 휴게실로 자리를 옮겼다.

"무슨 일 있냐?"

"왜, 오면 안 되냐?"

"아니 뜻밖이라서. 대학원 가는 문제는 잘 되어 가고 있니?"

"사실 그것 때문에 온 거야. 신상에 변화가 있을 것 같아서 전문

가인 네 자문을 구하려고."

주서는 그간의 자초지종을 말했다.

미나가 대뜸 말한다.

"그 교수님 존경스럽다."

"나도 그렇게 생각은 해. 그렇지만 내 인생을 돌아보니 삶이 너무 허무한 것 같아. 그래서 말인데, 세상사 모두 잊고 불교에 귀의하면 어떨까 해서."

침묵의 시간이 흐르고 미나가 운을 뗀다.

"네 마음 충분히 이해는 가는데, 내가 이래라저래라 할 자격이 있는 것도 아니고 그저 참고만 해. 결혼은 해도 후회, 안 해도 후회라는 말이 있듯이 모든 결정은 본인이 하는 거겠지. 너 환속이란 말 들어 보았지?"

"환속한 사람을 직접 만나지는 않았지만 그 정도는 알지."

"요즘 내가 환속을 주제로 칼럼을 쓰려고 환속한 사람들을 만나고 있는데. 환속하는 사람들이 신과 종교를 부정해서 환속하는 것이 아니거든. 어쩌면 그들은 진정한 성직자일지도 몰라.

종교 시설 주변이 우리가 생각하는 것 같이 청결하지 않아. 이를테면 종교 조직의 불합리함, 성직자 개인의 태만함과 사생활의 문란함이라고 할까 뭐 그런 게 있어. 세상은 나만 열심히 한다고 되는 것이 아니고 환경의 영향을 많이 받잖아. 성직자의 삶이 성스러운 것 같지만 그 나름대로의 어려움을 극복하지 못하면 속세의 삶보다 낫다고 할 수 없어.

종교적인 삶을 경험해 보는 것도 괜찮겠지만, 신은 인간에게 다양한 삶을 살 수 있도록 충분한 시간을 주지 않았어. 물론 그 길로 가는 것이 좋을 수도 있지만, 네가 종교에 귀의했다가 환속했다고 생각해 봐. 그것에 관심 갖는 사람은 없겠지만, 자신의 처지를 자책하면서 살지도 모르잖아. 솔직히 너를 생각하는 내 마음은 그 교수님 생각과 같아. 나는 네가 어떤 선택을 해도 존중하고, 우리의 우정은 영원할 것이며, 그리고 우정 그 이상도 그 이하도 아니야."

"조언 고맙다. 다시 한번 생각해 볼게."

주서는 미나의 조언과 위로를 받았지만 혼란은 여전히 남아 있었다. 인생길은 아무도 모르며 어느 길로 가든 종착지는 같다고 하더라도 여러 사람이 옳다는 길을 따르는 게 순리겠지. 그런데 주서는 중요한 사실 하나를 알게 되었다.

주서와 미나는 오랜 단짝 친구로서 서로를 아껴 주고 바라보며, 둘 사이에는 사랑과 우정이 줄다리기를 하고 있었다. 봄이 온 것 같았는데 벌써 가을을 알리듯 세월이 흘러 그들의 공간에는 어느덧 사랑이 비워지고 우정으로 꽉 채워졌다.

교수님 말씀이나 미나 조언을 수긍하면서도 가슴에 와닿지 않으니, 이를 어찌해야 하나. 누군가에게 흠씬 두들겨 맞고 서럽게 울며 비참함을 토로하고 싶다. 몇 날을 그리 보내다가 대자연에 부딪쳐 보리라는 영감이 떠올랐다.

다음 날, 주서는 무작정 태백산으로 겨울 산행을 갔다. 우수가 지났으나 태백산은 눈이 쌓인 한겨울이다. 세찬 바람을 맞으며 눈 속을 뒹굴며 우리 민족의 영산과 하나 되어 본다. 뼈를 에는 냉기가 온몸으로 스며든다. 한참 있으니 가슴이 고동친다. 폐부에 응어리진 찌꺼기가 하나하나 분출된다. 다시 새롭게 시작하는 거야! 내일부터 낙동강을 따라 걸으리라.

태백산 아래 황지연못에서 시작하여 강을 따라 걷는다. 길은 강물과 나란히 가다가 어느 순간 끊어지기도 하고, 계곡을 지나면 다시 만나고, 때론 영동선 철도와 함께하기도 하고, 협곡을 이루기도 한다. 주서는 그러한 환경과 여건을 체험하며 외딴 촌락에서 살아가는 단순하고 질박한 삶도 보았다.

사람 사는 모습을 보면서 삶이 무엇인가를 새삼 느끼게 되었다. 세상은 나 혼자가 아니라 우리가 만들어 가고 있음을, 내 중심에서 벗어나면 또 다른 삶의 향기가 있다는 것을 가슴 한가득 흡입했다.

주서는 여러 날을 걸으며 돌아왔다. 힘이 들었지만 홀가분하다. 교수님이 물은 생계 문제부터 해결하고 나의 길을 가리라고 다짐을 했다. 이제 부모님의 그늘에서 벗어날 때도 되었다. 경제적으로 독립하자면 취업이 급선무다. 일 년 넘게 공부하며 몇 번의 좌절을 맛보고 1986년 7월, 국가하천관리공단에 입사했다.

1992년 11월, 주서는 승진 시험에 합격하고 그해 12월 남한강지사에 발령을 받아 관리과장이 되었다. 입사 후 본사에서만 근무하다 지사에 내려오니 서먹했는데 모든 게 익숙해지고 직원들과 가족처럼 지내게 되었다.

이듬해 3월 주서는 회사에서 매년 하는 건강검진을 건국대학교 충주병원에서 받았다. 처음 가는 병원이지만 좋은 기운을 받은 듯 심신이 편안하다. 간호사들의 상냥한 목소리와 친절이 더해져 검진 내

내 기분이 좋았다. 상담 의사도 별 이상이 없다며 건강하다고 한다.

그러던 4월 어느 날, 저녁 9시 뉴스를 보고 있는데 갑자기 통증이 배를 들쑤신다. 그전에도 이런 일이 몇 번 있었지만 시간이 지나면 괜찮았다. 오늘 밤에는 시간이 지날수록 통증이 더욱 심해졌다. 어쩔 수 없어서 주서는 임 대리에게 전화를 하여 병원에 가야 하니 와 달라고 했다.

임 대리가 오자마자 묻는다.

"과장님, 진짜 아파요?"

"그럼 아프지. 약 올리니?"

"소주 한잔 하고 싶어서 그런 줄 알았지요."

"잔말 말고 빨리 병원에 데려다줘."

"어느 병원으로 갈까요?"

"건대병원이지, 뭘 물어."

병원에 도착하니 응급실 담당 의사가 급성 맹장염이라며 더 늦었으면 복막염으로 번질 뻔했다고 한다. 바로 수술에 들어가기로 했다. 그리고 간호사가 차트를 작성한다며 임 대리에게 묻는다.

"보호자는 누구신가요?"

"과장님이 총각이라서 시골집에 부모님이 계시긴 한데요."

"그럼 회사 직원을 보호자로 해야겠네요."

임 대리가 말한다.

"같은 부서에서 근무하는데 저로 해 주세요."

"맹장염은 큰 병이 아니니 병실은 4인실로 할게요."

"과장님은 돈이 많으니 1인실로 해 주세요."

"알겠습니다."

오지랖이 넓은 임 대리가 주변을 살피더니 간호사에게 말한다.

"간호사님, 미인이신데 우리 과장님 소개해 드릴까요?"

"네에? 저 결혼했어요. 아기도 있는데."

"아유, 실례했습니다. 다른 간호사 소개해 주시면 좋겠는데요."

"좋은 사람 있기는 한데. 밤이 늦었으니 오늘은 이만……."

임 대리는 혼자 중얼거린다.

"총각 과장님 모실라니 힘들어 죽겠네. 맨날 같이 놀아 줘야 하고"

다음 날 아침, 간호사들이 담당 병실로 들어가는 것을 보고 주서 담당 간호사가 간호사실에서 수간호사에게 부탁을 한다.

"언니, 606호 맹장염 수술 환자 항생제 주사를 맞아야 하는데 오늘 내 컨디션이 안 좋아서, 언니가 해 줬으면 좋겠는데."

"다른 간호사에게 부탁하면 되잖아."

"벌써 모두 병실을 회진 돌고 있어서."

"알았어, 그럴게."

수간호사가 준비하며 환자 기록 차트를 보더니 '그 사람 이름과 나이가 같다'며 조금 놀란다. 그럴 수도 있지 생각하며 병실로 들어서는데 TV를 보고 있는 환자의 옆모습이 낯이 익었다. 멍하니 서 있는데 환자가 얼굴을 돌리더니 깜짝 놀란다. 두 사람은 시간이 멎은 양 서로를 바라보고 있었다.

"은파 씨 맞지? 오랜만이네."

주서가 겨우 말했다.

은파는 전혀 뜻밖이어서 그런지 고개만 끄덕인다. 마음을 추슬러 주사를 놓아주고 나중에 얘기하자며 병실을 나왔다.

　은파는 하루 종일 마음이 뒤숭숭하여 일도 손에 잡히지 않았다. 주서 근황에 대하여 하천관리공단 직원이 한 얘기를 간호사에게서 전해 들었다. 주서도 간호사가 병실에 들어오자 은파에 관한 궁금증을 물어보고 그간의 사정을 들었다. 저녁 식사 시간이 되자 은파는 한결 밝은 모습으로 주서 병실에 갔다. 준비해 온 전복죽을 내려놓으며 주서에게 저녁부터 먹으라고 한다.

　은파는 식사하는 내내 주서 얼굴을 뚫어지게 본다.

　"왜 그렇게 보고 있어, 민망하게."

　"너무 뜻밖이고 신기해서."

　저녁을 먹은 후 두 사람은 차를 마시며 얘기를 이어 간다.

　"지난 3월에 건강검진을 받으러 여기 왔었는데, 병원이 깨끗해서인지 어떤 기운이 끄는 것 같더라. 은파 씨가 있어서 그랬을 거야."

　"나도 그 무렵 주서 씨 회사 직원들 명단을 무심코 보게 되었는데, 같은 이름이겠거니 했지. 그 뒤로 두세 번 선어대가 떠오르더라."

　"은파야, 미안하다. 진짜 많이."

　"주서 씨, 나도 미안해. 이제 그런 말은 하지 말자."

　"아까 낮에 병실에 홀로 있으면서 깊이 생각해 봤는데. 우리 선어대 시절로 돌아가면 안 될까?"

　"단절의 시간이 길어서 천천히 생각해 보자고."

　주서가 고개를 끄덕이며 말한다.

　"그 시절을 복원하고 유연하게 연결하자면 많은 시간이 걸리겠지. 함께 노력하자."

함께 노력하자는 말을 듣자 은파 눈가에는 이슬이 맺힌다.

그동안 몇 번 만나고 두 사람은 5월 중순에 소백산엘 갔다. 싱그러운 녹음을 마주하며 시원한 계곡 물소리를 들으니 청춘을 찾은 한 쌍의 원앙이 된 기분이다. 이제 둘은 하나가 된 듯 장쾌하게 떨어지는 희방폭포의 기운을 받아 깔딱고개를 오르고 있다. 주서는 "힘들지?" 하며 은파 얼굴을 바라본다. 두 사람은 흘러내리는 땀방울을 서로 닦아 주며 활짝 웃는다.

다시 산을 가파르게 올라가며 은파는 생각한다.

'이럴 때 손 좀 잡아 주면 덧나나. 그 많은 세월이 흘러도 순수해. 그래서 내가 이 남자를 잊지 못했나!'

드디어 연화봉에 올랐다. 두 사람은 환호하고 사방의 풍경에 취해 있다. 그런데 주서는 소백산천문대를 하염없이 바라보고 있다.

"주서 씨, 별님 생각해?"

"응. 저런 천문대에서 근무하는 게 꿈이었는데."

"어디서나 별을 관측하면 되지 않나? 꿈꾸는 사람이 행복하대."

"그렇긴 하지. 이 세상에서 은파 씨 다음으로 별을 사랑하니까."

1993년 9월, 추석이 다가오기 전 금요일이다. 오늘은 주서와 은파가 청풍호로 나들이 가기로 한 날이다. 두 사람은 아침 9시경에 만나 청풍호로 출발했다. 차는 번잡한 충주 시내를 빠져나와 수안보 방면 3번 국도로 진입하여 다시 단양 방면 36번 국도를 가다가 제천 수산면 갈림길에서 청풍호반 길로 들어섰다. 싱긋 웃는 두 얼굴에는 익어 가는 가을 풍경의 정취가 차창으로 들어오듯 행복이 묻어난다. 이따금 스쳐 가는 호수의 물결을 바라보며, 두 사람은 안동댐과 반변천에 건설 중인 임하댐 이야기를 한다.

시골의 한적한 도로로 들어서니, 충주댐 건설로 삶의 터전 대부분을 호수에 내어주고 남겨진 아기자기한 풍광이 펼쳐진다. 주서는 이 멋진 풍경이 자신들과 함께하기를 기도하고, 은파는 잊을 수 없는 추억이 명작으로 영원하기를 갈망한다.

이윽고 두 사람은 청풍문화재단지로 들어가는 팔영루 앞에 이르렀다. 청풍문화재단지는 충주호가 생기면서 수몰되는 지역에 산재되어 있던 문화재로 조성되었다. 뒤편으로는 청풍호가 자리하고 앞쪽으로는 비봉산이 솟아 있다. 단지 내 풍경은 팔영루를 지나 보이는 석조여래입상과 수몰되어 복원된 고택들의 멋스러움과 망월산성에 올라 청풍호를 조망하는 느낌이 크나큰 특징이다.

두 사람은 한옥을 둘러보고 한벽루, 응청각, 금병헌이 연이어 있는 옛날 관청 자리로 갔다. 주서는 마치 문화해설사가 된 양 응청각을 설명한다.

"응청각은 퇴계 선생이 단양군수로 있을 때 명기 두향과 하룻밤 묵었던 곳이야. 두 분은 8개월 정도 함께했으나 퇴계 선생이 단양을 떠난 뒤에는 만난 적이 없다고 해. 그리고 퇴계 선생은 두향이 선물한 매화분을 죽는 날까지 애지중지했다고도 해. 사람들은 이 이야기를 하면서 '매화는 한평생 추워도 그 향기를 팔지 않는다'는 글귀를 떠올리곤 하지."

두 사람은 시간 가는 줄 모르며 사랑나무 연리지, 유물전시관 등을 둘러보고 문화재단지를 나오며 마지막으로 팔영루에 올랐다.

잠시 뜸 들이더니 주서가 은파에게 다가가며 말한다.

"은파 씨, 눈감아 볼래?"

"왜, 고백이라도 하려고?"

"아니."

갑자기 은파 얼굴이 파르르 떨리며 굳어진다.

그 순간 주서도 당황해한다.

"고백이 아니라 청혼하려고."

곧바로 주서는 반지를 내밀며 말한다.

"은파 씨, 나와 결혼해 줄래?"

은파는 폭풍의 눈물을 흘리며 말한다.

"어떻게 사람을 까무러치게 하나!"

둘은 서로에게 커플링을 끼워 주고 길게 포옹한다.

주서는 눈물을 닦으라며 손수건을 건네며 말한다.

"여기 걸려 있는 팔영시(八詠詩)가 우리가 맞이하고 만들어 갈 세상이라고 생각해. 옆에 안내문 한자를 커닝해도 좋으니 한 구절씩 소리 내어 읽으면 풀이는 내 버전으로 해 줄게."

은파는 미소 지으며 고개를 끄덕인다.

"청호면로(淸湖眠鷺)"

"맑은 호수에 졸고 있는 백로가 한가롭고"

"미도낙안(眉島落雁)"

"섬 끝에 내려앉는 기러기 낭만이어라"

"파강유수(巴江流水)"

"청풍강에 유유히 흐르는 강물이 아름답고"

"금병단풍(錦屛丹楓)"

"비단병풍을 두른 듯 금병산 단풍이 절경이라"

"북진모연(北津暮煙)"

"북진나루에 피어오르는 저녁 연기 일품이요"

"무림종성(霧林種聲)"

"안개 낀 숲에서 들려오는 종소리가 좋아라"

"중야목적(中野牧笛)"

"들 가운데 퍼지는 목동의 피리 소리 평화롭고"

"비봉낙조(飛鳳落照)"

"비봉산에 해 질 무렵 노을이 장관이더라"

주서와 은파는 점심을 먹으며 얘기를 나눈다.

"은파 씨, 우리 성탄절 즈음에 결혼할까?"

"좋아. 눈이 내리면 더 근사하겠는데. 근데 미나는 잘 있지?"

"그럼 잘 있지. 미나는 왜?"

"미나 본 지가 까마득하네. 여고 졸업하고 만난 적이 없으니까."

"갑자기 미나가 생각났어?"

"우리 사이가 좀 이상했잖아. 주서 씨와 미나가 국민학교 동창이고, 쭉 가깝게 지낸 것도 사실이고, 언제가 한 번은 만나야 되니까."

"이제 가끔 만나게 될 건데 뭐."

"우리 결혼하는 거 내가 미나에게 알릴게."

"그렇게 해. 너무 신경 쓰지 말고."

은파는 몇 년 만에 추석 쇠러 시골집에 왔다. 추석 전날 오후라 아버지는 집 주변을 정리하고, 어머니와 동생들은 한가위 음식을 장만하느라 분주하다. 부모님께 인사드리니 반가워하면서도 분위기는 예전만 같지 않다. 그래도 은파의 밝은 모습에 함께 일하며 집안이 시끌벅적하다.

일손을 거들던 막내 여동생이 어머니에게 다가가 귓속말을 한다.

"엄마, 큰언니가 반지 같은 걸 끼고 있던데."

"나도 봤다."

"혹시 큰언니 남자 있는 거 아닐까?"

"얘는, 앞서가지 마. 그러면 얼마나 좋겠냐만 요새는 건강을 위해서 팔찌, 귀걸이, 반지를 몸에 주렁주렁 달고 다닌다고 하더라. 간호사니까 그런 걸 잘 알겠지."

"그래도 저녁에 엄마가 한번 물어봐."

"알았다. 일이나 하자."

저녁을 먹고 한참 후, 이웃에 사는 뱃사공 일을 했던 오촌 아저씨가 은파 왔다는 말을 듣고 오셨다. 아버지와 아저씨는 큰 마루에 앉아 술잔을 기울이며 얘기를 나누고 있다. 뒷방에 홀로 있던 어머니는 은파가 들어가니 할 말이 있다면 앉으라고 한다. "저도 들릴 말씀 있어요." 하며 은파가 어머니 앞에 앉는다.

어머니가 먼저 묻는다.

"그래, 할 말이 뭔데?"

미나가 쭈뼛하더니 말한다.

"저 결혼할 것 같아요."

"뭐라고, 결혼한다고? 진짜야?"

"네, 어머니."

"어떤 사람이야?"

은파는 주서와 등산 가서 찍은 사진을 보여 주며 말한다.

"이 사진을 보면 어머니도 알 텐데."

어머니는 사진을 찬찬히 보더니 놀라며 말한다.

"너 고등학교 다닐 때 선어대에서 봤던 그 학생 아니냐?"

"맞아요."

"알았다, 이 년아!"

어머니는 눈물을 훔치며 대청마루로 나갔다.

아버지는 어머니의 눈물 흔적을 보더니 심기가 불편한 듯 말한다.

"왜 그래? 큰애한테 무슨 일 있어?"

"은파 결혼한대요."

아버지가 은파를 부른다.

"은파야!"

은파가 아버지 곁에 앉으니, 아버지는 앞뒤 가리지 않고 말한다.

"그 사람 뭐 하는 사람이고?"

곧바로 어머니는 사진을 내보이고 아버지와 아저씨가 사진을 훑어보자 말한다.

"아재는 알 것 같은데요."

"어디서 본 얼굴인데. 아, 그 잘생긴 학생! 안동고등학교 다니던 주, 주서 아닌가요?"

"그 학생 맞아요."

아저씨는 아버지를 보며 말한다.

"형님, 은파 고등학교 다닐 적에 은파와 잘 어울리는 학생이 있다고 했잖아요. 기억 안 나요?"

아저씨는 '두 사람이 한 쌍의 원앙이 되었다'며 너스레를 떤다.

듣고 있던 아버지가 퉁명스레 말한다.

"이놈의 자식, 오기만 해 봐라 다리몽둥이를 확……."

"아버지도 참, 그런 말씀을 다 하세요?"

"좋아서 그런다."

아버지가 은파를 보며 묻는다.

"뭐 하는 사람이고?"

"국가하천관리공단 과장이에요."

아버지는 딸을 안아 주며 눈물을 글썽이고, 밤하늘에는 달님이 환하게 웃고 있다.

새천년이 된 지 엊그저께 같았는데 벌써 3년이 지났다. 2003년 5월 어느 날, 성모는 건설경영연수원에 강의가 있어 충주에 가게 되었다. 강의를 마치고 주서에게 전화를 한다.

"반갑다, 친구야. 오늘 아침에 까치가 울더니……."

"별 친구, 저녁 시간 비워 놓아라."

"충주에 온 거야?"

"그래, 강의도 끝나고 해후주가 그리워지네."

"오랜만에 왔으니 송계계곡 둘러보고 6시쯤 선영 씨네 일식집에서 만나자. 상봉주는 따스하고 정이 넘치도록 준비할게."

"오케이, 이따 봐."

두 사람은 저녁을 먹으로 정감 어린 얘기를 나누며 취기가 돌자 성모가 말을 꺼낸다.

"자기 앞가림도 못 하는 사람이 남의 일에 관심 갖는 것이 뭐하지만, 넌 승진 안 하냐?"

"승진이라. 누가 시켜 줘야 하지 내 마음대로 되나."

"별을 탐구하는 노력 십분의 일만 해도 되겠다."

"그렇긴 한데. 사실 승진이란 게 공정하고 정의롭게 되는 것이 아니잖아."

"어느 조직이나 다 그렇지만 학교도 마찬가지야. 학문의 연구 성과가 우선시되어야 하는데 그렇지 않은 경우가 허다해. 대부분이 인간관계가 좌우하니 그 인간관계라는 게 아름다워야 하는데, 그 이면에는 추함이 득실거릴 때가 있지."

"세상이 다 그러한데 뭐. 승진하는 걸 보면 학교에서 배운 것하고는 딴판이잖아. 승진에 불합리가 있다 하여도 수단 방법을 가리지 말고 하라면 뭐 한대? 그래도 최선을 다해야지. 직장인의 꽃이라고 할까 희망이, 낙이 승진이니까.

나도 본사에서 근무해 봤고 오라고 하는 부서도 있었는데 가지 않았어. 회사나 조직이라는 데가 어떤 면에서 참 그렇긴 해. 올바른 방향으로 업무를 추진하고 싶은데 장애나 방해도 있고, 심지어 해당 면허도 없는 회사에 수의계약을 강요하는 걸 보고 모멸감이 들더라. 잘은 모르지만 그 보이지 않는 비선 조직이 그들만의 이익을 위해 회사를 주무르고, 조직의 사기를 저하시켜도 실체가 들러

나지 않으니 어쩌겠어.

　사실 이런 얘기는 승진하지 못한 사람들의 변명이나 넋두리일 수 있고, 대부분의 사람은 열심히 노력해서 승진했겠지. 누구나 당당하게 일하고 싶지만 현실이 그러하지 않으니 잠시 비굴하게 살았을 거야. 누가 승진을 위해 선물을 보낸다고 하면 자존심 상해도 따라 해야겠지. 눈도장 찍으려고 승진할 때까지 남이 장에 가니 거름지고 장에 가듯 경조사는 다 찾아다녀야 하고, 그 시기만큼은 자기 삶을 포기해야 되잖아."

　듣고만 있던 성모가 한마디 한다.

　"야, 너 그런 게 싫어서 노력하지 않는 거 아니잖아."

　주서가 웃으며 말한다.

　"전적으로 그런 건 아니고. 몇 년 전에 톨스토이의 단편소설 「사람은 무엇으로 사는가」를 읽었는데 이상하게도 세상이 확 달리 보이더라. 어떤 선택을 할까 고민해 봤는데, 한 번뿐인 인생, 보람은 제쳐 두고라도 후회를 덜 하는 쪽으로 가자. 무엇보다 내 삶과 인생에 대해 깊이 생각했지. 어떻게 하다가 여행이 삶의 한 축으로 자리 잡더라. 그래서 자연이 주는 즐거움을 만끽하며, 선현들이 남긴 유산에 미소 지으려 찬찬히 우리 산하를 주유하는 것 같아."

　"괴짜가 아닐까 했는데, 정말 괴짜네."

　"나는 누가 뭐라고 해도 알짜를 품은 진짜야."

　두 사람은 술잔을 부딪치며 호탕하게 웃는다.

　그러고 나서 주서가 어렵게 말한다.

　"네가 나의 또 다른 영혼이니까 하는 말인데 지나가는 얘기로 들어줘."

"그래, 얘기해 봐."

"나도 한때는 삶이 허무해서 중이 되려고 했지. 결국 그리로는 못 가고 불교 공부를 하게 됐어. 인생관이라고 해야 할지, 아니 세계관이 살짝 바뀌었다고 봐야지.

사람들은 잠자면서 꿈을 꾸잖나. 그 꿈이라는 게 신기하고 좋은 꿈이든 나쁜 꿈이든 잠에서 깨면 그냥 현실일 뿐인데. 다만 좋은 꿈을 꾸면 기분이 좋고 나쁜 꿈을 꾸면 어딘가 찝찝하잖아. 왜 사람은 꿈을 꿀까? 자꾸 생각하다 보니 삶도 꿈이 아닐까 하는 생각이 들더라. 과거의 삶은 꿈과 같다는 생각에 이르니, 이 생생해 보이는 현실이 하나의 꿈과 같다고 보게 되더라.

삶이라는 현실에는 성공도, 실패도, 사랑도, 돈도, 명예도, 권력도 왔다가 간다. 우리 인생도 왔다 가고 모든 것이 왔다 간다. 이 실상의 자리가 진정한 우리의 근원이 아닐까? 이러한 현실을 왜 선현들은 허망하고 꿈 같다고 했는지, 불교에서는 무아라고 했는지를 깨닫게 되더라.

무아를 머리로만 알면 의미가 없고 가슴으로 체득해야 하는데 어려운 문제잖아. 일상생활에서 반복적으로 평정심을 잃을 때마다 '무아, 나는 없다.'라고 되뇌니까 현실에 휘둘리지 않게 되고 자유로운 삶을 살게 되더라."

성모가 고개를 끄덕이며 말한다.

"좋은 진리를 터득했네. 놀랍다! 네 이야기를 듣고 있으니 이런 생각이 들더라. 선녀, 미나, 너와 나, 우리 모두는 자신이 걸어간 길이 확연히 달랐는데, 그 끝은 한 곳에서 만나지 않을까 하는 생각 말이야.

너는 천체를 역으로 추적하여 빅뱅이 왜 일어났는지를 알고 싶을 것이고, 나는 생명의 진화를 거슬러 가 생명을 있게 한 그 무엇인가를, 미나는 종교의 중심에 존재하는 신을, 그리고 선녀는 우리 영혼의 실체를 찾고 싶겠지."

2011년 2월 28일, 봄방학이 끝나 가는 2월의 마지막 날이다. 삼일절이 지나면 새 학기가 시작된다. 오후에 선생님은 봄볕에 이끌려 예천 읍내 뒷산에 올랐다. 봉덕산은 그리 높지는 않지만 등산길에서 마주한 고운 여인처럼 변함없는 수수한 산이다. 산정에 펼쳐 놓은 풍광은 가슴을 탁 트이게 하고 사방의 기운을 모은다. 오늘따라 선생님은 지난 세월을 보듬어 보며 깊은 상념에 잠긴다.

'이틀이 지나면 학교에 첫발을 들여놓은 지가 40년이 넘는다. 세월은 흐르는 물과 같다더니 빨리도 가 버렸다. 긴 세월 무엇을 위해 살았던가? 처음 교편을 잡았을 때는 청춘의 열정이 활활 타올랐었는데, 이제는 추수를 끝내고 겨울을 준비하는 농부처럼 삶을 관조하고 있다.

나와 인연이 닿았던 아이들, 아니 어른이 된 제자들은 어떻게 살아가고 있을지? 어림잡아도 1,600명은 넘을 텐데. 그들은 무엇을 하고 있는지 궁금하다. 무엇보다 좀 더 잘 이끌어 주었어야 했는데, 그러지 못하고 사랑을 듬뿍 주지 못해 미안하구나! 그 어려운 시절을 극복하며 튼실히 자랐거나 여건이 여의치 않아 가고 싶은 길을 가지 못했거나 모두 사연이 있겠지.

세상은 넓고 삶은 다양하지 않던가. 열 손가락 깨물어서 안 아픈 손가락이 없듯이 누구 하나 소중하지 않는 이가 없다. 어쩌다 소통의 기회를 놓쳐서, 단절의 시간이 길어서 아쉬움이 있을 뿐이지. 그렇지만 유독 기억에 남는 이들이 있어 중년의 삶을 보람되게 하니 행운이 아닐까? 선생님은 그들을 하나하나 떠올려 본다.

40여 년 전에 처음으로 만난 초등학교 5학년 2반 아이들, 그중에서 단짝인 네 친구는 참 신기하다. 지금처럼 그렇게 살아가리라는 것을 꿈에도 생각해 보지 않았다. 나름대로 뛰어난 능력이 있어서 사회에서 필요한 일을 하겠지만, 때로는 엉뚱하고 괴짜로서 살아오지 않았던가. 그대들이 부럽고 자랑스럽구나!'

2018년 가을이 저물어 간다. 미나는 학술포럼에 참석한 후 국립생태관을 지나가게 되었다. 가까이 다가가자 성모에게 전화를 한다.

"어쩐 일이여, 송 박사님."

"관장님, 지나가려는 참인데 시간이 되나요?"

"그런 거 묻지 말고 어서 들어와."

"알았어."

두 사람은 생태관을 둘러보고 관장실에서 담소를 나눈다.

"나도 이런 곳에서 일하고 싶었는데."

"어디나 똑같아. 난 요즘 종교에 관심이 더 많아."

"놀랍다, 생물학자답지 않게."

"모든 것은 함께 조화를 이뤄야 한다고 봐."

성장의 시대

"맞는 말이지. 아까 생태관을 보다가 생각났는데 하나 물어볼게."

미나가 뜸을 들이자 성모가 어서 얘기하라고 한다.

미나가 웃으며 말한다.

"사람이 왜 고귀하지?"

성모가 뭐라고 답해야 할지 잠시 망설이다 말한다.

"사람이니까. 동식물과 달라서 그렇다고 봐야지."

"신은 온 생명을 차별하지 않고 다 사랑하는데, 사람은 생명을 차별하잖아."

"그거야 이 땅에 살아가는 생명치고 귀하고 신비롭지 않은 것이 없지만, 사람과 동식물의 차이는 생각하는 마음이지 않겠어? 동식물이 아름답다고 해도 동식물은 사람처럼 정신세계를 열어 가지 못하잖아."

"그렇긴 하지만 소중함의 정도로 볼 때, 개개인은 소중한데 사람이 많을수록 소중함도 그만큼 커진다고 볼 수 없잖아."

"그것은 사람의 많고 적음으로 따질 문제는 아니고 생태계와의 관계로 판단해야 될 것 같은데."

"사람은 여타 동식물보다 고귀한데, 소중함의 정도는 생태계와의 관계로 판단해야 된다고?"

"지구상에 사람이 없다고 하면 자연은 조화롭고 풍요롭게 살아가겠지. 동식물들은 스스로 개체를 조절할 수 있으니까. 인간은 문명을 이루어 내면서 생태계 또한 인위적으로 조절해 왔지요. 수렵 채집 시기에는 생태계에 별문제가 없었는데, 농업과 산업 혁명을 거치면서 생태계가 파괴되어 동식물들에게 심각한 피해를 주고 있는 것이 현실이잖아. 여기서 더 나가면 인류의 앞날은 파멸이 기다리고 있겠지."

"인간은 고귀하고 개인의 가치가 존중되어야 하지만 개인으로서 인간이기에 앞서 생태계의 한 구성원이라는 사실을 알아야 하네. 종교적 영적인 생활이 가치가 있다고 해도, 스마트한 세상이 나 홀로 살아갈 수 있게 한다고 해도 생태계가 파손되면 아무 소용이 없다는 말이네. 그렇다면 지구상의 적정한 인구를 과학자들은 얼마로 생각하는가?"

"대략 10억, 후하게 치면 여기에 50%를 더해서 15억 정도. 그 이상은 위험하다고 보는 거지."

"참 대책이 없네. 왜 만물의 영장인 인간은 계획을 세우고 합의를 못 할까?"

"한마디로 인간은 어리석고 이기적이야. 나만 피해 보지 않으면 괜찮다는 마음이겠지. 문명이 발달할수록 편리한 세상이 되지만 어떤 면에서 삶의 질은 저하되니 아이러니한 세상이지. 인간의 수명이 길어야 100년 정도니 사고에 심각한 변화가 온 것 같아. 선조들의 은혜는 안중에도 없고, 후손들의 안위는 생각할 바 아니고, 나·내 가족·내 사람밖에 모르며 우리는 지구촌에 함께 살며 세계인이라는 것을 어느새 잊어버린 것 같아.

결론적으로 말하면 사람은 소중하다. 사람이 소중하기 위해서는 온 생명과 함께 더불어 살아가야 한다. 인구가 증가하여 생태계를 파괴하며 사는 것보다, 적정한 인구를 유지하여 모든 생명과 더불어 건강하게 살아가는 것이 더욱 중요하다고 봅니다."

"말씀 잘 들었고, 사실 이런 얘기 나누려고 온 건 아닌데."

"뭔데, 말해 봐."

"주서 말인데, 신기하지 않니?

"신기함을 넘어 존경스럽던데. 아무리 별이 좋아도 그렇지, 일생을 별과 함께 산다는 것이……."

"그래서 말인데, 금년 12월에 주서 명예퇴직한다더라. 구조 조정은 아니고 나름대로 계획이 있어서 그런 것 같아."

"저번에 만났을 때 천체와 관련하여 집필하고 싶다더라."

"그렇다면 다행이다. 50년 넘게 지켜본 친구로서 속마음을 알고 싶어. 별에 대해 어느 정도의 지식을 축척했는지. 주서가 발표할 수 있도록 멍석을 깔아 주자는 것이지."

"나도 그런 생각을 해 봤는데, 주서 혼자 발표하라면 사양할 것 같아. 우리 넷이 다 같이 발표하는 거야."

"역시 한 수 앞서간다. 남자 간의 우정과 남녀 간의 우정에는 뭔가 다른 것이 있네."

"여자 간의 우정도 다른 것 같던데. 집사람이 친구와 전화하는 것을 우연히 들었는데. 내용은 잘 모르겠고 십여 분 통화하더니 '자세한 얘기는 만나서 하자'고 하던데. 이해가 가지 않더라."

미나가 웃으며 말한다.

"으레 하는 절차라고 생각해."

"하던 얘기나 마저 할게. 우리 네 친구의 삶을 보면 각자 전문 분야가 있잖아. 천체의 시대, 생물의 시대, 종교의 시대, 그리고 인식의 시대로 한다면 우주를 형성하거나 아우르는 것이 되지."

"좋은 생각인데. 그런데 우리끼리 하면 티격태격하다 중단되거나 딴 방향으로 흘러갈 수 있으니 선생님이 진행하는 걸로 하면 더 좋을 것 같은데."

"오케이. 어떻게 그런 깜찍한 생각을 할 수 있지? 여자는 남자보다 정교하고 섬세하다는 것을 일깨워 주네."

"초등학교 5학년 2반을 축소하여 그 시절로 돌아가 보자. 오랜만에 가슴이 뛰네."

"주서에게는 내가 얘기할 테니, 넌 선녀에게 잘 말해 줘."

"선생님께도 말씀드려라."

"알았어요."

2019년 2월 초순, 네 친구는 고향에 설 쉬러 오는 길에 예천 읍내 카페에서 선생님을 만나 한담을 나누고 있다. 그간의 안부를 물으며 일상 얘기로 떠들썩하다.

그러다가 선생님이 말한다.

"세월이 참 빠르지. 자네들을 처음 만난 지 48여 년이 지난 것 같은데, 그때와 비교하면 격세지감을 넘어 딴 세상에 살고 있는 것 같아. 10년 단위로 끊는다고 해도 그 변화가 크잖아. 그냥 세상이 재미있는 것 같아."

"재미있으면 행복하잖아요."

선녀가 말했다.

"재미있어도 어떤 때는 허무가 밀려와."

선생님이 말했다.

"그런 것은 모두 느끼지 않나요?"

미나가 말했다.

주서가 고개를 끄덕이며 말한다.

"2010년대의 마지막 해를 맞아 지난 10년을 돌아볼 때 무엇이 가장 큰 변화였을까, 그 중심에는 어떤 것이 있었을까 생각해 보았는데요. 그것은 스마트폰인 것 같습니다."

"맞는 말이네. 사실 나는 아날로그적 감성으로 살려고 했는데 그렇게 했다간 나 홀로 세상이 될 것 같아서 스마트폰에 적응하느라 힘들었지. 다가오는 2020년대는 무엇이 세상을 지배할까?"

선생님이 말했다.

"글쎄요. 쉽게 떠오르지 않는데요."

주서가 말했다.

"그건 그렇고 저번에 고 박사가 만나서 할 얘기가 있다고 하지 않았나?"

선생님이 물었다.

"네, 그것이 그렇습니다. 선생님도 잘 아시다시피 우리 네 사람은 자기 분야에서 열심히 살아왔지만 어떤 면에서는 이단아적인 요소가 없잖아 있지요. 자기 전문 분야에서 일한다는 것은 보람이고 행복일 수 있습니다.

그런데 주서는 좀 다르지요. 직업에 관계없이 별에 심취해서 삶의 전부를 보냈다 해도 과언이 아닐 겁니다. 그것도 독학으로 천체를 공부한다는 게 얼마나 외롭고 어려운데……

그래서 드리는 말씀인데요. 그동안 천체와 관련하여 축적하고 쌓아온 주서의 지식과 학문의 깊이가 궁금하여 알아보고 싶었습니다. 주서 혼자 발제하면 어색할 것 같아서 네 사람이 함께하기로 했습니다. 그러다 보니 덩치가 커져서 우주를 시대별로 구분하여 담론 형식으로 천체의 시대는 주서가, 생물의 시대는 제가, 종교의 시대는 미나가, 그리고 인식의 시대는 선녀가 하는 걸로 했습니다.

중요한 것이 하나 더 있습니다. 저희끼리 하면 제대로 진행이 안될 소지도 있고, 임하는 자세도 흐트러질 수 있고 하여 선생님이 이끌어 주셨으면 합니다."

성모가 말했다.

선생님은 좋은 생각이라며 말한다.

"자네들 진짜 멋지다. 부럽네. 친구는 죽마고우도 소중하지만 최고의 친구는 학문을 논할 수 있는 친구가 아닐까? 서로의 세계관과 인생관을 펼쳐 놓고 감상할 수 있는 시간을 기대할게."

선생님이 언제, 어디서 할 것이냐고 묻는다.

"푸른 오월에 흑웅산 청화루가 괜찮을 것 같은데요."

주서가 말했다.

다들 좋다고 한다.

천체의 시대

싱그러운 5월의 어느 날 아침, 선생님과 제자들은 고향인 경북 예천 읍내에서 만나 흑응산 청화루에 올랐다. 만나면 언제나 그렇 듯이 티격태격하며 올라오던 네 친구는 풍광에 사로잡혀 조용히 사방을 번갈아 응시하고 있다.

청화루에서 바라보는 도농의 모습은 친근함이 더해 아름답기 그지없다. 가까이 한천이 한눈에 들어온다. 북쪽으로 아득히 먼 소백 산 자락의 크고 작은 산들이 정기를 북돋우고, 동쪽에는 하천을 가로질러 올망졸망한 산 위로 우뚝 솟은 학가산이 그 위용을 자랑 한다. 산과 산 사이로 들판을 끼며 남모르게 지나가는 내성천이 시 공을 잊은 듯 낙동강 삼강나루를 그리며 쉼 없이 흘러간다.

풍광을 뒤로하고 모두 청화루 마루에 둘러앉자, 선생님이 말씀을 하신다.

"사람이 일생을 살아가면서 선과 악을 떠나 가장 중요한 것이 어떤 목적이나 목표라고 생각해. 48년 전쯤 초등학교 5학년 때 시작된 우리의 인연은 그저 스쳐 가며 만났지만 표현할 수 없을 정도로 소중했어. 나는 여러분의 삶이 아주 멋있고, 끊임없이 추구하는 불굴의 의지에 경의를 표하고 싶어.

오늘 우리가 나눌 우주와 세상에 대한 담론 내지 이야기는 평범 속에 비범이 있을 것 같아. 각자가 살아온 세계관을 보여 주고 서로의 인생관을 살찌워 준다는 의미에서 천체의 시대는 주서가, 생물의 시대는 성모가, 종교의 시대는 미나가, 그리고 사후세계 등 인식의 시대는 선녀가 순서대로 이끌었으면 해."

주서는 멋쩍게 미소 지으며 먼저 우주를 개략적으로 둘러보겠다고 한다.

"캄캄한 밤하늘에는 친숙하고 그리운 수많은 별이 있습니다. 누구나 별이 쏟아지는 밤하늘을 본다면 우주를 신비롭다고 할 것입니다. 우주는 아주 멀리 있다고 느껴지지만 사실 지표면에서 100㎞ 정도 떨어진 곳에서부터 시작됩니다. 자동차를 타고 고속도로를 달린다면 1시간이면 닿을 수 있는 거리지요.

지구는 지금까지 알려진 우주에서 유일하게 생명체가 살고 있는 곳입니다. 약 77억 인구가 살고 있는 지구도 광대한 우주 공간에선 작은 천체에 불과합니다. 지구가 속해 있는 태양계는 태양과 그 주변을 돌고 있는 8개의 행성, 수백 개의 위성, 수만 개의 소행성, 그리고 무수한 혜성과 유성들로 이루어진 천체 집단입니다.

태양은 지구에서 1억 5천㎞ 떨어져 있으며, 46억여 년 전 우주 공간에 가스와 먼지로 이루어진 성운으로부터 태어났습니다. 태양은 결합시킨 기체 물질을 붕괴시켜 빛을 만들어 행성들에게 에너지를 주고 있습니다.

태양에서 가장 가까운 행성은 수성입니다. 수성 다음으로 샛별이라는 금성이 있습니다. 금성은 새벽 동쪽 하늘이나 저녁 서쪽 하늘에서 볼 수 있지요. 그다음 행성이 우리의 지구이며, 지구에는 하나뿐인 위성인 달이 있습니다. 달은 자전 주기와 공전 주기가 같아 지구에서는 늘 한쪽 면만 보입니다. 지구 다음으로 붉은빛을 띤 화성이 있습니다. 뒤를 이어 행성 중에서 가장 크고 무거운 목성이 있습니다. 목성에는 커다란 4개의 위성이 있습니다. 다음은 고리 모양의 띠를 두르고 있는 토성이 있습니다. 토성의 제일 큰 위성의 이름은 타이탄입니다. 다음은 누워서 공전하는 것처럼 보이는 천왕성이 있습니다. 마지막으로 거대한 푸른 진주처럼 보이는 해왕성이 가장 멀리 있습니다.

태양계를 벗어나면 성운과 성단이 있습니다. 이들은 다양한 모습과 빛깔로 까만 우주를 화려하게 수놓지요. 성운은 우주 공간에 퍼져 있는 수소가스와 여러 입자가 섞인 거대한 구름입니다. 붉은 빛의 발광성운, 검게 보이는 암흑성운, 푸른빛의 반사성운 등이 그 나름대로 멋을 자랑하고 있습니다. 성단은 비슷한 시기, 비슷한 지역에서 탄생해 모여 있는 수백 개에서 수십만 개로 이루어진 별의 집단입니다. 둥근 공 모양을 한 구상성단에는 수만 개에서 수백만 개의 별이 총총히 모여 있습니다. 대부분이 늙은 붉은 별과 노란 별입니다. 반면에 산개성단에는 보통 수백 개에서 수천 개의 별이 느슨하게 모여 있습니다. 대부분이 젊은 푸른 별입니다.

은하는 수천억 개의 별과 성운들과 성단들의 거대한 집합체입니다. 우주에는 천억 개가 넘는 다양한 은하가 존재하고 있습니다. 은하들은 그 모양에 따라 노란 별들이 원이나 타원 모습을 한 타원은하, 나선 모양의 팔이 휘감은 모습을 한 나선은하, 은하핵을 중심으로 빗장을 가로지르는 모습을 한 막대나선은하, 그리고 특별한 모양이 없는 불규칙은하가 있습니다. 태양계가 속해 있는 우리 은하는 나선은하입니다.

빅뱅으로 태어난 우주의 수많은 별은 어떻게 일생을 살아갈까요? 지구의 수많은 생명체처럼 별들도 탄생에서 죽음의 과정을 겪게 됩니다. 모든 별은 성운에서 원시별로 태어나 안정된 주계열성이 됩니다. 주계열성은 수소를 태워 헬륨을 만들며 생을 살아갑니다.

적색거성은 붉게 빛나는 큰 별로서 별의 일생을 마무리하는 단계입니다. 별을 구성하던 수소를 대부분 써 버리고 헬륨을 원료로 마지막 불꽃을 태웁니다. 별들의 마지막 모습은 질량에 따라 천차만별입니다. 질량이 작은 별들은 적색거성 단계에서 수축하여 백색왜성이라는 작은 별이 됩니다. 백색왜성은 모닥불처럼 서서히 식어 사라집니다. 중간 질량의 별들은 초신성 폭발로 일생을 마무리합니다. 폭발과 함께 날아간 물질은 우주 공간으로 퍼져 다시 별을 만드는 원료로 사용됩니다.

우주는 항상 같은 모습을 하고 있는 것처럼 보이지만 실제로는 끊임없이 변화하고 있습니다."

"성단, 성운, 은하, 적색거성, 백색왜성 등은 많이 들어 보았는데 주계열성은 생소한데?"

성모가 물었다.

"별의 일생에서 주계열성은 별 진화의 한 단계를 말합니다. 별은 성간운에서 만들어져 원시성, 주계열성, 적색거성, 맥동변광성, 행성상 성운을 거쳐 흑색왜성이 되면서 일생이 끝납니다. 하늘에 보이는 대부분의 별은 주계열성 단계이며, 주계열성은 항성의 일생에서 가장 긴 시간을 차지하는 진화 단계에 있는 별입니다."

주서가 말했다.

"서두의 이야기는 우주에 관심이 있는 사람이면 다 아는 내용이며, 이제 본격적으로 말씀드릴 테니 의문이 있으면 바로 질문해 달라"며 주서가 말한다.

"천체의 시대는 간단하게 표현하면 우주의 시작과 끝입니다. 우주가 영원할 것 같지만 언젠가 끝이 있겠지요. 그 시간은 상상하기 어렵고 삶에 도움이 되지 않더라도 우리는 인간이기에 한 번쯤 생각해 볼 필요가 있지 않을까 합니다. 그 내용으로 우주의 생성과 팽창, 물질·중력·빛·운동의 본질, 태양계와 행성들, 태양의 내부 구조와 물질 생성, 지구의 생태계, 우주의 소멸 등을 말입니다.

태초에 우주가 있었고, 지금도 우주가 있으며, 영겁의 시간이 지나도 우주는 존재합니다. 우주는 어떠한 형태이든 간에 언제나 존재하여 왔지요. 그러기에 우주는 시작도 없고 끝도 없으며 허공이라는 공간이 존재하며 그 속에서 변화만 있을 뿐입니다. 우주의 공간은 끝이 없으며 상상할 수도 없고 유와 무라는 말밖에는 달리 표현할 수가 없습니다."

"우주의 공간은 끝이 없어 유와 무로밖에 표현할 수 없다고 했는데 유는 천체, 무는 허공을 의미하는지?"

선생님이 물었다.

주서는 좀 당황한 듯 말한다.

"그렇게 생각할 수 있습니다. 유는 보이는 것으로, 천체와 그 천체에서 생겨난 만상만물이라 할 수 있으며, 무는 공간 또는 허공이라 할 수 있는데 진공을 의미하지는 않습니다. 무인 상태에서 시간은 측정할 수 있는 기준이 없기에 없는 것이고, 공간은 암흑으로 특별히 느낄만한 물질이 없다는 것으로 이해하시면 될 것 같습니다."

"밤하늘을 수놓는 별들은 어떻게 생겨났을까요? 그 시작이 있었다고 하면 그것은 빅뱅"이라며 주서는 빅뱅을 설명한다.

"지금으로부터 약 137억 년 전에 우주의 공간에는 빅뱅이 일어났습니다. 빅뱅은 공간에 대폭발을 일으킨 것을 말하는데, 천체물리학자들은 아무것도 없는 공간에서 갑자기 빅뱅이 일어났다고 합니다. 즉 바늘 끝보다도 작은 단일한 면적에서 상상할 수 없는 어마어마한 폭발이 일어났다고 주장하고 있는 것이지요.

세상에는, 특히 자연과학에는 원인 없는 결과는 없습니다. 빅뱅은 아무것도 없는 공간이 아니라 그 무엇이 있었는데 그것을 알 수 없었을 뿐입니다. 중력의 실체를 알고, 물질의 근본을 알고, 빛의 정체를 알고, 운동의 근원을 알면 빅뱅의 원인도 알 수 있지 않을까요? 빅뱅이 일어난 것은 분명하지만 어떤 경로로 빅뱅에 도달하였는가를 알 수가 없다는 것이 맞지 않을까요?

폭발은 에너지가 있어야 하는데 빅뱅의 에너지원은 어떻게 공간에 쌓여 갔을까요? 빅뱅에 도달하려면 빅뱅에 준하는 에너지가 모여야만 가능합니다. 빅뱅의 전조는 공간입니다. 존재하는 천체가 없다고 해도 공간은 존재합니다. 우리가 보기에는 텅 비어 있는 공간으로 보이지만 은하, 항성, 행성, 그 모든 것이 없다고 해도 공간은 존재하고 있는 것입니다."

"우주가 어떻게든 탄생했고 그 시작이 빅뱅이라면, 그 빅뱅이론의 증거가 뭔데?"

미나가 물었다.

"빅뱅은 약 137억 년 전, 점과 같은 상태였던 초기 우주가 매우 높은 온도와 밀도에서 대폭발이 일어나 지금처럼 팽창된 우주가 만들어졌다는 것으로, 대폭발 후 온도가 점차 낮아지면서 물질이 생성되었고, 이 물질과 에너지가 은하계와 은하계 내부의 천체들을 형성하게 되었다는 것이죠.

대폭발설은 은하계의 후퇴, 우주배경복사, 우주의 물질 분포라는 세 가지의 경험적 증거에 의해 지지받고 있습니다.

첫 번째 증거인 우주가 팽창하고 있다는 사실은 허블이 처음 발견했습니다. 1929년 허블은 외부 은하들의 스펙트럼에서 공통으로 적색편이가 나타난다는 관찰을 통해, 외부 은하들이 우리 은하로부터 빠른 속도로 후퇴하고, 후퇴 속도는 외부 은하까지의 거리에 비례한다는 사실을 발견했습니다.

만약 우주가 계속 팽창해 왔다면, 어제의 우주는 오늘의 우주보다 작았을 것이므로 우주의 팽창률을 이용한다면 과거 우주가 한 점에 불과했을 때를 계산할 수 있을 것입니다. 현재 여러 관측 사실에 기초해서 이 시기를 계산해보니 약 137억 년 전이었을 것으로 추정되었습니다. 다시 말해 우주의 나이가 약 137억 년인 것이지요.

두 번째 증거인 우주배경복사는 우주가 대폭발을 하던 초기에 우주 전체로 퍼져 나간 전파를 의미하는데, 우주의 어느 방향에서나 감지할 수 있는 전파입니다. 1940년대 조지 가모브는 실제로 우주가 폭발에 의해 생겨났다면 초기 우주는 매우 온도가 높았을 것이며, 우주가 팽창함에 따라 우주의 온도가 점차 내려갈 것이며, 절대온도에 가까운 우주배경복사가 우주의 전 방향에서 마이크로파로 감지될 것이라고 예상했습니다. 그리고 1965년 펜지아스와 윌

슨의 연구에 의해 우주배경복사의 실재가 발표되었습니다.

　세 번째 증거는 우주의 질량에 따른 원소 분포를 살펴보면 수소가 75%, 헬륨이 25%, 그리고 나머지 원소가 1%도 안 된다는 점입니다. 이러한 물질 분포는 초기 고온의 대폭발 때 이들 원소의 핵이 만들어지는데, 아주 짧은 시간이 걸렸다는 대폭발설의 설명과 잘 맞아떨어집니다."

　"빅뱅의 이유라는 세 가지 증거를 들어 보아도 물리학에 문외한이라 이해가 잘 가지 않는데."

　미나가 말했다.

　주서는 의견을 덧붙인다.

　"서로 멀어지는 은하, 우주배경복사, 수소와 헬륨의 질량 비율이 빅뱅과 어떤 관계가 있는지 이해가 쉽지 않겠지만 이러한 증거들은 빅뱅이 있어야만 가능합니다. 또한 이 증거들은 앞으로 우주로부터 발견되는 또 다른 현상으로 인해 언제든지 뒤집어질 수 있는 이론입니다.

　과학자들은 어떻게 빅뱅을 유추했을까요? 우리 은하가 팽창하여 왔다면 그 시간을 거꾸로 돌려 보면 팽창하는 우주가 점점 더 역행한다면 결국에는 한 점으로 모여야겠지요."

　"인과관계가 있는 것이 더욱 난해하다면, 역으로 생각해 보는 것이 때로는 합리적이고 효율적일 수 있다"며 주서는 말을 이어 간다.

　"지구와 달은 자전을 하며 달은 지구를, 지구는 태양을 공전합니다. 그렇다면 태양은 은하를, 은하는 빅뱅 중심을 공전하지 않을까요? 설명의 편의상 별을 항성(태양), 은하의 중심별을 은하태양, 빅뱅이 일어났던 곳을 빅뱅태양으로 차용해서 말씀드릴게요."

성모가 바로 지적한다.

"은하태양이나 빅뱅태양이란 말에 과학적인 근거가 있나?"

"자료를 검색해 봐도 이런 명칭이나 용어를 사용한 학자는 없는데, 설명의 편의를 위해 여기서만 사용할게."

주서가 이해를 구했다.

"빅뱅태양, 은하태양, 태양(항성), 지구(행성), 달(위성)은 어떻게 움직이며 어떠한 관계가 있을까요?

우주는 양자와 전자로 이루어져 있습니다. 양자는 언제라도 주위의 환경이 변하면 모습을 바꿉니다. 이에 반해 전자는 절대로 모습을 바꾸지 않습니다. 다만 전자는 압력에 직면하면 뜨거워지는데 빛으로 뜨거워졌다가도 다시 전자 본연의 모습을 찾습니다."

주서는 하나의 중요한 가정을 하고 설명하겠다고 한다.

"아무것도 없을 것만 같은 공간에 또 다른 무언가가 있었는데, 그것이 우주의 아버지 우주가 소멸되면서 남겨진 전하들이 질량대칭성을 가지고 대전되어 쌍소멸 상태의 전자쌍이 공간에 가득 채워져 있었습니다. 빅뱅은 절대온도의 공간에서 쌍소멸 상태의 양전자와 음전자의 전자쌍이 초전도로 분리되어 각각 양전자덩어리와 음전자덩어리로 뭉쳐진 후 조건이 충족되자 서로에게 달려가 부닥쳐서 일어났습니다.

그리하여 균일하지 않은 공간의 압력으로 양자가 양성자로 변신하고 빅뱅의 중심으로부터 먼저 양성자가 덩어리를 이루며 뭉쳐졌을 것입니다. 뒤이어서 은하들이 뭉쳐졌을 것이고, 은하 내부에서 항성계가 태동했을 것입니다.

다시 말하자면 우주의 시작을 빅뱅이라고 한다면 빅뱅을 중심으로 빅뱅태양이 뭉쳐지고 팽창하여 은하들을 만들고 밀어냈으며, 각 은하들의 중심에는 은하태양들이 뭉쳐지고 팽창하여 항성계를 만들고 밀어냈으며, 각 항성계의 항성(태양)들이 뭉쳐지고 팽창하여 행성들을 만들고 밀어냈습니다. 또한 우리의 태양계를 보면 행성들에게 포획된 위성들이 팽창을 하게 되었습니다."

"잠시만" 하며 성모가 말한다.

"아무것도 없는 무한한 우주에서 최초로 빅뱅이 시작되고, 은하들과 그 은하에 속하는 항성들이, 각 항성계에 속하는 행성과 위성들이 순차적으로 태동했다고 한다면 이 천체들 간에는 뭔가가 있을 것 같습니다. 그런 의미에서 그 무언가가 천체의 자전과 공전이 아닐까 하는 생각이 듭니다.

지구가 하루에 한 바퀴 자전을 하고 일 년에 한 바퀴 태양을 공전하는 것을 보고 느끼니까 자전과 공전을 당연시했는데, 새삼스럽지만 행성이든 항성이든 자전과 공전을 하는 이유를 설명해 줄래?"

"천체가 왜 자전과 공전을 하는지를 아는 것이 기본적이고 중요한 문제인데, 우리는 외관상으로 당연하다고 생각하여 이를 간과하고 있습니다. 지구를 관측해 보니 하루에 한 번씩 서쪽에서 동쪽으로 자전하더라고 하면 맞는 말이지만 그것은 궁극적인 답은 될 수 없습니다."

주서는 지구의 내부 구조를 알아보고 설명하겠다고 한다.

"과학자들에 의하면, 지구의 내부 구조는 지진파의 속도 변화에 따라 표면에서부터 지각, 맨틀, 외핵, 내핵 순으로 구성돼 있습니다. 지구의 자전과 관련이 있는 부분은 외핵과 내핵이고, 지진파 자료와 함께 온도와 압력 조건을 고려하면 외핵은 유체, 내핵은 고체 상태로 추정된다고 합니다. 연구 결과 내핵이 동쪽에서 서쪽으로 움직이는 방향에 대한 반작용으로 외핵이 서쪽에서 동쪽으로 움직여, 지구가 서쪽에서 동쪽으로 자전하는 것으로 나타났습니다. 그리고 외핵이 유체이기 때문에 자기장이 지구 내핵을 움직이는 만큼 외핵이 밀려나는 것이라고 했습니다.

그렇지만 지구의 내부 구조에 대한 이 정도 이해로는 왜 지구가 항구적으로 자전하는지를 설명할 수 없습니다.

우주에 관심이 있는 사람이라면 가장 궁금한 것이 우주의 시작이라고 하는 '빅뱅의 원인이 무엇이며, 왜 빅뱅이 일어났을까?' 하는 것이겠지요. 여기에다 저의 관심 사항을 하나 더 추가하라면 '왜 지구가 자전할까?'인데 지금까지도 가끔은 제 생각이 맞을까 의심하고 있습니다. 지구의 자전의 원인을 모르고서 천체의 세계로 나아가기란 무척 힘이 듭니다.

지구 내부의 외핵과 내핵이 무엇으로 이루어져 있는지 알면 되는데 현실적으로 어렵지요. 지구 내부를 직접 조사하면 확실할 텐데 그것은 구조적으로 불가능합니다. 지금까지 인간이 지구 속으로 시추해 내려간 가장 깊은 시추코어는 러시아의 콜라반도에서 굴착된 지표면 아래 약 12㎞가 됩니다.

그래서 물질을 이루는 기본 입자인 원자에서 유추해 보았습니다. 원자는 원자핵과 전자로 구성되고, 원자핵은 양성자와 중성자로 이루어져 있습니다. 원자 중심에는 원자핵이 있고, 원자핵 주변에는 전자가 있으며 그 원자핵 주위를 전자가 돌고 있습니다. 절대온도를 가진 양성자가 핵력으로 전자를 끌어당기면 전자는 척력으로 반발하며 양성자 주위를 돌게 됩니다. 같은 방식으로 지구 내부의 내핵에는 양성자덩어리가 외핵에는 전자덩어리가 뭉쳐 있다고 보는 것이지요.

결론적으로 지구의 중심은 절대온도를 가진 양성자덩어리가 전자덩어리를 끌어당겨 두고, 전자덩어리는 양성자덩어리의 압력에 의해 전자가 운동하여 뜨거워져 흑체복사플라스마 상태가 됩니다. 이와 동시에 지구의 표면은 절대온도를 가진 양성자덩어리의 차가운 온도에 반발하여 플라스마의 전자덩어리가 회전하므로 지표면의 탄소덩어리도 전자덩어리에게 이끌려서 자전하게 되지요. 천체의 자전은 이와 같습니다."

"과학에서는 지구의 내부 구조를 지표면에서부터 지각, 맨틀, 외핵, 내핵 순으로 구성돼 있다고 하는데, 난데없이 양성자덩어리와 전자덩어리가 나오니 이상하긴 한데 듣고 보니 이해는 가네.

그리고 행성들의 자전하는 모습을 그래픽으로 본 것 같은데. 특이한 것은 금성의 인형 모형이 거꾸로 돌더라. 그렇다면 금성의 자전은 동쪽에서 서쪽으로 회전하는 것 아니냐?"

성모가 물었다.

"천체의 자전은 시계 반대 방향으로 회전하는데 유독 금성과 천왕성은 자전이 시계 방향으로 회전하는 것으로 보이죠. 명확한 것은 알 수 없으나 아마 자전축의 기울기에 원인이 있지 않을까 합니다. 궤도면에서 금성은 자전축이 177도, 천왕성은 98도가 기울어져 있습니다. 금성은 뒤집혀서 도는 것 같고 천왕성은 누워서 도는 것 같습니다. 행성의 자전축 기울기는 이웃 항성이나 행성들의 영향(중력섭동)을 받을 수도 있죠."

주서가 말했다.

선녀와 미나가 귀엣말을 하더니 미나가 말한다.

"선녀와 나는 별의 실체에 관심이 없기도 하지만 천문학을 잘 몰라서 주서 설명이 바로 이해가 되지 않는데, 성모는 생물학 박사로만 생각했는데 두 사람 대화를 들어 보니 천문학에도 조예가 깊은 것 같네."

"박사는 자기 분야에만 박사라는 말이 있는데 사실은 여러 분야의 지식을 두루 습득해야 하죠. 다른 학문도 그렇겠지만 생물학을 공부하다 보면 천체에 대해 관심을 가질 수밖에 없지요. 지구가 있어야 생물이 있으니까, 지구가 겪어 온 과정을 알아야 생명의 탄생과 진화를 이해하기가 수월하다고 봐야죠. 더 나아가 종교학도 필요하고요. 그런데 주서와 천체에 관한 이야기를 자주 하다 보니 세뇌된 것 같아."

성모가 말했다.

"천체의 공전을 알아보겠습니다. 천체의 자전이나 공전은 천체의 운동이므로 무엇보다 중력을 알아야 이해가 됩니다. 먼저 중력을 짚어보고 공전을 함께 설명하겠습니다."

주서가 말했다.

조용히 듣고 있던 선녀가 말한다.

"중력은 초등학생도 다 아는 물체들 사이에 서로 끌어당기는 힘인 만유인력이 아니냐?"

"원칙적으로는 맞는데, 내 설명이 황당하거나 따분하지 않니?"

주서가 말했다.

"아니, 천만에. 우주도 신비롭지만 네 설명이 더 신기한데. 계속하서."

선녀가 말했다.

주서는 하나하나 설명을 이어 간다.

"1687년 뉴턴은 만물에 작용하고 있는 힘을 이용해 천문 현상과 지상에서 일어나는 모든 운동을 단 하나의 법칙으로 설명할 수 있다는 사실을 발견하게 됩니다. 이는 만유인력의 법칙으로 모든 질량을 가진 물체가 서로를 끌어당긴다는 중력을 설명하는 것이지요. 그러나 이 법칙을 발견한 뉴턴조차도 중력이 왜 발생하는지에 관한 내용은 알 수 없었습니다.

1961년 아인슈타인은 일반상대성이론이라는 새로운 중력 이론을 통해 중력은 시공간으로 이루어진 4차원 곡률이라는 사실을 이론적으로 예측하게 됩니다. 그리고 에딩턴의 일식 관측을 통해 아인슈타인의 일반상대성이론이 증명되었습니다.

이 두 이론은 훌륭하지만 감히 말씀드리기가 곤란한 것도 있고, 또한 제 의견도 간과할 수 없기에 부족한 부분이 있다고 생각합니다. 만유인력은 단순히 물체가 물체를 끌어당긴다는 주장으로, 단

천체의 시대

편적으로는 맞지만 설명에 한계가 있습니다. 여기에 더하여 일반상대성이론은 중력을 물질과 물질이 상호 작용을 한다는 것입니다. 주 내용은 물체가 있으면 중력이 있고 중력은 시공간을 일그러지게 하고, 일그러진 시공간을 지나는 빛은 휘어지고 시간은 느려진다는 것입니다. 하지만 일반상대성이론은 공간에서의 빛이 휘어진다는 것은 맞지만, 물질과 물질이 상호 작용을 하고 물체의 주위에는 물체가 가지는 질량에 따라서 곡률이 만들어진다는 주장은 확인되지 않고 있는 실정입니다.

천체의 중력은 천체 내부의 중심에 있는 양성자덩어리의 질량과 양성자덩어리에게 끌어당겨진 전자덩어리의 질량에 비례해서 물질을 밀어내는 것입니다. 중력은 물질이 발호하는 것이 아니고 물질이 만들어지기 전 상태에 있는 입자가 만들어 내고 있습니다. 중력은 빛이 가지는 파장에 따라 빛을 밀어내기도 하고 끌어당기기도 합니다. 중력은 기체는 밀어내고 고체는 끌어당깁니다. 고체는 양자질량에 비례해서 전자질량이 대칭성을 가지고 있지 못하기에 중력은 고체를 밀어내지 못하고 끌어당기기만 하는 것입니다.

지구의 중심에 절대온도를 가진 양성자덩어리가 중력을 발호하여 달을 포획한 상태에서 서쪽에서 동쪽으로 회전함에 따라 달은 지구가 회전하는 방향으로 공전하고 있으며, 같은 방법으로 태양의 양성자덩어리가 지구를 포획하여 회전함에 따라 지구는 태양이 회전하는 방향으로 속절없이 공전하고 있습니다.

태양은 양성자덩어리의 질량과 양성자덩어리에게 끌어당겨진 전자덩어리의 질량에 비례한 힘으로 태양계의 행성들을 포획하고서 회전운동을 일으키므로, 행성들은 태양이 회전하는 방향으로 끌려가며 태양의 주위를 공전하고 있는 것입니다. 이와 같은 원리로 달은 지구를, 지구는 태양을, 태양은 우리 은하태양을, 은하태양은 빅뱅태양을 공전하고 있습니다."

성격이 꼼꼼한 성모가 망설이다 말을 꺼낸다.

"다들 아시다시피 나는 궁금한 사항이나 좀 꺼림칙한 것은 그냥 넘어가지 않습니다."

주서가 말해 보라고 한다.

"앞에서 자전과 공전을 설명하면서 중력에 관한 의견, 너 혼자만의 생각 아니냐?"

"내가 독단적인 면이 있긴 하지만 선생님과 친구들 앞에서 그렇게 할 수는 없지요. 나와 생각이 같은 사람이 있어서 용기를 냈습니다."

"결국은 확실한 거 아니네. 그 사람이 누군데?"

주서가 머뭇한다.

"그 사람이 신을 의미하는 거는 아니겠지."

미나가 말했다.

"그 사람은 천체물리학자는 아니고 일반인인데, 밤하늘의 빛나는 별을 보며 호기심을 가져 우주에 평생을 바친 분이야. 나는 그가 쓴 책에서 중력에 대한 내용을 본 거야. 그것이 내 생각과 같아서 뿅 갔었지. 나는 그 사람을 존경하며 우러러볼수록 고마움에 눈물이 날 지경인데.

어떻게 천체의 내부에 양성자가 뭉쳐져 양성자덩어리를 이루고 양성자덩어리가 전자를 끌어당겨 전자덩어리를 이루고 있다는 생각을 할 수 있었을까? 아직도 믿기지 않는데 경이롭다는 말밖에 할 수가 없습니다. 중요한 것은 이것으로 중력, 운동, 빛, 물질 등을 설명할 수 있다는 것입니다.

돌아보니 나는 피상적으로 별을 관찰한 것에 불과하고, 그는 처절하게 우주를 탐구한 것이지요. 그의 생각이나 앎의 진실 여부를 떠나 그의 40여 년의 세월은 헛되이 흘러가지 않았을뿐더러 후학들은 이를 검증할 의무가 있다고 생각합니다."

주서는 작심한 듯 하고 싶은 얘기를 하나 해 보겠다고 한다.

"중력은 질량을 가진 두 물체 사이에 작용하는 힘입니다. 지구가 달을 움직이고, 태양이 지구를 움직이는 중력이 생긴 이유는 무엇일까요? 아직 우리는 중력이 왜 생기는지를 정확히 모르는 실정입니다. '중력은 두 물체의 질량, 거리, 밀도가 영향을 미치고 있다.'라는 정도로만 이해하고 있습니다. 만유인력을 발견한 뉴턴도 그랬고, 일반상대성이론의 아인슈타인도 정확히 밝혀내지 못했다고 봄이 맞을 것 같아요.

물리학에는 '왜'라는 질문보다는 '어떻게'라는 질문으로 이론이나 법칙이 정립되는 경우가 있습니다. '왜'라는 물음은 답을 찾기가 쉽지 않고 많은 연구와 오랜 시간이 필요한 데 비해, '어떻게'라는 물음은 현상을 관측하면 확실하기에 그런 것 같습니다. '어떻게'라는 답은 정확하지만 전체를 다 아는 것이 아니고 반만 아는 경우가 될 수 있습니다. 물리학의 완성은 '왜'라는 물음에 답할 수 있어야 합니다. 그리고 우리는 과정보다는 결과로 모든 것을 평가하고 있으니, 결국은 세상을 어렵게 살아가고 있습니다.

지구는 물체를 끌어당기는 힘을 가지고 있습니다. 우리가 서 있는 것도 지구가 끌어당기기에 가능한 것이죠. 심지어 작은 동전 두 개도 서로를 끌어당긴다고 주장하는 친구도 있었습니다. 모든 물체는 서로를 끌어당긴다는 만유인력의 법칙에 우리는 갇혀 있습니다. 그러기에 물건을 떨어뜨릴 수 있도록 지구가 만들어 내는 이 힘을 달에게도 똑같이 적용하고 태양계에도 적용하고 있습니다. 아인슈타인이 만유인력의 법칙을 의심하여 일반상대성이론을 만들어 냈지만 이 이론도 완전하다고 볼 수 없습니다."

이어서 주서는 천체와 물질을 포함하는 물체에 적용되는 중력을 구분하여 설명해 보겠다고 한다.

"중력이 미치는 대상을 지구와 물체, 물체와 물체, 천체와 천체로 나누어 보겠습니다.

지구와 물체는 만유인력의 법칙이 맞는데 지구가 일방적으로 물체를 끌어당기거나 밀어내는 것입니다. 지구의 중력은 고체나 액체는 끌어당기고 기체는 밀어내는 것이죠.

물체와 물체는 중력이 없을 겁니다. 바위와 바위가 마주 있다고 해도 서로 끌어당기는 힘이 있는지 없는지 확인하기 어렵지요. 기체, 고체, 액체 서로 간에도 마찬가지입니다.

중요한 것은 천체들 사이의 중력입니다. 사전에는 천체를 태양, 행성, 위성, 혜성, 소행성, 항성, 성단, 성운, 운석, 행성간 물질, 항성간 물질, 우주진 등을 포괄하고 있는데, 자전과 공전을 하는 천체로 한정하겠습니다. 천체의 중심에는 절대온도를 가진 양성자덩어리가 전자덩어리를 끌어당겨 두고 양성자덩어리의 압력에 의해 전자가 운동으로 뜨거워져 둘 사이에는 반발력이 생겨 전자덩어리가 회전운동을 일으킵니다. 이와 동시에 천체와 천체는 천체가 가지는 질량에 비례하여 서로를 밀어내는 중력을 발호하게 됩니다."

"중력을 세부적으로 나누어 설명을 들으니 이해가 수월한데, 혜성의 공전은 어떻게 생각해야 하는지?"

선생님이 미소 지으며 물었다.

"혜성은 태양을 중심으로 공전하는 천체지만, 양성자와 전자의 개체대칭성을 충족하고 있으므로 우리 태양계와 이웃 항성계와의 상호 질량에 따라서 밀어내졌다가 끌어당겨졌다가를 반복합니다. 그래서 공전 주기가 길다고 볼 수 있습니다."

주서는 갑자기 뭔가가 생각났는지 말을 이어 간다.

"어린 시절 정월 대보름에 쥐불놀이를 떠올리면 천체 간의 중력을 이해하는 데 도움이 될 겁니다. 깡통 윗부분에 두 구멍을 뚫어 철사로 연결하고 작은 나뭇가지 따위를 넣고 불을 피워서 휙휙 돌리면 줄에 의해 손과 깡통 사이의 힘을 느낄 수 있지요. 중력도 이와 같은 원리가 아닐까요? 사람을 태양, 깡통을 지구라고 가정하면 지구는 태양의 중력에 이끌려 속절없이 공전한다는 것을 상상할 수 있을 것입니다."

"자전은 천체 스스로 하는 것이고 공전은 천체와 천체가 가지는 질량에 비례하여 서로를 밀어내며 중력을 발호한다고 했는데, 그렇다면 태양계에서 태양을 기준으로 행성이 순서대로 일정한 거리를 유지하고 있고, 외관상 목성의 질량이 가장 클 것 같은데, 어째서 목성이 태양에서 가장 멀리 위치하지 않고 중간쯤 있는 거야?"

미나가 날카롭게 물었다.

"역시 송미나야! 우리 중에 가장 명석함을, 뛰어남을 인정한다."

주서가 놀란 표정을 지으며 말했다.

"쓸데없는 말 그만하고 설명이나 하서."

미나가 말했다.

"처음에는 이런 현상이 의아하여 고민을 많이 했었는데 그 원인은 질량의 대칭성에 있었습니다. 천체의 질량대칭성은 양성자질량에 비례하여 전자질량의 균형이나 수를 의미합니다. 예를 들어 양성자질량이 10이고 전자질량이 5라면 중력이 미치고 발휘하는 힘은 5가 됩니다.

태양이 생성될 때 태양계의 행성들도 비슷한 시기에 태양 가까이에서 생성되었는데, 중력의 영향을 받게 되자 태양은 질량에 비례하여 행성들을 밀어냈습니다. 생성된 초기에 행성들은 모두 기체 행성이었는데 태양 가까이에 있는 행성들이 태양에게 전자를 많이 빼앗겨 탄소화로 지구형 행성이 되었으며, 목성은 지구형 행성으로 진행되고 있으며, 천왕성과 해왕성은 기체 행성입니다.

지구형 행성들은 질량대칭성이 깨져 있고, 이에 반해 기체 행성들은 주로 수소나 헬륨이 대기를 이루고 있기에 거의 질량대칭성을 가지고 있으며, 목성이 전체 질량은 크지만 질량대칭성이 어긋나 기체 행성보다 태양 가까이에 있습니다."

미나가 고개를 끄덕이며 묻는다.

"양자역학은 어떤 이론인지?"

"양자역학은 이해도, 설명도 어려운데 아는 범위 내에서 해 볼게."

주서가 말했다.

"오늘날 과학은 상상할 수 없을 정도로 발전을 거듭하고 있습니다. 그럼에도 불구하고 물리학은 100여 년 전에 출연한 중력 이론 이후 허블망원경으로 천체를 관측하는 등 양적, 외형적으로는 눈부신 발전을 했으나 질적으로는 진전이 거의 일어나지 않고 있는 실정입니다. 현재의 과학 문명은 아인슈타인이 출연하여 괄목할 만한 진전을 이루었지만 일반상대성이론을 뛰어넘을 만한 물리 이론이 나타나지 않기에 그렇습니다. 이와 때를 같이하여 양자역학이 출연했는데 아직은 진행형이라 볼 수 있죠.

양자역학은 미시세계를, 일반상대성이론은 거시세계를 조명하는 이론입니다. 경제학에서 미시경제와 거시경제가 서로 조화롭게 가는 것과 같이, 이 두 이론이 합치되면 좋으련만 물과 기름처럼 겉돌고 있으니 안타깝지요. 물리학자들은 지금도 무던히 양자역학의 실체를 규명하려고 노력하고 있지만 어려움에 직면해 있습니다. 두 이론이 합치되면 우주의 비밀이 많이 풀릴 것 같은데요.

양자역학은 물질의 근원을 이루고 있는 원자, 그 원자 중에서도 아주 작은 부분인 전자가 대체 원자 내에서 어떻게 움직이는지, 그리고 전자가 어떠한 방법으로 이 세상에 표현되는지를 아는 것입니다. 원자는 가운데에 양성자와 중성자로 이루어진 원자핵이 있고 그 원자핵 주위를 전자가 돌고 있는데, 전자가 이동하는 궤도나 전자의 위치가 어디에 있는지 불확정하다는 것입니다.

　그런데 전자가 원자핵을 중심으로 돌고 움직이는 것이 천체가 회전하는 것과 같은데, 우리는 관측으로 지구가 자전하는 것을 알지만 왜 자전하는지는 모르죠. 우리 몸 안에 이상이 있으면 내시경으로 볼 수 있는 것처럼 지구 내부를 볼 수 있으면 좋으련만, 그렇게 할 수 없기에 양자역학이 더 정교하게 발전한다면 천체가 왜 자전하는지 등을 알 수 있지 않을까 하는 상상을 해 봅니다."

　"앞에서 언급한 것 같았는데, 밤하늘을 수놓는 별의 일생을 다시 설명해 주면 좋겠는데."

　선녀가 미안한 듯 말했다.

　"사람들은 세월이 가면 많이 변하는데, 선녀는 아직도 동심을 간직한 봄의 전령 진달래꽃 같네."

　주서는 선녀에게 애틋함을 표하며 설명한다.

　"별은 분자성운에서 시작하여 원시별, 주계열성 순으로 진행됩니다. 주계열성까지는 모든 별이 똑같이 진행되다가 한 갈래는 적색거성으로, 다른 한 갈래는 초거성으로 갑니다. 이는 별이 질량에 따라 삶이 달라진다는 것이지요. 태양 정도의 질량을 가진 적색거성은 행성상 성운, 백색왜성으로 일생을 마감하고, 태양보다 무거운 질량을 가진 초거성은 초신성 폭발 이후 중성자별이나 블랙홀로 일생을 마감합니다.

　수소와 헬륨으로 구성되어 있는 성운이 중력에 의해 수축하면, 중력 수축 에너지에 의해 중심부의 온도가 상승하게 되고, 높은 온도에 의해 빛이 나기 시작하면 이 상태를 원시별이라고 합니다. 원시별이 계속 수축하여 중심부의 온도가 1,000켈빈(k)이 되면 중심부에서는 수소 핵융합 반응에 의해 수소가 헬륨으로 바뀌게 되고, 이때 발생하는 많은 에너지에게 빛이 나게 되면 이 상태를 주계열성이라 합니다.

주계열성 단계에서 중력에 의해 수축되는 이유는 핵융합 반응에 의해 팽창하려는 힘이 평형을 이루어 별의 크기가 변하지 않고 일정한 상태를 유지하려 하기 때문입니다. 현재 태양이 주계열성 단계이며 모든 별은 90% 이상을 주계열성 단계에서 보내게 되죠.

주계열성 중심부에 있던 수소가 모두 헬륨으로 바뀌면 다시 수축하여 중심부의 온도가 상승하기 시작하고, 바깥층에 남아 있던 수소가 조금씩 핵융합 반응을 일으키면서 붉은색으로 부풀어 오르게 되는데 이 상태를 적색거성이라고 합니다. 적색거성 중심부의 온도가 1억 켈빈(k) 정도가 되면 헬륨 핵융합 반응이 시작되어 탄소를 만들어 내게 됩니다. 적색거성은 중심부의 헬륨이 모두 탄소로 바뀌면 핵융합 반응을 통해 더 이상 무거운 원소를 만들어 내지 못하고, 바깥쪽에 있던 물질이 외부로 방출되면서 행성상 성운을 형성하고 중심부는 백색왜성이 되어 일생을 마감합니다.

태양보다 질량이 10배 이상 큰 주계열성은 적색거성보다 더 큰 초거성을 형성하고, 중심부에는 탄소화 이후에도 핵융합 반응을 일으켜 무거운 원소를 만들어 냅니다. 초거성 중심부에 철이 생산되면 더 이상 무거운 원소를 만들어 내지 못하고 초신성 폭발을 일으키게 되는데, 이 초신성 폭발을 통해 철보다 무거운 원소를 만들어 냅니다. 초신성 폭발 이후 중성자별이 되거나 태양 질량의 30배 이상이 되는 아주 무거운 별들은 블랙홀로 남아 있게 됩니다.

이렇게 별들은 질량에 따라서 서로 다른 일생을 살아가게 되는데 별의 질량이 클수록 더 밝지만 수명은 더 짧습니다."

"별을 감성적으로 접근해서 그런지 이해가 쉽지 않네."

선녀가 말했다.

"우주나 천체에 대한 설명은 생소해서 한 번 듣고 이해하기는 쉽지 않지요. 별의 일생도 사람의 일생하고 같다고 보면 됩니다. 원시별이 아기별이고, 주계열성 청년별이고, 거성이 장년별이라는 식으로 말입니다. 별의 일생을 대부분의 과학자들이 이렇게 주장하는 것이지만, 별이 분자성운에서 시작하였다는 등 몇 가지는 동의하고 싶지 않는 부분도 있습니다."

주서가 말했다.

"별의 일생은 잘 들었고, 우주가 팽창한다고 하던데 언제까지 팽창하는지?"

미나가 물었다.

주서는 고개를 끄덕이며 말한다.

"아인슈타인은 일반상대성이론에서 중력은 시공간으로 이루어진 4차원 곡률이라는 사실을 이론적으로 예측하게 되었는데, 이를 에딩턴의 일식 관측을 통해 증명됨에 따라 자신이 만들어 낸 장방정식으로 풀어 보니, 우주는 팽창하거나 수축하고 있다는 사실을 수학적으로 깨닫게 되었지요.

별이 멀어질 때 나오는 빛의 파장은 도플러 효과에 의해 스펙트럼 상에서 파장이 긴 쪽으로 이동하는 것이 적색편이고, 반대로 별이 다가올 때 파장이 짧은 쪽으로 이동하는 것이 청색편이입니다. 허블의 관측 결과로 우리 은하 밖에 다른 은하가 있다는 것과 은하들이 적색편이를 나타내고 있다는 것이 밝혀짐에 따라, 우리가 살고 있는 이 거대한 우주는 지금 이 시간에도 맹렬한 속도로 팽창하고 있다는 결론에 도달하게 됩니다."

잠시 머뭇하더니 주서는 과학계에서 우주가 팽창하고 있다는데, 다른 의견을 제시해 보겠다고 한다.

"놀이공원의 회전목마를 상상해 보죠. 여러 개의 회전목마가 돌아가거나 회전목마가 돌아가면서 또 다른 더 큰 회전목마를 돌고 있다면, 회전목마에 타고 있는 관측자는 어떤 때는 거리가 멀어지다가 어떤 때는 가까워지기도 합니다. 우주는 광대해서 지금 관측하고 있는 시기가 태양계가 우리 은하를 돌면서 다른 은하와 거리가 멀어지는 시기라고 생각할 수도 있잖아요. 물론 은하가 한 번 회전하는 데는 수십억 년이 걸리므로 확인할 수 없지만요.

만약 공간이 늘어난 은하들을 멀어지게 한다면, 은하를 구성하고 있는 천체 사이의 공간도 늘어나야 합니다. 그런 일이 일어난다면 태양계를 이루고 있는 모든 행성이 궤도를 떠날 것이기 때문에 태양계도 존재하지 않을 것입니다. 행성계의 모든 중력장은 그들 사이의 상호관계 속에서 전체적인 조화를 이루고 있어야 하니까요."

"일리 있는 의견인데? 적극 동의!"

성모가 말했다.

"금세기에 들어와서 모든 학문이, 과학이 급속도로 발전했지만

이에 못지않게 천체물리학도 무지 발전했습니다. 우주에 관심이 깊은 사람이라면 누구나 이런 말을 합니다.

1920년대에 허블이 '고성능 천체 망원경'을 발명하면서 우주를 관찰해 보니, 지구가 속해 있는 우주가 계속 팽창하고 있음을 밝혔다고, 그리고 137억 년 전에 빅뱅이 일어나 우주가 탄생하고 지금도 팽창하고 있으며, 지구는 45억 년 전에 탄생하여 약 50억 년이 지나면 소멸하고, 이후부터 수축하여 250억 년 후에는 우주가 소멸할 것이라고 말입니다."

이에 대해 주서는 생각에 차이가 있다며 말한다.

"빅뱅이 일어나고 빅뱅의 중심에 뭉쳐진 빅뱅태양이 상호 질량에 따라서 은하들 중심에 뭉쳐진 은하태양들을 밀어냈는데, 은하태양이 밀어내지는 과정에서 은하 내부에 항성계가 태동하고 뭉쳐진 항성들이 양성자덩어리의 전자포획 사정거리를 만들자 은하태양은 항성계를 밀어냈던 것입니다.

'연쇄적이고 연속적인 일련의 과정이 맞다'고 본다면 이러한 시기에 이미 우주의 구조는 건축물의 뼈대가 형성되었다고 볼 수 있습니다. 그 기간도 수십억 년이 아니라 몇 억 년 사이에 일어났다고 봅니다. 태양은 약 46억 년 전에 성간 기체 구름의 수축으로 탄생하였고, 태양계의 행성들도 그와 비슷한 시기에 탄생했다고 합니다. 지구의 나이를 약 45억 년이라고 합니다만, 그것은 화석을 측정해 보니 그렇다는 것으로 암석 생성 연대에 불과합니다.

태양계의 행성들은 화성과 목성을 경계로 수성·금성·지구·화성까지를 탄소형 행성이라 하고, 목성·토성·천왕성·해왕성을 기체형 행성이라 합니다. 태양과 태양계의 행성이 비슷한 시기에 탄생하여 지구가 탄소화된 지 약 45억 년이 지났는데, 어떤 특수한 요인이 있겠지만 기체형 행성이 약 45억 년이 지났지만 아직도 기체형 행성으로 남아 있는 것으로 보아 태양은 최소한 90억 년 전에 태어났다고 봐야 되지 않을까요?

아인슈타인의 일반상대성이론에서 우주가 팽창하거나 수축하고 있다는 사실을 수학적으로 알게 되고, 허블의 은하 관측으로 빛이 적색편의를 일으키니 우주가 팽창한다고 하지만, 빅뱅 이후 우주는 빛으로 수많은 양의 에너지가 소멸하여 지금은 우주가 수축한다고 볼 수 있지 않을까요?"

주서는 숨을 고르고 물질에 관한 이야기를 시작한다.

"우주는 무엇으로 이루어져 있을까요? 우주를 살펴보면 보이는 것과 보이지 않는 것이 있는데 일반적으로 보이는 것을 물체라고 하죠. 이 물체를 만들거나 이루는 재료를 물질이라고 합니다. 물질에는 나무, 유리, 금속, 고무, 플라스틱, 종이, 가죽, 섬유 등이 있습니다.

물질을 이루는 기본 입자는 원자이며, 원자는 원자핵과 전자로 구성되고, 원자핵은 양성자와 중성자로 이루어져 있습니다. 원자 중심에는 원자핵이 있고, 원자핵 주변에는 전자가 있지요. 전자는 음의 전하를 띠고 있는 기본 입자이며, 양전자는 질량과 전하의 크기는 전자와 똑같지만 양의 전하를 띠는 원자구성입자입니다. 원자는 양성자의 양전하량과 총 전자의 음전하량이 같기 때문에 전기적으로 중성을 띠며, 각각 원자의 양성자 개수는 다릅니다.

양성자인 입자와 전자인 입자가 따로 있는 것을 입자라 하고 둘이 결합을 하면 물질입니다. 우리는 물질을 고체·기체·액체로 나눕니다. 고체는 여러 개의 양자의 개체가 뭉쳐진 것이고, 기체는 하나하나의 개체가 따로따로인 것이며, 액체는 기체이면서 뭉쳐지는 것을 말합니다.

물질의 근본은 양성자와 전자이며, 그 시작점은 기체 물질인 경수소입니다. 우주에 존재하는 그 어떤 물질도 경수소에서 시작했다는 것입니다."

"우주에는 많은 원소가 있는데 왜 물질의 시작점이 경수소냐?" 미나가 진지하게 물었다.

주서가 고개를 끄덕이더니 말한다.

"분자는 물질의 성질을 가지고 있는 가장 작은 단위로서 화학결합에 의해 두 개 이상의 원자들이 결합해 만들어진 것이고, 원소는 물질의 기본 성분으로 더 이상 분해되지 않으며, 원자는 물질을 구성하는 가장 작은 단위로 더 이상 쪼개지지 않는 기본 입자입니다.

예를 들면 이산화탄소 분자는 산소와 탄소 두 종류의 원소로 이루어져 있으며, 이산화탄소 분자 1개는 탄소 원자 1개와 산소 원자 2개로 이루어져 있습니다.

중학교 때 물상 시간에 'H(하수), O(오산), N(엔질소)……' 하면서 원자 번호를 외우던 생각이 나는데요. 원자 번호는 원소를 원자핵의 양성자 수가 증가하는 순으로 배열한 원소주기율표상의 화학원소의 번호로서 1번이 수소이고, 경수소가 양성자 1개와 전자 1개가 결합되었기에 물질의 시작점이라고 하는 것 같습니다.

물질이 만들어지려면 경수소가 만들어진 뒤에 그 경수소가 포획한 전자를 떼어내야만 무거운 물질로 결합할 수 있습니다. 그 조건이 천체가 가지는 질량인데, 천체의 중심에 절대온도를 가지고 뭉쳐진 양성자덩어리가 핵력으로 끌어당겨진 전자가 양성자덩어리와 질량대칭성을 가지고 있어야 하며, 그 양성자덩어리의 질량이 일정한 수준에 이르러야만 됩니다.

따라서 기체가 무거운 물질로 결합하려면 가벼운 기체가 포획한 전자를 떼어내야만 하는데 밀도, 온도, 핵력 등의 조건이 충족되면 경수소가 중수소, 헬륨, 산소, 삼중수소, 질소로 결합해 나갈 수 있습니다.

경수소는 '양성자1+전자1'이고, 중수소는 '양성자1+중성자1+전자1'이며, 헬륨은 '양성자2+중성자2+전자2'이고, 산소는 '양성자8+중성자8+전자8'이며, 삼중수소는 '양성자1+중성자2+전자1'이고, 질소는 '양성자7+중성자14+전자7'로 구성되어 있습니다. 이러한 결합은 경수소에서 시작된 기체 물질이 양성자분열, 중성자포획, 양자결합을 통하여 이루어진 것입니다."

"세상에는 알아도 그만 몰라도 그만인 것이 많은데, 모든 생명에게 소중한 물도 그런 측면이 있다."라며 주서는 선녀를 보며 말한다.

"선녀야, 물이 어디에서 만들어졌다고 생각하니?"

"우리가 매일 먹는 물, 지구에서 만들어졌겠지."

선녀가 시큰둥한 표정을 지으며 말했다.

"누구나 당연히 그렇게 알고 있는데, 물은 지구에서 만들어진 게 아니거든요. 네게 물어본 건 평소에 물과 많이 닮았다는 생각이 들어서 그래. 도덕경에 상선약수(上善若水)라는 말이 있는데, 우리말로 풀이해 보면 '인생을 살아가는 최상의 방법은 물과 같이 살아가는 것'입니다. 물은 너처럼 유연과 겸허 그리고 비장한 에너지의 특징을 가진 아름다움이 있잖아."

"미스터 별, 선녀를 하늘에서 내려온 진짜 선녀로 좋아하는 것 같다?"

미나가 말했다.

"선녀가 우리 동창들 중에서 미모로 보나 성격으로 보나 예쁜 건 사실이잖아."

성모가 말했다.

"그런데 말이야, 내게 접근하거나 대시하는 친구들은 없더라. 너희 둘을 위시하여……."

선녀가 웃으며 말했다.

"너에게 마음은 있는데 차원이라고 할까, 네 영성이 높아 조심성 같은 것이 있어서 그랬을 거야."

주서가 말했다.

"우리 어머니가 무당 아닐까? 내게 신기가 있다는 관념도 있었겠지. 처음 말하는 건데, 내게 청혼한 좋은 사람도 여럿 있었어. 어떤 식이든지 얽히는 것이 싫었어. 나는 자유영혼으로 살아가고 싶으니까."

선녀가 말했다.

선생님은 아이들처럼 아웅다웅하는 네 친구를 보면서 빙그레 웃는다.

주서가 물에 관한 이야기를 한다.

"지구에 있어서 생명의 근원이라 할 수 있는 물은 어떻게 생겨났을까요? 물은 결합된 질량으로 보아서 지구가 가진 질량으로는 결합시킬 수 없는 물질입니다. 태양의 질량도 이웃 항성들에 비해 작은 편인데 태양계의 행성들의 질량을 다 합쳐도 태양 질량의 1%도 되지 않으니, 지구의 질량은 아주 미미한 것입니다.

태양은 생성 초기에 전자를 끌어당기기 시작하면서 수소, 헬륨, 산소, 질소를 결합시켜 태양계의 공간으로 밀어냈던 것입니다. 이러한 과정에서 수소와 산소가 결합하여 물이라는 화합물이 만들어졌습니다. 태양의 중력은 물을 물이 가진 질량만큼 밀어냈는데 이때 물이 밀린 위치에서 지구가 태동하고 있었습니다.

물은 산소 원자 1개와 수소 원자 2개가 결합을 하였는데, 결합의 조건이 양자결합을 한 것이 아니라 '산소는 포획한 전자를 그대로 두고 수소 또한 포획한 전자를 그대로 두고' 전기적 결합을 한 화합물입니다. 물은 수소, 헬륨, 산소, 질소와 같은 기체 물질들과는 다르게 극저온을 물 분자 외부로 표출하지 않기에 온도의 중립을 지킵니다. 그래서 물이 기체로 고체로 액체로 변신합니다. 물 분자 내부를 이루는 산소와 수소는 개별적으로 분리하여 놓으면 여타의 기체와 같이 극저온을 물질 외부로 표출합니다. 그로 인해 물은 외부 온도에 민감하게 반응을 일으킵니다.

물은 분자화가 일어나면 기체처럼 행동을 하는데 그것이 수증기지요. 물 분자가 뜨겁게 달구어지면 운동을 일으키므로 액화된 덩어리에서 떨어져 나오고, 이때 지구의 중력은 물 분자가 가진 질량에 따라서 대기로 밀어냅니다. 중력이 물 분자를 밀어내서 구름을 만들고, 하늘의 구름은 대기를 떠돌다가 찬 기압을 만나면 응결되어 비나 눈으로 내립니다. 물 분자가 운동을 멈추면 서로를 끌어당겨 질량이 증가되고, 중력은 비나 눈을 양자로만 보기에 지표면으로 끌어당기는 것입니다."

바다를 보며 느꼈는데, 저 많은 물이 어떻게 생겨났을까? 태양계의 행성들 중에 물은 지구에 집중되어 있는데 왜 그럴까? 여기에는 두 가지 조건이 충족되어야 합니다. 그 하나는 태양계가 생성될 때에 태양이 생성되기 위해 뭉쳐지는 과정에서 지구도 태양 가까이에서 서서히 뭉쳐지고 있었을 것입니다. 또 하나는 태양이 먼저 경수소를 밀어내고 산소를 밀어내자 이 둘이 결합하여 물이 되었으며, 이때 태양이 중력으로 물을 밀어내자 지구가 물을 끌어당겼던 것입니다."

"물이 태양에서 생성되었다는 것도 이해는 가는데, 소행성이 지구와 충돌하여 물을 가져다준 것 아니냐?"

성모가 의문을 표했다.

"그런 설이 있지만 신빙성이 약하다"며 주서는 소행성과 지구의 충돌설을 이야기한다.

"처음에는 혜성이 얼음덩어리이니까 지구에 물을 가져다준 것이 혜성이라고 믿었는데, 분석 결과 혜성의 물은 지구의 바닷물과 달랐습니다.

'그렇다면 지구의 바다는 소행성 밖의 수많은 운석이 떨어져 만든 것이 아닐까?'라며 천문학자들은 운석이 떨어진 위치와 각도를 보고 우주로부터의 그 궤도를 측정합니다. 그리고 운석이 소행성 밖의 외계에서 왔음을 알아내었습니다. 소행성들을 망원경으로 관찰해 보면 태양에서 멀어지면 멀어질수록 물이 더 많다는 걸 알 수 있습니다. 천문학자들은 소행성대 밖의 행성에서 지구로 물을 보냈을 것으로 추정합니다. 그 말이 맞다면 지구의 바다는 수많은 외계 운석이 떨어져 만든 것입니다.

그 많은 소행성이 궤도를 벗어나 지구와 충돌하게 한 것은 무엇일까? 의혹은 태양계의 최대 행성에 쏠리게 됩니다. 목성은 소행성대 너머에 위치합니다. 덩치가 워낙 크다 보니 그 중력 때문에 지나가는 소행성을 끌어당기는 괴력을 발휘합니다. 과거의 정상적인 궤도를 돌고 있던 수천 개의 소행성들이 지구가 지나가는 타원형궤도와 만날 때 지구 중력에 이끌려 들어왔습니다. 그런 일이 생기면 충돌은 불가피합니다. 지구와 행성들이 부딪힙니다. 소행성들은 지구와 부딪히면서 파열되었고 그 안에 있던 물이 빠져나왔습니다. 폭발을 거듭하면서 오늘날 우리가 보는 바다가 만들어진 것이라고 합니다.”

“소행성과 지구의 충돌설을 들어 보면 맞는 것 같은데, 하나의 가설에 불과하다”며 주서는 중력으로 반론을 제기한다.

“질량대칭성을 가진 혜성이나 소행성이 지구로 온다면 지구의 중력은 그 혜성이나 소행성이 가진 질량에 비례한 거리로 밀어냅니다. 그리고 운석이 지구로 온다면 운석은 양자질량만 있고 전자질량을 가지고 있지 않기에 지구의 중력은 운석을 지표면으로 끌어당기겠죠.

소행성이 혜성과 같이 우리 태양계와 이웃 항성계를 왕복하거나 태양이나 행성을 공전한다면 그 소행성은 내부에 양성자덩어리가 전자덩어리를 포획하여 양성자덩어리의 핵력과 전자덩어리의 척력으로 중력을 발호할 것입니다. 과거의 정상적인 궤도를 돌고 있던 수천 개의 소행성이 지구가 지나가는 타원형궤도와 만난다면 지구 중력에 이끌려 들어오는 것이 아니라, 지구는 소행성과의 상호 질량에 따른 거리로 밀어낼 것이므로 결코 충돌할 수 없습니다.

또한 소행성과 운석은 규모나 크기에서 상상할 수 없을 정도로 차이가 있기에 시간이 지나더라도 소행성이 운석이 되는 것은 우주가 소멸하지 않는 한 불가능하다고 봐야 하며 많은 물을 갖고 있는 소행성이라면 더더욱 우리 지구와 충돌할 수는 없을 것입니다.”

잠시 후 주서는 운동 측면에서 살펴보자고 한다.

“우주에서 일어나는 일을 세분화하면 중력, 운동, 물질, 빛으로 나누어 볼 수 있습니다. 우주는 중력이 없으면 운동을 일으킬 수 없고, 천체가 운동을 멈추면 빛을 만들어 낼 수 없으며, 물질이 존재할 수 없습니다. 중력과 운동과 물질과 빛은 서로가 불가분하게 연결 지어져 있는 것이지요.

우리 사는 세상에 양과 음이 있듯 우주에는 양자와 전자가 있습니다. 우리는 음양을 볼 수 없지만 느낌으로 존재한다고 생각하듯이, 양자와 전자도 우주 공간에 널려 있습니다.

양자역학에서 물질을 이루는 원자는 가운데에 양성자와 중성자로 이루어진 원자핵이 있고 그 원자핵 주위를 전자가 돌고 있는데, 전자가 이동하는 궤도나 전자의 위치가 어디에 있는지 불확정하다는 것입니다. 전자를 운동선수에 비유해 보면, 피겨스케이팅 선수가 링크 위에서 연기를 펼칠 때 움직이니까 어디에 위치하는지를 확정 지을 수 없는 것과 같지요. 원자 내의 전자도 이와 같습니다.

운동은 힘이랄까, 에너지가 있어야 일어나는데 그 에너지는 어디에서 나올까요? 그것은 절대온도를 갖고 있는 양성자라고 추측할 수밖에는 없습니다. 그렇다면 전자가 일으키는 운동의 근원은 양성자라고 볼 수 있지요.

기체 물질은 그 자체로 초전도체입니다. 기체 물질 내부의 양성자는 전자를 포획해서 전자와의 거리를 유지하며 초전도 상태에 있습니다. 양성자는 절대온도를 가지고 있으므로 기체 외부의 온도에 반응하며 핵력으로 전자를 끌어당기면 양성자에게 극성으로 포획된 전자는 척력으로 반발하며 운동을 하게 됩니다."

유심히 듣고 있던 선생님이 말한다.

"사실 지금까지 살아오면서 가끔 밤하늘에 반짝이는 별빛을 보면서 감성에 젖은 것이 고작이고, 우주에 대해서는 깊이 생각해 보지 않았거든. 기초 지식이 없어 그렇겠지만 초전도 현상, 양자와 양성자에 대해 설명 좀 했으면 하는데."

"기초과학 지식이 부족한 것은 저도 마찬가집니다. 아는 대로 설명드리겠다"며 주서가 말한다.

"일반적으로 초전도 현상은 양자가 극저온에 노출되면 양자가 가진 질량만큼의 거리로 전자를 밀어내는 것입니다. 양자는 그저 양자일 뿐이지만 절대온도를 가지면 양성자가 됩니다. 양자의 후신이 양성자이고 양성자의 전신이 양자입니다.

그런데 양자와 전자가 만나면 쌍소멸하며, 이 둘은 우주 공간에 있겠지만 어디에 있는지 알 수가 없고, 양성자와 전자가 만나면 기체 물질을 만듭니다. 양성자가 전자를 포획하여 핵력으로 전자를 끌어당기면, 전자는 양성자와 질량대칭성이 맞지 않아 척력으로 양성자에 반발하며 일정한 거리로 운동을 일으킵니다."

"앞에서 물질을 설명할 때 물질을 이루는 기본 입자가 원자이고, 원자는 원자핵과 전자로 구성되고, 원자핵은 양성자와 중성자로 이루어져 있다고 했는데, 기체 물질에는 어떻게 중성자가 있는지?"

선생님이 물었다.

"기체 물질들은 경수소를 제외하고 모두가 중성자를 가지고 있습니다. 양성자가 절대온도를 잃어버리면 중성자가 되는데 그렇기 위해서는 양성자가 분열해야 하고, 분열을 일으킬 수 있는 조건은 플라스마 상태의 뜨거운 온도가 있어야 합니다.

뜨거운 온도 속에서 둘로 분열된 양성자 중 한 개가 먼저 가지고 있던 절대온도를 플라스마에게 빼앗기면 중성자가 되는데, 아직 온도를 빼앗기지 않은 양성자가 중성자를 핵력으로 포획합니다. 그런 뒤에 중성자를 포획한 양성자가 전자를 포획함으로써 중성자를 가진 기체를 만드는 것입니다.

기체가 만들어질 수 있는 조건은 천체의 내부밖에는 없으며, 중성자는 경수소에서 상위 물질로 가는 중간 역할을 하는 것입니다."

주서가 말했다.

"양자가 양성자로 되는 것이 쉽지 않을 텐데, 어떻게 양성자가 절대온도를 가지게 되었는지?"

미나가 물었다.

"글쎄!" 하며 주서는 난감한 표정을 지으며 말한다.

"양자가 양성자가 되고, 양성자가 다시 양자가 되는 것은 특별한 조건을 가져야만 됩니다. 양자가 양성자가 되는 것은 빅뱅이 일어 났을 때이고, 반대로 양성자가 양자가 되는 것은 항성이 빛을 방사 했을 때입니다. 빅뱅의 공간에서만이 양성자가 공간에 있던 절대온 도를 가질 수 있었으며, 그 순간부터 우주는 생성되고 팽창과 수축 을 하여 미래에는 소멸될 것입니다. 음전자는 양성자가 자신과의 질량대칭성을 갖추기를 기다리는데, 양성자가 질량대칭성을 갖추 는 것이 양자로의 회귀입니다. 빅뱅의 압력으로 양자가 양성자로 만들어졌던 것에서 다시 양자로 되돌아가기 위해서 천체가 빛으로 부서지고 있는 것입니다."

이어서 주서는 빅뱅과 우주의 생성, 팽창, 소멸을 설명한다.

"빅뱅이 일어나기 오래전부터 우주의 공간은 고요함 가운데 인식 할 수 없는 어떤 움직임이 있었습니다. 이때 공간에는 우주가 소멸 하면서 대전되어 쌍소멸 상태로 남겨진 전자쌍으로 가득 채워져 있었지요. 그리고 빛이 없는 공간에는 온도가 있었습니다.

시간이 지남에 따라 절대온도에 도달하자 전자쌍들은 초전도 를 일으키며 분리되어 각각 양전자덩어리와 음전자덩어리로 뭉쳐 집니다. 뭉쳐진 둘의 덩어리가 서로를 향해 달려가 부닥쳐 빅뱅이 일어납니다.

양전자덩어리와 음전자덩어리가 부닥트리자 공간은 강력한 압력 이 만들어져 음전자덩어리는 산산이 부서지고, 순식간에 빛으로 전화하며 상상할 수 없는 온도를 만들어 내 플라스마에 도달했던 것이죠. 이때 양전자가 공간에 있던 절대온도를 품게 되는데, 양전자 1,800여 개가 뭉쳐졌던 것입니다. 그로 인해 양전자는 양성자가 되고 음전자보다는 1,800여 배 큰 질량을 가지게 됩니다.

빅뱅 이후 양전자는 빅뱅의 압력으로 절대온도를 가진 양성자가 되고, 음전자가 운동을 일으켜 플라스마 상태의 공간이 만들어지며, 양성자가 덩어리로 뭉쳐지면서 은하들을 형성하게 됩니다. 빅뱅의 중심에는 빅뱅태양이 태동하고 양성자덩어리는 전자덩어리를 끌어당겨서 중력을 발호하여 은하들을 밀어냅니다.

우주의 중심에 있는 빅뱅태양은 중력을 발호하여 은하태양들을 상호 질량에 따라 밀어내 거리를 만들어 은하태양들을 공전시키고 있습니다. 역으로 은하태양들은 빅뱅태양에게 중력으로 포획되어 빅뱅태양의 회전 방향을 따라 공전하고 있습니다. 같은 방법으로 항성계가 만들어지고 항성들은 은하계의 중심에 있는 은하태양을 공전하고, 행성들은 항성을 공전하고, 위성들은 행성을 공전하는 것이지요.

우주의 체계는 이러합니다. 우주의 중심에는 빅뱅태양이 있고, 빅뱅태양의 주위에는 은하태양들이, 은하태양의 주위에는 항성들이, 항성의 주위에는 행성들이, 행성의 주위에는 위성들이 있습니다. 우주는 단계적으로 빅뱅이 시작되고 은하들이 팽창하고 항성계의 팽창이 끝나고 질량의 감소로 수축해서 언젠가는 쌍소멸 상태의 공간으로 되돌아갈 것입니다. 그리고 빅뱅이 일어나서 양자가 양성자가 되었듯이, 양성자가 양자가 되는 것은 물질이 가지고 있는 양성자가 빛으로 부서지는 것입니다."

선생님은 대단한 논리라고 한다.

미나가 조심스레 묻는다.

"지구의 중심에 양성자가 뭉쳐져 있다는 것은 추론이나 추정일 텐데, 전자덩어리는 자기력이 남극과 북극에서 발생하니 이해가 가지만, 양성자덩어리가 있다는 증거나 현상이 있는지?"

이에 대해 주서가 말한다.

"여름날에 먹구름이 몰려오고 천둥 번개가 칠 때 나무 아래로 피신하거나 몸에 쇠붙이를 지니면 벼락을 맞는다고 하죠. 이것은 양전자가 포함된 수증기와 음전자가 포함된 수증기가 서로 부닥치며 일어나는 방전 현상입니다. 방전이 일어나는 것은 구름에 포함된 양전자와 음전자의 개체가 대칭적이지 않아서입니다.

수증기와 수증기가 부닥치면 양전자와 음전자의 대전이 일어나 둘은 쌍소멸하고, 이때 음전자의 개체가 양전자 개체보다 많으면 대전되고 남은 음전자가 자기력선을 만들어 냅니다. 아시다시피 음전자는 같은 극은 밀어내고 다른 극은 끌어당기는데 지구도 극점에서 선을 만들어 극점으로 이어지는 자기력선을 만들고 있습니다.

수증기에 포함된 양전자의 개체가 많으면 음전자는 대전되어 쌍소멸하고 반대로 음전자의 개체가 많으면 양전자와 대전되고 남은 음전자가 자기력선을 만들게 됩니다. 이때 자기력선을 만든 음전자덩어리를 지구 내부의 양성자덩어리가 핵력으로 지표면 안쪽으로 끌어당기는 것이라고 추정해 볼 수 있습니다."

주서는 태양의 운동에 대해 설명한다.

"천체의 중력과 운동은 구분하기가 애매하며, 중력이 운동이고 운동이 중력이라고 해도 틀리지 않을 겁니다. '닭이 먼저냐, 알이 먼저냐?'를 논쟁하는 것처럼 중력과 운동은 아주 밀접한 관계가 있습니다.

태양의 중심에 절대온도를 가진 양성자덩어리가 핵력으로 전자덩어리를 끌어당겨서 압력을 가하면, 전자가 양성자덩어리의 압력에 반발하며 운동을 일으키며 뜨거워집니다. 전자는 양성자덩어리의 압력에 따라서 운동의 강도가 결정되는데, 양성자덩어리의 압력은 전자로 하여금 자기력선을 만들지 못할 만큼의 질량을 가지고 있으므로 전자는 극성이 엇갈리며 운동을 일으켜 플라스마에 도달하게 됩니다.

양성자덩어리의 극저온과 뜨거워진 전자가 플라스마에 도달해 있으므로 양성자덩어리와 전자덩어리는 서로 반목하며 밀어내게 되고, 이때 둘 사이에는 운동이 일어나는 것입니다. 또한 이 둘의 운동은 태양계의 행성들의 공전운동을 일으키는데, 행성들은 태양이 회전하는 방향으로 이끌려 공전할 수밖에 없습니다."

"지구의 대기가 순환하는 것도 운동이라고 봐야 하냐?"

성모가 물었다.

"물론 운동이라고 봐야 되지요.

지구의 대기를 구성하는 물질은 질소와 산소가 주를 이루며 그밖에 수소, 헬륨, 이산화탄소, 오존 등이 있습니다. 지구의 중력은 기체 물질을 대기로 밀어내는데 기체 물질이 가진 질량에 따라 밀어내지는 거리가 다릅니다. 기체 물질 질량의 큰 순으로 볼 때 오존이 지표면에서 약 30㎞, 질소와 산소가 지표면에서 약 10㎞ 거리에 있으며, 이에 반해 수소와 헬륨은 지표면에 위치하고 있습니다.

우리가 느끼는 바람이 주로 질소와 산소이며, 이 둘의 기체가 대기로 밀어내지면 대기의 온도에 편차가 있어 순환을 합니다. 지구의 중력은 질소와 산소의 운동량이 증가하면 대기로 밀어내고, 이것들이 차가운 온도를 만나 운동량이 저하되면 끌어당기는 것입니다. 우리는 평상시에는 중력이 어느 정도인지 느끼지 못하지만, 강풍이 불면 그 힘이 어마하다는 것을 실감하지요."

"수소와 헬륨의 중력 거리가 지표면이라고 하였는데, 수소 기구가 높이 떠오르는 이유는?"

성모가 물었다.

"수소가 질소나 산소보다 가벼워서 대기로 떠오르는 것이 아니라, 수소를 밀폐 용기에 담아 압력을 높여 주면 수소는 밀폐 공간의 압력에 따라 서로 부딪히며 맹렬히 운동을 일으키게 되지요. 이때 지구의 중력은 수소를 하나의 큰 질량으로 인식하고 대기로 밀어내 거리를 유지하고요. 수소의 압력이 클수록 빨리 멀리로 밀어냅니다."

운동의 설명에 두서가 없다 보니 헷갈릴 거라며 주서는 다시 정리해 보겠다고 한다.

"운동은 중력과 마찬가지로 물질이나 천체 자체, 천체와 천체 간, 물질과 천체 관계로 나누어 볼 수 있습니다.

물질이나 천체 자체의 운동에서 기체 물질은 양성자와 전자가 운동을 하는 것이며, 천체는 양성자덩어리와 전자덩어리가 회전운동을 일으키는 것입니다.

천체와 천체 간의 운동은 양성자덩어리와 전자덩어리가 중력을 발호하여 상호 질량에 따라 거리를 유지합니다. 동시에 질량이 큰 천체가 질량이 작은 천체를 끌어서 공전시키고, 상대적으로 질량이 작은 천체는 질량이 큰 천체에게 공전을 당하는 꼴입니다.

물질과 천체 관계의 운동은 기체 물질이 운동하는 것으로 보이는데, 실은 기체가 대기의 온도에 따라 운동량의 증가와 감소를 할 때 천체가 기체의 질량에 비례하여 기체 물질을 상공으로 밀어내고 지표면으로 끌어당기는 것입니다."

"듣고 보니 중력과 운동에 차이가 클 것으로 생각했는데 중력이 운동이고 운동이 중력이라고 해도 될 것 같습니다."

성모가 말했다.

"중력과 운동의 관계를 원인과 결과라고 하기도 그렇고, 공통분모는 있는데 범위나 역할의 차이라고 볼 수 있습니다."

주서가 말했다.

"우주가 생성되고 물질이 만들어진다고 해도 빛이 없다면 아무것도 할 수가 없습니다. 빛이 없는 우주는 의미 없는 우주일 뿐이며, 빛이 있기에 생명이 있고 인간도 살아간다"며 주서는 빛 이야기를 한다.

"빛 하면 밝음이 떠오르는데 빛은 별빛, 불빛, 조명 등을 아우르는 말로 에너지의 일종입니다. 빛은 파동처럼 이동하며 광자라는 입자를 운반합니다. 일반적으로 빛은 전파, 가시광선, 감마선과 같은 전자기파 형태로 공간 또는 매질을 통해 전달되는 에너지인 전자기 복사입니다.

'빛이 입자냐, 파동이냐?'를 놓고 연구와 논쟁을 거듭해 왔지만 빛의 본질은 파동과 입자의 이중성이라고 알려져 있으며, 이는 양자역학이라는 물리학 분야의 주춧돌 역할을 합니다.

빛에 있어서 속도나 색깔, 파장은 천체를 아는 데 중요한 역할을 합니다. 빛의 속도는 약 30만㎞/s인데 진공 상태에서 나아가는 것을 말합니다. 대기의 밀도에 따라 속도에는 차이가 있겠죠. 파장은 빛이 물결처럼 출렁거리면서 앞으로 나아가는데, 한 번 출렁거리는 길이입니다.

햇빛은 파장이 어느 정도인가에 따라 적외선, 가시광선, 자외선 등으로 나뉩니다. 이 가운데 우리가 볼 수 있는 빛은 가시광선으로 빨강, 주황, 노랑, 초록, 파랑, 남색, 보라 등이 있습니다. 빨간색에서 보라색으로 갈수록 파장이 짧아집니다. 빨간색의 빛보다 파장이 긴 빛이 적외선이고, 보라색보다 파장이 짧은 빛이 자외선입니다. 이 둘은 우리 눈으로 볼 수 없는 빛이죠."

"색안경을 끼면 볼 수 있잖아."

선녀가 농담하듯 말했다.

"그렇지요. 적외선 안경으로 보면 하늘이 보라색으로 보이는데 그것이 빛의 실체야."

주서가 말했다.

"그리고 태양에서 지구로 빛이 도달하는 시간이 8분 20초 정도인데 시간이 짧으니 태양의 형태를 볼 수 있는데, 밤하늘의 별들은 상상할 수 없을 정도로 거리가 멀고 시간이 소요되니 그 형태를 알기가 어렵지요. 육안으로는 별들을 구별하기가 어려워서 성능이 좋은 망원경으로 천체를 관측하게 되지요. 망원경으로 천체를 보더라도 망원경렌즈에 잡히는 것은 천체의 형태가 아니라 빛입니다. 과학자들은 그 빛이 만들어 내는 빛의 잔영을 통해 천체의 질량을 유추하고, 거리를 측정하며, 위치를 알아냅니다."

주서는 길게 숨을 고르며 우주와 빛과의 직접 관계되는 이야기를 이어 간다.

"최초의 빛은 빅뱅이 일어났던 순간에 공간은 환하게 밝아졌는데, 이는 양전자덩어리와 음전자덩어리가 부닥뜨려 음전자가 산산이 흩어지면서 운동을 일으키며 뜨거워져 빛으로 전화하였던 것입니다.

빅뱅으로 양성자가 만들어지고 공간에는 전자가 운동으로 뜨거운 플라스마 상태가 되었는데, 양성자는 플라스마 상태의 전자를 끌어당기지 못하고 양성자끼리 서로 끌어당겨서 덩어리로 뭉쳐졌던 것입니다. 빅뱅이 일어나고 공간에는 우후죽순처럼 양성자덩어리가 뭉쳐지기 시작하자, 빅뱅의 중심에는 초대형 양성자덩어리가 뭉쳐졌는데 이것이 빅뱅태양의 모태입니다. 빅뱅의 공간에는 혼돈의 시간이 있었지만 먼저 뭉쳐진 빅뱅태양이 그 뒤에 뭉쳐진 은하태양들을 상호 질량에 따라 밀어냈으며, 같은 방법으로 은하태양들은 각각의 은하계 항성들을 밀어냈습니다.

밤하늘에는 수많은 별이 아름답게 반짝입니다. 날씨가 쾌청하면 하늘을 가로질러 은가루를 뿌려 놓은 듯이 희미한 띠가 걸쳐 있는 은하수를 볼 수 있습니다. 육안으로는 은하수가 마치 띠처럼 널려 있는 우윳빛 가루처럼 보이지만, 망원경을 통해 보면 은하수에는 많은 별이 몰려 있다는 것을 알게 됩니다.

거리가 멀다 하여도 우리 은하 중심에 항성계를 아우르는 질량이 거대한 은하태양이 빛을 방사하고 있을 텐데, 우리는 그 빛을 볼 수 없습니다. 그것은 전자와 같은 질량을 가진 양전자가 백색의 빛을 방사하기 때문이지요. 은하태양이 방사한 백색의 빛은 지구로 오는 도중에 은하수를 이루는 항성들과 행성들에게 모두 끌려 들어가고, 우리에게는 은은한 밝음만이 오기에 은하태양을 볼 수 없는 것입니다."

"우주, 천체에 대한 지식이 얇고 생소해서 그런지 들을 때는 쏙 들어오는데 듣고 나면 헷갈린다. 일반적으로 빛이 앞으로만 나아가지 않냐? 빛에 대하여 한 번 더 설명해 주면 좋겠는데."

선녀가 말했다.

"과학자들은 '빛이 입자냐, 파동이냐?'를 두고 많은 논쟁을 해 왔지만 결론은 이 둘의 성질을 가진 이중성이라는 것입니다. 빛이 이 두 가지 성질인 이중성에 비밀이 있는 것 같은데 그 비밀을 아직은 모른다고 봐야죠.

일반상대성이론에서 중력은 빛을 끌어당기고 중력이 강하면 빛이 휘어질 것이라고 했는데, 훗날 개기일식 사진으로 증명이 되었습니다. 하지만 중력이 빛을 끌어당기기만 하면, 수십억 광년의 거리에서 오는 빛은 우리에게 도달할 수 없습니다.

우주는 137억 년 전에 생성되어 팽창하였습니다. 우리에게 다가온 빛의 광원과의 거리를 쟀더니, 137억 광년 거리에 천체가 있었다는 추론입니다. 137억 광년 거리의 천체가 방사한 빛은 우리에게 도달하기 전에 중력이 강한 천체에게 끌어당겨져서 그 빛을 볼 수 없어야 합니다. 그러기에 천체의 중력은 빛을 끌어당기기도 하고 밀어내기도 합니다.

항성이 만들어 내는 빛은 그저 단순한 빛이 아닙니다. 빛은 항성의 질량에 따라 물질의 상태를 보여 주는데, 그것이 빛의 색과 파장입니다. 중력은 빛의 파장에 따라 빛을 밀어내기도 하고 끌어당기기도 합니다.

빛은 파장을 가진 입자로 그 입자는 양성자가 음전자와의 질량 대칭성을 가지기 위해 빛으로 전화하는 것입니다. 파장이 없는 백색의 빛은 음전자와 질량이 같으므로, 모든 천체가 끌어당겨 전자와 대전되어 쌍소멸이 됩니다. 이와는 반대로 파장이 짧은 보라색이나 푸른색의 빛은 전자와의 질량 차이가 크므로 모든 천체가 밀어냅니다. 천체들이 이러한 빛을 밀어내므로 그 빛이 우주를 떠돌다가 우리에게 도달하는 것입니다."

"우주가 팽창한다는 적색편이에 대해 설명해 주렴."
미나가 말했다.
"소리에 적용되는 도플러 효과를 빛에도 적용이 가능한지, 우주의 팽창을 다시 한번 짚어 보겠다"며 주서가 말한다.
"적색편이는 별이 멀어질 때 빛의 파장이 도플러 효과에 의해 스펙트럼상에서 파장이 긴 쪽으로 이동한다는 것입니다. 이에 반해 청색편이는 별이 가까워질 때 빛의 파장이 짧은 쪽으로 이동한다는 것입니다. 도플러 효과는 파원과 관찰자 사이가 가까워질수록 파동의 진동수가 커져서 소리가 크게 들리고, 파원과 관찰자 사이가 멀어질수록 파동의 진동수가 작아서 소리가 작게 들리게 됩니다.

소리에 적용되는 도플러 효과를 빛에도 당연히 적용된다고 볼 수 있을까요? 일반적인 생각으로 소리는 파원과 가까우면 크게 들리고 빛은 광원과 가까우면 밝게 보이는데, 수십억 광년의 거리에서 오는 빛의 변화를 측정하여 빛의 밝기를 알아낸다는 것은 현실적으로 불가능합니다.

그렇다면 소리파인 도플러 효과를 멀리서 날아오는 빛에 대입해도 될까요? 양자와 전자가 만나면 쌍소멸하는 것이 아니라 쌍소멸하는 것처럼 보이듯이, 빛도 편이를 일으키는 것처럼 보이기만 하는 것은 아닐지요. 빛이 편이를 일으킨다면 적색편이가 있으면 청색편이도 있을 텐데, 가까이에 있는 천체는 멀어지고 멀리에 있는 천체는 가까워진다면 우주는 팽창도 하고 수축도 한다고 해야 합니다.

빛은 파장을 가진 입자로 천체가 가진 질량에 비례해서 색과 파장이 만들어집니다. 우주에는 밝은색의 빛을 방사하는 항성이 있는가 하면, 어두운 푸른색이나 보라색의 빛을 방사하는 항성도 있습니다. 광원과의 거리에 따라 멀면 점점 어두운색의 빛이, 가까우면 점점 밝은색의 빛이 우리에게 도달합니다. 이는 항성의 질량이 같더라도 광원과의 거리에 따라 도달하는 빛이 서로 다른 색을 가진 빛이 도달한다는 의미가 됩니다.

빅뱅이 일어난 후 공간의 중심에 빅뱅태양이 생성되어 은하태양들을 밀어내고, 다시 은하태양들은 각 은하계의 항성들을 밀어내고, 또다시 항성들은 각 항성계의 행성들을 밀어냄으로써 우주의 팽창은 완성되었다고 봐야 됩니다.

은하태양들은 빅뱅태양을 공전하고 항성들은 은하태양을 공전하는 과정에서 태양계와 이웃 은하계의 거리가 가까워지기도 하고 멀어지기도 합니다. 그 시간이 수십억 년이 걸린다는 것을 감안하면 현재의 상태가 멀어져 가는 시기가 될 수도 있습니다. 그렇다면 태양계와 이웃 은하계가 멀어지는 것이 아니라 우주의 공간 안에서 위치가 바뀐다고 볼 수 있죠. 우주의 팽창은 항성계가 생성됨으로써 끝나고, 현재는 총질량의 감소로 수축한다고 봐야 합니다."

"이해는 가지만 잘 모겠는데."

미나가 활짝 웃으며 말했다.

모두 고개를 끄덕인다.

"우리에게 제일 중요한 빛이 태양의 빛입니다. 태양은 생명의 빛이며 만물의 에너지입니다. 그 빛은 어떻게 만들어질까요?" 하며 주서가 자문하듯 말한다.

"태양계 공간의 기체 물질들은 수소가 가장 많고 헬륨, 산소, 질소 순으로 발견됩니다. 태양은 생성 초기에 양성자가 뭉쳐지는 과정에서 전자를 포획하여 기체를 만들었는데, 양성자 질량에 비례한 전자를 끌어당겨 두고 있지 못하므로 기체가 결합되는 족족 밀어냈습니다.

먼저 수소를 밀어냈으며, 중력의 범위가 커지고 시간이 지남에 따라 순차적으로 헬륨, 산소, 질소를 결합시켜서 밀어냈던 것입니다. 태양은 질소를 결합해서 전자 구역 밖으로 밀어내는 것을 마지막으로 공간에 전자가 고갈되어 물질을 밀어낼 수가 없었습니다. 그런 뒤에 태양은 결합시킨 질소를 붕괴시켜 빛을 방사했습니다.

태양이 방사하는 빛은 양성자와 중성자가 붕괴를 일으키는 것입니다. 양성자가 붕괴되면 보라색과 파란색 계열의 빛이 만들어지고, 중성자가 붕괴되면 노란색과 주황색, 빨간색의 빛이 만들어지는 것입니다.

태양이 처음으로 방사한 빛은 질소를 붕괴시킨 빛으로, 그 빛의 색은 노랑, 주황, 빨강이 주종을 이루고 빛의 양도 풍부했습니다. 현재 태양이 방사하는 빛은 보라색과 파란색이 많은 무지개색의 빛인데, 그 파장으로 미루어 보아 헬륨의 양성자와 중성자가 붕괴되는 빛으로 추정됩니다."

"태양이 기체 물질을 만드는 순서가 경수소에서 시작하여 헬륨, 산소, 질소로 갔는데 빛을 만들어 내는 것은 역순이냐?"

미나가 물었다.

"흥미 있는 질문인데? 태양이 물질을 결합시킨 뒤에 그 물질을 붕괴시키는 조건이 태양이 가진 질량입니다. 붕괴되는 순서가 질소에서 산소, 헬륨으로 가는 것은 처음 붕괴시킨 질소가 소진되었다기보다는 시간이 지남에 따라 태양의 질량이 감소하여 질소를 붕괴시킬 수가 없다고 봐야 합니다."

주서가 말했다.

"사람들은 태양이 작열한다고 표현하는데 어렸을 때 가끔 태양을 바라보면 불같이 이글거리는 표면에 검은 반점 같은 것이 있던데 그놈의 정체가 뭔지?"

선녀가 물었다.

"아, 홍염과 흑점 말이야?"

성모가 관심을 표했다.

주서가 흑점에 대해 말한다.

"태양의 중심에는 양성자덩어리가 핵력으로 전자를 끌어당기고 전자덩어리는 척력으로 운동을 하며 뜨거워져 플라스마에 도달해 있으므로 태양의 표면이 이글거리는 것입니다. 또한 태양 표면의 흑점은 기체 물질을 빛으로 붕괴시킬 때 폭발 압력으로 표면에 구멍이 뚫어져 태양 내부가 검게 보이는 것입니다. 흑점은 태양 내부의 전자덩어리가 흑체복사플라스마 상태이기 때문이죠."

이어서 주서는 빛에 관한 추가 설명을 한다.

"현재 태양이 방사하는 빛은 무지개색입니다. 빛이 지구 대기권으로 진입하기 전에는 지구 중력의 영향을 받으므로 파장이 짧은 보라색이 우주 쪽을 향하게 되고, 빛이 대기로 진입하면 대기밀도가 높은 질소와 산소의 영향을 받으므로 대기물질이 보라색의 빛을 지표면 쪽으로 밀어냅니다. 무지개는 태양이 소나기의 빗방울을 비출 때 생기는 현상으로, 대기에 영향을 받기에 하늘 쪽에서부터 빨주노초파남보로 보입니다.

태양이 방사한 빛이 지구의 질소와 산소층과 물분자의 구름층을 뚫고 지표면으로 들어오면, 빛은 갇히기 시작하고 대기 밖으로 나갈 수가 없습니다. 이에 빛은 지표면 위에서 진화할 수밖에 없었는데, 바닷물 속에서 물과 합성을 일으키며 생명체의 에너지원이 됩니다.

천체는 양성자덩어리와 전자덩어리 사이에 핵력과 척력으로 운동이 일어나 자전과 공전을 하는데, 궁극적으로 우주에 존재하는 모든 항성과 행성은 질량대칭성과 개체대칭성이 깨져 있습니다. 그러므로 우주가 추구하는 것은 양성자와 전자가 질량대칭성을 회복해서 빅뱅이 일어났던 공간으로 되돌아가는 것입니다. 그 일을 하고 있는 것이 빛입니다."

주서는 지구 생성의 숨겨진 이야기를 한다.

"과학자들은 지구가 약 46억 년 전에 태어났다고 합니다. 태양도 같은 시기로 지구보다는 먼저 생성된 것으로 예측합니다. 우주의 시간으로 보아 태양과 지구는 부자관계라기보다는 형제관계라고 보는 것이 더 맞을 것 같습니다.

그런데 지구의 모태는 이보다 훨씬 앞서 있습니다. 지구의 나이가 약 46억 년이라는 것은 지구의 화석을 측정해 보니 암석의 생성 연대가 그렇다는 것이지요. 태양의 나이를 알면 지구의 나이도 추론하기가 수월할 텐데요. 태양은 항성이라 빛 외에는 별다른 증거가 없는데, 태양이 방사한 초기의 빛은 이미 사라지고 없으니 난감하죠. 초기 태양계가 형성되고 미행성이 밀집해 행성이 되기까지 수천만 년밖에 걸리지 않는다는 이론적 계산 결과로, 태양의 나이는 지구보다 앞서지만 그래도 약 46억 년으로 추론하는 것 같습니다.

태양계의 공간에서 먼저 태양이 뭉쳐지고 뒤이어 행성들이 뭉쳐졌습니다. 태양이 중력으로 행성들을 상호 질량에 비례한 거리로 밀어내어, 행성들이 자리를 잡은 것입니다. 초기의 행성들은 모두 기체 행성이었습니다. 시간이 지나며 질량이 감소함에 따라 행성들은 태양과의 거리도 점차 줄어들고 탄소화가 시작되었습니다. 현재는 지구형 행성이 있고, 천왕성과 해왕성은 기체 행성이며, 목성과 토성은 탄소화가 활발히 진행되고 있습니다.

기체 행성이던 지구가 탄소화가 진행되어 암석이 만들어진 후 약 46억 년이란 장구한 시간이 지났습니다. 지구의 나이가 약 46억 년이 되었는데 아직도 기체 행성으로 남아 있는 행성들을 보면, 탄소화는 우주의 시간으로도 느낄 수 없을 정도로 느리고 완전한 지구형 행성이 되기까지는 상상할 수 없는 시간일 것입니다. 이러한 것으로 비추어 볼 때 지구는 적어도 지구 나이의 두 배가 넘는 90억 년 전에 탄생했을 것입니다. 더 나아가 지구는 빅뱅이 일어났던 시기 가까이로 가서 그 모태가 생성되었을지도 모릅니다.

결국 지구는 우주적 측면에서 보면 한 점에 불과할지라도 빅뱅과 은하들, 은하계의 항성들, 각 항성계의 행성들과 어깨를 나란히 합니다. 지구는 우주의 어떤 행성들보다 가치가 있습니다. 지구, 그 아름다운 지구, 생명이 숨 쉬고 지적 능력을 간직한 인간이 살아가는 지구는 기적이며 신비로울 뿐입니다. 지구의 생태계가 조성되기까지 큰 영향을 미친 사건들을 보면, 어떤 그 무엇이 이 모든 것을 창조하지 않았을까 하는 기대와 두려움이 앞섭니다."

미나가 "갑자기 이상한 말을 하는 것 같다"고 말하자 잠시 숙연해진다.

주서가 들뜬 마음으로 지구의 자전축 이야기를 한다.

"사람들은 우리나라를 왜 금수강산이라고 할까요? 나름대로 다 이유가 있겠지만 사계절이 있기에 그렇다고 봅니다. 또한 아름다운 지구라고 할 때 그 아름다움은 지구의 절경을 말하기도 하지만, 생명이 산다는 것에 그 의미가 있습니다. 사계절은 그냥 오고 가기를 반복하는 것이 아니라 온 생명체에게 건강한 삶을 주는 것입니다. 봄, 여름, 가을, 겨울이 있는 것은 지구의 자전축이 23.5도 기울어져서 태양을 공전하기 때문입니다. 지구의 자전축은 어떻게 해서 기울어졌을까요?"

"달과의 충돌설이 있던데."

성모가 말했다.

"크게 생각해 보지 않았는데. 별 친구 감성이 많이 축적된 것 같다."

미나가 주서를 힐끗 보며 말했다.

"과학자들은 지구가 행성과의 충돌로 기울어졌고 그 충돌한 행성이 달이 되었다고 하는데, 실험까지 해 보았으니 그럴 수도 있겠습니다. 그들이 내 말을 들으면 시건방지고 말도 안 되는 소리라고 하겠지만, 이는 중력의 실체를 몰라서 그렇다고 생각합니다.

앞에서 지구에 그 많은 물이 어떻게 존재하게 되었는가를 설명할 때도 나온 얘기지만, 소행성들이 지구와 충돌하여 물을 가져왔다고 주장하듯 행성과의 충돌설에 매몰돼 있는 것 같아요.

중력을 발호하는 천체들은 어떤 중력이 강한 천체로부터 밀려나서 두 천체가 상상할 수 없는 시간이 지나면 가까이 접근할 수는 있지만, 서로가 중력을 발호하는 한 충돌할 수 없습니다. 태양계의 행성들은 거의 자전축이 기울어져 있습니다. 자전축 기울기가 행성이나 소행과의 충돌로 이루어졌다면, 기체 행성은 이들과의 충돌로 자전축이 기울어졌다고 하기 어렵지요. 천왕성의 자전축 기울기가 98도인데 설명하기가 애매하죠. 또한 위성이 없는 금성의 자전축 기울기는 어떻게 설명해야 할까요?

태양계 행성들의 공전궤도는 원형이 아니라 타원형입니다. 이는 행성들이 태양계뿐만 아니라 이웃 항성계의 중력에 영향을 받는다는 것입니다. 우리 태양계의 행성들과 이웃 항성계의 행성들이 공전 과정에서 일직선 정렬이 일어나서, 행성들의 자전축이 기울어졌다고 볼 수 있겠지요. 부연하면 항성과 항성과의 중력에 의한 상호작용으로 항성이 가진 질량과 행성이 가진 질량과의 거리에 의한 괴리로, 행성들이 서로를 밀어내고 끌어당기는 일이 일어나 자전축이 기울어졌다고 볼 수 있습니다."

"지구에서 생명이 살아가는 데 기본적인 요소가 흙과 빛과 물과 공기입니다. 흙은 지구 자체이고 빛은 태양에서 오는 것입니다. 앞에서 지구의 많은 물은 태양에서 만들어져 지구에 안착된 것이라고 했습니다. 그런데 대기의 20% 정도를 차지하고 있는 산소도 태양에서 만들어져 지구에 안착된 것인가요?"

성모가 물었다.

주서는 태양에서 만들어져 지구에 안착된 산소는 극소수라며 설명을 이어 간다.

"태양이 생성되기 시작하면서 수소, 헬륨, 산소 순으로 기체 물질을 결합시켜 우주 공간으로 밀어냈는데, 밀려나던 수소와 산소가 만나 물로 결합되었습니다. 이때 태양은 물을 상호 질량에 따라 더 먼 거리로 밀어냈는데, 밀려난 거리에서 지구가 생성되기 시작하면서 물을 끌어당겼습니다.

이러한 과정에서 수소와 산소가 물로 결합되어 지구는 산소를 많이 끌어당길 수가 없었습니다. 그 뒤에 태양은 더 많은 전자를 끌어당겨 전자 구역이 넓어져서 질소를 결합시키고 밀어내자 지구는 질소를 끌어당겨 대기로 삼았습니다.

우주의 시간이 흐르고 태양이 방사한 빛이 지구의 질소층과 구름층을 뚫고 지표면으로 들어오면 빛은 갇히기 시작하고 대기 밖으로 나갈 수 없었습니다. 이때 빛이 물속으로 들어가면 더욱 빠져나올 수가 없었으므로 빛의 진화는 물속에서 먼저 일어났습니다.

그때 바닷물 속에는 스트로마톨라이트 같은 생명체가 있었습니다. 빛과 물이 합성을 일으켜 물 내부의 수소가 떨어져 나오면서 수소 내부의 양자가 생명체의 에너지가 되고, 산소는 자연스럽게 배출되면서 대기로 만들어졌습니다. 지구 대기의 산소는 태양이 만들어서 지구가 끌어당긴 산소는 소량이고 대부분이 지구에서 만들어진 것입니다."

성모는 자신이 알고 있는 거와 같다며 고개를 끄덕인다.

이어서 주서는 태양풍을 이야기한다.

"태양은 지구에게 물질을 만들어 주고 에너지원인 빛을 방사하고 있지만 생태계에 심각한 타격을 줄 수 있는 태양풍을 지구로 날려 보내고 있습니다. 태양은 크게 폭발하며 에너지입자를 방출합니다. 이 입자들은 태양풍을 만들어 내고 생물체의 세포에 치명적인 손상을 줄 수 있는 방사능 형태입니다.

지구는 얇은 가스층인 대기로 둘러싸여 있는데, 그것이 외계의 극한 기후로부터 지구를 보호합니다. 그러나 태양풍이 지구 대기권을 강타하면 뚫릴 수도 있습니다.

자기장은 태양풍으로부터 지구를 보호해 주는데, 태양풍입자가 지구로 날아오면 자기권이 그 경로를 차단하는 것입니다. 지구가 자기력선을 만들어 내고 있는 것은 지구의 중심에 양성자덩어리의 질량이 크지 않음으로 해서 극점에서 자기력선이 솟아올라 극점으로 이어지는 선을 만들고 있기 때문입니다. 그래도 통과한 입자들은 양극점으로 비껴갑니다.

또한 태양풍입자들은 대기권으로 들어오면서 북극과 남극에서 오로라를 만듭니다. 오늘날에도 태양풍은 대기권으로 날아오지만 자기권 덕분에 지구의 생명체를 위협하지 못합니다."

"듣고 보니 지구를 덮고 있는 물, 생명체의 호흡에 관계되는 산소, 태양풍을 막아 주는 자기권, 더 나아가 사계절의 아름다움을 있게 한 자전축의 기울기까지 이 모든 것이 생태계와 관계된다니 신비하고 경이롭다는 말밖에는 달리 표현할 수가 없네.

그리고 외람된 질문이지만 하나만 물어볼게. 솔직히 천체에 대해 문외한인 이 사람이 들어도 매우 논리적이라서 깜짝 놀랄 수밖에 없었는데. 천문학을 전공하지 않고도 해박한 지식을 축적한 비결이 무엇이니?"

선생님이 물었다.

"특별한 비결은 없고요. 누구나 밤하늘의 별들을 보면 신비로움을 느끼며 동경을 품어 왔듯이, 저도 어릴 때부터 별에 관심이 많았습니다. 별을 보고 있으면 미지의 세계가 다가와서 상상을 했지요. 처음에는 취미로 별자리를 공부하고 관찰한 것이 전부였습니다.

그러다 보니 천체에 관한 서적을 많이 탐독하게 되었습니다. 어느 날 빅뱅이론을 접하고 우주가 어떻게 생겨났을까 등에 관심을 갖게 되었습니다. 우주는 신비롭지만 학자들이 주장하는 이론이나 실체가 맞을까 확신할 수 없었습니다. 마치 신의 존재 여부를 모르면서 종교를 추종하는 것과 같았으니까요.

한 권의 책이 세상이나 인생을 바꾼다는 말이 있잖아요. 6년 전쯤에 인터넷을 검색하다가 책 이름도 멋진 『자연이 전하는 메시지』를 발견하고 끌려 구입하게 되었습니다. 처음 읽을 때는 뭔가는 잡히는 것 같은데 이해가 쉽지 않았습니다. 그런데도 '어떻게 이런 책을 집필할 수 있었을까?' 하는 생각이 뇌리를 떠나지 않았습니다. 이 책은 나를 위해 쓴 것이라는 감이 왔을 때 그냥 감사했습니다. 그 후로 일정한 시간이 지나면 읽고 또 읽게 되었지요. 세상에는 완벽한 인간이 없듯이 완벽한 책도 없습니다.

오늘 나눈 천체의 시대에 대한 이야기의 태반이 이 책에서 얻은 지식입니다. 그리고 이 책은 일반인보다 천체물리학자와 학도들이 꼭 읽었으면 하는 바람이 간절합니다."

"믿을 만한 과학자들이 만들고 사람들이 믿고 있는 동영상의 일부 내용을 말씀드릴 테니, 상상력을 갖고 들어 보시라"며 주서가 말한다.

"지구는 우주를 날아다니는 거대한 돌과 물의 덩어리입니다. 다른 별들과 다른 점은 이곳에 생명체가 있다는 것입니다. 지구는 어떻게 생성되었을까요? 어떤 자연의 힘이 지구를 생성했을까요?

지구가 있는 자리는 은하수의 외각으로서 커다란 가스와 먼지만 있었습니다. 먼지구름이 행성으로 변해 지구가 되었습니다. 처음에는 커다란 가스와 먼지구름으로 시작되어 흙먼지와 모래알, 규소알이 생겨난 것입니다. 분자구름은 엄청나게 큽니다. 거의 수백 광년에 이르는 넓이를 갖고 있습니다. 이 구름들은 수백 개의 죽은 별들의 파편으로 만들어졌습니다.

우주의 초창기에 별들이 수명을 다하면 그 파편들이 재가 되어 흩어집니다. 별의 수명이 다하면 약하게 혹은 강하게 초신성이란 현상을 일으키는데 이때 철이나 규소, 알루미늄, 니켈 같은 무거운 성분은 우주로 산산이 흩어지게 됩니다. 이 혼합물질이 분자 구조를 만드는 것입니다. 이때 새로운 별 행성들이 태어나는 것입니다. 별을 형성하는 것은 중력입니다. 그 과정에서 분자구름의 입자들이 끌리는 것입니다. 그로부터 천만년이 흐르면서 분자구름들이 중력에 의해 달라붙게 되었습니다.

가스구름이 중력에 의해 붕괴되어 별이 될 때는 아주 재미있는 현상이 발생합니다. 큰 분자구름은 회전을 합니다. 분자구름이 줄어들면 회전 속도가 빨라집니다.

구름이 수축되면 우주에서 날아온 물체의 에너지가 중심부에서 열을 발생시킵니다. 이 회전하는 덩어리가 태양이 된 것입니다. 나머지 구름들은 빨리 돌다 보니 거대한 먼지와 가스층으로 떨어져 나갔습니다. 이곳에서 별들이 탄생한 것입니다. 지구와 다른 행성들을 이룬 물체가 말입니다."

곧바로 주서는 여기에 대한 의견을 말한다.

"이 동영상을 보며 설명을 들으면 참 그럴듯합니다. 하지만 저는 믿고 싶지 않습니다. 먼지구름이 행성으로 변해 지구가 되었다든가, 구름들은 수백 개의 죽은 별들의 파편으로 만들어졌다든가, 초창기 별들이 수명을 다하면 그 파편들이 재가 되어 흩어진다든가, 별의 수명이 다하면 초신성이란 현상을 일으키는데 철이나 규소 같은 무거운 성분은 우주로 산산이 흩어지게 되어 이 혼합물질이 분자구조를 만들어 새로운 별 행성들이 태어나는 것에 대해서요. 그러나 믿고 싶지 않다고 해서 틀리다고 할 수도 없지요. 그냥 딜레마에 빠져 있습니다.

모든 것은 우주 공간에서 일어났습니다. 빅뱅이 일어나고 은하, 항성계가 생성되고 태양계의 행성인 지구도 탄생했습니다. 지구는 태양의 영향을 받고 있지만 스스로 살아가고 있는 것입니다. 기체 물질이나 빛의 시발점이 태양이지만 지구는 중심에 양성자덩어리와 전자덩어리를 갖추고 중력을 발호하여 빛과 물질을 끌어당겨 사용하고 있습니다. 초기의 기체 행성에서 탄소화가 진행되어 암석 등으로 단단한 지구가 되었습니다. 장구한 시간이 흐르면서 지구는 생명체가 살아가기에 적당한 토대를 마련했습니다. 지구는 영원할 것입니다. 하지만 우주는 빛으로 시작해서 빛으로 끝나기에 천체가 빛으로 부서져 양자와 전자가 손잡고 숨으면 지구도 그 일원이 되겠지요."

주서는 끝이 다가오니 갑자기 하고 싶은 말이 생긴다며 이야기한다.

"사전에서는 과학을 '사물의 현상에 관한 보편적 원리 및 법칙을 알아내고 해명하는 것을 목적으로 하는 지식 체계나 학문'이라고 정의하고 있습니다. 그런데 우주과학이나 천체물리학에서 알고 있는 보편적 원리와 법칙이라는 것이 대부분이 진실이겠지만 어떤 것은 진실이 아닐 수도 있다는 생각이 듭니다. 우주가 무한하기도 하지만 여러 주장이 있으니까 혼란스러운 것은 어쩔 수 없다고 봅니다.

오늘 우리가 몇 시간에 걸쳐 담론한 것을 천체과학자들이 듣는다면 어떤 내용에 대해서는 말도 안 된다고 콧방귀를 뀌겠지요. 이와 마찬가지로 저도 천체과학의 어떤 원리나 가설에 대하여 '그것은 아니다.'라며 답답해한 적이 있었습니다. 과학은, 특히 천체물리학은 원리나 법칙, 가설에 대하여 '어떻게'를 넘어서 '왜'라는 물음에 답할 수 있어야 합니다. '왜'라는 것에 답할 수 없는 이론이 확고하게 굳어지면 그것에 매몰되어 천체물리학은 발전은 고사하고 심각한 장애를 안고 가는 꼴이 되겠지요.

돌아보니 가지 않던 길을 기웃거린 지가 40년이 훌쩍 지나갔습니다. 색이 공이고 공이 색인 것처럼 얻은 것도 잃은 것도 없습니다. 인생은 가정하는 것이 아니지만 아름다운 지구, 이 땅에 다시 태어난다면 천체물리학을 체계적으로 연구해 보고 싶습니다.

퍼즐을 맞추는 심정으로 오랜 세월 천체의 시대를 탐구해 보았으나 겉모습만 보았을 뿐이고 우주를 아는 것에는 한계가 있습니다. 그래도 가슴속에 우주의 그림이 남아 있는 게 보람이었습니다. 우주의 진실은 아무도 모릅니다. 완전하고 정확하게 아는 사람은 없을 겁니다."

잠시 고요가 흐른다.

"참 멋있게 말하네. 그냥 별을 좋아한 게 아니고 진정 우주를 사랑했구나."

미나가 말했다.

"한 편의 천체 이야기를 듣는 느낌이었어. 자주 별을 보며 숨어 있는 세상을 상상해 볼게."

선녀가 말했다.

"나도 우주에 관심이 많았는데 새로운 것 많이 알았다. 감사!"

성모가 말했다.

"우주, 천체에 대하여 오늘처럼 얘기한 적은 없으며 이해하기가 어려웠을 텐데요, 끝까지 들어 주셔서 감사합니다."

주서가 여기서 이만 마치겠다고 하니 모두들 박수를 친다.

선생님도 덕담을 건넨다.

"이렇게 진지한 담론은 생소한데 고맙다는 말밖에는 달리 표현할 수가 없네. 우주는 양자와 전자라고 압축할게. 다 중요하지만 가장 중요한 것이 중력이라는 생각이 드는데, 지금까지 그 어디에서도 어느 누구한테도 이렇게 중력 이론을 들어 본 적이 없으며 의문 사항이 있지만 기꺼이 믿을게."

그리고 선생님은 우주에 대해 주서의 마지막 이야기를 들어 보고 싶다고 한다.

"우주는 시작과 끝이 있다고 하면 그 시간은 인간의 상상력으로는 느낄 수 없는 영겁의 시간입니다. 그렇지만 빅뱅이 일어나고 우주가 팽창하고 수축하며 소멸하여 언젠가는 다시 빅뱅이 일어나기 전으로 회귀할 것입니다. 이것이 우주의 본색이 아닐까요?

우주는 빅뱅이 일어나는 기준이나 구간으로 구분한다면 영원히 반복하는 우주입니다. 빅뱅이 몇 번 일어났는지는 알 수가 없지만 말입니다. 천체물리학자들은 우주에는 1천억 개가 넘는 별을 가진 은하 우주가 1천억 개가 넘게 있다고 합니다. 빅뱅이 일어난 반경이 우주를 포괄한다고 볼 수는 없습니다. 빅뱅도 무한 우주의 일부 공간에서 일어났을 것입니다. 그렇다면 우주는 다중 우주가 될 것입니다. 인간이, 과학이 알 수 없는 우주의 어디에서 지금도 빅뱅이 시작되었을지도 모릅니다.

우리는 별의 존재를 그 별에서 보내는 빛으로 인해 알고 있습니다. 천체들은 중력에 의해서 빛을 밀어내기도 하고 끌어당기기도 합니다. 어떤 항성에서 지구로 빛을 보내더라도 주위의 항성이 먼저 그 빛을 끌어당기면 그 빛은 우리에게 도달하지 못합니다. 우리 은하의 중심에 있는 은하태양이 이와 같은 것입니다. 분명 존재는 하는데 빛이 우리에게 도달하지 않으니 볼 수가 없는 것이죠.

아인슈타인은 '신은 우주를 상대로 주사위 놀이를 하지 않는다.'라고 했습니다. 우주는 불확정적이지 않으며 한 치의 오차도 없습니다. 우주의 역사를 따질 수는 없지만 천체의 시대라고 한다면 그것도 너무나 방대합니다. 우리의 태양계를 중심으로 지구의 생성을 아는 것도 우주의 윤곽을 아는 것입니다.

태양계의 행성들은 어떻게 생겨났을까요? 우리의 태양계는 우리 은하가 빅뱅의 중심으로부터 밀려나는 과정에서 태동했을 것입니다. 태양은 태양계의 항성입니다. 태양계에서 태양을 제외한 행성의 질량은 미미합니다. 태양계가 생성될 때에는 태양이든 행성이든 모두 한 덩어리로 뭉쳐진 것처럼 가까이에서 만들어지고 있었을 것입니다. 태양이 생성되기 위해 양성자덩어리와 전자덩어리가 뭉쳐지는 과정에서 행성들도 태양 주위에서 뭉쳐지고 있었던 것입니다. 이때 태양계 행성들은 태양에게 전자를 수탈당했습니다. 태양은 행성들이 가지는 양성자와 전자 질량에 따라서 거리를 만들어 밀어내 두고 태양 주위를 공전시키고 있습니다.

생성 초기에 지구는 기체를 결합시켜 대기로 만들어 두었을 것입니다. 태양계가 처음 팽창하였을 때는 태양과 행성들과의 거리가 지금보다 훨씬 더 멀어져 있었는데, 이들의 질량 감소로 수축이 일어나고 거리도 당겨졌을 것입니다. 우주의 시간이 흐르는 동안에 지구도 태양과의 거리가 당겨져 현재에는 약 1억 5천만km를 유지하고 있습니다.

천체의 시대는 빅뱅에서 시작해서 은하들을 만들고, 항성계들을 만들고, 행성들을 만들고, 우리 지구와 같은 행성에서 기체 물질을 갖게 되기까지라고 볼 수 있습니다. 지구에서 빛과 물과 산소가 만나 생명이 태어나기까지는 인간의 의식으로는 상상할 수 없는 기적의 시간일 것입니다."

생물의 시대

"초등학교 시절 고 박사가 장래 희망이 생물학자라고 했을 때 생물에 대하여 호기심이 많은 아이구나 생각했었는데. 이제 저명한 생물학자가 되어 함께 담론을 나눌 수 있다는 게 참으로 대견하고 보름달을 품은 행복감에 젖게 하네. 그때는 내가 선생이었지만 오늘은 학생으로서 잘 경청할게."

"선생님, 별말씀을 다 하십니다. 저는 천체 시대에 대한 주서의 이야기를 듣고 무척 감명을 받았습니다. 사실관계를 떠나 우주에 남다른 관심과 별을 사랑하는 별밤지기로만 알았는데, 언제 해박한 학식을 축적했는지 그저 놀라울 따름입니다. 생명에 필수불가결한 물이 지구에서 생성된 것으로 생각했는데, 지구의 중력으로는 물을 만들 수 없다는 설명을 듣고 깜짝 놀랐습니다. 삶을 돌아보니 반성할 것도 많고 더 정진하겠습니다."

성모는 눈을 맞추며 차분하게 이야기를 시작한다.

"생명 이야기를 하자면 다윈의 진화론을 빼놓을 수 없습니다. 종의 기원에서 다윈은 다양한 변이가 있는 개체들 중에서 환경에 가장 잘 적응한 개체가 선택되어 더 많은 자손을 남기고, 그 결과 오랜 시간을 두고 생물이 진화한다는 자연선택설을 주장하였습니다.

진화론이 발표되었을 때 논란이 많았지요. 다윈은 종의 기원으로 적을 만들게 되었는데, 그들은 구식풍의 과학자들과 그리스도교 정통파의 종교인들이었습니다. 특히 종교계의 반발이 심했지요. 그 시대를 엿볼 수 있는 이야기를 하나 할게요.

1860년 영국과학진흥회에서 토마스 헉슬리는 다윈의 진화론을 지지하는 발표를 했습니다. 여기에서 사무엘 윌버포스 주교는 '당신은 지금 우리 인간의 선조가 원숭이로부터 나왔다고 했는데, 당신의 경우에는 할아버지 쪽이 원숭이였나요, 아니면 할머니 쪽이 원숭이였나요?'라고 질문했습니다.

이에 대해 토마스 헉슬리는 '만일 신이 부여한 지성을 가지고 지적인 토론에서 부당하게 상대방을 공격하는 데 사용하는 것이 인간의 특성이라면, 저는 인간보다는 원숭이가 내 조상이 되는 것이 오히려 낫다'고 응수했습니다.

이는 신의 기원, 종의 기원의 갈등으로 봐야 되겠지요. 종교의 입장에서는 성스러운 하느님이 인간을 창조하였는데 신성모독이라며 말도 안 되는 것으로 평가 대상도 아니라고 생각했겠죠. 지금 생각해 보면 참 우스운데요."

"고 박사는 신을 믿나요?"

미나가 성모를 보며 물었다.

"물론 신의 존재를 믿지요, 나 크리스천인데."

성모가 웃으며 말했다.

"너희 어린 시절에 아웅다웅하더니 아주 친한 것 같다?"

주서가 말했다.

"그게 무슨 말이지?"

선생님이 의아한 표정을 지으며 말했다.

"5학년 가을인 것 같은데요. 생물에 관심이 많았던 성모가 신이 사람을 창조한 것이 아니라 '생명은 어류에서 양서류, 파충류를 거쳐 포유류로 진화하여 오늘날의 사람이 되었다'고 해서 미나와 한

바탕 소동이 있었습니다."

주서가 어린 시절 숨은 얘기를 들려주었다.

"황소고집의 성모와 성깔 있는 미나가 그 문제로 다투고 한동안 말도 하지 않고 서먹하게 지냈습니다."

선녀가 말했다.

"나는 전혀 모르고 있었네."

선생님이 씩 웃으며 말했다.

미나와 성모도 마주보며 웃는다.

"미나가 교회에서 성당으로, 더 나아가 사찰 등 종교를 넘나들었듯 삶도, 진리도 시대에 따라 변해 가는 것 같습니다. 저는 생물학을 공부하면서 생명은 그 하나하나가 소중할 뿐만 아니라 신비롭고 경이롭다는 것을 느낍니다. 인간에서 역으로 추적해 가면 공통조상이 있을 것이고, 그 위에는 신이 있다고 생각합니다.

그런데 신은 만상만물을 사랑하고 전지전능할지라도 바로 인간을 창조할 수 없었습니다. 사계절이 있어 봄에 씨를 뿌리고 가을에 수확하듯 모든 것은 때와 시간이 어울려야 되는 이치지요. 성서에서는 6일 동안에 하느님이 천지를 창조하셨다고 하는데, 이는 종교의 성스러움이나 상징성으로 봐야 합니다. 하느님이 인간을 창조했는데 인간은 영성을 가진 유일한 존재이기에, 신은 인간을 바로 창조할 수가 없어 생물 진화의 긴 시간이 필요했을 것입니다."

"말이 나온 김에 인간에서 공통 조상까지 한번 찾아가 보겠다"며 성모가 말한다.

"생물에게는 세 가지 특징이 있는데 그것은 자손을 생산해 낼 수 있는 생식능력, 물질과 에너지를 다른 형태로 전환할 수 있는 물질 대사능력, 그리고 변화를 감지하여 반응할 수 있는 능력입니다.

또한 양자역학이 체계화되면서 자연을 원자 수준에서도 이해할 수 있게 되었고, 분자를 다루는 화학의 기초가 세워질 수 있었습니다. 생물학은 개체나 세포 수준을 넘어 분자 수준에서도 생명 현상을 분석할 수 있게 되면서 생물들이 언제 출현했는지, 생물종끼리는 어떤 관계가 있는지 계통수로 표시할 수 있게 되었습니다. 인간에서 계통수를 따라 올라가다 보면 모든 생물종의 공통 조상에 이르겠지요.

지구가 탄생한 지 45억 년이라는 장구한 시간이 흘러 우리는 여기에 와 있습니다. 근자를 돌아보면 혹한의 겨울이 언제 지나갔는지, 봄이 와서 꽃이 피었다 지고 지금 신록이 산과 들을 덮고 있습니다. 오월이 가면 무더운 여름이 오겠지요. 계절의 변화에서 자연이 주는 풍요와 아름다움을 만끽하면서, 호모사피엔스라는 인간으로서 말입니다.

인간이 유일한 종으로 살아온 것은 마지막 빙하기가 끝나 가던 1만 2천 년 전부터입니다. 그 사이에 몇만 년 동안 호모사피엔스와 경쟁하며 살았던 네안데르탈인도 있었습니다. 20만 년 전, 동아프리카에서 호모사피엔스가 나타나기까지 여러 인류가 나타났다가 사라졌지요. 호모사피엔스와 침팬지는 각자 다른 길로 진화했지만 600만 년 전에는 조상을 공유했습니다.

공룡이 사라지고 개체의 크기가 작았던 포유류가 그 자리를 차지하고 다양하게 진화를 한 것은 6,600만 년 전입니다. 공룡 세상은 2억 5천만 년부터입니다. 3억 6천만 년 전에는 네발 동물들이 육상으로 진출하고, 4억 5천만 년 전에는 육상 식물이 출현했습니다. 많은 생물종이 등장한 것은 5억 4천만 년 전입니다. 10억 년 전으로 가면 균체가 보다 전문적인 기능을 수행할 수 있는 다세포생물로 진화를 하고 어떤 종은 생식 기관을 만들어 냈습니다.

18억 년 전으로 가면 세균이 진핵생물 안에서 공생하기 시작했고, 단세포 진핵생물이 모여서 균체를 형성했습니다. 산소호흡을 하는 진핵생물이 24억 년 전에 출현합니다. 27억 년 전으로 가면 세균에서 진화한 남조류가 빛을 이용해 산소를 발생시킵니다.

세균과 고세균으로 진화를 했던 생명의 공통 조상은 약 40억 년 전입니다. 계통수를 따라가다 보면 점점 더 오래된 조상을 만나게 되는데, 최후에는 하나의 출발점인 모든 생물종의 공통 조상에 이르게 됩니다."

"보통 연대기나 과정을 설명할 때 족보처럼 위에서 아래로 시작하는데 거슬러 올라가니 색다른 면이 있네. 특별한 이유가 있을 것 같은데."

선생님이 말했다.

"특별한 이유라기보다는 인간이 여기까지 오게 된 신비랄까 기적을 말하고 싶었습니다. 박테리아, 동식물, 인간 등 지구상에 존재하는 모든 생물에게는 하나의 조상이 있다는 것을 생각해 보기 위해서요. 바로 생명의 공통 조상이라고 불리는 루카(LUCA) 말입니다. 종의 기원을 통해 처음으로 그 존재가 추정되었던 루카는 지구의 나이

만큼이나 오랜 시간 생명체를 분화해 온 것으로 드러났습니다."

성모가 말했다.

"생명의 계통도를 들으니 모든 생명은 한 가족이네. 한 인간으로서 겸손한 생각이 드는데."

선녀가 말했다.

"몇만 년 동안 호모사피엔스와 경쟁하며 살았던 네안데르탈인도 있었다고 했는데, 출현했던 시기로 보아 네안데르탈인이 호모사피엔스의 조상이 아니냐?"

미나가 물었다.

"학창 시절에 그렇게 배웠는데, 인류 종을 단일 계보라고 잘못 알고 있었던 것이지. 가령 에르가스터가 에렉투스를 낳고, 에렉투스가 네안데르탈인을 낳고, 네안데르탈인이 진화해 호모사피엔스가 되었다는 식으로요. 사실은 200만 년 전부터 1만 년 전까지 지구에는 다양한 인간 종이 동시에 살았습니다."

성모가 말했다.

"호모사피엔스인 우리 인간이 영원히 지구를 지배할까?"

주서가 뜬금없이 물었다.

"인간이 대처할 수 없는 질병이나 어떤 바이러스가 지상의 생물을 싹쓸이하지 않는다면 그렇겠지요. 지금은 원시의 자연환경이 아닌 문명의 인간 중심 환경이니까."

성모가 말했다.

"더 이상 진화는 없겠지. 인간이 진화의 마지막 단계라고 생각해?"

주서가 다시 물었다.

"지구가 탄생한 후 수십억 년이 흘러 약 10억 년 전에 원시 생물이, 6억 년 전에 연충류가, 5억 년 전에 어류가, 3억 7천만 년 전에 양서류가, 3억 년 전에 파충류가, 2억 3천만 년 전에 포유류가 생겨났습니다. 그리고 원시 영장류는 5천만 년 전에, 영장류는 3천 5백만 년 전에, 인류는 2백만 년 전에 출현했습니다. 이와 같이 보편적으로 알고 있는 진화의 단계는 끝이 났다고 봐야 되지 않을까요?"

성모가 말했다.

"그렇다면 인간이 종으로서의 진화가 아니라 몸 자체에서 특별히 발달될 수는 없을까?"

주서가 또 물었다.

"의외의 질문인데 평소에 생각한 것이 있긴 하다"며 성모가 고개를 살짝 끄덕이며 말한다.

"인간의 신체 중에서 어떤 것이 발달하거나 진화했으면 좋았을까요? 사람마다 생각이나 바라는 마음이 다르겠지만 눈이라는 생각을 해 보았습니다. 등산을 하고 뒷걸음으로 내려오고 싶을 때 뒤편에 눈이 하나 있으면 참 편리하지 않을까 생각한 적이 있었지요. 그렇지만 머리 뒤쪽에 눈이 생긴다는 것은 불가능하며 기하학적인 관점에서 볼 때 대칭성에 위배됩니다.

인간의 육체, 특히 얼굴에 나타나 있는 기하학은 대칭과 아름다움, 지적인 매력이 잘 나타나 있습니다. 두 개의 눈이 있고 두 개의 귀가 있습니다. 코와 입은 하나지만 얼굴의 대칭점에 자리하고 있습니다. 또한 코는 구멍이 둘이며, 입은 위 치아와 아래 치아, 양 볼이 감싸고 있습니다. 우리는 한쪽 눈으로는 잘 볼 수 없으며, 한쪽

콧구멍만으로는 냄새를 잘 맡을 수 없고, 한쪽 치아만으로는 음식을 먹을 수 없으며, 한쪽 귀만으로는 잘 들을 수 없습니다.

동물원에 가면 쉽게 낙타, 곰, 코끼리를 볼 수 있지요. 동물들은 먹이 사냥에 있어 몸의 구조가 매우 조화롭게 되어 있습니다. 목 부분만 보더라도 확연히 알 수 있습니다. 낙타의 긴 목은 긴 다리에도 불구하고 먹이를 쉽게 먹을 수 있게 해 줍니다. 곰의 목은 머리와 어깨가 거의 붙어 있을 정도로 짧습니다. 그것은 곰의 다리가 짧아서 짧은 목으로 땅의 냄새를 맡을 수 있고, 동시에 먹잇감을 사냥할 때 짧은 다리와 균형을 유지하는 데 유리하기 때문이죠. 육상 동물 중에서 가장 큰 코끼리가 긴 목을 가지고 있다고 한다면 머리 무게를 지탱할 수 없을 것입니다. 코끼리의 놀라운 코는 목을 대신하여 먹이를 집어 입으로 날라다 줍니다."

"생물학자라서 그런지 별것을 다 세세한 부분까지 생각하는구나."

미나가 놀랍다는 눈빛으로 말했다.

성모는 생각난 김에 마저 얘기해 보겠다고 한다.

"젊었을 때 아리따운 여인들을 보면 그녀의 옷을 투시하여 몸매를 볼 수 있는 눈을 가졌으면 하는 생각을 한 적이 있었지요. 인간에게 그런 눈이 있다면 세상은 즐겁기보다는 혼란스러울 것입니다. 멋진 옷도 의미 없이 나체가 그대로 투시되면 만나는 사람마다 서로가 얼마나 민망하겠습니까? 그래서 눈은 결점을 가지고 있는지도 모릅니다.

눈은 복사선이나 대부분의 전자기파를 감지할 수 없습니다. 우리는 적외선을 볼 수 없지요. 우리가 볼 수 있는 것은 전체 가운데 아주 좁은 영역의 전자기파입니다. 눈은 두 물체가 어느 거리 이상 가까이 있으면 그 둘을 구별해 내지 못하고 그것들을 하나로 봅니다. 눈은 일정한 크기보다 작은 크기의 물체를 볼 수 없습니다. 그런 이유는 아니지만 신체기관의 발달도 한계가 있겠죠."

성모는 얘기가 궤도를 이탈한 감이 있다며, 인간이 태어나기까지 지구의 변천 과정을 둘러보겠다고 한다.

"지구는 특별한 행성입니다. 우주에는 수많은 행성이 있지만 생명이 사는 지구와 같은 행성을 아직 발견하지 못해서 그럴 겁니다. 외형적으로 지구는 둘레가 4만km에 이르는 암석덩어리이고, 표면적의 3분의 2가 물이며, 공기 중에 산소가 풍부합니다. 하지만 이 풍요롭고 아름다운 지구도 장구한 세월의 기다림과 아픈 상처가 있었습니다.

45억 년의 긴 시간 동안 지구는 불덩어리로 타올랐다가, 얼음덩어리로 변했다가, 물길에 휩싸였다가, 독가스로 뒤덮이는 등 여러 가지 변화를 겪었습니다. 현재 지구에 사는 생명체들은 대량 멸종이 줄줄이 이어지는 가운데서 살아남은 운 좋은 생존자들입니다.

지구는 무수한 운석의 충돌로 인해 탄생한 것입니다……."

운석의 충돌이란 말이 떨어지기가 무섭게 주서가 끼어든다.

"고 박사, 한 말씀 할게. 황당한 생각이 들어서 그래. 저런 의견도 있구나 하고 너그럽게 받아 줘."

"그래, 말해 봐."

"지구는 운석의 충돌로 인해 탄생한 것이라고 했는데, 운석의 충돌이 지구에 미친 영향은 1%도 안 될걸. 지구는 기체 행성에서 탄소화로 인해 스스로 탄생한 것이라고 생각하는데."

"그 말에 동의해. 하지만 과학자들이 추론한 것이니까 따라갈 뿐이야. 사실 나는 생명 탄생의 비밀보다 모든 생명이 다 함께 살아가려면 생태 환경적으로 어떻게 지구를 관리 보전해야 할지 그 관심뿐이야. 지금 이야기는 지구의 변천 과정에 대해 큰 흐름을 짚어보는 것이니 크게 마음 둘 필요는 없어요."

"좋아요. 넘어갑시다."

주서가 고개를 끄덕이며 말했다.

"45억 년 전, 지구는 초기 태양계에서 만들어졌습니다. 지표면은 뜨거운 용암이었으나 서서히 식어 갔습니다. 방사성 물질이 줄고 약해지는 등 많은 변화 끝에 지구는 물바다가 되었습니다.

40억 년 전, 지표면의 90%는 바다였으며 작은 화산섬들이 그 바다와 공존하고 있었습니다. 바다는 철분으로 황록색이었으며 하늘은 붉은색으로 이산화탄소를 가득 채우고 있었지요. 먼지로 자욱한 공기는 압력과 기온이 높았고 지표면의 온도는 섭씨 90도에 이르렀습니다. 독가스로 가득 찬 물바다는 5억 년의 시간을 보내면서 큰 변화를 가져왔습니다. 다시 시작한 화산 활동으로 새로운 암석이 만들어지고 대륙이 형성되어 갔습니다.

35억 년 전, 화강암은 지구 전역에서 생성되고 있었습니다. 화산 활동으로 지표면이 융기하면서 바다 밑에 있는 지각은 조각납니다. 이로 인해 녹은 용암 사이로 물이 스며들게 되었지요. 이때 뜨거운 물과 현무암 성질의 용암이 섞이면서 화강암이 만들어졌습니다. 이 화강암이 융기하면서 최초의 대륙 지각이 생성되었습니다.

34억 년 전, 바다는 거대한 녹색으로 변했습니다. 해저면의 화산 활동으로 지각이 융기하여 단단한 암석이 만들어지고 대륙 형성의 초석이 마련되었습니다. 향후 20억 년 동안 화강암 지대의 원시 대륙은 매우 천천히 커졌습니다. 또 다른 지역에서는 거대한 초대륙의 심장부를 형성하게 될 화강암 밑 지각도 생겨났습니다. 이제 바다의 시대에서 대륙의 시대가 도래한 것입니다."

"축복받은 땅, 지구가 그냥 탄생한 걸로 생각했는데 처절한 격변의 시간이 있었구나!"

선녀가 말했다.

"누구나 자랄 때는 세월이 흐르면 그냥 어른이 되는 줄 아는데 자식을 키워 봐야 부모님의 노고를 알 수 있지요. 지구를 부모님 사랑에 비유하기란 적절치 않지만, 지구는 억겁의 세월 동안 황량하고 척박한 토대에서 대변혁을 겪으며 태어났다는 생각이 드네."

선생님이 말했다.

"이 땅에 생명이 탄생하도록 지구가 거쳐 온 발자취를 더듬어 보면 숙연해지죠. 지질 시대를 공부하다 보면 우주의 일개 행성인 지구만 보아도 우주는 어떤 예정된 수준이나 절차에 의해 가고 있는 것 같습니다."

성모가 말했다.

"이제 고 박사가 크리스천이 되었다는 것을 알겠구나. 우주의 후예들을 연구하는 신의 아들 성모가 맞네. 그런데 앞에서 용암이니

화산이니 하는 말들이 자주 등장하고 지구는 끊임없이 화산 활동
이 일어난다고 했는데 그 원인이 무엇이라고 생각하니?"

미나가 물었다.

성모가 주서를 보며 말한다.

"화산에 대해서는 주서가 설명해 주는 것이 좋겠는데."

주서가 마지못해 설명한다.

"중학교 과학 시간에 땅속으로 100m 내려갈 때마다 온도가 1도
씩 높아진다고 배웠던 것 같은데. 그때는 당연히 땅속이 뜨거우니
까 화산이 일어난다는 생각밖에 없었지요.

화산 활동은 화산 분출의 성격과 형태에 따라 화산 지형으로 분
류됩니다. 화산 분출은 폭발성의 강약에 따라 용암의 점성과 가스
함량이 정해집니다. 화산이 폭발하면 주변 지역은 재난이 덮치는
데, 시간이 흐르면 그 화산 활동의 결과로 열수 지형인 온천과 간
헐천이 형성됩니다. 화산은 활동에 따라 사화산, 휴화산, 활화산으
로 구분됩니다. 이는 지각의 단단함의 정도에 따른 것으로, 지구는
휴화산 상태에 있다고 봐야지요.

지구는 내부 중심에서부터 내핵인 양성자덩어리, 외핵인 전자덩
어리, 마그마, 지각, 지표로 구성되어 있습니다. 마그마는 땅속에서
뜨거운 열을 받고 녹아 액체 상태로 변한 암석 물질입니다. 화산이
폭발하여 마그마가 지표면으로 올라오면 용암이 됩니다.

왜 마그마가 뜨거울까요? 양성자덩어리와 전자덩어리가 핵력과
척력으로 운동을 일으키므로 전자가 뜨거워지니 전자 위층에 있
는 마그마가 뜨거워질 수밖에 없습니다. 이를테면 '가마솥에 물을

생물의 시대

붓고 불을 때면 증기가 솥뚜껑을 밀고 빠져나오는 현상'으로 이해하면 될 것 같습니다.

믿거나 말거나 하면 무책임하지만 그렇게 믿고 싶습니다. 자세하게 세부적으로 들어가면 말문이 막히기에 땅속을 관통해보지 않는 이상 알 수가 없지요."

성모는 고개를 끄덕이며 설명을 이어 간다.

"화강암 지대의 대륙이 커지면서 지구에는 극적인 변화가 일어납니다. 얇은 해안에는 햇빛을 받아 생명체가 생겨나고 산소도 만들어집니다. 최초의 단세포 식물은 원시 바다에서 출현합니다. 이 생물은 깊은 바닷속에서 화산의 열극으로 생긴 열을 흡수해 살았는데 진화하며 수면 위로 올라옵니다. 대륙의 해안에는 유기체들이 출현하기 시작하며 지구는 큰 변화를 겪게 됩니다.

스트로마톨라이트를 들어 보셨나요? 스트로마톨라이트는 햇빛을 먹고 살며 대기 중으로 산소를 뿜어냅니다. 이 유기체는 오늘날에도 발견되며 25억 년 전에는 지구를 뒤덮고 있었지요. 얇은 바다 위에는 산소가 가득했습니다. 녹조류도 광합성 작용을 통해 햇빛을 산소로 바꾸었습니다. 20억 년 동안 수많은 스트로마톨라이트가 2경 톤의 산소를 만들었습니다. 산소는 처음에 바닷속에 용해되어 철을 부식시켰습니다. 결국 산소는 대기를 가득 메워 지구를 변화시켰지요."

"지구에서 산소를 만든 것이 스트로마톨라이트라고. 처음 들어보는 이름인데 좀 더 설명해 줄래?"

미나가 말했다.

"스트로마톨라이트는 원시 구조물로 두 가지 형태를 지닙니다. 살아 있는 박테리아와 미사로 된 짧은 기둥 형태와 평평한 매트 형태입니다. 살아 있는 부분은 광합성 작용으로 자라는 청록색의 박테리아로 이루어져 있습니다. 이 박테리아는 태양에너지로 이산화탄소를 산소로 바꾸어 줍니다. 이것이 오늘날 지구에서 산소가 형성된 과정이라고 볼 수 있습니다.

호주 서부의 샤크 베이는 세계적으로 스트로마톨라이트가 살아 있는 곳입니다. 이곳은 지구상에서 가장 오래된 지형을 가진 필바라입니다. 이곳에 오면 지구 생성 초기로 돌아온 느낌이 들죠. 35억 년 전에 일어난 생성 과정을 볼 수 있습니다. 샤크 베이에서는 시아노박테리아가 낮에는 광합성을 하면서 물속의 부유물과 뭉치다가 수명을 다하면 스트로마톨라이트를 성장시키는 장면을 목격할 수 있습니다."

성모가 말했다

"22억 년에서 15억 년 사이에 지구의 외형은 몰라보게 바뀌었습니다. 철이 바다에서 사라지자 바다는 초록색에서 푸른색으로 변했습니다. 대기로 산소가 유입되면서 이산화탄소막은 희석되고 공기는 깨끗해졌습니다. 산소가 지속적으로 생성된 후에 지구는 푸르게 변신했습니다. 하지만 지구에서는 엄청난 사건들이 일어났습니다. 향후 10억 년 동안 지구 내부의 움직임 때문에 지각이 비틀리고 분리되면서, 생물체들은 태어난 후 가장 힘든 시련을 맞이하게 됩니다.

15억 년 전, 처음으로 지구는 우리가 현재 알고 있는 모습으로 변해 갔습니다. 대륙판은 지표면의 4분의 1을 차지하리만큼 커졌습니다. 대륙 팽창은 끝난 게 아니었습니다. 해저판 깊은 곳에서의 힘은 대륙의 위치를 재조정했습니다. 아주 천천히 대륙은 움직이고 있었습니다.

지질학자들은 10억 년간 대륙이 이동한 경로를 추적해 냈습니다. 또한 거대한 대륙판이 충돌한 시기도 알아내었습니다. 약 10억 년 전, 각각의 대륙은 대륙 사이에 있던 바다를 삼키고 횡보했습니다. 거대한 초대륙은 로디니아(Rodinia)를 형성했습니다."

"로디니아란 이름이 참 낭만적이네."

선녀가 궁금한 듯 말했다.

"로디니아는 판구조론에서 10~7억 년 전에 생겨 약 6억 년 전에 분열했다고 여겨지는 초대륙입니다. 최근의 연구로 과거의 대륙 이동의 모습이 자세하게 알려졌고, 판게아 대륙 이전에도 초대형 육지가 존재했던 것을 알게 되었습니다. 그리고 로디니아라는 이름은 러시아어로 고향을 의미하는 말 로디나에서 유래했습니다.

또한 판구조론은 지구의 표면이 여러 개의 크고 작은 판으로 구성되어 있으며, 그 판들의 움직임에 따라 화산과 지진 활동, 조산운동 등의 지각변동이 발생하는 것을 설명하는 이론입니다. 그리고 판게아는 2억 5천만 년 전부터 하나로 합쳐져 있었던 초대륙을 일컫는 말입니다. 현재 지구의 6대륙은 오랜 시간 지각변동으로 초대륙에서 분류되었지요."

성모가 말했다.

"지구에는 로디니아라는 초대륙이 등장하면서 생명체는 극심한 시련을 겪지만 새로운 시작이 도래하고 있었습니다. 로디니아는 오늘날 대륙과 전혀 달랐는데, 생명체도 없는 황량한 사막과 불모의 땅이었습니다. 그렇지만 로디니아는 바다의 생명체에게 커다란 영향을 미쳤습니다. 산소가 포함된 물속에는 태초의 생명체들과 스트로마톨라이트가 번성 중이었으니까요. 하지만 이 거대한 초대륙은 곧 이들에게 충격을 가합니다. 로디니아로 인해 지구는 거대한 눈덩이로 변하며 빙하시대로 돌입합니다.

7억 년 전, 적도에서 극지방으로 흐르는 난류성 해류의 흐름이 차단되어 극지방은 얼어붙었습니다. 그로 인해 생긴 빙하가 태양광선을 반사하여 지표면의 온도는 더 떨어졌습니다. 이 악순환이 계속되어 빙하는 지구 전체를 뒤덮어 버릴 만큼 커져 갔습니다. 지표면의 온도는 영하 40도 아래로 떨어졌고, 바다는 1.6㎞ 두께의 얼음장으로 뒤덮였습니다.

지구상의 유일한 생명체인 해양박테리아와 녹조류는 짙고 어두운 바닷속에 갇혔습니다. 그 결과는 참담하여 극소수의 생명체를 제외하고 모든 생물이 멸종했습니다. 지구 전체가 죽어 가기 시작했습니다."

"살다 보면 좋은 때도 있고 어려운 때도 있지만 지구상의 생명체도 우리 인생살이와 같네."

미나가 흥미로운 듯 말했다.

"생명을 공부하다 보면 인생의 사이클 같은 걸 종종 느낍니다. 그럴 때마다 우리가 모르는 무엇인가가 있을 것 같은 감이 오곤 하지요."

성모가 말했다.

"학문을 하면서 인생을 돌아볼 수 있다는 게 진정한 삶이 아닐까? 지난 시절 아이들과 수업을 할 때 설명만 하면 그냥 따라오는 줄 알았는데, 고 박사는 듣는 사람을 고려하여 얘기를 하니 생소한 것도 이해하기가 쉽네."

선생님이 말했다.

"아이들을 생각하는 선생님의 강의법도 신선했습니다. 그 스승에 그 제자라는 말이 떠오르는데요."

선녀가 고마움을 표하듯 말했다.

"6억 5천만 년 전, 초대륙이 얼음장으로 덮인 지표면을 떠나면서 서서히 기후가 변화하기 시작했습니다. 기온은 여전히 영하 40도를 밑돌고 있었으며 해양생물도 거의 멸종 상태였습니다. 지구생명체의 미래는 매우 암담했지요. 하지만 얼음장 밑에서는 초대륙이 불안하게 떨렸습니다.

6억 3천만 년 전, 거대한 화산 폭발로 로디니아는 분리되었고 이때 생긴 이산화탄소 때문에 일시적인 온실 효과도 나타났습니다. 드디어 얼음장은 사라지고 로디니아는 거대한 조각들로 갈라졌습니다. 로디니아가 분리된 곳은 바다가 차오르고 산소 수치가 올라가면서 생물체들은 진화를 거듭하며 눈부시게 발전했습니다. 생물체들은 점점 복잡해지고 위협적으로 변해 갔습니다.

캄브리아기 시절 산소가 풍부한 얇은 바다에는 복잡한 생명체가 많이 살았습니다. 그들은 단순히 식물을 먹고 산 것이 아니라 서로 잡아먹기도 했습니다. 캄브리아기는 생명의 역사상 매우 특별했습니다. 지구상에 생명체가 나타난 후 가장 다양한 생명체가 살았던 시기로 보면 됩니다.

생물 진화 전체에서 일어나는 진화적 경쟁으로 진화는 가속화되었습니다. 생물체의 몸엔 딱딱한 껍데기가 생기고 골격이 완성되었으며 눈과 이가 생기는 등 구조도 매우 복잡해졌습니다. 오늘날의 동물이 지구상에 출연한 것입니다. 바다 생물 출현의 시발점이 되었던 높은 산소 수치가 대기권에서도 마지막 피치를 올리고 있었습니다. 드디어 대기권 상층부에 오존층이 생겨나자 생물체가 바다에서 벗어날 수 있었습니다. 오존층은 자외선을 막아 주는 방패막이가 된 것입니다."

"바다에서 살던 생물이 육지로 올라오고 싶었는데 자외선 때문에 올라오지 못하다가 오존층이 생김으로써 육지로 올라왔다는 것이네. 모든 것은 때가 있고 기다림이 필요합니다."

미나는 대자연의 심오함을 깨친 듯 말했다.

다들 고개를 끄덕인다

"4억 년 전, 생물체는 바다에서 자유롭게 벗어나 육지를 정복합니다. 지구는 이제 열대성 습기의 세상으로 변했습니다. 식물이 빼곡히 찬 열대성 습지대는 향후 1천만 년간 지구를 장악합니다. 이에 대한 증거는 모든 대륙에서 발견되는 석탄입니다.

인류의 주된 연료인 석탄은 수백만 년간 식물이 축적되어 생성된 것으로, 대부분의 석탄은 3억 년 전부터 존재한 것입니다. 석탄은 담수성 습지가 분해되는 독특한 과정 때문에 만들어졌습니다. 민물은 초록이 부패하는 것을 막아 주기 때문에 오랫동안 많은 식물이 자랄 수 있었습니다.

육지에서 죽은 식물이 분해되어 석탄으로 변해 가는 동안 대륙을 둘러싼 얇은 바닷속에는 수백만 세대를 거치며 죽어간 해양생물들이 남아 있었습니다. 이것이 후에 인류의 주된 화석 연료인 석유와 천연가스가 됩니다."

"상상할 수 없이 신기하다. 우리가 살아가는 데 주 에너지가 석탄과 석유인데. 어떻게 먼 훗날 호모사피엔스의 후손들이 편하게 살아가도록 식물과 해양생물이 죽으면서까지 그 연료를 전해 주었을까? 사라짐은 가치가 있고 죽음은 성스러운 것 같습니다."

주서가 말했다.

"사라짐은 가치가 있고 죽음은 성스럽다는 말 아주 멋지다. 그런 언어가 어디에서 나오는 거야? 내게 인생 상담하러 오는 사람들에게 하고 싶은 말인데 꼭 써먹어야겠다."

선녀가 말했다.

모두 한바탕 웃는다.

"3억 년 전, 육지에서 새롭게 번식한 것은 식물만이 아니었습니다. 시간이 흐를수록 처음에 곤충이, 그다음에 양서류가, 마침내 파충류가 진흙투성이 해안에 발을 내디뎠습니다. 해안 지역에는 수많은 괴생물체가 살았습니다. 처음으로 지표면에는 완전히 현대적인 생물권이 형성되었습니다. 그렇지만 지구를 차지한 생물들에게 위협이 닥칩니다. 거대한 화산 분출로 인해 지구 전체 역사에서 가장 규모가 큰 대량 멸종이 일어난 것입니다.

2억 5천만 년 전, 수억 년 동안 지표면에 사는 생물체들은 수많은 생존 경쟁을 겪어 왔습니다. 하지만 곧 모든 걸 능가하는 대재앙이 닥쳤습니다. 어떤 지역에는 화산 활동이 일어나 맨틀의 융기와 분출 때문에 지구의 지각이 흔들렸습니다. 이런 활동은 100만 년이 넘는 동안 계속되었습니다. 이 화산 활동으로 400만㎡에 이르는 용암이 분출되었습니다. 자욱하게 퍼진 유독가스는 지구 전체를 뒤덮었습니다. 생물이 견디기에는 너무 큰 고난이었고 결국 95% 이상이 멸종했습니다. 이는 지구가 겪은 그 어떤 수난보다 참담한 대재앙이었습니다."

"참 안타까운 사건인데, 5%에 든 생물들은 행운아네. 이런 재앙이 없었다면 지구의 생태계는 어떻게 되었을까?"

주서가 한숨을 내쉬며 물었다.

"그야 생물의 다양성은 확보되어 지금보다 더 풍성했겠지. 지나간 시간을 회고하거나 추억할 수는 있지만 생명에게 가정은 의미가 없어. 대재앙이 없었다면 호모사피엔스는 없었을지도 모르지. 더욱 발달한 인류가 탄생했을 수도 있고."

선생님이 말했다.

"맞는 말씀인데요, 가정법은 끔찍합니다."

선녀가 말했다.

"혼돈의 시기를 겪은 지구는 몰라보게 변했습니다. 새로운 초대륙 판게아가 지구를 차지한 것입니다. 2억 4천만 년 전, 기후는 급격하게 변했습니다. 향후 2억 년 동안 산소와 이산화탄소 수치는 다시 한번 절정에 이릅니다. 이런 상황에서 멸종의 위기를 넘기고 살아남은 동물은 지구상에서 가장 악명 높은 생물체로 진화한 공룡입니다.

지구 생물체의 역사 중 3분의 1은 공룡이 호령했습니다. 현대 동물과 비교해도 공룡은 매우 거대합니다. 공룡은 냉혈 동물인 도마뱀과 온혈 동물인 포유류의 장점을 가져 거대해졌다고 봅니다. 공룡의 덩치가 커진 또 다른 이유로 덥고 산소가 풍부한 환경을 들 수 있습니다. 바로 화산 활동에 따른 환경이었습니다.

1억 8천만 년 전부터 화산 활동에 따라 지각이 새롭게 융기하면서 초대륙은 나뉘고 있었습니다. 분리된 대륙판은 오늘날 대륙이 있는 위치를 향해 머나먼 여정이 시작되었습니다. 북아메리카, 남아메리카, 아프리카, 유럽의 각 대륙은 서로 다른 방향으로 흩어졌습니다."

"화산 활동으로 95% 이상의 생물이 멸종했는데 그런 상황에서 살아남은 공룡은 악명은 높았지만 대단하다."

주서가 놀라워하며 말했다.

"적자생존이 무엇인지 실감 나지 않느냐"며 성모가 말한다.

"어떤 생물은 대재앙에서 멸종했는데, 열악한 환경을 극복하고 살아남은 공룡은 1억 6,000만 년 동안 지구를 지배했다는 것이 믿기지 않습니다. 또한 화산 활동에 따른 환경이 공룡의 몸집을 키웠다는 것이 아이러니하지요. 과학자들은 공룡이 따뜻하고 산소가 풍부한 환경에서 수백만 년간 진화를 거듭한 덕분에 몸집이 그토록 거대해졌다고 믿고 있습니다. 커다란 덩치는 끊임없이 일어나는 화산 활동에 대한 생물학적인 반응일 수도 있습니다. 공룡은 종류도 다양했습니다. 무엇보다 초식 공룡과 육식 공룡이 함께 살았으며, 파충류와 포유류의 중간 단계로서 장점만 지니고 있지 않았나 싶습니다."

"1억 년 전, 초대륙 판게아는 더 이상 존재하지 않았습니다. 분리된 대륙에는 여전히 공룡이 살았고 덥고 습한 화산성 기후는 생존에 최적이었습니다. 지구 온난화 현상은 점점 심해졌고 각 대륙판에는 거대한 열대림이 생겨나기 시작했습니다. 그렇지만 공룡은 갑작스러운 대참사로 지구에서 사라졌습니다.

6천 5백만 년 전, 운석 충돌과 화산 분출은 지구에 닥친 이중 충격이었습니다. 어떤 것이 더 큰 영향을 미쳤는지는 몰라도 이 둘의 조합은 공룡 멸종의 신호탄이었습니다. 대기권 상공에 머물러 있는 자욱한 먼지는 태양빛을 차단했고 생명체들은 죽어 갔습니다. 거대한 공룡은 다른 주요 동식물이 대부분 그랬듯 멸종해 버렸습니다."

"생명은 영원하지 않으며 사라지거나 변화할 뿐입니다. 공룡이 만고의 진리를 일깨워 주었네."

미나가 말했다.

"공룡이 멸종한 원인을 다른 각도에서 짚어 보겠다"며 주서가 말한다.

"운석 충돌과 화산 분출로 대기권에 머물러 있는 자욱한 먼지가 태양빛을 차단해서 생명체들이 죽어 갔다는 것에는 동의합니다. 하지만 운석 충돌이나 화산 분출의 영향이 얼마나 컸는지, 자욱한 먼지가 공룡이 멸종하리만큼 태양빛을 차단한 시간이 얼마나 지속되었는지 의문이 생깁니다.

태양은 마지막으로 질소를 결합시켜서 우주의 대기로 밀어낸 뒤에 빛을 방사하기 시작했습니다. 이는 태양이 처음 방사한 빛이 질소를 붕괴시켜서 만들어 낸 질소 빛이라는 것이지요. 시간이 지나고 질량이 감소함에 따라 태양은 기체 물질을 만들어 낸 역순으로 질소 빛에서 산소 빛을, 산소 빛에서 헬륨 빛을 방사했습니다. 현재 태양이 방사하는 빛은 헬륨 빛을 방사하고 있습니다. 빛의 스펙트럼선을 분석하면 태양은 무지개색의 빛을 방사하는데, 이 빛은 헬륨을 붕괴시켜 만들어 낸 빛입니다.

공룡이 멸종된 시기의 빛은 현재의 빛과는 확연히 달랐을 것입니다. 그때 태양이 방사한 빛의 색은 보라색·푸른색의 빛과 노란색·빨간색의 빛이 비슷했었지만, 갑자기 태양이 방사한 빛이 보라색·푸른색이 압도적으로 많음으로써 공룡이 멸종되어 버렸을 것입니다. 또한 방사하는 빛이 달라지는 순간에는 일시적으로 태양이 빛의 방사를 멈춘다는 것입니다."

"공룡은 포유류보다는 파충류에 더 가깝다고 생각되는데, 주서의견에도 일리가 있습니다. 어쨌든 대재앙으로 공룡뿐만 아니라 주요 동식물들이 일시에 멸종되었다는 것이지요."

성모는 사실관계에 크게 개의치 않는다는 듯 말했다.

"5천만 년 전, 공룡을 완전히 멸종시킨 대재앙을 견디고 생물체는 서서히 회복되었습니다. 이제 최초의 포유류가 지구상에 등장합니다. 오래전부터 대륙은 계속 움직이고 부딪혔습니다. 속도는 느렸지만 대륙 이동과 침식작용으로 지구는 오늘날 우리가 보고 있는 멋진 형태를 닮아 가고 있었습니다.

2백만 년 전, 현대 인류의 조상은 지구에 첫발을 내디뎌 아프리카 전역을 주름잡고 있었습니다. 같은 시기에 엄청난 결빙 현상이 북극에서부터 남으로 퍼지기 시작하여 지구는 천천히 식어 갔습니다. 머지않아 지구의 대부분은 거대한 빙하로 뒤덮여 빙하시대가 도래한 것입니다. 이 빙하시대는 수만 년간 지속되었습니다.

지난 2백만 년 동안 빙하는 지구의 기후 변화에 따라 성장과 쇠퇴를 반복했습니다. 그러면서 빙하는 그 밑에 깔린 육지를 잘라내고 부수며 모양을 다듬었습니다. 1만 년 전, 마지막 빙하가 사라지면서 빙하에 부딪히고 깎인 경치가 드러났고 오늘날 우리가 보고 있는 지구의 형태가 만들어졌습니다. 마지막 빙하가 후퇴한 후 기후가 온난해지면서 초창기 인류가 지구를 차지하게 되었습니다."

"공룡이 멸종하고 포유류가 등장하며 600만 년 전에 호모사피엔스와 침팬지가 공통 조상을 가졌다고 했는데, 그 공통 조상의 형상이랄까, 모습이 어떠했는지 한번 상상해 볼래?"

선녀가 말했다.

성모는 상상력을 펼쳐 보겠다고 한다.

"생물의 진화는 시간이 지남에 따라 서서히 일어나겠지만, 한 종에서 다른 종으로 진화를 하는 것은 파격적이라고 볼 수 있습니다. 유인원에서 호모사피엔스로의 진화가 종에서 종으로의 진화는 아니지만 그 변화는 아주 파격적이라 할 수 있지요. 그 공통 조상은 호모사피엔스보다 침팬지, 원숭이와 더 유사하지 않을까요?

원시 포유류에서 원시 영장류로의 진화 과정으로 가며 이런 상상을 해 봅니다. 공룡이 지배하던 세상에서 포유류는 땅속 동굴에서 살거나 밤에 주로 활동했을 것입니다. 공룡이 사라지고 시커멓던 하늘이 개면서 햇빛이 비치자 포유류는 땅 위로 올라와 활동 반경이 넓어지고 삶의 터전이 달라졌겠지요.

수많은 시간이 흐르며 포유류는 각기 다른 종으로 진화하고 번식해 갔습니다. 어떤 포유류는 조상이 살던 바다로 돌아가 고래, 바다표범 등이 되었습니다. 또 다른 포유류는 서로 잡아먹으면서 고양잇과 동물과 갯과 동물이 되었습니다. 그리고 초식 동물은 말, 돼지, 사슴 등이 되었습니다.

원시 영장류는 식충류에서 진화했습니다. 식충류는 벌레나 곤충, 과일과 열매를 먹었습니다. 식충류의 모습을 그려 보자면 쥐와 유사하지 않을까요? 먹이 사냥을 위해 식충류는 코가 짧아지고, 엄지손가락과 엄지발가락이 생기면서 원시 영장류가 되었습니다. 그리고 원시 영장류는 키가 커지고 힘이 세지면서 영장류로 진화했습니다.

사람들은 하나의 공통 조상에서 진화하여 인간이 되었다고 하면 크게 거부감이 없었을지도 모릅니다. 처음에 인간의 조상이 원숭이라고 했을 때 대부분의 사람들은 격노했습니다. 어떻게 인간을 원숭이에 비교할 수 있냐며 말도 안 된다고 했겠지요. 진화를 거슬러 갈수록 인간의 조상이 쥐와 유사한 식충류였다고 하면 혐오감에 휩싸여 기겁을 하겠지요. 그렇지만 자연과학에 비추어 볼 때 이러한 것들을 인정하지 않을 수 없습니다. 물고기, 개구리, 뱀이 우리와 공통 조상을 가졌다 하여도 인간은 그들과 차원이 다릅니다. 인간은 이성과 지성, 영성을 가졌기에 온 생명을 사랑하고 보호하며 그들과 함께 살아가야 하니까요."

"듣고 보니 지난날이 후회되고 무지했다는 것을 인정하지 않을 수 없네. 생물의 진화에 관하여 세세한 지식을 보다 많이 축적했더라면 어린이들에게 꿈과 희망을 심어 주었을 텐데."

선생님이 멋쩍은 듯 말했다.

"현재 인류의 조상이 2백만 년 전에 살았는데, 지구의 역사에 비하면 인류의 역사는 아주 미미하네."

미나가 말했다.

"인류의 역사는 지구가 겪어 온 그 장구한 시간의 0.1%도 안 되는 짧은 시간입니다. 한편으로 생각하면 인류는 하찮은 존재이고, 다른 한편으로 생각하면 기적의 시대에 사는 고귀한 존재입니다. 그동안 인류의 문명이 시작되고 발전하여 인간은 새 시대를 열었습니다.

45억 년 동안 지구는 세상에서 가장 드라마틱한 여정을 해 오고 있습니다. 그 영겁의 시간 동안 지구의 환경은 잠시도 쉬지 않고 변해 왔습니다. 생명에게 가장 중요한 것이 환경인데, 만물의 영장인 인간은 이 땅을 잘 보존할 수 있을까요?"

성모가 말했다.

잠시 뜸 들이더니 성모는 생물학자로서 한 말씀 하겠다고 한다.

"세상에는 온갖 만물이 존재하며 그중에서 생물은 매우 중요합니다. 생물은 생명을 가지고 스스로 살아갑니다. 우리를 둘러싸고 있는 자연환경이라든가 동식물 등이 모두 생물입니다.

생물학은 생물을 대상으로 생명 현상을 탐구하고 생명의 기원과 본질을 추구하며 자연을 다루는 학문입니다. 생물을 이해하지 않고는 생명의 신비를 이해할 수 없으며 더 나아가 인간에 대한 이해도 어렵습니다. 생명 현상을 이해하기 위해서는 생명에 대한 기초 지식 정도는 필요하죠. 우리는 세상을 합리적으로 보고 만들며 살기 위해서 생물학을 알아야 합니다. 생물학은 전체가 부분의 총합보다 크고 생물을 분해하면 되살아나지 못하기에 생명이 소중합니다."

"사람들이 별의 실체를 모를 때는 어두운 밤하늘에 반짝이는 별을 보며 감성에 젖기도 하지만, 천체의 실체를 조금만 알아도 세상이 달리 보이듯이 생물학도 알면 알수록 살아가는 데 그만큼의 도움이 되겠지. 생물학의 분야도 다양할 것 같은데."

선생님이 궁금증을 표했다.

"네, 그렇습니다!" 하며 성모가 말한다.

"생물학에는 동식물의 모양과 구조를 연구하는 형태학, 생물의 세포 등의 기능을 연구하는 생리학, 생물들을 관계에 따라 분류하는 분류학, 동식물의 형성과 발달을 연구하는 발생학, 유전과 변이 등의 메커니즘을 연구하는 유전학, 생물체와 환경과의 상호 작용을 연구하는 생태학 등이 있습니다.

생물학 분야들은 다른 과학 분야들과 결합되기도 합니다. 대표적인 예로 분자생물학이 있지요. 처음에 저는 유전학에 관심이 많았는데 지금은 생태학에 집중하고 있습니다."

"분류학이 생물의 진화와 밀접한 관계가 있을 것 같은데?"

주서가 물었다.

"분류학이 지구상에 살고 있는 생물의 계통과 종속을 특정 기준에 따라 나누어 정리하는 생물학의 한 분야이니, 생명체의 진화를 알아내는 데 한몫한다고 볼 수 있죠. 분류학의 개념에 의해 사람과 물고기, 물고기와 벌레 등 서로 다른 생명체들을 비교할 수 있습니다. 또한 분류학이 있어 DNA 증거로 범인을 확인하고, 에이즈 바이러스가 어떻게 변해 가는지를 이해할 수 있습니다."

성모가 말했다.

"창발성이란 말 들어 보셨나요? 생물계는 위계 구조를 가지고 있어서 단계를 오를 때마다 새로운 성질이 나타납니다. 세포에서 없던 성질이 조직에서, 기관계에서 없던 성질이 개체에서, 심지어 개체에서 없던 성질이 개체군에서 나타나는데, 이를 창발성이라 합니다.

창발성에서 전체는 부분들의 합 이상입니다. 진화의 중요한 속성으로서 창발성은 복잡한 체계에서 전혀 예상하지 못한 새로운 속성이 나타나는 것입니다. 무생물인 단백질 분자들이 모여 살아 있는 생명체를 창조하며 형체를 만들고, 인식 능력이 없는 뉴런들이 결합해 자기 인식 능력이 발생하는 것이 창발성의 한 예입니다. 자기 자신을 조직해 무의식중에 더 높은 차원의 질서를 만들어 내는 것을 창발성이라 할 수 있죠."

"창발성은 창의성과 비슷한 것이겠네. 창발성과 진화와 관계가 있느냐?"

미나가 물었다.

"그렇긴 한데, 창의성은 생각해 내는 것이고 창발성은 실현한다고 볼 수 있지. 생물은 창발성이 있기에 진화했겠지."

성모가 말했다.

"언제부턴가 인류의 조상들은 생물이 무엇일까 생각했겠죠. 사냥을 하든 과일을 따 먹든 농사를 짓든 간에 사람들은 항상 동식물 사이에서 살아왔습니다. 사람들은 살아 있는 것에 관심을 가졌는데, 이는 먹는 것이 삶과 연결되기 때문입니다. 그럼 생명이 무엇일까요?"

성모가 자문하듯 말했다.

"생명이란 숨 쉬고 성장하는 정도가 아닐까?"

선녀가 말했다.

"맞기는 한데, 숨 쉼이나 성장은 생명의 특징이지만 이것만으로 정의할 수는 없지요. 생물은 살아 있는 것입니다. 우리 몸에는 체온이나 체액에 산성도가 일정하게 유지되는데 이것을 항상성이라 합니다. 인체가 항상성을 유지하는 것은 호르몬 덕분입니다. 생명의 속성은 자발적인 항상성인데, 이것이 생명과 무생명의 차이라고 볼 수 있지요.

우리는 매일 먹고 배설을 합니다. 그런데 먹고 배설하는 양의 차이만큼 자라지를 못합니다. 그 이유는 몸에 들어오는 물질을 다른 물질로 전환하면서 그 차이가 에너지로 발생하기 때문이죠. 이를 생명의 속성인 물질대사라고 합니다.

물질대사는 생명활동에 쓰는 물질이나 에너지를 생성하고 필요하지 않은 물질을 몸 밖으로 내보내는 작용입니다. 물질대사는 누가 하는 걸까요? 세포 안에서는 단백질이 합니다. 단백질은 우리 몸 안에서 온갖 일을 합니다. 지방이나 탄수화물처럼 몸을 구성하고 에너지원이 되며, 호르몬이나 항체로 작용하고, 가장 중요한 것은 물질대사를 하는 효소 역할을 합니다."

"생물의 정의는 물질대사를 하고 항상성을 유지하며 창발성이 나타나는 것"이라며 주서가 읊조린다.

"눈치 9단"이라며 성모가 말한다.

그리고 성모는 우리가 왜 생물학을 해야 하는가에 대해 답하겠다고 한다.

"인간을 포함한 모든 생물은 사회적 의미를 가지므로, 우리는 책임 있는 시민이 되기 위해 생물에 대한 지식이 필요합니다. 자연을 마음대로 할 수 있다는 인간의 착각은 진화의 과정에 대한 오해에서 비롯되었습니다. 쉽게 말해 생명의 시작은 박테리아입니다. 우리는 박테리아에서 시작해 진화의 과정을 거쳐 현재를 살아가고 있습니다.

우리 자신에 대한 이해는 다른 생명과의 공생에서 찾아야 합니다. 우리 사회 모두가 유전자를 공유하고 있다는 인식의 변화가 필요하죠. 유전자를 공유하지 않는 다른 생물들과도 어떻게 살 수 있는가에 대해 고민을 해야 하며, 진화의 목적은 적자생존이 아니라 생물의 다양성에 있습니다.

생물학은 인간을 이해하게 해 주며, 생물학을 공부하면 인간은 겸손해집니다. 겸손해지는 것은 다른 생명의 소중함을 깨닫는 것이지요."

"일반적으로 진화를 거론하면 적자생존이 떠오르는데, 환경에 적응하는 것만 살아남는다는 적자생존이 진화의 본질 아니냐?"

주서가 물었다.

"적자생존에 사회적 경쟁 원리가 배어 있어서 다들 그렇게 생각하는 것 같은데, 적자생존은 진화의 과정에서 일어나는 것이고 진화의 궁극적인 목적은 생물의 다양성이라고 봐야죠. 생물은 자손을 퍼뜨리고 다양한 종으로 나아가려는 성질이 있는데, 현대 사회는 인간이 만든 환경이 그것을 차단한다고 볼 수 있습니다."

성모가 말했다.

"앞부분에서 신이 진화를 통해서 인간을 창조했다고 했는데, 인간 탄생이 예정되었다는 뜻이냐?"

미나가 물었다.

"호모사피엔스라는 인간이 예정되었다는 것은 아닙니다. 오히려 우연이란 말이 맞지 않을까요? 네안데르탈인이 이 땅의 주인이 될 수도 있었을 것입니다. 신은 만물을 창조하고 모두를 사랑하기에 누구를 편애하거나 미워하지 않는다고 생각합니다. 다만 신은 생명이 진화를 거듭하면서 다양한 종으로 퍼져 가는 것을 바라보고 있을 뿐입니다."

성모가 말했다.

"어떠한 종도 자기들만 살려고 한다면 결국 멸종할 수밖에 없다"
며 성모는 공생과 멸종을 짚어 보겠다고 한다.

"생명의 존재 양식은 무엇일까요? 약육강식, 자연도태, 적자생존
이라는 말이 떠오르겠지요. 이러한 것들을 크게 보면 공생이고 그
뒤에는 멸종이 숨어 있습니다.

대멸종은 지구 전체 생물종 중 75% 이상이 사라진 사건입니다.
멸종과 진화를 거듭하며 변화해 온 지구의 생명 환경은 끊임없이
영향을 주고받으며 만들어졌습니다. 일반적으로 공생은 좋은 것이
고 멸종은 나쁜 것이라고 생각할 수 있죠. 하지만 멸종을 나쁘고
슬픈 것이라고만 볼 수는 없습니다.

지구의 생명체는 약 38억 년 전부터 존재해 왔습니다. 지금까지
지구에는 다섯 번의 대멸종이 있었습니다.

첫 번째가 4억 4300만 년 전에 3억 년 동안이나 고생대 바다를
지배했던 우리가 많이 들어 본 삼엽충의 멸종입니다. 두 번째는 3억
7000만 년 전에 일어났습니다. 세 번째는 2억 4500만 년 전에 전체
생물종의 95% 이상이 사라진 가장 잔인한 멸종입니다. 네 번째는
2억 1500만 년 전에 육지에 있던 양서류와 파충류를 포함해 생명
체의 70%가 멸종했습니다. 다섯 번째는 6600만 년 전에 멸종의 대
명사로 불리는 공룡의 멸종인데 몸무게 25kg을 넘는 육상 동물은
대부분이 멸종했습니다."

"3억 년 동안이나 고생대 바다를 주름잡던 삼엽충의 멸종이 슬

프다기보다는 안됐다는 생각이 드는데, 그 역사가 아깝다."

선녀가 말했다.

"나는 구세대라 그런지 대멸종의 사건들이 믿기지 않네. 신의 존재에 대해 모호한 느낌이 들었던 때와 같이."

선생님이 말했다.

"95%가 멸종했다고 하여도 5%는 생존해 있으니 큰 문제가 없는 것 아니냐?"

미나가 물었다.

"95%라는 것은 100마리 중 95마리가 아닌 100종 중 95종이 사라진 것이니 심각한 문제지요. 그렇지만 멸종은 심각하고 슬픈 일만은 아닙니다. 멸종은 생명체 진화의 원동력이며, 따지고 보면 인류도 수많은 멸종이 있은 후 등장한 것입니다.

5억 4100만 년 전에 존재하던 특이한 동물이 있는데, 소개하자면 '오파비니아'와 '아노말로카리스'입니다. 오파비니아는 크기 4~7㎝이며, 몸통은 15개의 체질로 이루어져 있으며, 5개의 눈과 긴 코가 특징입니다. 아노말로카리스는 50㎝에서 2m에 이르렀을 것으로 추정됩니다. 머리가 길쭉하고 큼직한 두 개의 앞발에는 날카로운 가시가 나 있습니다. 이때의 바다에는 이들 외에도 '마젤라', '할루시게니아', '피카이아', '오토아'도 있었습니다. 모두 괴상하게 생겼으며 다 멸종했습니다.

생물의 계통수는 종속과목강문계로 분류합니다. 이 가운데 '문'이 생명의 몸 설계도입니다. 지금까지 지구에는 동물문이 38개나 등장했습니다. 이 가운데 한 개가 사라졌죠. 그것이 바로 오파비니

아입니다. 오파비니아가 후손을 남겼더라면……."

"오파비니아의 후손이 어떻게 변했던 간에 우리는 눈이 다섯 개가 달리고 주둥이가 길고 집게팔이 달린 동물을 보고 살아야 하네. 신기하기보다 징그럽고 무섭다."

미나가 얼굴을 찡그리며 말했다.

"지금까지 동물문이 38개가 등장하여 한 개가 사라졌다고 했는데, 그 동물문이 멸종과 동시에 유전자를 남기지 않았다는 의미냐?"

주서가 물었다.

"그렇지요. 공룡이 멸종했어도 그 후손은 조류로 진화하여 유전자가 있는 것과 같지.

만약에 피카이아가 사라졌다면 지금 지구의 모습이 어떻게 변했을까요? 그것은 아무도 모릅니다. 상상할 수도 없습니다. 우리 인류도 등장하지 않았을 테니까요. 피카이아는 버제스 혈암 동물군에 속하는 척추동물로 어류, 양서류, 조류, 파충류, 사람을 포함하는 포유류 등 모든 동물의 조상입니다."

"새로운 사실을 알았네. 5억 4100만 년 전에 존재한 특이하고 괴상한 동물들 중에 하나인 피카이아가 우리의 조상이라고? 쇼킹하구먼!"

선생님이 자조하듯 말했다.

"선생님도 감성이 풍부하셔!"

선녀가 말했다.

다들 웃었다.

"우리가 쉽게 접하는 동물들이 피카이아의 후손들입니다. 아주 연약하게 생긴 피카이아가 흔적 없이 사라지고 말았습니다. 그렇지만 그 흔적들은 우리 몸속에 여전히 남아 있지요. 그 유전자들이 남아서 지구를 채우고 있습니다. 5억 4100만 년 전에 살았던 생명의 설계도는 연년이 이어져 오면서 우리에게 있는 것입니다."

성모가 당연하다는 듯 말했다.

"앞에서도 언급했지만 대멸종 하면 공룡의 멸종인데, 공룡이 지구의 생명체에 끼친 영향을 알아보겠다"며 성모가 말한다.

"공룡은 2억 3000만 년 전에 지구에 나타나 1억 3000만 년 동안 지구를 점령했습니다. 현재 화석으로 발굴된 공룡은 300여 종이 됩니다. 공룡의 멸종 원인으로는 소행성 충돌설 등이 있는데 어쨌든 멸종되고 일부는 조류로 진화했습니다.

공룡이 멸종 후 지구는 포유류의 시대가 되었습니다. 그런데 신생대 이전 포유류는 2억 1000만 년 전에 존재했습니다. 공룡이 먼저이기는 하지만 공룡과 포유류는 비슷한 시기에 생겨났습니다. 또한 같은 조상에서 비롯되었는데 공룡이 포유류보다 우세했지요. 크기로 보자면 공룡과 포유류는 소와 쥐에 견주어 볼 정도이니 아예 비교가 되지 않았습니다.

공룡이 생존했던 시기에 낮에는 공룡의 거대한 왕국이 되었으며, 포유류는 땅속에 숨어 있다가 어둠이 내리면 먹이를 찾는 야행성으로 살았습니다. 처지가 그러니 포유류는 따뜻한 털과 밝은 눈과 뛰어난 귀가 필요했습니다. 생존을 위한 필요로 진화하게 되는 것이지요."

"포유류가 공룡에게 잡아먹힐까 봐 낮에는 굴속에 숨어 있다가 밤이면 도둑마냥 살았다는 것인데 얼마나 처절했을까? 그래서 몸집이 작을 수밖에 없었고 눈과 귀가 발달하지 않을 수 없으니, 두뇌가 발달하여 생각하고 판단하는 능력이 한 단계 더 높아지지 않았나 싶습니다. 공룡이 독주하지 않고 소 닭 보듯 포유류와 공생하다가 멸종했더라면, 포유류의 진화 속도가 아주 느렸을 것 같은데. 모든 것은 시련이 있어야 현 상황을 뛰어넘을 수 있다는 말이 다가옵니다."

주서가 말했다.

"진화는 우연의 산물입니다. 6600만 년 전에 소행성이 지구와 충돌하지 않았다면, 지금도 지구는 공룡들의 세상일지도 모릅니다. 인간은 태어나지도 않았을 것이며, 포유류는 작은 몸집의 야행성으로 추운 밤을 처량하게 지내고 있겠지요."

성모가 말했다.

"생각만 해도 끔찍하다. 호모사피엔스 입장에서는 대멸종이 좋은 것이고 행운이네."

선녀가 말했다.

"멸종이란 끊임없이 변화하는 자연환경에서 생명이 적응하고 진화해 가는 자연스러운 과정입니다. 멸종한 생물에게는 안됐지만 멸종은 슬프고 괴로운 일이 아니라 지구생명의 다양성을 만들어 주는 것이기도 합니다."

성모가 말했다.

"멸종하기 위해서는 먼저 존재하는 생명이 있어야 된다"며 성모는 공생을 얘기한다.

"생명의 존재 양식은 공생입니다. 우리 몸의 세포에는 에너지를 만드는 발전소인 미토콘드리아가 있습니다. 미토콘드리아는 세포 소기관의 하나로, 적혈구를 제외한 모든 세포에 존재하고 있는데요. 미토콘드리아는 자기 고유의 유전물질인 DNA와 단백질을 지니고 있습니다. 미토콘드리아의 중요한 기능은 몸속으로 들어온 음식물을 통해서 생물체 내의 에너지 대사에 관여하는 물질을 합성하는 일입니다. 또한 미토콘드리아는 기능이 상실된 세포를 죽이는 역할을 합니다.

우리 몸속에는 하루에도 수많은 세포가 만들어지고 사라지기를 반복합니다. 만약에 망가진 세포가 그 자리를 비워 주지 않으면 그것이 바로 암이 됩니다. 암은 망가진 세포가 좋은 세포가 생기는 자리를 차단하기에 생기는 것입니다."

"미토콘드리아는 참 좋은 놈이네. 우리 몸이 굉장히 정교한데, 처음에 미토콘드리아는 어떻게 생기게 되었을까?"

주서가 궁금한 듯 말했다.

"생명이 처음 존재할 때는 산소 농도가 매우 낮았습니다. 지구의 산소는 20% 정도지만 초기에는 0%에서 시작되었죠. 그러던 어느 날, 산소를 사용하던 박테리아가 산소를 사용하지 못하는 박테리아에게 포식을 당하게 됩니다. 그런데 세포 속에서 소화되지 않고 살아남은 것이 미토콘드리아입니다.

이 동물세포인 미토콘드리아가 어느 날 시아노박테리아를 삼켰습니다. 시아노박테리아는 광합성을 하는 단세포 세균으로, 원시 지구 대기의 산소 공급과도 밀접한 관련이 있습니다. 시아노박테리아가 바로 엽록체인 것입니다. 동물세포나 식물세포가 생기는 이 모든 과정이 공생입니다. 우리 몸은 박테리아의 공생체라고 보면 됩니다.

공생이란 서로 다른 두 개 이상의 생명체가 같이 어울려 사는 것입니다. 공생에는 악어와 악어새와 같은 상리공생, 한쪽만 덕을 보는 편리공생, 한쪽에 해를 주는 편해공생이 있으며 기생도 일종의 공생이라 볼 수 있습니다. 어떤 방법이든 모든 생물은 서로 주고받으면서 살아갑니다."

성모가 말했다.

"사람에게만 있는 공생이 무엇인지 아는가?"

선생님이 웃으며 말했다.

성모가 놀라며 말한다.

"뭔데요?"

"사회적으로 자신들의 이익에만 눈먼, 뭐라고 할까? 비윤리적이고 부패적인 공생, 특히 정치 집단이 여기에 해당되지."

선생님이 말했다.

"아, 네. 정치 집단뿐만 아니라 개인 간에도 있습니다. 비윤리적이고 부패적인 공생은 사회에 크나큰 해악을 줍니다. 다행스럽게도 자연에는 이러한 공생이 없습니다.

어떤 생명도 혼자 살지는 못합니다. 혼자 산다면 망하게 되지요. 대표적인 예가 천연두 바이러스입니다. 천연두는 두창바이러스

(Variola)가 일으키는 감염성 질환으로 전염력이 매우 강해 사망률이 높습니다. 천연두 때문에 많은 사람들이 죽었습니다. 남아메리카에서 찬란한 문명을 이루었던 잉카, 마야 문명은 유럽의 스페인 군인들이 몸에 묻혀 온 천연두 바이러스로 사라졌습니다.

이렇게 무서운 천연두 바이러스도 이미 사라지고 없습니다. 천연두 바이러스가 기생하는 숙주를 없앴기 때문입니다. 숙주가 사라지니 자기가 살 곳도 없어진 것이죠. 자연계는 이런 잔혹한 생명을 용납하지 않습니다.

공생은 포식 관계가 성립합니다. 먹이그물은 생태계에서 먹이사슬이 그물처럼 복잡하게 이루어져 있는 것입니다. 생태계를 유지한다는 것은 먹이그물을 유지하는 것입니다."

성모는 다시 대멸종을 짚고 간다.

"대멸종의 원인은 기후와 환경의 변화입니다. 지금까지 다섯 번의 대멸종을 보면 일정한 패턴이 있습니다. 급격한 온도와 산성도의 변화 때문이죠. 그 책임은 생명체들에게 있는 것이 아니라 급격히 변한 지구 환경에 생명체들이 적응하지 못해서입니다. 대멸종이 일어나고 그 빈자리에는 항상 생명체가 채워졌습니다.

공룡이 멸종하고 포유류 시대에 인류가 출현했습니다. 하지만 인류가 숲을 파괴하고 온실가스를 배출하여 세계적인 기상 이변이 일어나고 있습니다. 또한, 오염 물질로 인한 해양 생태계 교란 등으로 생명종들이 멸종되고 있습니다. 바로 대멸종을 일으킨 패턴을 보이고 있는 것이지요. 과학자들은 인류의 위기 여섯 번째 대멸종을 예측했습니다.

인류세는 인류가 지구 기후나 생태계를 변화시켜 만들어진 새로운 지질시대의 이름으로, 공식적인 지질시대는 아닙니다. 지구온난화와 생태계 변화는 자연에 의한 것보다 인간이 저지른다고 볼 수 있습니다. 지구에 적정 인구가 살아가면 환경을 파괴하고 유전자 조작 같은 것을 할 필요가 덜할 텐데요. 현재 세계 인구는 지구가 수용할 수 있는 용량의 몇 배를 초과한 상태입니다. 다가오는 여섯 번째 대멸종은 인류가 너무 많다는 것에 원인이 있다고 봐야겠지요. 대멸종의 선례를 보면 최고 포식자는 반드시 멸종한다는 사실을 알 수 있습니다. 현재의 최고 포식자는 인류이니까요."

"답은 간단하네. 사람을 줄이면 되잖아."

선녀가 불쑥 말했다.

"그것이 쉽게 되는 것이 아니지. 우리가 초등하교 때 새 학기가 되면 계획은 열심히 세우는데 실천이 잘 안 되는 것과 같이."

미나가 말했다.

"여러 사정이 있겠지만 지금은 실천이 아니라 계획도 못 세우는 것 같아."

주서가 답답한 표정을 지었다.

"현대는 지구촌 시대라고 하지만 인구 문제에 대해서는 모든 국가가 함께 노력해야 하는데 그것이 되지 않으니 안타까울 뿐이지. 인구 감소가 국가 이익과 직결되니 쉽지 않지요. 우리나라만 보더라도 출산율 저하로 골머리를 앓고 있잖아. 고령화 사회가 되니 점점 더 어려움이 있고 전체보다 나만 괜찮으면 된다는 의식이 팽배

하니 요원하죠. 힘들더라도 연착륙해야 하는데."

선생님이 안타까운 듯 말했다.

"다가오는 대멸종은 인류가 대비해야 합니다. 그 모든 원인은 인류에게 있기 때문이죠. 동식물들은 지구의 아름다움 따위는 모르며 그저 생태계를 이루며 살아가고 있을 뿐입니다. 대자연의 장엄함을 노래하고 생명의 신비로움을 찬양하는 인류라고 영원할 수는 없습니다. 자연과 지구와 우주를 위해서 인류는 살아가야 합니다. 그러기에 인류는 지구의 생태계를 유지하고 타 생물들과 어울러 공생해야 합니다. 최고 포식자가 된 인류, 다섯 번의 대멸종을 거울 삼아 지혜롭게 최상의 인류세를 만들어 가야만 하지 않을까요?"

성모가 의미심장하게 말했다.

잠시 숙연한 분위기가 흐른다.

"모든 생명은 아름다우며 고귀합니다. 크게 보면 생물학은 철학이며 생명은 사상입니다. 인간도 자연의 일부분이라는 사고로 살아가야 합니다. 그런 의미에서 우리 스스로에게 질문을 던져 보겠습니다. 조류의 알은 왜 타원형일까요?"

성모가 말했다.

"거의 모든 생명은 형태가 타원형이라서 알도 그렇겠지."

선녀가 말했다.

성모는 그렇다며 말을 이어 간다.

"조류의 알이 타원형인 것은 애초에 세울 필요가 없도록 설계된 것이지요. 알이 둥지에서 구르더라도 그 둥지를 벗어나지 않도록 고안된 생명의 섭리가 담겨 있는 것입니다. 만약에 각이 졌다면 어미 새가 알을 품기 곤란했겠지요. 그렇기에 생명의 원초적인 형태는 지켜져야 합니다.

그래서 말인데요. 콜럼버스의 달걀 이야기를 잘 알지요?

콜럼버스의 아메리카 대륙이 뭐 별거냐고 시비가 붙자 즉석에서 달걀 세우기 논쟁이 벌어졌습니다. 어떻게 달걀을 세워야 할지 고민하고 있었는데, 콜럼버스가 달걀을 집어 들고 퍽 하니 그 밑동을 깨고 세웠다는 소문으로 전해지는 유명한 이야기입니다.

이 이야기에는 일이라는 것은 해 놓고 보면 별것 아닌 듯싶지만 최초의 발상 전환이 어렵다는 의미가 담겨 있지요. 일에는 발상 전환이 중요하지만 상식에 맞지 않는 발상 전환은 생명에게 치명타를 입히며 인간의 죽음으로 다가오게 됩니다.

콜럼버스의 일행은 대륙에 상륙해서 금과 은을 얻기 위해 무수한 생명을 살육했습니다. 결과적으로 콜럼버스의 달걀과 같은 사고는 제국주의적 팽창 정책을 뒷받침했습니다. 무지막지한 발상 전환이 어떤 사람들에게는 거대한 이익이 될지라도 거기에 희생되는 생명들은 처절한 신음 소리를 내며 죽어 갑니다. 우리 모두가 공멸하기 전에 문명사적 위기를 극복하려는 마음으로 생명 사상의 중요성을 인식하고 재정립해야 합니다."

"모든 생명은 고귀하지만 그래도 살아가자면 다른 생명을 먹어야 하는데, 거칠게 표현하면 살생해야 하는데 어떻게 생각하나요?"

미나가 물었다.

"동물은 살아가기 위해 먹이가 필요합니다. 그 먹이는 특정한 동물의 먹이가 되기까지 많은 화학반응을 통해 생산되죠. 이런 사실은 동물계뿐만 아니라 식물계에서도 적용됩니다. 지구상의 풀과 나무 등의 식물은 다른 종류의 영양분을 필요로 합니다.

식물이 살아가기 위해 기본적으로 필요한 것은 탄소·수소·산소·칼슘이지요. 이외에도 석면·마그네슘·철·황·망간 등 다양한 것이 있어야 합니다. 이런 화학 물질의 대부분은 흙 속에 포함되어 있습니다. 흙, 물, 공기는 빛과 작용하여 나뭇잎이나 채소, 꽃과 과일 등으로 변합니다.

어떤 동물이라도 자연에 존재하는 무기물을 유기물로 변환시킬 수는 없습니다. 동물들의 생존 비밀은 바로 먹이사슬에 있습니다. 자연적인 먹이사슬에서 초식 동물은 식물을 통해 먹이를 얻고, 육식 동물은 초식 동물을 잡아먹습니다. 풀은 흙을, 양은 풀을, 늑대는 양을 필요로 합니다. 여기에는 지구의 바다와 하늘, 태양계와 은하, 전체 우주를 한데 묶고 있는 끝없는 지혜의 사슬이 작용하고 있습니다. 모든 것은 하나에서 나와서 그 하나로 돌아갑니다.

이와 같은 먹이사슬은 자연스럽게 보이는데, 물음에 대한 답변은 이것이 아니겠지요.

살생은 인간이 하는 것이지요. 동물들이 먹이를 사냥하는 것은 살생이라고 하지 않습니다. 그냥 하나의 자연현상이라고 보는 것이 맞겠지요. 동물들은 한 번에 많은 것을 죽이지 않습니다. 필요한 양만 최소로 사냥합니다. 동물들은 많은 개체가 태어나 성장하면서 일부는 먹이사슬의 희생양이 되면서 살아갑니다. 이것이 동물들이 살아가는 법칙입니다.

　그런데 살생이 나쁘다기보다는 사람이 잔인하다는 표현이 더 맞을 겁니다. 동물과 마찬가지로 사람도 먹어야 하니까, 채식이든 육식이든 매 끼니 무엇인가를 먹습니다. 우리의 음식 문화가 과거의 채식에서 현재는 육식으로 상당히 이동해 왔습니다. 많이 먹는다든가 맛있게 요리하는 것에 대해서는 별문제가 없습니다.

　동물의 처지나 사람의 입장을 떠나 공평하게 신의 마음으로 한번 생각해 봅시다. 우리는 육식을 하기 위해 동물을 사육합니다. 모든 생명은 평균 수명이 있는데 그 수명대로 살아가는 것이 권리이자 의무입니다. 그런데 어떤 이유로 수명이 단축된다면 순리에 어긋나며 자연의 법칙이 흔들립니다. 이 조그마한 것이 쌓이면 지구가 멸망할 수 있겠지요.

　우리 식탁에 많이 올라오는 닭, 돼지, 소를 예로 들면 이 가축들이 평균 수명까지 살고 도축되면 아무런 문제가 없습니다. 인간의 수요에 의해 빠르게 많은 것을 먹어야 하고, 초식 동물인 소가 건강한 풀이 아니라 기름진 잡곡을 먹어야 하며, 심지어 육류를 먹어야 한다면 안타까운 일이지요. 좁은 공간에서 살아가는 닭과 돼지가 유전자 조작의 희생양이 된다면 얼마나 비참한 처지가 되겠습니까? 동물이 자연스럽게 살아가다 도축되는 것은 살생이 아니라 숭고한 죽음입니다."

　성모는 미나를 보며 이해가 되는지 물었다.

　미나는 웃으며 고개를 끄덕였다.

　"우리가 다 알면서도 실천을 못 하는 것이 문제 아니겠어?"

선생님이 말했다.

"동영상 사이트에서 본 동물의 아름다운 죽음 얘기"라며 성모가 말한다.

"세계의 지붕 파미르는 높은 고도와 혹독한 추위로 외부인 접근이 가장 어려운 곳 중의 하나지요. 지구에서 가장 높은 히말라야와 힌두쿠시, 쿤룬과 톈산산맥이 한데 모인 그곳에 파미르가 있습니다. 해발 4000m가 넘는 곳에 마르코 폴로 양이 무리를 지어 살고 있습니다.

비밀의 땅 파미르 하늘에 독수리 한 마리가 날아옵니다. 능선의 중턱에는 마르코 폴로 양 한 마리가 죽어 있습니다. 먼저 눈표범이 먹이로 배를 채웁니다. 눈표범이 가면 검독수리가 먹이를 먹습니다. 그러다가 고산 민목독수리 무리가 그 자리를 빼앗아 먹이를 먹습니다. 마지막으로 늑대가 나타나 먹이를 먹습니다. 한 생명의 죽음은 많은 생명을 살아가게 합니다. 거친 자연 속에서 펼쳐지는 삶과 죽음을 보면, 죽은 양에게는 안됐지만 먹이 생태계에는 아름다운 흐름이 있습니다."

"생명은 살아 있는 존재이므로 고귀하고 성스럽기에 철학 내지 사상적으로 접근해야 한다"며 성모는 말을 이어 간다.

"생명 사상은 생명이라는 근본적인 관점에서 인간도 자연의 일부분이라는 사고로 접근하고 파악하는 철학 사상입니다. 생명의 본성은 살림이며 그 속성은 끊임없는 순환입니다. 그러기에 생명은 여타 생명과의 상호 작용과 스스로 변화 가능한 모든 사물에 이른다고 할 수 있습니다.

　생명이란 생명체, 생명력, 영성이나 정신적 세계, 상호관계성 등 그 존재 모두를 아우르는 것입니다. 말하자면 생명작용이 가능한 유무형적 존재 모두가 생명입니다. 생명은 미완의 존재이므로 부족한 틈새만큼은 다른 생명들과의 나눔에 의해 채워짐으로써 함께 존재합니다. 이처럼 생명은 서로 의존하고 보완적인 관계 속에서 다양한 형태의 살림살이를 꾸려 갑니다.

　또한 생명은 성스럽고 경외한 존재입니다. 세상에 존재하는 여러 형태의 생명들은 영을 보유하고 기를 스스로 생성합니다. 영기작용을 통해 생명들은 서로 간의 교감과 정보 교환이 이루어지면서 나눔이라는 신성한 살림살이가 가능해지는 것입니다."

　"생명에 영과 기가 있다고? 구체적으로 설명 좀……."

　선녀가 의외라는 듯 물었다.

　"어떻게 설명해야 하나, 사람을 중심으로 얘기해 볼게요. 대부분의 생명들은 음양의 교접을 통해서 생성되는데 사람도 마찬가집니다. 남자의 양기와 여자의 음기가 교접하여 태아가 잉태되죠. 태아는 모태에서 10달 정도 길러져 탄생합니다.

　생명은 양기와 음기의 교접에 의한 결과물입니다. 생명이 잉태되는 순간 생명의 본질이라 할 수 있는 신령한 본연의 영이 생성됩니다. 이와 동시에 영이 안착할 집인 몸도 함께 형성됩니다. 그리하여 최초의 태아 몸속에는 영이 자리를 잡습니다.

　영은 영성과 정신세계를 꾸려 가는 존재로, 많은 정보를 지니고 있습니다. 또한 영은 감각능력과 보유한 정보를 토대로 무한한 영감능력을 발휘하게 됩니다. 그러나 지금의 영은 독자적으로 작용하고 실현할 수 있는 힘이 없어 그 뜻을 스스로 구현할 수 없습니다.

태아는 모태에서 어머니의 기를 공급받다가 어느 정도 성장하여 모태 호흡을 시작하면서 스스로 기를 생성할 수 있는 능력을 갖게 됩니다. 이때 생성된 기는 영과 교합하기 이전의 단계로서 순수한 본연의 기입니다.

기는 무한한 영의 세계를 실현하는 동력으로서 시공간을 초월하는 4차원적인 기의 세계를 이루는 존재입니다. 그러나 기는 그 자체로서 단순한 에너지일 뿐입니다. 여기에는 작용할 수 있는 힘은 있으나 상황을 판단하고 올바르게 작동할 수 있는 영감능력이 없습니다.

이와 같이 신령한 본연의 영과 순수한 본연의 기는 독립적인 별개의 존재이므로 결함이 있습니다. 그리고 본연의 모습으로는 각자에게 주어진 기능과 역할을 이행할 수 없는 무기력한 존재들입니다. 이들 두 존재는 결점을 보완하고 고유한 능력을 발휘하기 위해 서로 만나 영기의 교합을 이룹니다.

이렇게 영의 영감능력과 기의 에너지가 서로 결합함으로써 영감기능과 힘을 함께 지닌 완결된 하나의 신비로운 기운이 새롭게 생성됩니다. 영과 기는 서로 의존하고 보완적으로 연계성을 가지고 작용하기 때문에 각각 분리해서 논하는 것은 의미가 없습니다. 또한 교합으로 생성된 영기는 영감작용, 생명작용을 수행합니다."

"생물학자라고 하지만 생명의 영기에 대해 깊숙이 공부하다니. 존경스럽다."

선녀가 짧게 박수를 치며 말했다.

"식물에도 당연히 영기가 있겠지?"

주서가 물었다.

"대부분의 생명은 영기에 의해 각종 생명작용을 한다고 볼 수 있지요. 실례로 음악을 농사에 적용한 결과, 음악에 따라 꽃과 과일이 다른 반응을 보이고 성숙도나 결실에도 차이가 있었습니다. 식물학계에서는 식물도 영기작용에 의한 영감 기능을 갖추어 그에 맞는 처신을 한다고 보고 있습니다."

성모가 말했다.

"생명에 대해 관심이 없었을 때는 그냥 살아 있는 게 생명이겠지 했는데, 신기하게도 알면 알수록 더 알고 싶은 것이 또한 생명이네. 최초의 생명은 어떻게 탄생했나요?"

미나가 물었다.

"다윈이 종의 기원을 통해 생물의 진화를 밝혔는데, 모든 생물은 아득한 옛날 하나의 선조로부터 진화해 왔다는 것이지요. 생물은 장구한 세월 많은 세대를 걸쳐 자연선택과 돌연변이에 의해 여러 단계로 진화를 했습니다. 그리하여 오늘날 지구상에서 볼 수 있는 무수한 생명종들의 모습이 된 것입니다.

종의 기원이 발표되기 전에 린네가 당시까지 밝혀진 지구상의 생물들을 종별로 계통적으로 분류해 놓았습니다. 다윈의 진화론은 이미 존재하고 있던 수많은 생물종들의 진화관계를 밝혀 놓았을 뿐입니다. 진화론에서는 최초의 생명이 무엇이며, 그것이 어떻게 탄생했는지 구체적인 것은 없습니다. 생명의 기원에 관한 논의는 현대 과학이 등장하면서 나타났습니다.

　최초의 생명 탄생 과정의 가설은 이러합니다.

　지구가 생성된 후 열악한 환경이 지속되고 10억 년이 지나 최초의 생명이 나타났으니 그동안 지구에는 생명이 없었던 것입니다.

　36억 년 전, 원시대기는 수소, 메탄가스, 암모니아, 수증기, 황화수소 등의 환원성 기체 분자들로 구성되어 있었습니다. 이 기체 분자들이 화학반응을 하는데 태양의 강한 자외선과 번개, 화산 폭발의 열기 등이 에너지로 작용했습니다. 이들 기체 분자들이 지속적으로 화학반응을 일으켜 생명체의 가장 기본이 되는 저분자 유기화합물인 아미노산, 단당류, 염기류, 시안화수소 등이 생성됩니다.

　이들 유기화합물은 다시 복잡한 화학반응을 일으켜 생명체를 구성하는 고분자 유기화합물인 단백질, 핵산, ATP 등을 생성합니다. 생성된 유기화합물은 빗물에 실려 바다나 호수로 들어갔습니다. 이때부터 물속에서 화학반응이 계속 이루어지고 물이 증발된 곳에는 유기화합물들이 농축되면서 코아세르베이트라 불리는 세포의 전구체인 유기물 복합체를 생성합니다. 코아세르베이트가 주위의 지질 등을 흡착하여 이중층의 막을 형성하게 됨으로써 최초의 생명체인 세포가 생성됩니다.

　이로써 원시 지구상에 유형생명인 세포가 탄생하게 되죠. 이렇게 탄생한 하나의 세포가 대사활동과 함께 자기복제를 함으로써 다세포생물로 진화하게 된 것입니다."

　"이해는 가는데 어렵구만. 과학적인 실험과 검증을 거쳤겠지?"

　미나가 말했다.

"물론이지. 과학계의 인정을 받은 이론이니까."

성모가 말했다.

"앞서 얘기한 생명의 기원에 따르면 최초의 생명체인 세포는 생명이 없는 무기물 또는 무생물로부터 탄생되었습니다. 다시 말하면 생명이 없는 수소, 메탄가스, 암모니아, 수증기 등과 태양광선, 마그마의 열기 등이 상호 작용을 하여 화학적인 반응을 거쳐 세포라는 생명체가 탄생했다는 것입니다.

과학자들의 연구는 존중하는데 한편으로는 무리하다는 생각도 듭니다. 무생물과 생물의 관계는 무에서 유가 생겨났다는 관계의 성립과 동일한 논리인데, 이는 과학적 원리에 배치되는 것입니다. 생물학에서는 생명만이 생명을 생성시킬 수 있는 생명작용이 가능하며, 생명들 사이에서만 상호 생명작용이 가능합니다.

지난날 무생물과 생물의 관계를 생각하면서 반야심경에 나오는 '색즉시공 공즉시색'이라는 문구가 떠오른 때가 있었습니다. 이 어구의 불교적인 깊은 의미는 잘 모르지만 무생물과 생물의 관계를 공즉시색에 견주어 보니 오묘함이 다가왔습니다.

생명의 기원이 무생명에서 생명이 탄생했다는 과학계의 시각을 좀 더 확장하여 생명의 본질이란 면에서 새롭게 접근해 보면, 생명의 기원은 무형생명에서 비롯되었다는 생각이 듭니다. 풍수지리에서 말하는 지수화풍이 바로 그것입니다. 지수화풍은 말 그대로 땅과 물과 햇빛과 공기로 생명은 이들의 도움을 받으며 영원히 함께 하지요."

"공즉시색이나 지수화풍이라는 말을 들으니 한결 편하고 이해가 바로 되는 것 같네. 햇빛, 공기, 물, 땅을 무형생명으로 보자는 것이지?"

선생님이 물었다.

"네, 그렇습니다. 더 나아가 우리가 사는 지구도 거대한 생명으로 보아야 된다고 생각합니다."

성모가 씩 웃으며 말했다.

"공부를 하다 보면 어떤 사물이나 사건에 대하여 끝까지 추적하고픈 욕구가 생기는데, 인류에서 진화를 거슬러 올라가면 최초의 생명체인 세포에 이르게 됩니다. 세포는 무생물들이 지속적인 화학작용을 거쳐 탄생했으며, 의식을 더 확장하면 무형생명인 지수화풍으로 귀결됩니다.

그런데 햇빛과 공기와 물과 땅은 어떻게 생겨났을까? 그 근원이 무엇일까를 늘 생각해 왔는데, 오늘 주서가 이야기한 천제의 시대에서 답을 찾았습니다.

빅뱅이 시작된 후 양자의 후신인 양성자와 전자가 만나 별들이 생성되었습니다. 태양에서는 양성자와 전자가 기체 물질을 결합시켜 물질을 만들고 또 그 물질을 붕괴시켜 빛을 방사합니다. 지구도 같은 원리로 생성되어 탄소화가 진행되고 많은 변화를 거쳐 생명이 사는 땅이 되었습니다."

성모는 오늘이 매우 의미 있는 날이라고 했다.

"생물 이야기를 듣고 보니 우주는 양자와 전자라는 생각이 확고하게 굳어집니다. 이 둘이 만나 만물을 만들고 변화시키며 소멸하여 다시 빅뱅이 시작된 자리로 돌아가고 있다고 봐야지요."

주서가 말했다.

"우리는 생명이 고귀하고 그 존재의 중요성을 인식하며 함께 잘 살아갈 수 있는 방법을 알면서도 말로만 하고 있습니다. 이제 생명 요소에 대한 새로운 접근이 필요합니다."

성모가 강한 톤으로 말했다.

그리고 생명활동에 없어서는 안 될 네 가지를 우리 인체에 비유 하여 살펴보겠다고 한다.

"생명이 살아가는 데 필수적인 네 요소는 햇빛과 공기와 물과 땅 입니다. 이들이 없으면 생명은 살아갈 수 없습니다. 생명의 개념도 단순히 살아 있다는 것에서 그 존재가 지속성을 유지하고, 다른 생 명과의 생명작용이 이루어지는 모든 존재를 생명의 범주로 확대해 야 합니다.

햇빛은 생명의 정기입니다. 빛은 에너지이기에 모든 생명체는 빛 을 지향합니다. 지구는 각종 생명작용을 통해 개체생명들이 생성 되어 생존하고 있습니다. 이러한 생명들의 살림살이에는 태양의 역 할이 필수적이죠. 햇빛은 생명의 생성과 성장의 원동력으로 따뜻 함을 본질로 하는 양기입니다. 태양의 양기는 땅의 지기와 결합하 여 대기의 영기를 생성 작용시킵니다. 이것이 물과 작용하면 생명 의 성장에 필요한 생명에너지를 생성시킵니다. 햇빛은 공기, 물, 땅 과의 생명작용으로 인간을 포함한 개체생명의 생성과 지속성에 결 정적 역할을 하는 생명입니다.

공기는 생명의 숨입니다. 생명체는 한순간도 쉬지 않고 날숨과 들숨을 쉽니다. 생명들은 숨 쉼을 통해서 자연의 기를 받아들이고 영기작용을 합니다. 대기 중에 있는 질소, 산소, 이산화탄소, 메탄가스 등의 농도는 급변하지 않고 지속적으로 거의 일정하게 유지됩니다. 식물은 광합성 작용을 통해 산소를 생산하고, 동물은 산소를 호흡하여 이산화탄소를 방출함으로써 산소와 이산화탄소는 순환을 합니다. 또한 공기는 바람이라는 움직임을 지닌 생명이기도 합니다. 생기가 많은 공기가 맑고 신선하며, 오염도의 상승으로 사기가 높아지면 그만큼 공기도 병들거나 죽어 갑니다. 공기는 지구의 숨이자 자연의 영기 그 자체입니다.

물은 생명의 피입니다. 지구의 가장 큰 비중을 차지하는 물은 생명들에게 소중합니다. 물의 성향은 흐름입니다. 그 흐름이 끊기거나 멈추면 물은 죽게 됩니다. 물은 열기에 의해 증발되고 다시 눈과 비로 내려 하천과 강이 되어 바다로 흐릅니다. 물은 흐르거나 순환하면서 오염 등에 대해서 자정능력을 발휘하고, 자연에서 필요한 성분들을 공급받아 에너지를 생성합니다. 물은 여러 형태로 흐르면서 햇빛, 땅, 공기의 도움을 받아 각종 생명작용을 합니다. 물 환경 속에는 다양한 종의 생명들이 생명그물을 형성하여 상호의존적으로 살림살이를 꾸려 가고 있습니다.

땅은 생명의 살입니다. 그 살은 유기물이 가득하며 섬세하고 민감한 살결을 지녔습니다. 땅은 모든 생명의 산실이며 생명들이 함께 할 삶의 터전입니다. 태양과 지구의 기운은 교접과 생명작용으로 수많은 생명들을 생성시킵니다. 하지만 땅은 한 장소만 오염되어도 지구 전체로 퍼져 나갑니다. 인간은 산업화와 도시화로 지나치게 땅을 오염시켰으며, 지금의 땅은 깊은 병으로 신음하고 있습니다. 땅은 생명의 안식처이며 내일의 우리 모습이니 잘 가꾸어야 되겠지요."

"생명의 기본 요소인 빛, 공기, 물, 땅이 성스럽다는 생각이 드네. 우리는 이들의 많은 혜택을 받으면서도 너무 흔하니까 아무런 생각 없이 살아왔던 것 같아. 이 네 가지가 느낌은 오는데 무지 넓고 많아서 생명의 요소라는 걸 간과했다고 봐야지. 겉으로 드러나 보이는 형체를 한정할 수 없어서 무형생명이라 한다면, 그것은 생명을 넘어 모든 생명의 근원이라 하고 싶어."

선생님이 말했다.

"고릿적부터 사람들은 태양을 숭배 해왔으며 새해 첫날 해맞이에 큰 의미를 둡니다. 태양의 분신인 빛을 보전 관리 측면에서 본다면 우리가 할 수 있는 것이 없는데."

선녀가 말했다.

"그렇긴 하지. 인간이 언제까지 지구에서 살아갈지는 모르나 문제는 없을 것 같아요. 다만 수십억 년 뒤에 태양의 질량이 감소하여 빛의 파장에 변화가 일어나 그 성질이 바뀐다면 어떤 영향 정도는 있겠지요."

주서가 말했다.

"공기에는 질소, 산소 등 여러 기체가 있으며, 그중에서 산소가 호흡에 관계가 있으니 가장 중요한 것 같고, 다른 기체들의 역할은 무엇인지?"

미나가 물었다.

"대기 중에 질소가 약 78%, 산소가 약 20%이고 그 밖의 기체는 미미합니다. 질소는 대기압을 유지시키고 지표에서 발화를 억제하며 바다의 질산염 농도를 조절합니다. 이산화탄소는 광합성과 기후 조절에 기여합니다. 메탄가스는 산소의 농도를 규제하고 이산화질소 등은 오존의 농도를 규제하죠."

성모가 말했다.

"이산화질소는 인체에 위험한 것으로 알고 있는데 오존의 농도를 규제한다고?"

선녀가 의아하다는 듯 말했다.

"그것도 맞습니다. 이산화질소는 탄소 성분이 불완전 연소될 때 발생하는 일산화질소보다 인체에 더욱 큰 피해를 주는 것으로 알려져 있습니다. 고농도 이산화질소에 노출되면 만성 기관지염, 폐렴, 폐출혈, 폐수종의 발병으로까지 발전할 수 있지요. 그렇지만 이산화질소는 적갈색의 반응성이 큰 기체로서, 대기 중에서 일산화질소의 산화에 의해서 발생하며 휘발성 유기화합물과 반응하여 오존을 생성합니다."

성모가 말했다.

"물에 생명이 있다고 하잖아요. 에모토 마사루가 지은 책에서는 물이 각종 소리, 문자, 생각에 반응을 합니다. 인체의 70%는 물로 구성되어 있고요. 환경 오염 등으로 생수를 사 마시는 게 현실이 되었습니다. 물이 깨끗한 환경에서 살 수는 없을까요?"

미나가 말했다.

"물의 오염원은 크게 생활하수, 산업폐수, 축산폐수, 분뇨 등인데.

세계 모든 국가나 사람들이 다 알면서 실천을 못 하는 것이 또한 물 문제지. 모두가 노력은 해야겠지만 여기서 논의해도 의미가 없을 것 같아. 폐수처리량보다 오염발생량이 점점 많아지니 어려움이 있겠지. 50년 전만 해도 시냇물을 그대로 마셨는데, 지금은 우물물도 걱정해야 하니 처절한 신세가 되었지요. 원시 시대로 돌아갈 수도 없고, 근본적인 문제는 지구에 인구가 너무 많아서 그렇다고 봐."

선생님이 말했다.

"땅도 황폐화가 심하지요. 우리나라만 봐도 콘크리트 건축물은 늘어나고 난개발로 자연의 훼손이 심합니다. 개발 측면에서 자연 친화적으로 한다지만 인간 중심적인 논리보다 경제적인 논리가 앞서니 쉽지 않은 것 같습니다."

성모가 말했다.

"미래의 지구를 생각하면 한숨이 납니다. 1969년 아폴로 11호의 달 착륙 소식을 들었을 때 어떻게 사람이 달에 갈 수 있을까, 마냥 신기했던 기억이 생생한데요. 50여 년이 지난 지금 세상은 상상할 수 없이 변하여 우리는 딴 세상에 살고 있습니다.

일례로 사람이 있는 곳에서는 어디서나 일상화된 풍경을 하나 볼 수 있습니다. 그것은 다름 아닌 스마트폰입니다. 스마트한 세상은 편리하지만 한편으로는 스마트폰에 매몰되어 정신적인 빈곤에 허덕이고 있습니다.

참 이상하게도 문명이 발달할수록 현대 사회는 불안과 초조로 인간이 병들어가고 환경 오염으로 생명이 멸종되고 있습니다."

　성모가 말했다.

　"듣고 보니 세월이 많이 흘렀네요. '푸른 하늘 은하수'로 시작하는 동요를 부르던 때가 엊그제게 같았는데. 그때는 명절날 그리운 풍경 중에 하나가 뒷동산에 올라 보름달을 보며 소원도 빌고 뭔지는 모르지만 부푼 꿈을 꾸었지요. 이제는 감각이 무뎌 밤하늘에 달과 별이 뜨는지도 모르며 사는 것 같아요."

　선녀가 말했다.

　"요즘은 정보기술, 전자산업이 일상생활을 점령하여 인터넷이나 스마트폰을 하지 않으면 살아가기가 힘들어. 홀로 조용한 곳에서 살면 모를까, 그렇지 않고서는 시대에 뒤처지니 어쩔 수 없이 배워야 하지. 이런 세상이 있나 싶을 정도로 편리하긴 한데 정서적으로 잃는 것이 너무 많아. 의사소통도 스마트폰 중심으로 돌아가니, 사람 냄새가 나지 않고 사랑의 근본이 흔들리는 것 같아. 인터넷에 접속해 보면 보이지 않고 익명이어서 그런지 욕설이 난무하잖아."

　선생님이 안타까운 듯 말했다.

　다들 고개를 끄덕인다.

　"대부분의 사람이 느끼는 것으로 급속한 문명의 발달에 따른 정신적인 불안정이 윤리 사회적인 문제로 대두되지만 그보다 더 큰 위기가 도래하고 있습니다.

　지구촌의 위기는 지구가, 자연이, 여타 생명들이 자초한 것이 아니라 만물의 영장이라는 인간이 자초한 것입니다. 그 원인은 과포화 상태에 이른 인구와 생명 경시 풍조, 생명 모순의 확대 등이 되겠지요.

현재 지구촌의 인구는 과포화 상태입니다. 인구 급증에 따른 자연 훼손과 파괴가 더해지면서 각종 환경 오염이 생태계의 위기를 초래하고 있습니다. 인구 재앙으로 지구 곳곳에서는 그 징후들이 나타나고 있습니다. 생명의 기형과 이상 현상은 진화의 차원을 넘어 본질적인 부분에까지 그 영향력이 확대된 상태입니다.

자연계에서는 어떤 생명이든 그 종이 지속적으로 존속하기 위해서는 일정한 개체 수와 어느 정도의 세력을 유지해야만 스스로의 자생력을 확보 유지할 수 있습니다. 산업화와 각종 개발이 급속도로 진행될수록 다른 생명들의 영역은 그만큼 축소됩니다. 또한 생명종의 수가 줄어들수록 종의 다양성이 그만큼 훼손됩니다."

성모가 말했다.

"지구촌에 인구가 많다는 것은 알겠는데 적정한 인구는 어느 정도인지?"

미나가 물었다.

"지구촌에 적정한 인구가 어느 정도인지를 알면 깜짝 놀랄 겁니다. 지구의 인구는 대략 1500년에 5억, 1800년에 10억, 1900년에 16억, 2000년에 60억이었습니다. 산업화가 시작되면서 인구가 기하급수적으로 늘어났으며, 앞으로 인구는 더욱 빠르고 가파르게 증가할 것입니다.

인간이 살아가는 데 필수 불가결한 요소가 햇빛, 공기, 물, 땅입니다. 햇빛을 제외한 나머지 요소들은 적정한 비율과 용량으로 서로 균형을 유지하고 유기적인 연관성을 갖고 있습니다. 그중에서 동식물이 살아가는 데 가장 기본적이고 우선하는 것이 땅입니다.

학자들은 가장 합리적인 값을 도출하기 위하여 땅을 분석 대상으로 삼았습니다. 땅은 인구를 수용할 수 있는 단위당 면적을 수치로서 값을 쉽게 구할 수 있기 때문이죠. 이를 산출하기 위해 고려되어야 할 사항으로 의식주 문제, 삶의 활동 영역, 자생력 등을 감안했습니다.

이런 조건들을 참고해 볼 때 적정한 인구는 1인당 단위 면적이 평균 약 30만㎡로 나타났습니다. 이를 인구로 환산하면 5억 내외로 산출되었습니다. 1500년경에 세계 인구가 5억 정도였습니다. 그리고 지구가 다른 생명에게 부담을 주지 않고 인구를 수용할 수 있는 한계선을 산출해 본다면, 적정 인구의 두 배로 1인당 단위 면적이 약 15만㎡로 10억을 넘기지 않아야 한다는 것입니다. 1800년경에 세계 인구가 10억 정도였습니다."

성모가 말했다.

"지구촌에 인구가 10억이 되어야 한다고? 말도 안 돼. 세계 인구가 70억이라고 치면 적정 인구의 일곱 배가 되는데, 그 기준에 맞춘다면 여기 우리 다섯 명 가운데 네 명은 사라져야 하잖아."

선녀가 말했다.

"어린 시절 한 가정에 아이들이 5~6명이었을 때 '사람은 다 자기 먹을 것을 가지고 태어난다'고 하던 어른들의 말씀이 생생한데, 지금은 현실이 많이 다르고 심각하잖아. 정부에서는 출산율 저하로 국가 경제의 근간이 흔들린다고 하고, 젊은 세대들은 육아 문제로 어려움을 호소하고 있는 실정이니 아이러니하지요. 최근 몇십 년 동안 급격한 인구 증가는 의학 기술의 발달에 따른 평균 수명이 연장된 요인이 크지 않나? 더 큰 문제는 노년 인구 부양 문제인 것 같은데. 몇십 년이 지나면 세계 인구도 줄어들겠지."

선생님이 말했다.

"경제적인 면에서는 그러한데, 생물적인 면에서는 아주 심각합니다. 지구는 생명들이 공생하며 살아가게 되어 있고 그렇게 살아야 합니다. 지구에서 인구를 수용할 수 있는 최대 용량을 훨씬 초과하여 산다면, 인간은 삶이 힘들 뿐만 아니라 여타 생명에게도 치명적일 수 있습니다. 창고에 어떤 물건을 필요 이상으로 적치하면 다른 물건을 적치할 공간이 없는 것과 같은 이치지요. 자연계의 먹이사슬은 개체 수를 조절하며 온 생명의 삶을 조화롭게 한다고 볼 수 있습니다. 인구 증가 추세로 보아 금세기가 인류의 가장 위험한 시기가 아닐까 생각되는데, 이를 슬기롭게 대처해야겠지요."

성모가 말했다.

"지구에 사는 생물이 몇천만 종이라고 할 때 환경 오염 등으로 일부가 멸종된다고 해서 큰 문제가 될까? 생명이 태어나고 사라지듯이 어떤 종이 멸종하면 새로운 종이 나타나는 것이 생명의 법칙이잖아. 똑똑한 놈끼리 공생하며 살면 될 것 같은데, 생명의 다양성이 그렇게 중요한지?"

주서가 물었다.

"한두 종의 생명이 멸종된다면 당장 큰 영향이 없겠지만 멸종의 속도가 빠르다면 심각한 문제가 발생하겠지요. 좀 과장해서 지구상에 동식물의 균형이 한쪽으로 치우쳤다고 해 봅시다. 식물이 없다면 동물은 먹이 부족으로 어려움을 겪을 것입니다. 동물이 없다면 식물도 이산화탄소 부족으로 살아가기가 힘들며, 종국에는 산소량 증가로 화재가 빈번하여 삼림은 폐허로 변하겠지요.

생명의 다양성은 모든 생명 간에 주고받는 나눔이 얼마나 원활하게 진행되는가를, 생명작용이 얼마나 풍요롭고 다양하게 이루어질 수 있을지를 판단하는 기준이 됩니다. 모든 생명은 서로 간에 의존적으로 연결된 생명그물에 의해 존재하고 있으니까요.

단순하게 보더라도 한 지역에 살고 있는 생물의 종류가 다양하다는 것은 그 지역에 숲이 우거지고, 각종 동식물이 생활하기에 풍요로운 환경을 이루고 있다는 뜻입니다. 이와 같은 환경 조건은 사람이 살기에도 적합한 곳이 됩니다. 생물 다양성은 사람에게 주는 경제적, 삶의 질적, 지구 생태계적인 이유와 더불어 생물이 가지는 본연의 고유한 권리 측면에서도 유지되고 보존되어야 합니다."

성모가 말했다.

"예전에는 들판으로 나가면 어디서나 메뚜기, 개구리, 뱀을 쉽게 볼 수 있었는데 요즘에는 거의 볼 수가 없습니다. 그것은 농약과 화학비료 사용에 따른 농토의 황폐화 때문입니다. 모든 농작물을 유기농으로 재배하면 좋겠지만 현실적으로 어려움이 있습니다. 농민들 입장에서는 건강한 먹거리도 중요하지만 생산성이 우선이겠지요.

생명이 존엄하다는 것은 생명에는 귀중한 가치가 있음을 의미하며, 경외의 대상이 될 수 있는 권리를 갖고 있음을 함축합니다. 그런데 생명 가운데 절대적인 가치를 지닌 성스러운 존재는 오직 인간뿐이며, 인간만이 생명계의 최고인 양 처세해 왔습니다. 이러한 인간의 의식이 생명 경시 풍조의 시발점이 되어 여타 생명의 존엄성은 일고의 가치가 없는 것으로 치부하고 생명을 자원으로만 여겼습니다. 이제 지구는 인간 생활의 영역과 개발의 확대로 생명들의 삶터는 상대적으로 많이 훼손되었습니다. 자연의 훼손과 오염이 너무 지나쳐 인간조차도 살아가기가 힘들 정도가 되었습니다.

어떤 생명이든 생명만이 생성시킬 수 있고 생명 간에만 상호 작용이 이루어질 수 있습니다. 지구촌에 살아 있는 모든 생명은 햇빛·공기·물·땅의 도움으로 생성이 가능하므로 이들 네 요소는 분명 생명작용을 하는 생명력이 있는 존재입니다.

자연이 오염되고 파괴되어 간다는 것은 결국 우리 인간이 병들고 파멸해 간다는 의미입니다. 산업화와 도시화로 각종 오염 물질의 발생이 급증하고 있습니다. 이런 추세로 인해 자연과 인간 간에 유발되는 총체적인 생명 모순은 더욱 심화, 확대되어 이미 심각한 지경에 이르렀습니다. 인류를 비롯한 모든 생명의 파멸이 근접하게 다가왔는데도 사람들은 아직도 그 심각성을 인식하지 못하고 있으니 말입니다."

성모가 말했다.

"사람들은 생명의 경시와 모순에 대하여 잘 알고 있지만 실천을 못 하는 게 문제입니다. 국가는 국가 나름대로 이해관계가 있고, 개인은 위기가 오더라도 지금 당장 자기 자신과 관계가 없으면 신경을 쓰지 않는 것이 현실입니다. 원시시대로 다시 돌아갈 수도 없으며, 현대 사회의 생활 방식이 오염 물질을 발생시킬 수밖에 없는 형국이니, 인구 감소밖에는 달리 방도가 없는 것 같은데요."

주서가 말했다.

"우리가 30대 초반일 때 열대야가 며칠만 되어도 야단들이었는데, 요즘은 여름 내내 열대야가 지속되고 있고 태풍이 왔다 하면 강력하니 이게 다 지구온난화 때문이냐?"

미나가 물었다.

"지구의 생명을 위협하고 있는 절박한 문제는 많이 있습니다. 지구온난화, 인구 과잉, 오존층 파괴, 산성비, 열대우림의 축소, 지하수 오염, 사막화 등이 그것입니다. 모든 폐해가 하나로 귀결되는 것이 지구온난화입니다.

지구온난화는 지구가 따뜻해지는 현상으로, 지구의 평균 기온이 점점 상승하는 것이죠. 온실가스의 증가로 인한 온실 효과가 가장 큰 원인이라는 게 지배적인 견해입니다. 지구에서 복사되는 열이 온실가스로 인해 다시 지구로 흡수되어 지구의 온도를 점점 상승시킵니다. 또한 지구온난화로 온도가 상승한 만큼 대기는 활발하게 움직여야 하니, 기후 변화 등의 규칙성이 무너져 강력한 태풍 등이 발생하게 됩니다."

성모가 말했다.

"지구의 위기, 아름다운 이 땅에 사는 모든 생명의 위기는 우리가 생각하는 것보다 너무나 가까이에 와 있습니다. 이 위기는 한두 사람의 힘만으로 해결할 문제가 아니기에 우리 모두가 방관자가 될 수밖에 없는 처지에 놓여 있습니다. 그렇지만 생명의 실상과 지구 환경을 인식하고 살아가는 것이 더 인간다울 수 있겠지요.

이제 제가 하고 싶은 이야기는 다 한 것 같고 마무리 측면에서 각자 한 말씀 해 주시면 더욱 의미가 있지 않을까 합니다."

잠시 후 성모는 끝맺음 말을 한다.

"사실 여태껏 생물에 대하여 이렇게 긴 시간 진지하게 얘기해 본 적이 없습니다. 담론 과정에서 미처 생각하지 못했던 새로운 것들을 알았고, 지구촌에 공존 공생하는 생명의 일원으로서 겸허하게 살아야겠다는 것을 다시 한번 느꼈습니다.

진화한 생물은 전 단계의 과정을 함축적으로 가지고 있습니다. 인간이 태어나고 살아가는 과정을 보면 진화의 축소판을 보는 것과 같습니다. 태아는 어머니의 자궁 속에 있는 동안은 물고기의 삶과 같습니다. 태아가 아기집인 양수에서 주유하는 것도 생물이 바다에서 사는 것과 흡사합니다. 아기가 태어나며 숨 쉬는 것도 원시 생물이 처음 뭍으로 올라온 것과 같습니다. 아기가 기어 다니다가 돌쯤 되어 서는 것은 2백만 년 전의 유인원이 처음으로 서는 것과 같습니다.

생물학을 공부하면서 '최초의 생명은 어떻게 태어났을까?' 그 궁금함과 신기함은 마치 미지의 세계를 탐험하는 것 같았습니다. 지구의 역사, 생명 진화의 시간을 거슬러 가면서 '생명은 신비롭다, 성스럽다'라고 소리 없이 외치며 그 메아리를 들었습니다.

땅속에 아주 작은 미생물은 식물이 자랄 수 있게 조건을 제공해 줍니다. 식물은 동물에게 영양의 원천이 되어 주며, 동물은 생을 마감하고 분해되는 과정에서 박테리아 등이 살아갈 수 있는 조건을 만들어 줍니다. 이는 다시 토양을 기름지게 하는 등 모두가, 서로가 없어서는 안 될 유기적 순환관계를 이루고 있습니다.

모든 생명은 시공간적인 존재로서 생을 마감할 때까지 여타 생명들과 불가분의 연결 고리 속에서 살아가고 있습니다. 이들은 미완의 존재이기에 다른 생명과 주고받는 상호보완적인 관계 속에서 밀접하고 다양한 나눔을 실천하고 있습니다. 이것이 생명의 아름다운 살림살이며, 여기에 생명의 존엄과 경외감이 있습니다."

모두 흐뭇한 표정을 지었다.

주서는 질문 형식으로 얘기하겠다며 말한다.

"지금까지 다섯 번의 대멸종이 있었고, 여섯 번째 대멸종이 다가오고 있다고 했습니다. 멸종은 나쁘고 슬픈 것만도 아니고 진화의 원동력이며 인류도 멸종이 있고 난 후 등장했습니다. 그렇다면 대멸종이 온다고 해서 우려할 필요가 있을까요? 극단적으로 말하면 대멸종 후 장구한 세월이 흐르면 더 좋은 세상이 될 수도 있잖아요."

"모든 생명이 순환하는 의미에서 그렇게 생각할 수도 있습니다. 그렇지만 지구의 절경이 아름답다고 해도 여타 생물들은 미를 모르지요. 인간만이 문학과 예술을 추구하고, 지구의 역사를 탐구하는 등 모든 생명을 아우르니 호모사피엔스의 세대가 지속될수록 좋지 않을까요?

또한 다섯 번의 대멸종이 지구환경의 급격한 변화에 기인했다면, 여섯 번째 대멸종은 인간의 잘못이라는 것을 주목해야 합니다. 만약에 인류세에 대멸종이 빨리 온다면 우리 후손들뿐만 아니라 모든 생명에게도 불행한 일이 되겠지요."

성모가 말했다.

"생물의 시대 참 재미있네요. 천체의 시대에서 우주는 빅뱅으로 시작하여 다시 빅뱅이 일어나기 전으로 회귀한다고 했듯이, 언젠가 우리의 지구와 모든 생명은 사라지고 우주의 어딘가에 새로운 지구가 생겨나 생명의 진화가 일어나는 광경을 상상해 보았습니다. 무엇보다 생명은 영과 기가 만나 살아간다는 말이 확 다가왔습니다. 식물에도 영기가 있다고 하니 삶이 더욱 소중하고 생명의 경외함을 느끼게 하네요."

선녀가 말했다.

"생명의 범주를 무형생명으로까지 확대해야 한다는 의견에 공감을 표합니다. 생명은 무형생명에서 비롯되었고 끊임없이 지수화풍의 도움을 받으며 살아갑니다. 또한 지구를 구성하는 기본 요소인 흙과 물과 공기가 인체를 구성하는 기본 요소와 흡사하다고 볼 수 있습니다. 이 거대한 지구의 생명 속에서 살아가는 인류가 행복해야 하는데 그러질 못한 경우가 다반사니 그것이 안타까울 뿐입니다."

미나가 말했다.

"생명 사상, 살림살이 등 이런 말들이 친근하게 다가오는데, 초등학교에서부터 아이들에게 단편적인 생물의 학습보다는 생명에 대한 폭넓은 개념의 교육이 필요하다는 생각이 드네. 우리가 생명을 바르게 알고 이해한다면 인간의 고귀함뿐만 아니라 여타 생명을 소중히 여기며 살아가지 않을까요? 생물학은 자연과학이고 인문학이며 철학입니다."

선생님이 말했다.

"이제 오늘 하루도 저물고 생각보다 시간이 많이 소요되었네. 두 분이 전 분야에 걸쳐 많은 것을 이야기하다 보니 그리된 것 같은데, 내일 계속할 것인가?"

선생님이 의견을 물었다.

"시간이 되더라도 내일은 안 되겠습니다. 한 사람이 한 시간이면 충분할 것으로 생각했는데, 서너 시간이 소요되었으니 말입니다. 오늘 이야기는 담론의 수준을 넘어 학술세미나 내지 학술포럼이었습니다. 준비할 시간도 필요하고요."

미나가 말했다.

"그럼 다음 장소도 여기에서……."

선생님이 말했다.

"제가 8월 하순에 지리산 쪽에 머무를 일이 있어서 그런데요. 지리산 노고단에서 만나시죠."

선녀가 말했다.

모두 그렇게 하기로 했다.

종교의 시대

더위가 한풀 꺾인 8월 하순의 어느 날 아침, 사람들은 약속한 지리산 노고단에 올라 눈길 머무는 풍광 속으로 들어가 산정무한에 잠겨 본다. 처서가 갓 지난 청명한 하늘은 무더운 여름의 흔적을 지우며 상큼한 가을을 안내한다. 노고단 산등성이에는 야생화가 흐드러지게 피어나고, 벌과 나비는 꽃 잔치에 취해있으며, 잠자리는 가을빛을 반기며 자유로이 날아다닌다.

모두 노고단 돌탑 옆에 둘러앉아 시끌벅적하게 한담을 나눈다. 잠시 분위기를 가라앉히고 선생님은 "종교의 시대에 무척 관심이 많다"며 시작하자고 한다.

미나는 숨을 고르고 서두를 시작한다.

"사람들은 가끔 모임에서 삼가야 할 이야기로 정치와 종교를 들지요. 여기에는 보편적인 기준이나 시각보다는 선입견이나 편견이 있어서 그런 것 같아요.

제 경험에 비추어 볼 때 종교를 가진 사람들과 대화를 나누어 보며, 의외로 많은 사람이 자신들과 다른 종교에 대해 이해가 깊지 않을뿐더러 관심이 없다는 것을 알게 되었습니다. 그리고 자기 종교만 아는 사람이 모든 종교를 다 아는 것처럼 말하는 경우도 심심찮게 보아 왔습니다.

이는 종교에 관하여 들을 수 있는 기회가 자신과 가까운 성직자에 한정되어 있다는 것이죠. 무엇보다 타 종교를 부정하거나 이해하지 않는 마음이 있어서 그럴 것입니다."

미나는 쑥스러운 듯 좌중을 둘러보며 말을 이어 간다.

"종교가 같으면 별문제가 없는데, 선생님을 제외하고 우리 네 사람은 친구지만 자기 색깔이 강하기에 불안한 마음도 좀 있고……. 그리고 제가 드리는 말씀에는 제 주관이 많이 첨가된 부분이 있으니 이해 부탁드릴게요.

신과 종교는 불가분의 관계지요. 신이 없으면 종교가 필요 없으니까요. 누가 신이 있느냐고 묻는다면, 신을 믿는 사람은 있다고 할 것이고 신을 믿지 않는 사람은 없다고 하겠지요. 신을 보거나 수학 공식에 대입하여 답을 낼 수 있는 것이 아니기에 신의 존재 여부는 믿음의 문제입니다.

신의 존재에 대한 태도는 크게 세 가지로 나누어 볼 수 있습니다. 그것은 신이 있다는 유신론, 신이 없다는 무신론, 신이 있는지 없는지 모른다는 불가지론입니다."

초등학교 때 종의 기원과 신의 기원에 대해 미나와 강하게 대립했던 성모가 끼어든다.

"많은 사람이 교회나 성당, 절에 다니는 것으로 봐서 신이 있지 않나?"

"고 박사, 많이 변했네."

"나만 변한 게 아니고 우리 모두, 특히 송 박사가 훨씬 더 변한 것 같은데."

미나가 웃으며 말을 이어 간다.

"부처님 오신 날이나 성탄절에 수많은 사람이 동참하고 즐깁니다. 여기에는 종교를 가진 사람도 있고, 신의 존재에 회의적인 사람도 있으며, 종교를 가지지 않은 사람도 있습니다. 보편적으로 삶에 어려움이 없는 사람은 신에 관심이 덜한 것 같습니다. 사람들은 어려움에 처하거나 생의 마지막이 다가옴을 느낄 때 신을 찾아 종교에 귀의하려고 하지요."

이어서 미나는 하나하나 이야기를 자문자답한다.
"종교란 무엇일까요?

종교는 신과 인간을 연결하는 것으로 신의 존재와 인간의 영혼 사이의 전례적이고 의식적인 행위입니다. 또한 초월적 절대자와 인간 사이의 일체적인 체계와 제도입니다. 이러한 체계와 제도에는 제사나 예배의식, 순종과 존경의 서약 등 의례나 행사가 포함됩니다. 종교는 다양한 의미를 가지며 사회적 집단이나 초능력적 원리들과의 관계를 함축하는 실천적 의례들과 믿음의 체계입니다.

종교는 어떻게 생겨났을까요?

먼 옛날 인간은 천재지변을 겪으며 자신의 무력함을 깨닫고 자연의 힘 뒤에는 어떤 초월적 존재가 있다고 믿었기에, 그런 초월적 존재와 좋은 관계를 유지하는 것이 삶의 안전에 필요하다고 생각했습니다. 그리하여 샤머니즘, 애니미즘 같은 원시적 종교가 생겨났습니다. 그 후 종교는 고대 국가의 형성과 더불어 정치와 결탁하고 대립하며 발전해 왔습니다. 그러면서 철학, 사상과의 결합을 통해 신학 체계를 갖춘 종교로 발전해 온 것입니다.

종교에는 어떤 종류가 있을까요?

종교에는 일신교, 다신교가 있습니다. 일신교는 신은 하나밖에 없다고 믿는 종교로 대표적인 것이 그리스도교와 이슬람교입니다.

이 형태에서는 주로 신이 절대적이고 전지전능하며 어디든지 존재한다고 믿습니다. 다신교는 신이 여럿이라고 믿는 종교로, 대표적인 것이 힌두교입니다.

일신교에 가까운 자연신교라고도 불리는 이신론(理神論)은 이성적인 관점에서 신을 이해하는 것으로, 신은 세계를 창조했지만 그 이후에는 세계의 질서에 간섭하지 않습니다. 세계는 이성적 질서에 따라 움직인다고 생각하는 것입니다."

"내 종교관이 자연신교인 이신론"이라며 주서가 중얼거린다.

"무신론도 하나의 종류라고 봐야 하지 않나요?"

성모가 물었다.

"엉뚱하고 짓궂은 면은 여전하네. 무신론이 신이 없다고 믿는 견해이니 종교에 포함시키기에는 곤란하다고 봐야죠. 무신론자들이 종교를 부정한다고 생각하지만 실제로는 그렇지 않을 수도 있습니다. 사람들이 절박한 상황에 직면했을 때 무의식적으로 어떤 생각이나 행위를 할까요?"

미나가 가볍게 물음을 던졌다.

"무신론이나 불가지론자인 사람들이 편안할 때는 잊고 있다가 불행하고 힘들 때 찾게 되는 것이 또한 종교이니, 그 사람들의 신관은 생을 마감할 때 봐야 하지 않을까."

선생님이 말했다.

"네, 그렇습니다. 사람들은 평안할 때는 누가 교회나 절에 가자고 하면 거들떠보지도 않다가 급박한 위험에 처하면 '아이고, 하느님 부처님!' 하는 소리가 입에서 저절로 나올 겁니다. 종교가 단순할 것 같은데 실은 너무나 다양하다는 생각이 듭니다. 세계의 종교는 종류도 그렇지만 종교마다 종파가 여럿이니 마치 생명의 진화를 보는 것 같습니다. 종교 간의 화합이나 통합, 종교 없는 삶도 한 번쯤 생각해야 하지 않을까 싶습니다."

미나가 말했다.

"시간이 흐르면 세월이 쌓이듯이 모든 것은 발자취를 남깁니다. 인류는 역사를 보고 현재를 살아가고 미래를 창조하는지도 모르지요. 종교를 제대로 알려면 종교의 역사를 살펴봐야 됩니다.

종교의 시작은 천지신명이 아닐까 합니다. 고대 원시인들은 수렵 채집을 하며 살았지요. 삶이 그러하니 아침에 일어나면 붉게 떠오르는 태양도 얼마나 신령스러웠겠습니까? 또한 하늘에 떠 있는 해와 달, 무수한 별뿐만 아니라 강이나 호수, 거대한 바위와 고목나무 등에는 온갖 신령이 있다고 그들은 믿을 수밖에 없었을 것입니다.

농경시대로 바뀌면서 한 곳에 공동으로 정착하여 풍요를 기원하고 액운을 없애 달라고 천지신명께 빌게 되면서, 정령에 대한 믿음이 생활의 일부로 자리 잡았을 것입니다. 대대로 이어지는 가족이나 이웃 사람들의 죽음을 보면서 망자의 넋이 있지 않을까, 넋이 있다면 그 넋은 사람에게 화복을 주지는 않을까, 더 나아가 죽음 다음의 세계는 무엇일까를 생각했겠지요.

생명의 진화 이론을 보면 생명은 세포에서 연충류, 어류, 양서류, 파충류로 진화를 했는데 파충류에서 두 갈래로 나뉘죠. 하나가 포유류이고 다른 하나가 조류입니다. 넓게 생각하여 천지신명에서 종교와 무속으로 발전했다고 볼 수 있습니다."

미나가 말했다.

"종교와 무속은 천지 차이인데 무속을 종교에 비교할 수 있나?"

성모가 물었다.

"비교하는 것이 아니라 종교의 기원을 설명하다 보니 무속을 언급한 것으로 이해해 줘. 종교는 전체신을 섬기고 무속은 죽은 사람의 넋이나 신령인 개체신을 의미하니 당연히 차원이 다르지요."

미나가 말했다.

"조류는 날개가 있어 하늘을 날고 지구 구석구석까지 식물의 씨를 옮겨 생명을 전파한 공로가 크지만, 인간과 다른 진화의 길을 간 동물입니다. 사람들은 가끔 새들을 동경하며 하늘을 날고 싶다고 하듯이 무속도 필요할 때는 찾는 것이니 인지상정 아닐까요? 그러니 무속인을 미워하거나 우습게 생각하지 않았으면 좋겠는데요."

선녀가 말했다.

"모든 것은 사실관계를 알아야 판단할 수 있듯이 종교도 역사를 알고 본질을 알아야 올바르게 이해할 수 있죠. 그런 의미에서 이제 종교의 역사 속으로 들어가 보겠다"며 미나가 말한다.

"인간이 태어난 장소가 있듯 모든 사건은 발생한 지역이 있습니다. 사람들은 그러한 것에 익숙하여 이를 구분하고 나누면서 세상을 살아가고 있습니다. 종교도 크게 구분한다면 동양과 서양으로 나눌 수 있지요.

현대 사회는 문명과 문화가 고도로 발달, 발전하여 전 세계가 하나의 지구촌이 되었습니다. 이제 종교는 지구촌 곳곳에 산재하고 퍼져 있어서 누구나 그들의 신을 접할 수 있습니다.

종교를 동서양의 큰 흐름으로 구분해 보자면 동양은 힌두교와 불교이며 서양은 유대교, 그리스도교, 이슬람교가 되겠지요.

세계 종교사 연표에는 기원전 2500~1800년에 인더스 문명이 있었으며, 기원전 2000~1500년에 아리안족이 인도로 이동했습니다. 유대교, 그리스도교, 이슬람교의 조상 아브라함이 기원전 2000년에 생존했으나 그때부터 종교가 있었다고 볼 수 없으며, 힌두교 경전인 『베다』가 기원전 1500년경에 등장했으니 힌두교가 최초의 종교가 됩니다. 힌두교부터 살펴보겠습니다."

"힌두교는 인도에서 발생한 종교로서 창시자가 없으며 세계에서 가장 오래된 종교입니다. 인도에는 세계 4대 문명의 하나인 인더스 문명이 태동했으며, 이 문명과 힌두교는 아주 밀접한 관련이 있습니다.

인더스 문명은 기원전 3000~2000년경 인도 서북쪽 인더스강 연안 계곡에서 일어났습니다. 여기에는 소규모 도시 국가가 상당수 흩어져 있었으며, 그 가운데 하라파와 모헨조다로가 가장 중요하다고 알려져 있습니다. 이 문명은 문자를 알았고 연장도 사용했으며 가축을 기르고 수로 관계 시설을 갖추었으며 탑을 만들고 목욕탕과 건물도 지었습니다."

"힌두라는 어감이 신비감을 주는데 특별한 뜻이 있나요?"

선녀가 물었다.

"힌두는 인도라고 보면 됩니다. 인더스강 지역을 옛날에 신두라고 하였는데 여기서 힌두가 파생되었다고 합니다. 큰 강을 뜻하는 신두는 오늘날 힌두로 읽히고요. 신비로운 느낌이 난다는 힌두교를 인도교로 부른다면 좀 그렇지요. 유대교가 주는 느낌이 유대인은 명석하지만 유대교라는 종교명은 민족주의가 묻어나는 것과 같이, 힌두교를 인도교라고 하면 종교적인 맛은 덜하잖아요."

미나가 말했다.

"힌두교와 인더스 문명이 밀접한 관계가 있다고 했는데, 당연히 서로 영향은 끼쳤겠지만 그 근거는?"

주서가 물었다.

"인더스 문명에서 출토된 유물 중에 종교성을 엿볼 수 있는 것으로 가슴과 엉덩이가 큰 여인상 조각이 많이 나옵니다. 이것은 농사의 풍성한 결실을 비는 것으로, 인더스 문명에서 풍요의 여신을 숭배했으리라는 것을 짐작할 수 있습니다."

미나가 말했다.

"그렇다면 힌두교는 인더스 문명이 일어난 시기부터 시작되었다고 봐야 하네."

주서가 말했다.

"그렇게 볼 수도 있는데 그때는 특정한 교리나 체계가 없었으니까. 힌두교는 기원전 2000~1500년에 아리아인이 북인도로 이주하면서 들어온 바라문교와 북인도의 토속 민간신앙이 결합하고, 다양한 신화가 가미되어 인더스 문명 속에서 자연 발생한 종교지요."

미나가 말했다.

"힌두교에는 베다를 중심으로 우파니샤드, 바가바드기타 등의 경전이 있습니다. 힌두교의 종교 문헌은 '들은 것'이라는 뜻의 슈루티와 '기억된 것'이라는 뜻의 스므리티로 양분됩니다.

베다에는 찬송, 제문, 예식, 주술을 담은 네 가지가 있는데 그중에서 리그베다가 가장 오래되고 중요한 것입니다. 리그베다는 1,000여 개의 송가나 시편으로 이루어져 있습니다. 여기에 나타난 종교 사상은 자연숭배라 할 수 있으며, 이는 고대인 나름대로 어떤 성스러운 힘이 있다고 느낀 대상물이라는 뜻입니다. 또한 여기에 나오는 찬송과 기도의 내용은 건강, 장수, 부귀, 풍작, 전쟁 승리 등의 소원 성취를 희구하는 현실적인 것입니다.

리그베다에는 여러 신을 숭배하면서 그 신들 중 어느 한 신을 주신으로 받들어 모시는데, 이를 단일신론이라 합니다. 다신론이 여러 신을 두루 섬기는 데 비해, 단일신론은 그중 어느 한 신을 선택하여 특별히 경배하는 점을 부각합니다."

"리그베다만 놓고 보면 소박한 서민적인 종교 느낌이 나는데."

성모가 말했다.

"우리 조상들이 정초나 절실한 소원이 있을 때 장독대에 정화수를 떠 놓고 비는 모습이 연상되네. 천지신명께 비는 구복신앙 같구먼."

선생님이 말했다.

"단일신론이 신선하게 다가오는데. 힌두교는 다신교지만 교인들 입장에서는 유일신을 믿는 게 아닐까?"

주서가 물었다.

"단일신론과 유일신론의 차이는 다른 신의 인정과 부정에 있습니다. 유일신론이 다른 신의 존재를 부정하고 오로지 한 신을 경배하는 데 비해, 단일신론은 다른 신의 존재를 부정하지 않는 채 한 신을 경배하는 점이 다릅니다.

어느 책에서 본 얘긴데요. 인도에서 우리나라에 교환 교수로 온 힌두교인에게 힌두교에 왜 신이 많으냐고 물었는데 대답은 이러했습니다.

'우리의 힌두신은 상징일 뿐이에요. 그 숫자가 많아 다신교로 보일지 모르지만 그 성격은 애니미즘이 기본 바탕이고 거의 모든 신은 브라흐마, 비슈누, 시바, 이 삼신에서 나왔지요. 삼신의 최종 배후에는 우주 최고의 신 브라흐마가 있지요.'

다른 사람들의 마음을 알 수는 없겠지만 힌두교를 믿는 사람들은 평등하고 독선적이지 않고 더 나아가 종교 선택의 자유가 있다고 볼 수 있습니다. 모든 사람이 다른 신을 부정하지 않는 단일신론을 견지한다면 종교 간의 평화가 오겠지요. 그런데 우주의 전체 신은 하나입니다. 각자가 믿는 유일신이 그 하나인 전체신을 가리킨다면 인간은 어리석은 존재가 되겠지요."

미나가 웃으며 말했다.

"인도인에게 베다만큼 중요한 것이 우파니샤드입니다. 우파니샤드는 학생이 스승 가까이에 앉아 우주와 인생의 깊은 뜻을 찾아 서로 대화한 기록입니다. 우파니샤드는 우주의 궁극적 실제인 브라만과 인간이 합일되는 과정을 묘사하며 종말론과 윤회 사상의 교리가 나타나 있습니다. 여기에는 깨달음이 무엇보다 중요한 것으로 강조됩니다.

바가바드기타는 힌두교의 경전이나 문학 중에 가장 대중화된 것으로 종교 생활에서 믿음과 사랑이 가장 중요하다는 것을 강조합니다. 그 내용은 같은 씨족들 사이에서 생긴 싸움으로 적을 앞에 두고 고민하고 설득하는 이야기입니다. 서로 대화를 나누면서 인생과 우주에 관한 모든 문제를 다루는 것으로 나아갑니다."

"문득 이런 생각이 듭니다. 우파니샤드는 아리스토텔레스가 학도들과 산책을 하면서 대화하는 소요학파 같고, 바가바드기타는 우주와 인생을 소재로 한 문학 작품을 보는 느낌입니다. 고대 인도인들은 낭만적이고 행복했을 것 같네요."

성모가 말했다.

"옛날 인도인들은 어떤 사람일지, 신비로운 느낌을 받았는데요. 독일 철학자로서 힌두교와 불교 사상을 서양에 최초로 소개한 쇼펜하우어가 극찬한 말을 인용하는 것으로 대신할게요.

'우파니샤드를 공부하는 것보다 더 아름답고 우리를 고양해 주는 공부는 온 세상 어디에도 없다.'"

미나가 말했다.

인도 종교사 문헌 중에 마누법도론이 있습니다. 이 문헌은 힌두교의 실제 종교 생활에 가장 큰 영향을 주었는데 중요한 것으로 사성제도, 삶의 네 단계, 삶의 네 가지 목적이 있습니다.

사성제도는 인도 힌두교의 4성 계급을 말하는데 카스트제도라고도 합니다. 첫째는 제사장 계급에 속하는 브라만, 둘째는 무사

계급에 속하는 크샤트리아, 셋째는 상인 계급에 속하는 바이샤, 넷째는 농어민 노동자 계급에 속하는 수드라입니다. 그 밑으로 인간 이하의 취급을 받는 불가촉천민이 있습니다. 모든 사람은 태어난 계급에 맞는 역할과 의무를 충실히 이행하고 거기에 따르는 법을 잘 지키는 것이 종교 생활에서 중요하다고 강조합니다.

삶의 네 단계는 힌두 사회에서 한 개인의 삶을 단계적으로 성취할 수 있도록 가르치는 것입니다. 학생 단계는 집을 떠나 스승과 함께 살면서 경전을 읽고 배웁니다. 가정 거주자 단계는 결혼하고 자식을 기르는 등 사회에서 주어진 임무를 수행합니다. 숲속 거주자 단계는 사회에서 할 일이 끝나면 숲으로 들어가 명상을 하고 신에게 제사를 지내며 삽니다. 수행자 단계는 속세를 떠나 걸식하며 고행과 명상에 전념합니다."

"인도의 카스트제도는 참 이해하기 어려운 면이 있습니다. 이 제도가 법적으로 폐지되었을 텐데, 힌두인의 뇌 속에는 아직 남아 있으니 어떻게 이런 제도가 생겨났나요?"

주서가 물었다.

"사성제도는 역사적으로는 아리안족이 인도를 침략하여 정착 단계에서 원주민을 굴복시키려 출신에 차등을 둔 것에서 비롯되었다고 합니다. 이 제도가 몇천 년간 이어오면서 인도인의 지배적인 사회규범이 되었습니다. 그 영향으로 자신의 힘으로는 어쩔 수 없다는 숙명론을 낳았습니다. 한편으로 인도의 하류층은 다음 생에 더 나은 계급으로 태어날 거라는 희망을 갖고 고달픈 삶을 위로받으며 종교에 몰입했는지도 모릅니다."

미나가 말했다.

"전반적으로 볼 때 힌두교에는 우리가 모르는 특별한 무엇인가가 있는 것 같네. 힌두인의 마음속에는 현실적으로 다소의 불이익이 있더라도 계급을 그리 탓하지 않는, 사람을 존중하고 이해하는 심성이 저변에 깔려 있지 않을까? 힌두 사회의 네 단계 삶을 보면 종교 수행자가 살아가는 것 같고. 그러니 4,000년의 오랜 세월 동안 변함없이 힌두교가 이어지고 있는 것 같아."

선생님이 말했다.

"힌두교는 해탈을 얻는 것이 궁극 목표이며 윤회를 믿습니다. 삶이 한 생으로 끝나는 것이 아니라 죽으면 다시 태어나는 것입니다. 죽어서 무엇으로 태어나느냐를 결정해 주는 것이 카르마입니다. 선업을 쌓으면 좋게 태어나고 악업을 쌓으면 나쁘게 태어납니다. 끝없이 이어지는 윤회의 삶은 비극입니다. 윤회의 굴레에서 벗어나는 것이 해탈이며 종교의 궁극 목표입니다."

미나가 말했다.

"힌두교의 궁극 목표가 불교와 유사합니다. 윤회, 업, 해탈이라는 말을 들으니 불교인지 힌두교인지 구별이 안 가는데, 그 차이가 무엇이냐?"

성모가 물었다.

"흔히 힌두불교라는 말이 있지요. 힌두교와 불교의 차이는 불교를 살펴보고 논의합시다."

미나가 말했다.

"불교는 인도에서 발생하여 아시아 여러 나라의 중심에 있는 종교입니다. 서양의 종교가 그리스도교라면 동양의 종교는 불교입니다. 불교는 인도에서 사라지기 전에 주변 국가로 퍼져 나갔습니다. 그 한 줄기가 소승불교로 스리랑카, 미얀마, 캄보디아 등 동남아시아로 퍼지고, 다른 한 줄기는 대승불교로 중국, 티베트, 우리나라, 일본 등 동북아시아로 전파되었습니다.

어느 종교든 그 종교를 알려면 창시자의 가르침이 중요하듯 붓다의 삶이나 가르침을 알아야겠지요. 붓다의 신비로운 출생은 이러합니다.

기원전 6세기경 붓다는 히말라야산맥 밑자락에 있던 샤카족에 속하는 카필라성의 왕자로 태어났습니다. 왕과 왕비는 결혼하여 20여 년이 지나도록 아이가 없었습니다. 그러다가 마야부인이 꿈을 꾸었는데, 하늘에서 큰 코끼리가 코에 연꽃을 가지고 나타나 부인 주위를 일곱 바퀴 돌고 부인의 오른쪽 옆구리로 들어갔습니다. 그러고 나서 마야부인은 임신을 하게 되고, 출산일이 다가오자 친정집으로 가고 있었습니다.

마야부인이 룸비니 동산에 이르러 무우수나무 가지를 잡으려고 오른손을 드는 순간 아기를 낳게 되었습니다. 아기는 마야부인의 왼쪽 옆구리를 통해 태어나자마자 동쪽을 향해 일곱 발자국을 걸어가, 모든 중생을 위해 성불하려고 이번을 마지막으로 이 세상에 태어나는 것이라고 선언했습니다. 이 선언이 '하늘 위와 땅 아래에 나만이 존귀하다'는 천상천하유아독존(天上天下唯我獨尊)입니다."

"다른 건 몰라도 아기가 옆구리로 나왔다든가 태어나서 바로 말을 하였다는 것을 믿어야 하나요?"

성모가 물었다.

"이런 설화는 붓다의 위대성을 보통 말로는 표현할 수 없기에 신화적인 이야기를 통해 표현했다고 봄이 맞겠지요. 이상스럽게 출생해서 위대한 것이 아니라 붓다가 위대하므로 신화적인 이야기가 만들어졌겠지요."

미나가 말했다.

미나는 붓다의 출가와 고행, 깨달음의 이야기를 한다.

"붓다는 화려한 궁전에서 생활했지만 그곳에서 궁극적인 만족을 얻지 못하고 인생에 대해 깊이 생각하는 일이 많았습니다. 어느 날 궁궐 밖 세상을 보게 되었는데 남루한 행색의 꼬부랑 늙은이를 보고 큰 충격을 받았습니다. 그 후로 궁궐을 세 번 더 나갔으며 병든 사람, 시체, 탁발승을 보게 되었습니다. 나갈 때마다 놀라움과 큰 충격을 받고 궁궐로 돌아왔습니다.

붓다는 이러한 인생의 실상을 체험하고 허무와 번뇌로 나날을 보내다가 인생 문제의 답을 찾기 위해 출가를 결심합니다. 이렇게 시작된 구도의 삶은 6년 동안 계속되었습니다. 처음에는 스승의 가르침을 받고 수행을 다 하였지만, 자신이 원하는 참된 경지에 이룰 수 없음을 알고 미련 없이 스승을 떠났습니다. 다음으로 찾아간 스승에게서도 역시 만족스러운 가르침을 얻지 못하였습니다.

그리하여 붓다는 우루벨라로 옮겨 네란자라 강변에 자리를 잡고 고행을 시작했습니다. 깨달음을 얻기 위한 고행으로 몰골이 수척

해져 도저히 육체적으로 감당할 수 없었습니다. 어릴 때 건강한 몸으로 황홀한 의식 상태를 체험했던 일을 회상하고서 극도의 고행을 중단하고 중도를 택하기로 결심했습니다.

다시 붓다는 숲속의 보리수나무 아래로 자리를 옮겼습니다. 그 아래서 동쪽을 향해 앉아 성불하기 전에는 자리에서 일어나지 않겠다고 결심했습니다. 이때 죽음의 신 마라가 붓다에게 접근하여 구도의 길을 포기하도록 유혹을 했습니다. 마군이 지나가고 보름달이 밝은 밤, 붓다는 보리수나무 아래에 홀로 남아 고요한 수면과 같은 마음으로 깊은 선정에 들었습니다.

강 저 너머로 먼동이 트면서 붓다에게 이제 무지는 사라지고 앎이 떠오르고 어둠은 사라지고 빛이 떠올랐습니다. 그리하여 6~7년의 고행 끝에 35세의 나이로 최고의 진리를 터득하는 완전한 깨달음에 이르렀습니다.”

“붓다가 고행 끝에 확연한 깨침에 이르렀더라도 그것이 어떻게 종교로 연결되었을까?”

선녀가 물었다.

“붓다는 진리를 깨치고 나서 상당한 시간 동안 보리수 아래에 그대로 앉아 있었습니다. 그리고 자기의 깨달음을 다른 사람들에게 가르칠지 말지 망설이게 되었습니다. 망설인 까닭은 그 깨달은 진리가 너무나 심오해서 사람들에게 가르쳐 보아도 깨닫지 못할 것 같기도 하고, 사람들이 먹고살기에 바빠 이런 진리에 관심조차 없을 것 같아서였습니다. 그러나 붓다는 사람들을 돕겠다던 옛날 자신의 서원을 생각하며 가르치기로 결심했습니다. 그 가르침을 시작으로 깨달음의 진리가 전파되어 불교가 탄생한 것입니다."

미나가 말했다.

"종교에는 사상이랄까 교의가 있는데 불교의 핵심 가르침은 사성제와 팔정도입니다.

사성제는 붓다가 깨달음을 얻은 지 얼마 안 되어 인도 바라나시 근처 녹야원에서 행한 최초의 설법으로, 그 내용은 고집멸도(苦集滅道)입니다. 단순하게 설명하면 고는 생로병사의 괴로움이며, 집은 그 고통의 원인이 되는 집착이며, 멸은 고통의 원인인 탐내고 성내며 어리석은 탐진치(貪瞋痴)를 소멸해 번뇌가 사라지게 하는 것이며, 도는 이 괴로움을 없애는 바른 수행 방법인 팔정도를 행하는 것입니다.

팔정도는 정견(正見), 정사(正思), 정어(正語), 정업(正業), 정명(正命), 정근(正勤), 정념(正念), 정정(正定)으로 이를 수행하면 해탈로 갈 수 있겠지요."

"누구에게나 탐진치가 있으며 사람마다 차이는 그것의 많고 적음인데 부처님이 중생들에게 큰 숙제를 주셨네. 불교인이 아니더라도 팔정도를 염두에 두고 살아간다면 삶이 훨씬 좋아지겠지요."

성모가 말했다.

"팔정도를 셋으로 나누어서 계정혜(戒定慧)라 하여 삼학(三學)이라 부릅니다. 계는 행동해야 하는 것과 하지 말아야 하는 것들에 대한 경계의 말씀이고, 정은 마음의 진리를 합하여 정신통일을 하게 하는 참선이며, 혜는 불교 경전을 배우는 것입니다. 이것들은 궁극적으로 자유를 누릴 수 있게 하는 배움입니다."

미나가 말했다.

"힌두교와 불교의 차이점을 설명하고 갑시다."

성모가 말했다.

"두 종교의 가장 큰 차이점은 윤회 사상이라고 볼 수 있습니다. 힌두교에서는 개인에 내재하는 원리인 아트만을 상정하고, 우주의 궁극적 근원으로 브라만을 설정하여 이 두 원리는 범아일여(梵我一如)라는 동일한 것이라고 파악합니다. 윤회의 주체는 브라만에서 파생된 아트만이 '나'이므로 '나'가 윤회한다는 것입니다. 지금의 나는 과거에도 똑같이 있었고 미래에도 똑같이 있을 것입니다.

이에 비해 불교에서는 모든 생명은 윤회하는데, 힌두교적인 윤회는 없다는 것입니다. 붓다는 출가 후 수행하며 물론 힌두교의 경전을 보았을 것입니다. 그는 수행 과정에서 생명이 존재하는 다양한 차원의 세상을 보고, 생명들이 펼쳐내는 다양한 시간들을 보며 드러난 존재의 실상을 깨닫게 됩니다. 그래서 힌두교적인 윤회를 부정하고 지금의 '나'라는 것은 끊임없이 조건 따라 바뀌는 실체 없는 인연다발일 뿐 진정한 '나'가 아니라고 합니다. 무아연기는 나도, 남도, 세상도 모두 인과 연이 조건 결합으로 이루어진 것입니다."

미나가 말했다.

"그렇다면 불교에서 말하는 윤회를 잘못 알고 있었던 것이네."

주서가 말했다.

"보통 사람들은 힌두교적인 윤회를 믿고 있으며 그러한 세상을 바라고 있는지도 모르지요. 불교보다 힌두교적인 사고방식이 배어 있는 스님도 있기는 합니다만."

선녀가 말했다.

이어서 미나는 대승불교와 소승불교를 설명한다.

"불교에는 대승불교와 소승불교가 있습니다. 대승은 중국·티베트·한국·일본·베트남 등의 불교이고, 소승은 태국·라오스·미얀마·스리랑카 등에서 신봉하는 불교로, 남방불교라고도 합니다.

대승불교는 자신보다 남을 위하는 이타적인 보살 사상이 그 바탕에 크게 작용합니다. 원래 승려만의 종교였던 불교를 널리 민중에게까지 보급하기 위하여 수행자와 출가자를 구별하지 않고 누구나 실천할 수 있는 일반화된 서민 불교로 볼 수 있지요. 일체중생이 부처가 될 수 있다는 가능성을 인정함으로써 모든 중생을 보살로 보고, 자기만의 해탈보다는 남을 보살피는 보살의 역할을 그 이상 이념으로 삼고 광범위한 종교 활동을 전개해 나갔습니다.

소승불교는 수행자 자신의 모습을 살펴 각자의 정신세계에 몰입하고, 사회와는 분리된 엄격한 수행을 통해 얻을 수 있는 개인 해탈을 강조합니다. 불교의 궁극적인 목적을 열반에 두면서 세속을 벗어나 열반의 경지에 이른 아라한을 이상적인 인간상으로 보았지요. 또한 소승불교는 초기 불교의 성격을 그대로 이어 오며 부처님이 깨달음을 얻는 수행법인 위파사나 수행이 내려오고 있습니다."

"종교도 시대의 흐름에 따라 변하겠지만 구도자의 입장에서는 소승불교가 맞는 것 같고 중생들은 대승불교를 선호하겠지."

선생님이 말했다.

"그렇습니다. 어떤 면에서 사람은 홀로 살 수 없기에 소승불교만으로 세상이 존재할 수 없으며, 어찌 보면 대승불교는 불자들의 현실적인 바람이 커서 기복신앙으로 흐르는 경향이 있습니다."

미나가 말했다.

"앞에서 불교가 인도에서 사라졌다고 했는데 아직 남아 있지 않나요?"

주서가 물었다.

"권력과 관계없는 산간 지역 같은 곳에는 있겠지만, 인도의 전통 불교는 1203년을 기점으로 쇠퇴하여 맥이 끊겼습니다. 800년 전에 없어진 불교이니 불교유적으로 흔적만 남아 있겠지요. 다만 암베드카르가 이끈 카스트 등을 없애고 개혁적 종교로 발돋움한 인도의 현대 불교는 우리나라 원불교와 같은 성격입니다. 종교 평가는 부적절하기에 이들 종교를 좋고 나쁘다고 할 수는 없습니다.

그리고 원불교는 굉장히 세련된 종교라는 느낌을 줍니다. 원불교는 소태산 박중빈이 불교를 바탕으로 하여 세운 종교로, 우주의 근본 원리인 일원상의 진리를 신앙의 대상과 수행의 표본으로 삼고 있습니다. 이 종교는 신앙과 도덕의 훈련을 통하여 낙원의 세계를 실현합니다. 또한 정당한 직업에 종사하여 전교한다는 생활 불교를 내세우며 이제까지의 불교와는 다르게 시주, 동냥, 불상 등을 없앴습니다."

미나가 말했다.

"그럼 인도에서 불교는 왜 사라진 건가요?"

주서가 다시 물었다.

"우리나라 불교가 조선시대의 탄압에도 불구하고 그 맥을 이어 왔듯이, 종교는 정치나 무력으로는 결코 사라지지 않습니다. 일반적으로 인도에서 불교가 이슬람의 침략으로 쇠락했다고 보는 경향이 있는데 반드시 그렇지는 않습니다.

힌두교는 농경을 바탕으로 한 보수적 사고의 종교이고, 불교는 해상 무역의 상업을 기반으로 하는 자유, 개방, 합리적 사고의 종교입니다. 그런데 이슬람 제국의 팽창으로 무역길이 차단되자 인도의 상업자본이 몰락하게 됩니다. 그로 인해 불교는 경제적으로 위축을 받게 되죠. 이에 비해 힌두교는 농경 문화와 기복적인 신앙이어서 경제적으로 거의 타격이 없었습니다.

종교는 누군가의 경제적 지원과 수행자의 정신적 에너지가 교환되어야 존속할 수 있습니다. 상업 자본 몰락으로 불교는 힌두교를 추종하게 되고 불교의 본질을 잃어버리며 이탈이 가속화됩니다. 이슬람이 침략했을 때는 이미 불교는 근본을 잃고 반은 힌두화가 된 상태여서 몰락하며 사라졌습니다."

미나가 말했다.

"종교의 공생과 진화와 멸종을 보는 것 같네. 멸종이 있어야 새로운 생명이 탄생하듯 인도에서 불교가 사라져도 불교는 아시아 전 지역으로 퍼져 꽃피우고 있으니 말입니다."

성모가 말했다.

"종교는 물질과 정신에너지의 교환이네. 왜 교회에서 기를 쓰고 전도 활동을 하는지 이해가 가네요."

주서가 말했다.

"기독교에도 종파가 있듯이 불교에도 삼론종, 천태종, 조계종 등 종파가 다양한데 이들 종파를 어떻게 받아들이고 이해해야 돼?"
선녀가 물었다.

"불교의 종파를 학문적으로 나눈다면 크게 교종과 선종으로 구분할 수 있습니다. 교종(教宗)은 붓다의 가르침이 적힌 경전을 공부하여 깨달음에 이르려는 것이고, 선종(禪宗)은 붓다가 수행했던 것처럼 마음을 고요히 하여 깨달음에 이르려는 종파입니다.

이 둘의 깨달음에 이르는 방법이 서로 반대되는 것 같지만 배척이 아니라 보완관계에 있습니다. 교종에서의 깨달음에 이르기 위한 도구는 경전이고, 선종에서의 깨달음에 이르기 위한 도구는 참선입니다. 어느 하나만으로는 불완전하다고 볼 수 있지요.

종파는 한 종교에서 교리나 의식의 차이로 나누어졌기에 추구하는 중심 사상이 무엇이냐 하는 정도이므로 크게 구분하거나 따질 필요는 없을 것 같습니다. 우리가 익히 들어 본 이름으로 삼론종, 유식종, 천태종, 화엄종, 정토종, 조계종, 태고종 등이 있습니다. 화엄종 하면 신라의 원효대사와 의상대사가 떠오르지요. 정토종은 아미타경을 믿음의 근거로 삼는 종파로 극락왕생, 염불, 관세음보살 등이 여기에서 나왔습니다. 불교의 종파는 분리하지 말고 통합적으로 보는 것이 현명하지 않나 싶습니다."
미나가 말했다.

"동양의 대표적인 종교인 힌두교와 불교를 둘러보았으니, 다음으로 서양의 유대교를 살펴보겠다"며 미나가 말한다.

 "유대교는 히브리인들만의 종교가 아닐까 하는 생각이 들겠는데요. 선민사상, 시오니즘, 메시아 등 교과서에서 접한 단편적인 지식들이 남아 있어서 그럴 것입니다. 종교적으로 서양 정신사를 이끌어 온 그리스도교의 뿌리는 유대교입니다. 유대교는 그리스도교뿐만 아니라 이슬람교의 근원이 되므로 이들 종교를 이해하는 데 도움이 됩니다.

 유대민족은 3,500여 년의 다사다난했던 긴 역사를 겪어 왔습니다. 그들이 겪어 온 고난의 세월만큼이나 유대교의 역사도 길고 방대합니다. 아브라함의 자손으로 하느님께 선택된 유대민족은 바빌론 포로 이후 모세의 율법을 근간으로 유대교를 형성하였습니다. 유대교는 천지를 창조한 전지전능한 야훼 하느님을 믿으며 유대인에게 성경은 구약인 모세 5경입니다."

 "모든 것에는 시발점이 있는데 유대교의 시작은 어딘가요?"

 주서가 물었다.

 "그 시발점은 출애굽입니다. 출애굽은 이집트에서 노예로 살던 유대인들이 애굽에서 나와 자유로운 민족으로 해방된 사건입니다. 히브리 성경의 출애굽기에는 야훼 하느님이 모세에게 애굽에서 고통당하는 히브리 백성을 구출하여 젖과 꿀이 흐르는 가나안 땅으로 인도할 것을 명하는 계시 장면이 나옵니다. 모세 5경은 창세기, 출애굽기, 민수기, 레위기, 신명기로 야훼가 시내산에서 모세를 통해 선택한 백성을 위해 준 언약의 말씀입니다.

구약성경은 모세 5경을 비롯하여 역사서, 지혜서, 예언서로 구성되어 있으며 여러 권의 책으로 유대민족의 역사를 기록한 것입니다. 자기 백성에게 개입한 하느님의 구원 업적이 역사서의 형태로, 예언자의 말씀으로, 교훈적 가르침으로 기록되어 있습니다."

미나가 말했다.

"모세 5경이 기독교 성경의 구약을 말하는 것이냐? 종교에 관심을 두지 않는 사람들은 유대교, 기독교, 이슬람교를 별개의 종교로 아는 것 같은데 그 뿌리가 하나라면서."

선녀가 물었다.

"그리스도교에서는 그들의 새로운 복음을 신약이라 하고 유대교의 성경을 구약이라 부릅니다. 유대교는 히브리 원문이 남아 있지 않으면 경전으로 인정하지 않았기에 그리스도교의 구약성경보다 권수가 적습니다.

유대교, 그리스도교, 이슬람교의 뿌리는 구약성경이죠. 오늘날 유대교는 구약만을 경전으로 인정하고, 그리스도교는 구약과 예수 이후의 복음서인 신약을 함께 성경으로 믿습니다. 그리고 이슬람교는 여기에 마지막 예언자 무함마드가 쓴 『코란』이 보태집니다. 코란의 내용을 보면 율법은 모세가, 복음은 예수가 선포했지만 진정한 예언자는 무함마드이고 그의 계시가 최종적인 것입니다."

미나가 말했다.

"세 종교의 뿌리가 같으면 사이도 좋아야 하는데 그렇지 않으니 참 아이러니하네."

성모가 말했다.

"세 종교는 무엇보다 관점이나 견해에 차이가 있어 그렇다고 봐야죠. 예수에 대한 관점에 있어서 그리스도교는 예수를 삼위일체설에 입각해 하느님의 아들이자 신이라고 믿는데, 유대교와 이슬람교는 예수를 단지 하느님이 보낸 선지자(예언자) 가운데 한 명으로 간주합니다.

구원에 대한 견해로 그리스도교는 십자가의 피로 속죄하신 예수를 믿음으로서 구원될 수 있다고 가르칩니다. 반면 유대교와 이슬람교는 하느님이 준 율법을 지키고 선행을 하면 구원을 받아 천국에 갈 수 있다고 합니다.

메시아에 대한 견해로 유대교에서는 여전히 메시아를 기다리고 있습니다. 그리스도교에서는 예수를 메시아로 인정하고 언젠가 때가 되면 예수는 재림 구주로 이 땅에 다시 오신다고 합니다. 이슬람교에는 구세주란 중재자가 없습니다. 누구나 알라를 믿고 선행을 쌓으며 진실로 자신의 죄를 회개하면 천국에 갈 수 있다고 가르칩니다.

원죄 사상의 차이는 그리스도교에서는 아담과 하와가 선악과를 따 먹은 것을 원죄라 하고 이 죄가 자손 대대로 전해 내려온다는 것입니다. 반면 유대교에는 아담과 하와의 불순종 죄는 인정하지만, 이 죄가 후손 대대로 이어진다고 보지 않습니다. 그리고 이슬람교는 원죄 자체를 인정하지 않습니다.

하나 덧붙인다면 세상에는 오해와 불편한 진실이 있듯이 유대교와 그리스도교에도 그런 것이 있지 않나 싶습니다. 그리스도교의 뿌리는 유대교이고 예수도 유대인이었습니다. 역사 속에서 그리스도인은 유대인을 핍박했습니다. 그리스도인들은 유대인이 예수를 십자가에 못 박았다고 하겠지만 사실 그것은 로마인에 의해서였지 유대인이 한 것은 아니었습니다."

그리고 미나는 유대교에 대해 맺음말을 한다.

"유대교인들은 유대교의 야훼 하느님이 전지전능한 분이므로 예수와 같은 아들이 필요하지 않다고 생각할지도 모릅니다. 그래서 참메시아를 기다리고 있습니다. 그들은 메시아가 와서 고통이 없고 죽음도 병도 없는 낙원을 이루어 줄 것을 굳게 믿습니다. 그날이 언제인지는 모르겠으나 꿈이 이루어지는 세상을 바라며 안식일에 회당을 찾아 예배를 하겠지요."

"세계에서 신도 수가 가장 많은 종교인 그리스도교 속으로 들어가 보겠다"며 미나가 말한다.

"그리스도교는 예수의 삶과 가르침, 죽음과 부활에 기초한 종교입니다. 창시자 예수의 출생 연대를 정확히 알 수는 없지만 마태복음과 누가복음에서만 예수 출생의 이야기가 나옵니다. 두 복음서에는 예수의 어머니 마리아가 미혼 상태에서 성령으로 임신을 했으며, 예수는 베들레헴에서 태어났다고 전합니다. 그리고 마리아의 남편은 목수 요셉이었습니다.

마태복음에서는 아기가 태어났을 때 동방에서 별을 보고 동방박사들이 선물로 황금과 유향, 몰약을 가지고 아기를 경배하러 왔다고 합니다. 누가복음은 이와 이야기가 다릅니다. 아기가 태어나던 밤에 들에서 양을 치던 목자들이 천사의 기별을 받고 찾아와 구유에 누인 아기를 경배했습니다.

예수는 갈릴리에서 자랐으나 성장기에 대해서는 누가복음에 언급된 것 외에는 없습니다. 예수가 12세에 부모와 함께 예루살렘 성전으로 유월절을 지키러 갔다가 부모가 집으로 가는 것도 모르고 성전에 남아서 종교 지도자들과 토의를 했는데, 모두 그의 슬기와 대답에 경탄했다는 것입니다. 마리아가 어떻게 된 것이냐고 물어보았는데, 예수는 '어찌하여 나를 찾으셨습니까? 내가 내 아버지의 집에 있어야 할 줄을 알지 못하였습니까?'라고 했다고 합니다."

"예수의 출생과 성장도 객관적이고 논리적으로 보면 허점이 많은 느낌인데."

성모가 말했다.

"종교는 하나하나 따져 보면 답변이 궁하지요. 그렇지만 예수의 위대함에 비추어 방편으로 보면 좋겠고, 한편으로 성스러움을 돋보이도록 미화된 부분이 있다고 이해합시다."

미나가 말했다.

"예루살렘 성전이 예수 이후에 있던 것으로 생각했는데 그전에 이미 존재했겠네."

선녀가 물었다.

"불교가 힌두교의 배경에서 생겨났듯이 예수 성장기에 유대교가 있었습니다. 예루살렘 성전은 유대교, 그리스도교, 이슬람교를 거쳐 오면서 이들 종교들의 중요한 성지가 되었습니다. 여기에는 많은 유적지가 있고 수천 년의 역사와 문화가 있습니다. 아이러니한 것은 예루살렘이 평화의 도시란 뜻인데 세계에서 가장 평화롭지 못한 곳이기도 합니다. 항상 분쟁과 다툼이 떠나질 않습니다."

미나가 말했다.

"복음서에 의하면 예수는 30세가 되어 침례 요한에게서 침례를 받았습니다. 물에 잠겼다가 올라오던 예수는 하늘이 갈라지고 성령이 비둘기처럼 내려오는 것을 보게 되고, 하늘에서 '이는 내 사랑하는 아들이다. 내가 그를 좋아한다'는 소리를 들었습니다. 침례를 받은 후 예수는 곧바로 성령의 인도함을 받아 광야로 나가 40일간 금식 기도로 시간을 보냈습니다. 그리고 사탄의 세 가지 시험을 받았지만 유혹을 모두 물리쳤습니다.

예수의 삶에서 이 두 가지 사건은 궁극적 실제와의 새로운 관계를 통한 의식의 변화를 가져다준 체험이 됩니다. 이 체험은 비범한 인식 능력의 활성화를 통해 일반적인 세계관이나 가치관이 완전히 비보통적으로 바뀌게 하는 것이었습니다."

"예수의 체험도 어느 종교에나 다 있는 것 아니냐?"

주서가 물었다.

"붓다나 무함마드, 동학의 최제우도 이와 유사한 체험을 했습니다. 종교의 창시자는 이런 체험을 통해 새로운 의식과 확신으로 거듭나게 되고, 이를 행동으로 옮겨 사람들을 가르치며 전파했습니다. 종교는 체험이나 계시에 대해 사람들이 어떻게 받아들이느냐에 따라 파급력이 있겠지요. 종교의 중심에는 믿음이 자리한다고 볼 수 있습니다."

미나가 말했다.

그리고 미나는 예수의 가르침과 활동 이야기를 이어 간다.

"예수는 침례와 시험을 받은 후 갈릴리로 돌아가 '회개하여라. 하늘나라가 가까이 왔다'는 복음을 외쳤습니다. 예수는 천국 복음을 가르치며 3여 년을 보내면서 열두 제자를 모았습니다. 그를 따르는 사람들에게 천국의 건설을 위해 세속적인 것에 집착하지 말라고 가르쳤습니다. 모든 것은 하느님께 맡기면 하느님이 돌보시리라고 하였습니다.

복음서에는 예수가 가르칠 때 물을 포도주로 만들고, 병든 사람들을 고치는 등 많은 기적을 행하였다고 합니다. 또한 그의 가르침은 기피하거나 소외된 사람들을 공평하게 대하였기에 당시로서는 파격적이었습니다. 예수가 전한 가르침의 중심은 자비였습니다. 무엇보다 사람이 우선이었으니까요."

"기독교를 무엇이라고 한마디로 표현할 수는 없지만 인류에 기여하고 미친 영향이 크지. 예수의 가르침이 어떠했는지는 모르겠으나 기독교에 심취한 교인들과 얘기를 나누어 보면, 그들은 지금도 예수 설교 당시의 모습이나 감격을 가슴으로 느끼는 것 같아."

선생님이 말했다.

"성인에게 고난의 길이 있었듯이 예수에게도 고난의 여정이 있었습니다. 예수는 제자들을 데리고 예루살렘으로 길을 떠났는데 그것이 고난을 받기 위해 가는 길이며 죽음의 길이 되었습니다.

복음서에는 '누구든지 나를 따라오려거든 자기를 부인하고 제 십자가를 지고 나를 따라오라. 누구든지 제 목숨을 구하고자 하는 사람은 잃을 것이요. 누구든지 나를 위하여 제 목숨을 잃는 사람은 찾을 것이다'라는 예수의 중요한 가르침이 있습니다.

예수가 죽음을 당하던 시기는 로마인이 유대인의 저항과 반란을 경계하던 때로, 사회 분위기가 안 좋았습니다. 예수가 집회를 인도하고 가는 곳마다 사람들이 환호하니 로마 관리들은 '예수가 민중을 선동해 소요를 일으킬 가능성이 농후한 사람'이라고 판단하고 정치범으로 처형했던 것입니다.

예수의 죽음은 십자가 처형에서 막을 내리지 않았고 하느님은 그를 부활시켰습니다. 제자들은 수시로 부활한 예수를 목격했습니다. 예수의 부활이 점차로 많은 사람 사이에서 광범위하고 집요하게 믿겼습니다. 마침내 오순절 예루살렘에 순례 온 제자들이 종교를 만듦으로 위대한 그리스도교가 탄생되었습니다."

미나가 말했다.

"그리스도교는 가톨릭, 정교회, 개신교의 3대 교파를 이루는데 이들이 분리된 이유가 있지 않을까?"

성모가 물었다.

"고대 교회는 로마제국에서 시작되어 예루살렘, 알렉산드리아, 안티오키아, 콘스탄티노플, 로마의 5대 교구로 나뉘어 있었습니다. 하나의 교파인 이들 교회는 1054년에 동서로 분열하여 서방은 가톨릭, 동방은 정교회가 되었습니다. 가톨릭은 바티칸에 교황이 있으며 정교회는 이스탄불에 총주교가 있었습니다.

로마 가톨릭과 정교회로 나뉜 직접적인 이유를 서방교회가 일으킨 십자군 전쟁 때 동방교회와의 갈등으로 보지만, 근본적으로는 교리 등 성상 문제가 크다고 봐야죠. 서방교회는 전도를 위한 각종 상징물과 성모상 등을 만들었고 동방교회는 이에 반대하는 입장이었습니다. 또한 동방교회는 명상적이고 신비주의적인 반면, 서방교회는 실용적이고 율법적인 면이 강했습니다.

1517년 로마 가톨릭이 종교개혁으로 다시 가톨릭과 개신교로 분열되었습니다. 변질된 가톨릭의 폐해가 교회를 황폐화시켰으며 교회 지도부는 권위주의에 물들어 있었고 무능했습니다. 곳곳에서 교회에 대한 원성이 높았으니 종교개혁이 일어날 수밖에 없었겠지요."

미나가 말했다.

"3대 교파는 교회의 성격이라고 할까 추구하는 것이 어렴풋이나마 떠오르는데 그 밖에 장로교, 침례교, 감리교, 모르몬교 등은 구분이 잘 안 되는데 한 말씀 부탁할게."

주서가 말했다.

"한마디로 그리스도교 역사는 갈등의 역사라고 볼 수 있습니다. 불교도 종파가 여럿이듯이 그리스도교도 생각보다 종파가 많습니다. 당초부터 교회 내에는 교리, 정치, 감정적인 문제로 언제나 대립과 파당이 생겼습니다. 교회의 줄기는 하나인데 종교인들은 더러는 이단으로 몰리기도 하고, 때로는 새로운 종파를 세우기도 하지요."

미나가 말했다.

이어서 미나는 그리스도교의 한 갈래인 신비로운 퀘이커교를 이야기하고 마무리하겠다고 한다.

"퀘이커교의 정식 명칭은 종교친우회인데, 퀘이커 예배는 침묵으로 시작해 침묵으로 끝납니다. 예배에는 예식이 전혀 없습니다. 그러니 십자가, 찬송, 설교, 제단 등도 없습니다.

교인들의 모임에서는 내면의 빛을 기다리는 예배를 드리다가 영감이 오면 조용히 발언하며 성령을 전합니다. 침묵 예배는 성령과 함께 호흡하는 의미 있는 시간이며 침묵에는 신앙의 본질을 꿰뚫는 힘이 있습니다. 모든 사람의 내면에 있는 신성한 무엇이 성령이니까요.

퀘이커 신앙의 특징은 공동체라는 점과 활발한 평화 사업입니다. 퀘이커는 지역사회와 인종 화합, 노예해방 운동, 난민지원 사업 등 사회 활동에 적극적으로 참여해 왔습니다. 우리나라 퀘이커 모임은 1960년대 함석헌 선생의 가담으로 크게 붐을 이룬 적이 있습니다."

"드디어 내 스타일 종교를 찾았는데. 퀘이커교의 창시자와 신도 수는?"

주서가 물었다.

"퀘이커교는 1650년 영국인 조지 폭스에 의해 창시되었으며 교리나 이론보다 성령에 초점을 두고 있습니다. 17세기 종교개혁의 흐름 속에서 영국에서 미국으로 건너가 세계적인 종교기구가 되었습니다. 전 세계의 퀘이커는 30만 명 정도가 됩니다."

미나가 말했다.

미나의 이야기는 유대교, 그리스도교를 거쳐 아브라함을 조상으로 하는 종교의 막내격인 이슬람교로 이어진다.

"이슬람교는 세계 인구의 4분의 1에 근접하는 17억 신도를 가진 종교로서 그리스도교 다음으로 큰 종교입니다. 일반적으로 이슬람은 중동의 아랍 여러 나라에서 신봉하는 종교로 알고 있지만 인도

네시아를 비롯한 동남아시아, 아프리카, 미국, 러시아 등 세계적인 종교입니다.

이슬람교의 창시자 무함마드는 570년 아라비아 메카에서 유복자로 태어나 여섯 살 때 어머니를 여의고 할아버지, 큰아버지에게서 자랐습니다. 그는 큰아버지와 함께 대상(隊商)들과 여러 곳을 다니며 많은 사람과 종교인을 접할 수 있었습니다. 25세가 되던 해 부유한 미망인에게서 일자리를 얻어 일하다가 15세 연상인 이 여인과 결혼하게 되었습니다.

결혼을 하고 생활이 안정되자 무함마드는 메카 교외 산중에 들어가 명상과 기도로 시간을 보내게 되었습니다. 610년, 40세 되던 해 무함마드는 어느 날 밤 히라산에서 영적 체험을 했습니다. 대천사 가브리엘에 의해 신의 말씀이 계시된 것이었습니다. 처음에 그는 도망치려고 했습니다. 이윽고 계시가 끝나자마자 마음 깊은 곳에서 공허감이 그를 엄습했습니다. 결국 그는 사람들에게 가르쳐 전해야 할 사명이 주어졌다고 확신하고 613년경부터 전도를 시작했습니다."

"무함마드의 어렸을 적 삶은 어려움이 있었겠지만 평범하다는 느낌이 나고, 종교 체험도 아주 신비롭지는 않은 것 같은데."

성모가 말했다.

"무함마드가 큰아버지와 함께 시리아에 갔을 때 어느 그리스도 성직자가 그를 보고 예언자가 될 상이라고 했다는 일화에 비추어 보면, 일반인과 다른 뭔가가 있었던 것 같습니다. '그대는 하느님의 사자로다'라는 소리가 들렸을 때 무함마드가 처음에는 '못 하겠습니

다라고 거절했다는데, 여기에서 창시자의 겸손함과 종교의 평등사
상이 싹트지 않았을까요?"

미나가 말했다.

"종교 체험 후 무함마드는 받은 계시에 따라 전도를 했습니다. 하
느님이 한 분뿐이라는 유일신 신앙과 평등 박애의 윤리적 삶을 가
르치고 우상숭배나 영아살해를 금하라고 외쳤습니다. 처음에는 사
람들이 전도를 조롱했는데, 그를 따르는 사람의 수가 많아지자 조
롱이 적개심으로 바뀌고 적개심이 박해로 변했습니다. 박해가 심
해지자 무함마드는 다른 도시로 피신할 수밖에 없었습니다.

무함마드가 옮겨간 도시는 '예언자의 도시'라는 뜻을 지닌 메디
나였습니다. 메디나에는 유대인과 그리스도인이 많았는데 무함마
드의 종교를 새롭게 받아들이는 사람은 별로 없었습니다. 하지만
무함마드는 그곳에서 하느님의 다스림을 시작했습니다. 무함마드
를 따르던 사람들은 메디나에서 처음으로 기도하는 집인 모스크를
짓고, 매주 금요일에 모여 기도하고, 하루에 다섯 번씩 기도하는 제
도를 수립했습니다.

무함마드는 종교의 지도자로서 정치적·군사적으로도 성공했습
니다. 이슬람을 인정하지 않는 공동체나 대상을 공격하여 그들의
재산을 몰수했습니다. 이러한 것이 신의 뜻이라는 확신으로 종교
적 사명을 완수하기 위해서는 나라를 세워야겠다고 생각했습니다.
630년, 무함마드는 메카를 점령하고 아라비아 전역에 걸쳐 정치적 권
력을 행사하는 실질적 지도자가 되었습니다. 그리고 2년 후 마지막

메카를 순례한 뒤, 그는 예언자로서 사명을 다하고 잠들었습니다."

"흔히 이슬람교의 전도 방식을 두고 '한 손에는 칼, 한 손에는 코란'이라는 말을 하는데, 강요한다고 해서 종교가 전파될까?"

주서가 물었다.

"이슬람교가 호적전이고 강제적이라는 느낌이 있다 해도 이 말은 오해에 불과합니다. 경전인 코란에 종교의 자유와 다른 종교를 존중하도록 언급되어 있듯이, 이슬람은 평화를 추구하는 종교로서 관용적으로 신앙의 자유를 허용해 왔습니다.

다만 초기에 아라비아반도의 배경이나 환경이 여러 도시 내지 부족 국가로서 다신교가 성행했습니다. 하나님의 유일신을 숭배하는 이슬람은 우상을 타파하고 전도하는 과정에서 무력을 사용한 면이 있지요."

미나가 말했다.

"이슬람교가 다 좋은데 하루에 다섯 번 예배하는 것은 삶에 장애가 될 것 같은데."

선녀가 말했다.

"매일 다섯 번 예배를 하려면 물론 생업에 지장이 있겠지요. 이슬람교를 국교로 하는 국가의 경제 성장 저해 요인으로 예배를 지적한 중동의 학자도 있습니다. 하지만 사랑에 빠지면 어느 정도 어려움은 문제가 되지 않듯이 종교에 심취하면 그것이 삶의 일부이고 인생의 전부인데 문제가 될까요? 무엇보다 예배를 자주 하니 잡념이나 나쁜 생각을 먹을 겨를이 없겠지요."

미나가 말했다.

"이슬람교의 경전은 『코란』이며 여기에는 신학적 가르침, 의식에 대한 지시, 민사 형사 문제에 관한 지침, 기타 예의나 윤리적인 교훈이 있습니다. 이슬람교에는 신앙고백, 기도, 자선, 단식, 메카 순례의 다섯 기둥이 있는데 이슬람교인은 이를 의무으로 준수해야 합니다. 이런 점에서 이슬람교는 교리 중심의 종교라기보다는 실천 중심의 종교라 할 수 있습니다.

신앙고백은 알라 외에는 다른 신이 없으며 무함마드는 그의 예언 자라는 선언입니다. 기도는 하루에 다섯 번 알라에게 예배해야 하므로 여행을 하다가 일정한 시간이 되면 장소를 가리지 않고 예배를 드립니다. 자선은 재산의 2.5%를 구제금으로 바치는 것으로 욕심이나 소유에 대한 집착을 깨끗하게 씻어 준다고 합니다. 단식은 라마단 한 달 동안 하는 것으로, 일출부터 일몰까지 음식이나 음료의 섭취, 성행위도 허용되지 않습니다. 메카 순례는 12월에 이루어지며 모든 이슬람교인은 일생에 한 번은 행해야 합니다."

"모든 이슬람교인이 의무적으로 행해야 하는 다섯 기둥을 실천하기란 어려울 것 같은데, 특히 단식은 현실적으로 힘들지 않을까요?"

성모가 물었다.

"종교를 갖는다고 해서 다 같은 종교인이 아닐 것이며 분명 믿음의 차이는 있겠지요. 독실한 무슬림이라면 그들이 이행해야 하는 다섯 기둥을 철저히 지킬 것이며, 여기에는 경제적 신체적인 능력이 따라야겠지요.

인도네시아에서는 결혼식과 장례식을 주관하는 이슬람 사원의 지도자라고 해서 라마단 기간에 단식을 지키는 것도 아니고, 하루에 다섯 번 기도를 올리는 것도 아니라는 이야기가 있습니다. 종교도 시대에 따라 실용적으로 변화는 면도 있으나 이슬람교는 믿음을 실천하는 종교입니다."

미나가 말했다.

"어느 종교나 종파들이 있는데, 특히 이슬람교의 수니파와 시아파는 격렬하게 싸우잖아요. 그것이 참 궁금한데?"

주서가 물었다.

"두 파로 나뉜 배경은 무함마드가 죽으면서 후계자를 정해 놓지 않아서입니다. 처음에는 그의 친구인 아부 바크르가 2대 칼리프가 되어 이슬람 공동체의 기반을 다졌습니다. 그러나 다음 후계자 선정에서 무함마드의 혈통을 이어받은 자만이 후계자로 계승되어야 한다고 주장하는 시아파가 정통파를 자처하는 수니파와 대립하게 되었지요.

수니파란 전승주의파를 뜻하고 시아파란 분리파를 뜻합니다. 오늘날 전 세계 이슬람 인구 중 시아파는 10% 정도이고 대다수가 수니파입니다. 이란이 유일한 시아파 국가이고 이라크에도 시아파가 많은 것으로 알려져 있습니다. 수니파와 시아파는 종교적으로 큰 문제가 없으나 이들 종파 간의 갈등은 폭력 사태로까지 치닫고 있는 실정입니다."

미나가 말했다.

미나는 이슬람교에 근거해서 생긴 세계 종교의 하나로 인정받는 바하이 신앙을 살펴보겠다고 한다.

"19세기 페르시아에서 바하올라가 창시한 바하이 신앙은 유일신을 믿는 종교로서 모든 인류의 정신적인 융합을 강조합니다. 모든 창조의 근원이신 하느님이 한 분이시고, 모든 주요 종교의 정신적 근원이 하나이며, 모든 인류가 평등하게 창조되었다는 세 가지 핵심 원칙이 바하이 신앙의 교리와 가르침의 기초를 이루고 있습니다. 인간 존재의 목적은 기도와 성찰입니다. 그리고 인류를 위한 봉사의 삶을 사는 것과 같은 방법으로 하느님을 알고 하느님을 사랑하는 방법을 배우는 것입니다.

바하이의 예배는 성스러운 분위기도 아니고 장엄한 의식도 없습니다. 편안한 분위기 속에서 묵상을 하고, 차례로 돌아가며 소중한 말씀을 읽고, 다시 눈을 감고 말씀을 음미합니다. 추구하는 신앙이나 예배 등의 성격으로 보면 바하이 신앙은 침묵에서 시작해 침묵으로 끝나는 그리스도교에 근거한 퀘이커교를 연상케 합니다. 또한 바하이는 반드시 직업을 가져야 합니다. 신앙과 생활을 분리하지 않고 삶 속에서 실천하는 건강하고 건전한 신앙이라 볼 수 있습니다."

"모든 종교는 근원이 하나이며 하느님은 한 분이라는 교리가 참 신선한데. 어떻게 이슬람교에서 바하이 신앙이 나왔다는 것도 의아하고 이슬람교하고 관계가 어떠한지?"

선생님이 물었다.

"이슬람에서는 아브라함에서 시작된 하느님의 예언이 무함마드에 의해 마지막으로 완성되었다고 믿는데, 또 다른 예언자가 나왔으니

바하이를 눈엣가시로 보았겠죠. 바하이는 처음부터 심한 박해를
받아 왔고 순교를 당하며 세계적인 종교가 되었지만 아직도 이란
에서는 박해를 받는 종교입니다."

미나가 말했다.

그리고 미나는 종교 분쟁에 대해 덧붙인다.

"많은 사람이 세계를 놀라게 했던 9.11 테러 사건을 이슬람교와
그리스도교의 문명 충돌로 알고 있는데요. 엄격히 말하자면 이슬
람 근본주의자와 그리스도교 및 유대교 근본주의자 사이의 대결
과 충돌이라 해야 할 것입니다.

세계 종교 분쟁의 절대다수를 차지하는 세 종교 다 아시죠. 이들
종교는 아브라함을 조상으로 하고 있으며, 다 같이 하느님을 섬기
는 유일신교인 유대교, 그리스도교, 이슬람교입니다. 이들이 서로
를 좀 더 이해하고 협력한다면 세계 평화와 인류 행복에 크게 기여
할 텐데요."

"힌두교, 불교와 더불어 인도의 전통 종교에서 빼놓을 수 없는
자이나교를 간략히 살펴보겠다"며 미나가 말한다.

"자이나교는 인도의 전통 종교입니다. 교인은 300만 명쯤 되고
창시자는 마하비라입니다. 이 종교는 금욕과 고행, 불살생을 지키
며 윤회의 속박에서 완전히 벗어나는 해탈을 지향합니다.

마하비라는 기원전 6세기에 인도 동북부 비하르 왕국의 왕자로
태어나 결혼도 하고 부러운 것 없이 살았습니다. 하지만 그는 인생
에 대해 깊이 고뇌하게 되고 30세가 되어 고행자의 길을 떠나 숲으

로 들어갔습니다. 12년간 고행 끝에 욕망을 완전히 끊고 고통에서 벗어나는 깨우침을 얻었습니다.

그 후 마하비라는 생을 마감할 때까지 맨발로 다니며 고행과 불살생으로 해탈의 길을 설법했습니다. 그는 고행을 위해 걸식을 하며 추울 때는 가장 추운 곳에, 더울 때는 가장 더운 곳으로 갔습니다. 벌레를 밟을까 봐 빗자루로 발 앞을 쓸며 걸었고, 탁발을 해도 살아 있는 것을 해치지 않으려 주의해서 먹었습니다.

마하비라 사후 그를 따랐던 사람들에 의해 교단이 성립되었고, 그의 가르침은 2,500여 년 이어져 왔습니다. 그리고 전통적으로 자이나인으로서 지켜야 할 다섯 가지 계율은 불살생, 진실, 비폭력, 무소유, 순결입니다."

"자이나인이 고행과 불살생을 지키는 데 있어서 당연히 어려움이 따르겠지만 현실적으로 불편함이 많을 것 같은데, 그들은 무엇을 먹으며 어떤 일을 하는지 궁금한데?"

선녀가 물었다.

"먹으면 안 되는 것이 너무 많으니 불살생을 지키려면 당연히 채식주의자가 되어야겠지요. 식물의 뿌리를 캐는 그 자체가 땅속의 벌레를 죽일 수도 있기에 땅속에서 나는 것들도 먹지 않는다고 합니다. 철저한 불살생의 교리 때문에 농업은 물론 제한되는 직업이 많습니다. 자이나인은 주로 상업과 금융업에 종사합니다."

미나가 말했다.

"자이나교는 불교와도 유사점이 많은 것 같고, 힌두교와도 닮은 점이 있는 것 같은데 이들 종교와 차이점이 있다면?"

성모가 물었다.

"고대 인도의 브라만 계급을 중심으로 베다를 근본 경전으로 하여 발달한 종교를 바라문교라 하는데, 불교와 자이나교는 베다의 권위에 도전한 비바라문교입니다. 그래서인지 자이나교의 가르침과 계율은 불교와 유사점이 많습니다.

두 종교는 전형적인 업과 윤회를 받아들인 반면에 베다의 전통 권위를 거부해 기존 힌두교의 틀을 깨려 했으며, 사회적인 신분 차별인 카스트제도의 불평등에 반기를 들었습니다. 붓다가 중도를 택한 반면에 마하비라는 극단적인 금욕과 고행을 강조했습니다. 또 하나의 외형적인 차이는 자이나교는 유일하게 인도에만 있으며, 불교는 탄생지인 인도에서 사라지고 세계 전역으로 퍼져 나갔습니다.

자이나교의 뿌리는 힌두교이지만 힌두교는 윤회를 어쩔 수 없는 숙명으로 여긴 반면, 자이나교는 불살생과 고행으로 윤회에서 벗어나 해탈할 수 있다는 것입니다."

미나가 말했다.

"불교가 세계로 퍼져 나가는 과정에서 대승불교가 티베트를 중심으로 다신적인 토속 종교와 혼합하여 독특한 의식과 행사를 가진 불교로 발전한 것이 티베트 불교"라며 미나는 그 다른 이름 라마교를 설명한다.

"라마교는 티베트, 만주, 몽골, 부탄, 네팔 등에서 발전한 티베트 불교입니다. 티베트 불교는 보리심과 지혜의 두 기둥을 중시합니다. 보리심은 다른 존재를 이롭게 하기 위해 완전한 깨달음을 얻고

자 하는 서원이며, 지혜는 공성(空性)을 이해하는 것입니다.

우리가 많이 들어 본 달라이라마는 티베트의 종교적 수장뿐만 아니라 정치적 지도자 역할까지 합니다. 라마교에서는 라마가 죽으면 환생해서 다시 라마의 역할을 이어 간다고 믿고 있습니다. 환생을 증명하는 의식을 통해 달라이라마는 대를 잇는데, 지금의 14대 달라이라마는 13대 달라이라마의 환생으로 인정받았습니다.

라마교의 특성으로 승려들에겐 스승과 제자 사이에 비밀스럽게 전수되는 밀교적인 수행이 강조됩니다. 티베트 불교의 탄트리즘은 모든 생명체에는 불성이 있으며, 존재하는 것은 연기를 바탕으로 서로 얽혀 상호 관계한다는 것입니다. 티베트 사람들은 신앙이 삶의 전부라고 할 정도로 종교와 생활을 분리하기 어려운 불가분의 관계를 맺고 있습니다."

"달라이라마의 환생 의식은 어떻게 하는 것이냐?"

주서가 물었다.

"라마교에서는 달라이라마가 죽기 전에 예언을 합니다. '내가 언제 어디에서 죽게 되고, 그 이후에 언제 어디에서 어떤 몸으로 다시 환생한다'고 예언을 하고 죽습니다. 그리고 때가 되면 제자들이 그 마을을 뒤져서 다시 태어난 아이를 찾아 데려와서, 이 아이가 달라이라마의 환생으로 인정받으면 다음번의 달라이라마가 되는 의식입니다."

미나가 말했다.

"티베트 사람은 신앙이 삶의 전부이고 종교의 수행을 위해 태어난 사람 같은데, 그 연유를 어디서 찾아야 할까요?"

성모가 물었다.

"티베트는 험준한 산악과 거친 기후를 가진 나라로서 예로부터 토속종교인 본교가 있어 항마, 예언, 점복 등의 주술신앙이 성행했습니다. 자연환경이 열악한 지역에 사는 사람들이 초월적인 신에 의지하려는 의식이 강하다고 볼 수 있지요. 인도에서 불교가 들어온 후 윤회와 환생에 대한 믿음이 삶에 정착된 것 같고,『티벳 사자의 서』에 나오는 환생 이야기를 전적으로 받아들이는 등 사후세계에 집착이 강해서 그렇다고 보고 싶습니다."

미나가 말했다.

"세계 종교를 이야기할 때 빼놓을 수 없는 종교가 있다"며 미나는 조로아스터교를 설명한다.

"조로아스터교는 BC 6세기에 자라투스트라가 창시한 고대 페르시아 제국의 종교였습니다. 이슬람의 종교 박해가 심해지자 조로아스터교인들은 인도로 대이동하여 그곳에서 정착했습니다. 이 종교는 창조신이자 유일신인 아후라 마즈다를 중심으로 선악의 세계가 구분됩니다. 경전은『아베스타』가 남아 있으나 대부분 소실되어 일부 내용만 전승되고 있습니다. 제사의식에 사용되는 불을 성스럽게 여겨 불을 숭배하기에 배화교라 부르기도 합니다.

'선악의 구분으로 천당과 지옥은 있지만 그곳은 가야 하는 곳이 아니라 마음 안에 있다'는 조로아스터의 말 속에 신앙이 묻어나는 것 같은데요. 이는 사람이 선이든 악이든 선택할 책임이 스스로에게 있다는 점을 암시합니다. 그 선택에는 지혜가 필요하고 불은 바로 지혜를 상징합니다."

"조로아스터교가 세계 종교사에 끼친 영향이 있다고 했는데, 어떤 영향을 주었나요?"

주서가 물었다.

"조로아스터교에서 처음으로 선보인 유일신 사상이 아브라함을 조상으로 하는 세 종교의 기반 형성에 막대한 공헌을 했습니다. 또한 천사, 사탄, 부활, 낙원 등의 새로운 개념들을 유대교에 전해 주었습니다. 이런 개념들이 그리스도교, 이슬람교로 퍼져 나가면서 각 종교의 굳건한 토대를 마련해 준 것입니다. 그리고 그리스도교 성경에 아기 예수가 태어났을 때 동방박사들이 찾아왔다는 이야기가 나오는데, 동방박사들은 조로아스터교 제사장들을 가리킵니다."

미나가 말했다.

"지금까지 세계 여러 종교를 둘러보았는데 마지막으로 우리나라에서 가장 먼저 생기고 한국의 대표적인 민족종교라 여겨지는 동학을 살펴보겠다"며 미나가 말한다.

"동학은 19세기 후반 서양 세력의 침투와 조선 사회의 내재적 위기 속에서 보국안민(輔國安民), 광제창생(廣濟蒼生)을 내세우면서 등장했습니다. 창시자 최제우는 경주에서 몰락 양반의 서자로 태어났으며, 총명하여 아버지로부터 경서를 배웠지만 당시 사회에서는 세상에 나아가 출세할 수 없었습니다. 그는 전국을 떠돌아다니면서 갖가지 장사도 하고, 서당에서 글을 가르치기도 하며 청년 시절을 어렵게 보냈습니다. 또한 그는 나이 30세쯤 나라를 살리고 백성을 평안하게 하며 인간을 두루 구할 수 있는 길을 찾아 구도의 길을 떠났습니다.

최제우는 전국을 두루 다니다가 다시 경주 용담으로 들어와 구도에 정진합니다. 기도 수행을 거듭하던 중 그의 나이 37세 되던 해에 독특한 체험을 하게 됩니다. 갑자기 마음이 차고 몸이 떨리고 정신이 아득해지면서 '세상 사람들은 나를 상제라고 하는데, 넌 상제를 알아보지 못하느냐?'라는 한 음성을 듣게 되었습니다. 이 신비한 체험은 절대적인 힘을 지닌 상제(하느님)와의 만남으로 이루어집니다.

그리고 최제우는 신비한 체험과 깨달음을 바탕으로 자신의 사상에 확신을 갖고 많은 사람에게 전파하게 됩니다. 바로 이 사상이 동학입니다. 동학은 새롭고 누구나 쉽게 실천할 수 있는 것이었습니다. 동학은 그 어떤 사상보다 확고하게 평등을 추구한다는 점에서 큰 진리라 할 수 있지요.

계급과 서열이 엄격했던 사회에서 이런 가르침은 실로 혁명적인 것이었습니다. 많은 사람이 호응하자 양반들과 관으로부터 비난과 박해를 받게 되었지요. 결국 최제우는 3년간 치열한 삶을 살다가 사문난적(斯文亂賊), 혹세무민(惑世誣民)의 죄목으로 체포되어 41세에 생을 마감하게 됩니다. 사후 최제우의 글들은 최시형의 주도하에 동학의 경전이라 할 수 있는 『동경대전』과 『용담유사』란 책으로 만들어졌습니다."

"우리가 동학을 배울 때는 종교적인 접근보다는 역사적이고 철학, 사상적인 면이 강하지 않나요?"

성모가 물었다.

"그렇긴 한데, 동학은 분명 종교입니다. 동학의 가르침은 세계 종교사에서 나타나는 보편적 가치의 결집으로 높은 이상과 구체적 실천을 제시합니다. 최제우가 상제의 계시를 받았고, 경전으로 동경대전과 용담유사가 있으며, 의례로서 교인이 지켜야 할 다섯 가지 기본 의무가 있는 등 종교의 조건을 갖추고 있습니다.

아시다시피 동학은 서학에 대항하기 위해 만들었지만 서학의 장점을 받아들였고 전통적인 민간신앙, 유교, 불교, 도교가 모두 녹아 있습니다. 그중 동학의 대표적인 '인내천' 사상은 '사람이 곧 하늘'이라는 사상으로 모두 평등해야 한다는 뜻을 담고 있습니다.

천도교는 1905년 손병희가 창시했으며 동학을 모태로 하고 있습니다. 절대자인 천주를 내재적으로 모신다는 최제우의 시천주 사상과 사람을 하늘처럼 섬기라고 한 가르침인 최시형의 사인여천 사상을 계승하여, 손병희는 인내천 사상을 전개했습니다. 전국에 200여 교구가 있으며, 신도는 100만여 명이 됩니다."

미나가 말했다.

"세계 여러 종교를 피상적으로나마 둘러보았는데요. 여기서 언급하지 못한 종교도 있는데, 그런 종교가 덜 중요한 것도 아니고 경시하는 것은 더더욱 아닙니다. 어쨌든 소중한 시간이라고 생각하시고 한 말씀씩 해 주셨으면 합니다."

미나가 말했다.

"그동안 종교에 대해 깊은 관심을 갖지 않았는데, 단시간에 유익

한 지식 축적뿐만 아니라 여러 종교의 가르침과 지혜를 주어서 고마워. 금욕과 고행, 불살생을 지키는 자이나교와 종교가 삶 자체인 것 같은 라마교가 뇌리에서 떠나지 않네. 종교의 수행 방식이 그런 것이라면 어떻게 사는 것이 인간의 삶일까 회의가 들기도 해. 그들은 타 종교가 어떤지를 알고 있는지도 궁금하고 한 번쯤 그들을 만나 현실을 체험해 보고 싶은데."

선생님이 말했다.

"같은 지역에서 생겨난 종교, 아브라함을 조상으로 하는 그 뿌리가 같은 종교인 유대교, 그리스도교, 이슬람교는 친하고 사이좋게 지내야 하는 것이 마땅할 텐데. 그들은 왜 서로를 적대시하고 싸우는 것인지 이해가 되지 않습니다. 종교는 과연 이타적인가? 말로는 그렇다고 하겠지만 그 이면에는 집단이기주의가 숨어 있지 않을까 합니다. 모든 종교는 동등하며 그 나름대로 종교적인 진리가 있다는 종교다원주의를 가슴으로 받아들이지 않는 한 갈등은 요원하겠지요."

성모가 말했다.

"어느 종교든 처음 그대로를 간직한 종교는 없을 것입니다. 종교는 세대를 거듭할수록 역동적으로 움직이고 끊임없이 변화하며 어쩌면 시대에 맞게 진화한다고 볼 수 있습니다. 그리스도교에 바탕을 둔 퀘이커교, 이슬람교에서 자생한 바하이 신앙 등 이런 유형의 종교가 신선하게 다가옵니다. 복잡한 의식 등을 현실에 맞게 정비하고 다듬어진 종교가 담백한 맛이 나니까요."

주서가 말했다.

"종교의 목적이 해탈이나 득도, 부활이라면 궁극적으로 죽음 이후를 의미하는데요. 구도의 길을 가는 사람들을 제외하고 일반적으로 믿음을 갖는 사람들은 기복신앙으로 흐르는 경향이 있잖아요. 신도들은 종교를 믿으며 욕심을 버려야 하는데 오히려 욕심을 채우는 격이니 말입니다. 현실적으로 무속을 부정할 수 없듯이 믿음에 차이가 있다 하여도 그것을 인정해야겠지요. 종교는 자유롭고 그 믿음은 각자가 판단하는 것이니까요."

선녀가 말했다.

"종교 하면 어떤 느낌이나 모습이 떠오를까요? 거룩하신 신, 성스러운 사람, 휴머니즘, 청정한 세상 등 좋은 것은 다 다가오겠지요. 세상은 다양하지만 어디에나 극과 극이 존재합니다. 종교 현장에는 당연히 선하고 감동적인 명장면이 있지만 그 이면에는 추악한 인간의 모습도 있습니다. 아무리 좋은 것이라도 사회와 사람에게 피해를 준다면 슬픈 현실이 되지요. 종교에도 성직자와 신도가 저지르는 폐해가 있으니 그것을 짚어 볼까 합니다."

미나가 말했다.

"사람들은 마음이 괴롭거나 울적하고 심란할 때면 절이나 교회, 성당을 찾아가곤 합니다. 삶에 지친 몸과 마음을 위로받고 아픔을 치유하고 싶어서 그럴 것입니다. 물론 기분이 좋을 때도 가끔 찾아가는 곳이 종교 시설이기도 합니다.

종교를 이끌어 가고 신앙인을 인도하는 사람이 성직자입니다. 성직자는 종교에 귀의하여 끊임없는 수행으로 깨달음과 구원의 길을 가지만, 한편으로는 종교를 믿는 신도들을 지도할 의무와 책임이 있습니다. 그들이 바르게 모범적으로 생활해야 하는데 그렇지 않은 면이 있다면 사회적인 폐해가 크겠지요. 또한 사람들은 종교를 아주 청정한 곳으로 생각하는데, 성직자들의 추악한 면을 본다면 실망과 분노가 크겠지요.

성직자들의 비윤리적인 문제는 극소수에 해당하겠지만 저는 여러 종교를 체험하면서 그들의 타락이나 부패, 비리나 위선, 권력 다툼, 귀족화 현상, 성 문제 등을 보면서 한동안 종교에 발길을 끊은 적이 있었습니다."

"종교는 성스러운 곳이고 거기에 사는 성직자들은 청빈할 텐데, 일련의 불미스러운 일들이 있다면 그것의 원인은 어디에서 온다고 생각하나요?"

성모가 물었다.

"미꾸라지 한 마리가 온 웅덩이를 흐리듯이 일부 성직자의 문제겠지만 그러한 것은 성직자들의 직무태만에서 온다고 봐야죠. 성직자의 병듦이나 돈과 관련되고 이성에 관한 문제는 본연을 망각하고 수행을 소홀히 하면 당연히 그렇게 되겠지요."

미나가 말했다.

"보통 사람들은 다른 것은 다 썩어도 종교만큼은 청정하다고 생각할 것 같은데, 어떤 면에서 청정하지 않는지 구체적으로 들려주면 좋겠는데."

주서가 말했다.

"일반적으로 성당이나 교회, 사찰을 보면 웅장하다는 느낌이 들

것입니다. 이 건물들은 누가 지었겠습니까? 어찌되었건 신도들의 헌금이나 시주로 지어진 것이겠지요. 결국 종교와 신도들은 서로가 도움을 주고받는 공생관계라고 봐야 되지요. 종교는 신도들에게 정신적인 그 무엇을 주고, 신도들은 종교에 경제적인 도움을 주어야 합니다. 이 균형이 어긋나면 문제가 발생합니다.

성직자는 신도들의 영혼을 돌보아야 하는데 그렇지 않고 그들의 손길이 다른 곳을 향해 있다면 문제가 생기게 마련입니다. 목사가 교회 확장이나 교인 숫자 늘리는 일에 열을 올리고, 승려가 불사나 불공으로 돈 들어오는 일에만 관심을 쏟는다면 결과는 뻔하지요. 성직자의 마음이 다른 곳에 가 있다면 본연의 업무를 태만하게 되고, 내키지 않는 일을 한다면 나태해져 종교계의 병세 악화로 이어지겠지요."

미나가 말했다.

"일부 성직자가 그렇다 하더라도 신도들에게도 문제가 있지 않나요?"

성모가 물었다.

"물론 성직자의 직무태만이 된 데에는 신도들의 책임이 큽니다. 주일마다 미어터지는 교회와 예불로 발 디딜 틈이 없는 사찰의 광경은 무엇을 말해 주나요. 입시 철이 되면 교회, 사찰뿐 아니라 영험하다는 곳에는 기도하는 사람들로 얼마나 붐빕니까. 어느 정도 구복을 바라는 마음은 이해되지만 너무 그쪽으로 기울어져 있으니 그것이 문제입니다. 수도가 실종된 교회에는 예수는 없고, 붓다의 법이 사라진 사찰에는 무속의 기운이 가득하죠."

미나가 말했다.

그리고 사례 이야기로 이어진다.

"십일조란 말 들어 보셨죠. 십일조는 소득의 10분의 1을 하느님께 바치는 헌금입니다. 교회를 유지하려면 헌금이 필요하고 그 헌금이 충분하지 않으니, 어떤 교회에서는 십일조를 강요하는 헌금약정서까지 받고 있으니 문제가 생깁니다. 능력에 맞게 헌금을 하면 좋으련만 그렇지 못하니 교인들은 눈치를 보며 신앙생활을 할 수밖에 없겠지요.

교회는 주일마다 교인들에게 주보를 배부합니다. 주보에는 예배의 순서와 절차, 간단한 안내 사항이 있습니다. 그런데 이 주보에 헌금한 신도 이름과 액수가 오르고 액수의 크기 순서에 따라 호명하기도 합니다. 또한 십일조 외에 건축헌금, 선교헌금 등 어떤 명목의 봉투가 주보에 끼워져 있기도 합니다."

"듣자니 머리가 아프네. 난 교회를 가 보지 않아서 잘 모르겠으나 그런 교회가 있다면 헌금이란 게 어떤 신도에게는 무지 스트레스겠다. 맘 같아서야 종교고 뭐고 다 때려치우고 싶은데……."

주서가 미나를 쳐다보며 말했다.

"내가 교회 목사냐? 내게 화내는 것 같다?"라며 미나가 웃으며 말한다.

"아, 미안!" 하며 주서는 그런 게 아니라며 말을 이어 간다.

"어린 시절 어머니를 따라 절에 가면 어머니는 늘 대웅전에 들러 부처님께 시주를 하고 절을 합니다. 저는 불교신도는 아닌데 가끔 홀로 절에 갈 때면 대웅전에 들어가기 전에 '얼마를 시주해야 할지'

고민한 적이 있었습니다. 그런데 앞 사람들이 시주하는 걸 곁눈질하고 따라 할 때가 있었습니다. 시주를 안 해도 그만이지만 뭔가 켕기는 것이 있던데요. 교회 헌금을 오픈시켜 놓으면 신도들 자존심 상하고 상처를 많이 받겠습니다."

"듣고 보니 십일조는 교회 유지에 꼭 필요한데 안타까운 면이 있네. 십일조는 현실적으로 지나친 것 같고 다소 완화해야 되지 않을까? 헌금을 거두는 데 있어서 교회도 절을 따라 하면 어떨까? 그러자면 청빈해야 되겠지. 사실 열악한 교회도 있지만 대형 교회 건물을 보면 지나치게 크다는 느낌이 들기도 해. 또한 헌금이 교회의 실정에 맞게 사용되면 큰 어려움이 없을 것 같은데 목적 외로 사라지는 면도 있겠지."

선생님이 말했다.

"돈과 관련된 문제는 성직자들이 본연의 업무에 충실하지 못한 데에서 기인한다고 볼 수 있습니다. 교회뿐 아니라 사찰도 상황이 비슷합니다. 기와불사, 대학 입시 합격 기도, 물고기 방생, 영가천도 등의 명목으로 돈을 내야 하는 일이 많습니다. 더 나아가 부적을 팔고 신점을 봐 주고 해서 수입을 늘리기도 합니다.

성직자는 수행에 전념해야 하는데 다른 업무로 바쁘게 산다면, 이는 십중팔구 돈과 관련된 이해득실이 있다는 것입니다. 단적인 예지만 칠팔 년 전에 일간신문에서 본 충격적인 기사 하나 얘기할게요. 교인들도 놀랄 만한 교회 매매라는 것인데요. 여기에는 신도수와 권리금까지 나와 있는 걸 보니 일반 용도로 매매하는 것이 아니고 목사들 간에 매매하는 것 같습니다. 이런 현실을 어떻게 이해해야 할지 어안이 벙벙합니다."

미나가 말했다.

"성직자에게 돈 다음으로 위선을 낳는 장애물이 금욕입니다. 인간의 기본적인 욕망인 성욕을 신앙으로 승화시키는 금욕이 가능할까요?"

미나가 물었다.

"어려운 문제인데. 종교마다 차이는 있겠지만 불교의 경우에는 깨달음의 종교인데 금욕하지 않고 성불할 수 있나요?"

성모가 말했다.

"불교에서 성적인 욕망을 애욕이라 하는 것 같은데, 이 애욕은 수행자에게 가장 어려운 것이라고 하더군. 쉽게 말해 색욕은 응당 수행에 지장을 주겠지. 금욕하지 않고 고승이 될 수 있겠나. 계율을 지키고 실천해야 승려로서 본분을 다하는 것이지요. 교리만 알고 실천하지 않는다면 일반인과 다를 바가 없겠고요. 종교와 철학은 엄연히 다르고 불교에서 수행은 금욕이 기본이라고 보는데."

선생님이 말했다.

"사람들은 종교를 바라볼 때 '성직자는 성스러워야 하고 뭔가는 달라야 된다'는 관념을 갖고 있습니다. 그렇지만 종교도 시대에 맞게 변해 왔고 성욕을 허용하는 종단이나 교파도 있는데, 이를 어느 정도 허용해야 하지 않을까요."

주서가 말했다.

"좋은 얘기긴 한데요. 성욕이 수행에 지장이 준다면 이를 허용하는 개신교 목사나 대처가 가능한 종단으로 옮겨가면 되는데, 철저하게 금욕해야 하는 곳에서 수행을 하니 문제가 있는 것이지요."

미나가 말했다.

"미나야, 궁금한 것이 하나 있는데 왜 성직자들은 환속할까?"

선녀가 물었다.

"환속은 종교에 귀의하여 성직자가 되었다가 속세로 돌아오는 것이지요. 성직자의 길은 종교에 귀의하여 진리를 얻는 것입니다. 그 길은 가시밭길을 걸어가듯 험난하고 어려움이 따르겠지요. 수행하는 과정에서 수많은 고뇌와 번뇌를 반복하며 늘 정진해야 하니까요.

성직자들은 왜 환속을 할까요? 그들은 신과 진리를 부정하는 것이 아니라 종교의 특성상 공동체 생활이나 종교의식이 자신에게 맞지 않아서 그럴 것입니다. 어쩌면 그들은 종교에 다가가는 방식을 달리하여 형식이나 가식에 구애받지 않고 더욱 종교에 정진하는 순수한 성직자일 수도 있습니다. 물론 욕정을 극복하지 못하여 환속하는 경우도 있을 것입니다.

염불에는 관심이 없고 잿밥에만 관심을 갖는 땡중은 절대로 환속하지 않습니다. 그들은 성과 속을 오가면서 좋은 것만 취하니 이보다 더 편한 직업이 없겠지요. 더욱 나쁜 것은 수행하는 성직자의 위상을 실추시키고 종교에 폐해를 주는 현실입니다.

성직자가 되는 데도 고뇌가 따르듯이 환속하는 데도 그에 버금가는 어려움이 있습니다. 환속한다고 해서 누가 막을 사람은 없습니다. 환속하면 여러 문제가 있겠지만, 가장 큰 두려움은 어떻게 살아갈지 직업 선택 문제가 되겠지요. 그래서 환속하고 싶어도 쉽게 결행하기가 어려운 것입니다.

우리 사회는 종교에 관심이 없는 사람도 환속을 그리 달갑게 보지 않으며, 환속한 사람도 그 사실을 굳이 나타내려고 하지 않습니다. 이러한 보이지 않는 벽이 사라져야 성직자도 종교 생활이 맞지 않으면 환속하여 자신의 삶을 찾고, 종교도 더욱 성스러움을 간직하지 않을까 합니다."

미나는 금욕을 어긴 승려들의 이야기를 한다.

"성욕 문제는 조계종 비구 승려들에게 해당되는 경우가 많습니다. 조계종은 이 문제를 각 개인에게 맡기는 있는 실정이며, 탈선이 발각되어도 처벌은 미미한 수준입니다.

승려가 되는 길은 속가 시절 인생을 어느 정도 겪고 들어온 승려와 어릴 적 멋모르고 승가에 들어온 승려로 나눌 수 있는데요. 이 둘은 현저한 차이가 있습니다. 전자는 깨달음에 대한 강한 의지를 가지고 승려가 되었을 것이고, 후자는 환경이 그들을 승려로 인도했다고 볼 수 있습니다.

불교를 공부하면서 보고 느낀 바로는 세상을 잘 알면서 세상을 등진 승려와 어린 나이에 출가한 승려를 비교하면 후자가 유난히 성 문제가 많아 보였습니다.

문득 영화 〈봄 여름 가을 겨울 그리고 봄〉이 떠오르는데요. 보는 사람에 따라 견해가 다르겠지만, 저는 이 영화에서 동자승의 슬픈 현실을 보았습니다.

동자승이 자라 혈기왕성한 소년승이 되었을 때 산사에 동갑내기

소녀가 요양하러 들러옵니다. 소년승의 마음에 소녀를 향한 뜨거운 사랑이 차오르고 노승은 그들의 사랑을 감지합니다. 그들은 서로의 욕망을 주체하지 못하고 선을 넘게 되자 노승은 소녀를 떠나게 합니다. 그 후 소년승은 더욱 깊어 가는 집착을 떨치지 못하고 산사를 떠나고……

10여 년 전에 친하게 지냈던 스님들에게 스님들은 성욕을 어떻게 해소하는지 물은 적이 있었습니다. 본인 얘긴지 주워들은 것인지는 모르겠으나 '홍등가를 간다', '만나는 여자 친구가 있다', '혼자서 해결한다'는 등의 답변을 들었습니다.

오래전에 들은 떠도는 얘긴데요. 이름난 사창가를 급습해 보면 방에서 나오는 사람 반이 승려여서 그들을 조사해 보니 대부분이 땡중이었다는 이야기가 있습니다. 항간에는 승려들이 고급 요정에 가면 더 이상 손님을 받지 않는다는 이야기도 있고요.

조계종의 당면한 문제 가운데 하나가 은처라는 것인데요. 은처는 말 그대로 처를 숨겨 놓은 것입니다. 자신이 다니는 절의 주지스님이 처를 숨겨 놓고 자식까지 있다면, 종교에 대한 믿음이나 절에 가고 싶은 마음이 반감되겠지요. 그 절에서 수행하는 승려들의 마음은 어떨까요?"

"듣고 보니 비구들의 성욕 문제가 일반인이 생각하는 것 이상으로 심각한 것 같습니다. 결혼할 나이가 된 여인이 아름답다는 것은 성숙의 미에서 오는 느낌이 강하지만 순결에서 오는 관념도 한몫하잖아요. 이와 마찬가지로 사찰이 성스럽고 청빈하다는 것은 스님들이 금욕과 고행으로 수행하기 때문이죠. 금욕은 수행의 기본이며 금욕 생활을 한다면 어떠한 문제도 없을 것 같습니다."

주서가 말했다.

"금욕을 어기는 성직자가 세상으로 드러날 때 씁쓸한 마음 지울 수 없지만 성직자가 사는 곳도 세상의 일부이니 어쩌겠습니까? 이런 것을 언급할 때마다 묵묵히 정도를 가는 성직자들에게 죄스럽고, 금욕을 초월한 성직자도 많은데 말입니다. 몇몇 성직자의 탈선으로 전체가 지탄받는 것이 더욱 안타깝지요."

미나가 말했다.

"누구에게나 성욕이 있듯이 승려도 육체적으로 한 인간이기에 수행에 철저하지 않으면 언제든지 성 문제를 일으킬 수 있습니다. 승려가 성욕을 탐하는 것은 바르지 않지만 어릴 적 멋모르고 승가에 들어온 승려들을 생각하면 짠하네요. 성 문제를 유독 조계종 비구에게만 엄격한 잣대를 들이대는 것도 그렇고 목사나 대처승은 금욕에 관계가 없잖아요. 주변인들에게 폐해를 주지 않는다면 어느 정도 눈감아 줘도 되지 않을까요?"

성모가 말했다.

"가톨릭이나 조계종에서 율법이나 계율로 금욕을 엄격하게 규정한 것은 수행에 지장 등 그 나름대로 필요하기 때문일 것입니다. 저수지에 작은 구멍이 뚫리면 둑이 무너지듯 종교도 이와 마찬가지가 되겠지요. 불교는 오로지 자신만의 수행으로 탐진치의 삼독을 완전히 꺼 버려 열반에 이르는 것이 목적인데 계율을 지키지 못한다면 그 길을 가지 말아야 하겠지요. 계율을 어긴다면 신도들에게도 영향을 미치는 것은 물론이고 함께 수행하는 승려들에게 죄를

짓는 것입니다. 애욕을 끊을 수 없다면 그것을 허용하는 곳으로 가면 될 텐데요."

미나가 말했다.

"어느 종교든 성직자의 잘잘못이 있게 마련인데 불교에 한정한다면 가장 문제가 있는 승려가 흔히 말하는 땡중이겠지. 그들에게 문제가 되는 것은 성 문제뿐만 아니라 청빈하지 않다는 것이지. 부티나는 가사 장삼을 걸치고, 고급 승용차를 타며, 일식집에서 생선회를 먹고, 심지어 운동한답시고 골프를 치는 이들을 뭐라고 해야 할까? 그 이면에는 사이비 부자 보살이 있을 것 같아. 한쪽에서는 돈이 필요하고 다른 쪽에서는 주목받고 싶어 무지 애를 쓰고 있으니 서로 원원하며 공생한다고 봐야 되지요."

선생님이 말했다.

다들 한바탕 웃는다.

"성직자가 바로 서지 못하는 데 신도들의 잘못도 있다"며 미나가 말한다.

"종교가 신에 의존하여 인생의 고뇌를 해결하고 삶의 궁극적인 의미를 추구하는 것이라면, 신도는 종교를 올바로 믿고 몸소 실천해야 합니다. 믿음의 실체는 무엇일까? 믿음에는 대상이 있는데 그것이 진리인지, 나아가 믿음으로 구원이 되는지를 생각해 볼 필요가 있습니다.

신도는 자신의 믿음과 신앙을 되돌아보고 자신의 모습이 어떤지를 살펴보아야 합니다. 근본적으로 신을 믿는다고 하여도 맹목적으로 믿는 것은 아닌지, 교회와 사찰을 믿고 목사와 승려를 믿는 것은 아닌지, 교회나 사찰의 권위에 소속을 둔 것만으로 자신을 신도라고 하는지 등을 말입니다.

믿음과 신앙은 불가분의 관계가 있지만 거기에는 엄청난 차이가 있습니다. 믿음이 있어야 신앙이 있습니다. 믿음이 가슴에 와닿으면 그것이 신앙이 되고 그것을 생활로 끌어오면 신앙생활이 되는 것입니다. 신도가 신이나 성직자에게 의존하던 것에서 벗어나 스스로 신앙생활을 하는 것이 참믿음입니다. 믿음이 신앙으로 발현되어 부단히 스스로 변화하고 자신을 정화함으로써 종국에는 자기를 돕고 남을 돕는 것입니다. 이것이 믿음의 실체이며 종교의 진리입니다."

"감동이 좍 오네! 그런데 대다수 신도에게 믿음은 구복이 되고 현실은 종교 따로 생활 따로인 것 같은데."

선녀가 말했다.

미나는 고개를 끄덕이며 말을 이어 간다.

"갤럽 조사에 의하면 우리나라 전 인구의 약 53%가 종교를 가진 것으로 조사되었는데, 종교를 믿는 이유 중 '마음의 평안을 얻으려고'가 약 68%로 나타났습니다. 그러면 상당수의 사람이 평안하게 보여야 하는데 그렇지 않습니다. 음식점이나 관광지에서는 그런대로 행복해 보이는데 일상생활에서는, 특히 전철을 타 보면 확연히 다르다는 것을 느낍니다.

그런데 그 대상을 나와 가까운 사람으로 좁혀 보니 더욱 기이했습니다. 교회나 사찰에 나가는 사람들은 마음이 평안해 보여야 하는데 왜 그렇게 보이지 않는지 곰곰이 생각해 보았지요. 제 생각으로는 믿는 이유가 욕망의 발현이 먼저이고 믿음이 복 받고 싶은 자신과 가족에게만 향하기에 그렇지 아닐까 합니다. 또한 신도가 믿는 대상이 무엇이기에 교회나 사찰에 갈 때만 종교인이 되고 그 장소를 벗어나면 타성에 젖은 성격으로 돌아간다는 것입니다.

종교가 어떤지는 그 종교를 믿는 신도를 보면 알 수 있습니다. 단적으로 신도들의 사람다움으로 판단해도 그리 틀리지 않을 것입니다. 신도들에게 평온이 있는지, 대인관계는 어떤지, 인품은 선량한지 등으로 말입니다. 이 세상에 믿기만 해서 해결되는 것은 아무것도 없습니다. 참믿음의 길은 대상물이나 교리, 중간 매개체에서 벗어나 신도 스스로 홀로서기를 하고 믿음을 몸으로 실천하는 것입니다."

"전철을 타면 가끔 주변을 의식하지 않고 실성한 사람처럼 '예수님을 믿으세요!'로 시작하여 혼자 중얼거리며 전도하는 교인을 볼 수 있습니다. 어쩌다 저렇게 되었나 싶을 정도로 측은하다는 생각이 들던데. 누가 그 사람을 그렇게 만들었을까요?"

선녀가 물었다.

"종교는 아편이라는 말도 있잖습니까? 종교에 잘못 심취하면 실성한 사람처럼 보일 수 있습니다. 무언가에 의존하면 나타나는 증상이 강박증인데 이런 신도의 잠재의식 속에는 두려움이 배어 있습니다. 나쁜 일이 생기면 기도를 안 해서 그런 것 같고 사고나 재앙만 닥쳐도 신의 벌이라고 생각하니까요. 이런 현상은 신도의 과도한 믿음에 기인하기도 하지만 중간 매개자인 성직자가 심어 주었다고 봐야죠. 성직자는 우월하다고 믿는 것에 의존하려는 인간의 마음을 이용하여 불상이나 십자가와 교리를 놓고 그것에 의존하게 만듭니다. 세뇌된 신도들은 자신의 정체성을 잃고 무조건 신이나 대상물, 매개체에 의존하게 되겠지요."

미나가 말했다.

"한 이십 년 전에는 단군상 훼손 사건이 기사화되고 사찰 방화 사건 등도 빈번했습니다. 요사이는 뜸하니 다행이나 이런 짓들을 하는 종교인은 어떤 사람이고, 어째서 이런 일을 저지를까요?"

성모가 물었다.

"학교에 설치한 단군상은 민강신앙으로서가 아니라 우리 민족의 기원을 상징하는 의미로 세운 것입니다. 그런데도 이를 우상숭배로 보고 비굴하게 숨어서 무자비하게 절단을 하니 참 안타깝지요. 또한 사찰에서도 방화를 하고, 불상의 목을 치고, 바닥에 빨간 십자가를 그려 놓는 등 이와 유사한 짓을 서슴지 않으니 어떻게 그들을 이해해야 할까요?

이는 종교에 빠지면 물불을 가리지 않는 그들만의 발광이라고 봐야겠지요. 이런 일련의 사건은 유독 개신교에서 일어납니다. 그들은 자기들이 믿는 신만 유일신이고 타인이 믿는 신은 전부 가짜 우상으로 치부합니다. 그러니 다른 종교를 비방하거나 폄하하고 배타적일 수밖에 없습니다."

미나가 말했다.

"세상에서 가장 이해하기 어려운 현상 중에 하나가 종교라고 생각해. 평화를 말하는 종교가 적을 많이 만들잖아. 십자군 전쟁 이

후 아직도 갈등과 충돌은 끝나지 않은 상태이고, 한 교회 내부에서의 파벌싸움은 여전하며, 심지어 한 가정에서도 종교가 다르면 일어나는 싸움이 있으니 말이야. 이런 문제들을 해결할 근본적인 방법이 없을까?"

선생님이 물었다.

"종교의 화합을 위한 방법이 없다기보다 있어도 종교인들이 그것을 받아들이지 않거나 받아들인다고 해도 제대로 실천이 안 된다고 봐야죠. 근래에 와서 종교인들이 주창하는 것이 종교다원주의인데, 이는 모든 종교는 동등하며 종교적 믿음 체계의 다양성을 인정하는 태도나 원리를 말합니다.

요즘은 부처님 오신 날 교회나 성당에서 '부처님 오심은 온누리 기쁨입니다'라는 현수막을, 성탄절 사찰에서 '예수님 탄생을 진심으로 축복합니다'라는 현수막을 볼 수 있습니다. 이는 일부 교회나 사찰에 한정되지만 현수막을 바라볼 때 온 세상이 평화롭고 종교 간 화합과 소통의 장이 활짝 열려 있는 느낌을 넘어 감동을 받습니다. 또한 수녀님들은 절에 가서 불교 체험을, 비구니 스님들은 성당에 가서 가톨릭 체험을 활발히 한다고 합니다.

성직자들의 이러한 실천이 성스럽고 종교를 더욱 숭고하게 만들지만 아직은 종교 화합의 서막에 불과하고 서서히 퍼져 가겠지요. 무엇보다 완전한 종교의 화합을 이루려면 개신교 교파 간의 대화, 이슬람교의 수니파와 시아파의 화해, 유대교·그리스도교·이슬람교의 동반자 관계가 선행되어야 종교의 천국이 되겠지요.

종교의 근본은 믿음인데 그 믿음이 앎으로서만 그치는 것이 아

니라 가슴으로 와닿을 때 진정한 믿음이 되겠지요. 맹목적인 믿음
은 자기중심적인 종교로 빠질 수밖에 없습니다. 성직자를 비롯하
여 신도들은 믿음이 강하다고 해도 선지자들이 체험한 믿음까지
다가가기엔 숱한 고난이 있을 것입니다. 참믿음으로 가는 방법이
사랑을 실천하는 것이 아닐까요? 믿음이 충만하면 세상을, 사람을
사랑하게 되고 사랑을 몸으로 실천하면 생활이, 삶이 종교를 넘어
신앙생활이 될 것입니다."

미나가 말했다.

"초현대 사회로 갈수록 종교는 무용론을 넘어 없어져야 한다는
사람들이 늘어나고 있는 실정입니다. 리처드 도킨스 같은 사람들
은 종교가 민중의 아편이고 집단적 망상의 결과이기에 사람을 병들
게 한다는 것입니다. 이들은 종교의 역기능을 문제 삼고 성직자의
비리와 도덕적 결함 등 종교인에 대한 실망 때문에 종교를 싫어합
니다. 그런데도 종교는 철옹성같이 건재할까요?"

주서가 물었다.

미나는 어려운 문제라며 난감한 표정을 지으며 말한다.

"종교도 인간이 만들었기에 어떤 측면에서는 타락할 위험을 안고
있습니다. 그렇지만 종교는 오랜 세월 성장과 개혁을 거듭하면서
신도들에게 삶을 지탱해 주는 종교의 핵심적인 진리를 심어 주었습
니다.

인간은 영적인 존재로 진화하면서 종교적인 속성을 지녔으며 삶
자체가 종교적이라 볼 수 있습니다. 여기에는 초월적인 존재에 의
지하고 싶고 뭔가 잘되기를 바라고 원하는 인간의 마음이 담겨 있

습니다.

　무한 우주에 놓인 인간은 우주와 인생의 근본을 생각하며 살아
갑니다. 인간은 어디서 와서 어디로 가는지, 왜 사는지, 무엇을 위
해 살아야 하는지를 고민하지 않을 수 없기에 종교는 필연적일 수
밖에 없습니다. 종교는 연약할 수밖에 없는, 두려움에 떨 수밖에
없는 인간에게 근본적인 해답과 안전을 제시해 왔던 것입니다."

　"사후세계의 존재 여부를 모르지만 확실히 사후세계가 없다면
인간의 삶은 확연히 달라질 것 같은데. 어떤 사람은 사후세계가 있
든 없든 선하게 살 것이지만, 그렇지 않는 사람은 더욱 이기적이고
자기중심적으로 살아가겠지. 그런 사람은 온갖 악행을 저지르고
세상은 혼란하고 난장판이 되지 않겠어?

　이와 마찬가지로 종교 없는 세상을 외치는 사람도 있지만 종교
가 없다면 세상은 삭막하고 비참할 것 같아. 나만 잘 살면 그만이
고 환경 훼손이 나와 무슨 상관이 있느냐는 등의 생명 경시 풍조
가 만연하겠지. '사람은 고귀하다', '사람이 곧 하늘이다', '모든 것의
중심에는 사람이 있다'라고 누가 인간을 존귀하게 할까? 인류의 역
사를 돌아봐도 그런 역할을 해낸 것이 그나마 종교였다고 보는데."

　선생님이 말했다.

　"그렇습니다. 일부 성직자나 신도들의 일탈 행위가 종교를 부정
하게 하고 종교무용론까지 거론되는 현실이지만 종교는 사라지지
않을 것입니다."

　미나가 말했다.

잠시 후 미나는 종교 없는 삶을 생각해 보자며 이야기를 이어 간다.

"특정 종교에 몸담고 있는 거의 모두가 신에 대한 믿음을 통해 인생의 고뇌를 해결하고 삶의 궁극적인 의미를 추구하려고 해당 종교의 신도가 된 것일까요? 그들에게 물어보면 대부분이 그렇다고 하겠지만 가족이나 친척, 친구 등 가까이 접하는 종교를 가진 사람들의 삶을 살펴보면, 진정으로 신앙생활을 하는 사람들은 훨씬 적을 것입니다.

각종 조사 자료를 보면 기독교를 꽃 피웠던 스웨덴, 프랑스, 영국의 경우 종교인의 비율이 상당히 높은데 무신론자의 비율도 높다는 것입니다. 이는 종교인 중 무신론자가 많다는 것을 내포합니다. 이것은 신에 대한 절대적인 믿음 없이도 종교를 가질 수 있다는 의미로 볼 수 있습니다. 또한 우리나라의 경우에도 '왜 종교를 믿는가?'라는 질문에 종교적 의미를 충실히 따르는 사람들은 15% 정도에 불과했습니다. 나머지 사람들은 현세적이고 실질적인 다른 이유가 있다는 것이지요.

종교에 애정을 갖고 있는 사람들이 '종교는 기복신앙으로 흐르면 안 된다'고 강조해도 이것은 엄연한 현실입니다. 신도들은 '종교가 마음의 평안과 복을 준다면, 신이나 초월적 존재는 별개의 문제'라고 보는 것이지요. 단적인 예로 그들은 자녀가 수능 시험을 칠 즈음이면 절에 가서 108배를 많이 하고, 교회에 나가 100일 기도를 하루도 거르지 않을 것입니다.

사람들이 종교를 가지는 또 다른 이유가 있습니다. 그들이 교회나 성당, 절에 가는 것은 대인관계를 형성하기 위해서입니다. 사업가는 비즈니스를 확대하고, 정치인은 선거 때 득표수를 보장받기 위해 종교 시설에 속해 있는 것이 훨씬 유리하기 때문입니다. 청소년은 종교보다 이성 친구를 만나기 위해서 가는 경우도 있을 것입니다.

작금의 현실은 종교의 목적이랄까, 근본에서 벗어난 감이 없잖아 있습니다. 이러한 현상을 어떻게 봐야 할까요? '종교는 믿음이다'라는 명제에 의문을 가질 사람은 아마 없을 것입니다. 그 믿음이 깊지 않더라도 종교가 삶에 도움을 주기에 종교는 건재할 수밖에 없으며, 다른 한편으로 생각하면 종교 없는 삶도 어떤 사람에게는 지장이 없겠지요."

"인간이 여타 생명체와 다른 점은 무엇보다 이성이 있다는 것입니다. 또한 인간은 이성이나 지성에만 머무르는 것이 아니라 영성으로 거듭납니다. 인간은 삶과 죽음, 왜 사는지, 어떻게 살아야 하는지 등에 대하여 고뇌하기에 종교가 필요합니다.

종교의 핵심적인 진리와 사상은 순수 진리를 추구하는 구도자와 정신세계를 추구하는 종교인이 이끌어 갑니다. 신도들은 종교로부터 정신적인 것을 얻고 종교가 살림을 꾸려 가도록 물질적인 지원을 해야 합니다. 그런 의미에서 기복신앙을 우선하는 신도들은 종교 살림에 크게 기여한다고 봐야 하지 않을까요?"

성모가 말했다.

"얘기를 하다 보니 비껴간 감이 있습니다. 고 박사 말이 현실적으로 맞는 말인데요. 이제 종교 없는 삶을 얘기해 보겠다"며 미나가 말한다.

"사회가 발전할수록 무종교 인구는 늘어나고 있습니다. 기이한 현상이기도 한데 국가마다 차이가 있겠지만 그 속도가 빠른 편입니다. 우리나라도 종교가 없다고 하는 사람들이 전체 인구의 60%에 육박하고 있습니다.

진정한 종교인이라면 모든 생명은 동등하고 사람들이 종교를 믿든 안 믿든 누구에게나 편견을 가져서는 안 된다고 생각할 것입니다. 종교적 실천도 이런 인식에서 비롯됩니다.

그러나 우리 사회에는 타 종교인이나 무종교인을 무시하고 비난하는 맹목적인 종교인이 많습니다. 그들은 무례한 포교 활동을 하고, 폭력적인 종교 갈등을 일으키며, 종교의 이름으로 비윤리적인 행위를 일삼고 있습니다. 이런 해악은 사람들을 종교에서 더 멀어지게 만듭니다. 종교의 가르침이 시대정신에 상충된다는 기본적인 인식과 종교계에서 일어나는 불미스러운 문제들을 접하면서, 종교 자체에 환멸을 느끼는 것이 종교 없는 삶을 지향하는 가장 큰 원인이 아닐까 합니다.

현대 사회는 산업화, 도시화, 정보화, 세계화의 시대로서 사람들은 일생을 다할 때까지 경쟁해야 하는 바쁜 삶을 살아갈 수밖에 없습니다. 이러한 현실에 편승하여 탈종교화는 늘어만 가고 있습니다. 현대인들은 기복신앙을 전제로 하는 종교에 더 이상 매료되지 못하고 있으며, 종교는 이제 극락이나 천국, 지옥이란 이름의 처방으로는 그 설득력을 잃었습니다. 열린 사회에서는 종교에 대한 이해관계가 크게 줄어들었으며, 사람들은 종교를 갖지 않아서 받는 불이익이보다 종교 없는 삶이 더 유익하다고 보는 것이지요.

인간은 종교를 갈망합니다. 그렇지만 현대인들은 인생관이나 세계관이 다양하고 타인을 추종하기보다는 자신의 이상을 추구하고 내적으로 자기 삶에 충실하려고 합니다. 종교에 무관한 사람도 있지만 종교 없는 삶을 추구하는 사람들이 종교를 부정하지는 않을 것입니다. 그들의 관심과 종교적 필요가 기존의 종교에서는 충족될 수 없음을 알고 다른 무언가를 찾고 있지 않을까요? 문명이 가속화될수록 인간소외 내지 인간상실이 더 심해지기에 고독하게 살아가는 사람들에게는 '종교가 무엇인가?'보다 '어떤 종교가 필요한가?'가 더 절실할지도 모릅니다. 많은 사람이 원하는 것은 영성이 아닐까요?"

"종교에 대해 작게나마 도움을 주려고 했는데 이해는 되셨는지요? 제 이야기는 여기까집니다."

미나가 말했다.

선생님은 미나를 어여쁘게 바라보며 고마움을 전하고 다른 의견이 있는지를 물어본다.

잠시 침묵이 흐른다.

"학문하는 사람이 부러웠는데. 미나 박사님, 존경합니다. 언제나 우리의 기대를 저버리지 않는 영원한 친구, 자성의 불빛으로 세상을 밝혀 주세요. 그리고 마지막 한 말씀 부탁할게."

선생님이 말했다.

"사람들은 환경이 오염되고 파괴된 현실을 보며 자연으로 돌아가자, 원시시대로 돌아가자고 합니다. 그렇지만 인간은 문화생활에 젖어 자연으로 돌아갈 수 없으며, 생활 환경이 변하여 그 훼손된 자연을 원래대로 복원시킬 수가 없습니다.

이와 마찬가지로 종교의 개혁론자들도 작금의 종교 현실을 보고 '성서로 돌아가야 한다', '원시 불교의 정신으로 돌아가야 한다'는 등의 구호를 외칩니다. 종교도 문명의 산물인데 처음으로 돌아갈 것이 아니라 문명이 달라진 만큼 종교 역시 달라져야 합니다.

'우리에게 어떤 종교가 필요한가?'라고 물을 때 그 어떤 종교는 독선에 빠진 종교, 맹종을 강요하는 종교, 내 종교만 진리라고 하는 종교는 분명 아닐 것입니다. 그것은 종교를 위한 종교가 아니라 사람을 위한 종교가 될 것입니다. 생명이 진화하듯 종교도 끊임없이 진화할 것입니다. 앞으로 우리가 만들어야 할 종교는 타 종교에 언제나 열려 있는 개방된 종교, 인간의 자유와 평등을 소중히 여기는 종교, 지구 환경을 철저히 보호하고 나눔을 실천하는 종교가 되어야 합니다. 그렇지 않으면 종교 아닌 종교의 시대가 올지도 모릅니다.

사람들은 종교 간의 갈등을 해소하는 방법으로 종교다원주의를 말합니다. 종교다원주의의 핵심은 다른 종교의 진리와 가치를 인정하고 화합하는 종교로 거듭나자는 것입니다. 21세기에 이것만큼 좋은 화두는 없는데 종교인은 하나같이 자신이 속한 종교에 충성심이 강하고 자부심이 대단합니다. 그들은 진리는 두 개가 될 수 없으며, 자신이 속한 종교의 진리만이 참진리라고 굳게 믿습니다. 이런 이유로 종교 간의 대화는 활발하나 결론 없는 명분으로 요원해 보입니다.

모든 사람은 자유로이 종교를 선택해야 합니다. 그런데 많은 사람이 다른 사람이나 주변 환경에 의해 종교를 선택하는 꼴이지요. 청소년기에 학교에서 세계 여러 종교를 교육한다면 종교 선택에 많은 도움이 되겠지요. 그리고 타 종교를 이해할 수 있어 종교 간 화합에 도움이 될 것입니다.

모두가 득도하고 해탈하며 부활하기를 빌게요."

인식의 시대

"세상에는 알아도 그만 몰라도 그만인 것이 있습니다. 그러한 것은 일상 삶에 크게 도움을 주거나 하등 관계가 없을 수도 있지만 또한 사람들은 그것을 끊임없이 알고 싶어 합니다. 우주의 근원이라든가 세상의 궁극적인 실제라든가 내면에서 일어나는 울림, 변화, 깨달음 같은 거 말입니다.

그런 측면에서 우리는 당돌할 정도로 담론을 나누어 왔습니다. 천체, 생물, 종교, 인식이라는 명제로부터 이것들을 시공간으로 확대하여 넓고 깊게 조명하고 있습니다. 천체와 생물의 시대가 보이는 세계라면, 종교와 인식의 시대는 보이지 않는 세계가 되겠지요. 그렇지만 보이는 세계도 볼 수 없는 부분이 있고, 보이지 않는 세계도 보이는 부분이 있습니다. 생각보다 훨씬 놀랄 만한 것을 알게 되었는데 이제 마지막으로 인식의 시대를 들어 봅시다."

선생님이 말했다.

"앞서 들은 훌륭하신 세 분의 이야기는 정말로 의미 있고 유익했는데 제가 할 얘기는 오히려 평범할 겁니다. 또한 천체, 생물, 종교의 시대는 그 의미가 확 다가오는데 인식의 시대는 무엇을 뜻하는지 감이 오지 않습니다. 사람은 끊임없이 세상을 알고 싶어 하고 의식을 가지고 산다는 의미로 생각하고 말씀드릴게요."

선녀가 말했다.

"어느 날 부처님이 제자들에게 '이 세상에서 가장 놀라운 일이 무엇이냐?'고 물었습니다. 여러 답변이 있었는데 그중에 '모든 인간이 하나도 예외 없이 언젠가는 죽을 것인데도 인간은 자기가 죽으리라는 걸 잊고 사니, 이보다 더 놀라운 일이 또 어디 있겠습니까?'라고 한 제자가 대답했습니다. 그러자 부처님이 활짝 미소를 지으며 '네 말이 옳다. 그보다 더 무서운 일은 이 세상에 없느니라.'라고 말했습니다.

사람은 태어나서 죽음을 생각지도 않다가 나이가 들면서 어느 시기에 죽음을 생각하게 됩니다. 죽음을 생각하고 깊이 숙고한다면 그 사람은 살아온 날보다 죽음을 맞이할 날이 짧다는 것이겠지요. 인생에 있어 삶의 문제만큼이나 중요한 것이 죽음의 문제입니다.

종교는 신을 믿기에 존재하지만 죽음이 있기에 더 존재하는 것이 아닐까요? 사람은 죽음이 다가오기에 삶을 두려워합니다. 그리하여 사후세계에 대해 관심이 많습니다. '죽으면 그것으로 끝일까? 또 다른 세계가 있을까?' 하는 화두는 누구나 한 번쯤 고민하는 것이지요.

삶과 죽음에 대해 어느 선사는 동전에 양면이 있듯이 하나라고 했습니다. 삶과 죽음이 하나라는 것은 무엇을 의미할까요? 어떤 생명이 죽으면 그것으로 끝이라고 할 수도 있겠으나 삶과 죽음은 왔다 갔다 하는 것으로 삶은 죽음이 되고 죽음은 다시 삶이 된다고 볼 수 있습니다. 일반적으로 이것을 윤회라고 합니다."

"사람은 몸과 마음으로 이루어져 있습니다. 마음은 성품, 감정, 의사, 의지 등을 포함하는 주체로서 지각, 사유, 추론, 판단을 하며 자신을 통제하는 역할을 합니다. 몸은 마음이 움직인다고 볼 수 있습니다. 여기에 영혼이 더해지면 참 복잡하죠. 영혼은 몸과 마음에 영향을 미치는 무형의 실체입니다. 사람이 윤회를 한다면 몸과 마음, 영혼의 그 무엇이 윤회를 하는지를 생각해 볼 필요가 있을 것 같은데요."

주서가 말했다.

"윤회하는 주체는 육체가 아니라 영혼이지요. 굳이 육체의 윤회를 말한다면 이러한 것입니다.

가령 사람이 소고기를 먹으면 소는 사람이 되고 사람이 죽어 땅속에 파묻히면 벌레들이 그 죽은 육체를 취합니다. 또한 사람이 어떤 생명을 먹고 그 배설물을 밭에 거름으로 주면 채소가 자랍니다. 그리고 그 채소를 다시 사람이 먹습니다. 이것은 생명의 살아가는 조건으로 돌고 도는 공생입니다. 육체는 똑같게 다시 태어날 수는 없습니다. 결국 윤회는 영혼이 하는 것으로 봐야지요."

선녀가 말했다.

"동양 철학에서는 물질인 정과 영혼인 신이 조화를 부려서 발생하는 것을 기라고 합니다. 정은 몸을 구성하는 음적인 에너지이고, 신은 눈에 보이지 않는 양적인 에너지입니다. 이 둘이 합해져서 조화를 이뤄 에너지 파동이 일어나는 것을 기라고 합니다. 음이 없어지면 양이라는 것도 없어집니다.

존재계의 법칙은 쌍생쌍멸하므로 영혼과 육체가 상대적 법칙에 의해서 쌍으로 나왔다가 쌍으로 사라져 버리는 것입니다. 몸이 생하면 마음도 생하는 법입니다. 육체가 사라지면 영혼도 사라지고 전기에서 플러스가 사라지면 마이너스가 사라지듯이 말입니다. 그런데 마음이나 정신을 영혼과 동일하게 볼 수는 없을까요?"

미나가 물었다.

"마음이나 정신은 영혼과 동일하지 않습니다. 서로에게 영향을 주는 것은 맞지만 영혼은 차원이 다릅니다. 치매 환자가 기억을 상실했을지라도 영혼은 그대로 있는 것이지요."

선녀가 말했다.

이어서 선녀는 윤회의 증거들을 이야기한다.

"언제부턴가 인간은 영혼의 실체, 전생의 흔적, 사후의 세계를 찾아왔습니다. 이러한 케이스는 몇 가지로 나누어 볼 수 있는데요.

첫째는 전생퇴행, 최면요법이 있습니다. 최면을 걸어서 죽 퇴행을 해 나가는 것인데 유년으로까지 가고 한 발짝 더 나아가 전생까지 이어집니다.

둘째는 임사 체험입니다. 이는 거의 죽음 직전까지 갔던, 잠시 죽었던 상태에서 죽음을 체험하게 되고 그 체험담을 공유하며 윤회를 다루는 것입니다. 임사 체험은 심장사와 뇌사로 구분되는데 대부분이 심장사이고 뇌사는 희귀합니다.

셋째는 전생을 기억하는 사람들이 있는데 거의 아이들에게 국한됩니다.

넷째는 티베트 라마교 또는 알래스카 부족 중 틀링깃족이 있습니다. 라마교가 유명한데 달라이라마가 죽기 전에 '내가 언제 어디서 죽게 되고 그 이후 언제 어디서 어떤 몸으로 환생하겠노라'라고 예언을 합니다. 그래서 제자들이 때가 되면 그 마을을 뒤져서 다시 태어난 아이를 데리고 와서 증명을 하고 다음번 달라이라마가 되는 전통이 있습니다.

다섯째는 영매를 통한 채널링입니다. 영매는 죽은 자의 영혼과 살아 있는 사람이 소통하게 만들어 주는 의식입니다.

여섯째는 초월명상이 있습니다. 이는 요가, 명상 등을 통해서 뛰어난 영 능력자가 전생을 다녀올 수 있고 절대자를 만나거나 천상계를 방문할 수 있다는 것입니다."

"선녀님은 전생을 보는 것으로 유명하여 많은 사람과 상담을 할 텐데, 앞에서 설명한 케이스 중에 어디에 속하나요?"

성모가 물었다.

"사실 나는 어렸을 때부터 특별한 예감을 가진 아이였다고 생각합니다. 집에 홀로 있어도 무섭거나 심심하지 않았습니다. 다락방에서 조용히 침묵하는 나만의 시간을 가졌던 것 같아요. 산과 들로 혼자 다니거나 서낭당과 무덤 옆을 지나가도 덤덤하며 일상생활 그대로였습니다. 심지어 술래잡기할 때도 상엿집 주변에 자주 숨었습니다. 시골에서 상엿집은 귀신 나온다고 아이들이 꺼리는 곳이지요.

초등학교에 다니기 전부터 마을 사람들의 이상한 모습이 보였습니다. 한 번은 이웃집 할머니가 지나가는 것을 지켜보았지요. 그런데 어느 순간 그 집 가족들이 상복을 입은 모습이 보였던 것입니다. 그리고 며칠 지나 그 할머니가 돌아가셨습니다. 이런 일이 있고부터 어떤 광경이 눈에 보이면 신기할 정도로 그 일이 꼭 생겼습니다.

외갓집이 한동네라서 자주 외할머니와 놀았습니다. 외할머니는 저를 무척 귀여워해 주시고 맛있는 것도 챙겨 주셔서 외할머니를 또래 아이들보다 더 좋아했지요. 내가 본 마을 어르신들이 '돌아가실 것 같다'는 느낌이 와서 몇 번 외할머니께 이야기한 적이 있었습니다. 외할머니는 처음에는 괘념치 않아 하시더니 나중에는 깜짝 놀라시는 것이었습니다. 그런 일이 있고 나서 어머니로부터 심한 꾸중을 들었습니다. 어머니는 다른 사람들에게 그런 말을 하면 큰일 나니 절대로 하면 안 된다고 했습니다. 그러한 일이 생길 때마다 답답하여 다락방에서 깊은 생각에 빠져들었는데 나중에 알고 보니 명상 같은 것이었습니다.

여고 시절 어느 봄날, 한적한 절에서 어떤 보살님과 둘이서 참선을 하는데 갑자기 그 보살님의 무의식 세계로 들어가 그분의 전생이 한 편의 영화처럼 보이는 것이었습니다. 어떻게 이런 일이! 나는 깜짝 놀라 충격을 받았습니다. 그리고 특이한 일이 일어났습니다. 명상을 깊이 할수록 그전에 보았던 사람들이 상복을 입거나 불이 난 광경 등은 서서히 퇴화되고, 사람들의 무의식 속으로 들어가 전생을 읽어 낼 수 있게 되었습니다. 내가 보는 전생 케이스를 구분한다면 초월명상이 되겠지요."

선녀가 말했다.

"누군가의 전생을 보았다든가 읽는다고 하는 것은 사실이라고 생각하는데, 그렇다 하여도 그 사람의 전생이라고 단정할 수 있을까?"

미나가 물었다.

"물론 단정할 수는 없겠지요. 주서가 천체의 시대를 얘기하면서 물리학은 '어떻게'라는 질문보다는 '왜'라는 질문에 답해야 한다고 했는데, 전생에 관한 이야기는 '어떻게'로 답할 수밖에 없습니다. 왜 지구가 자전을 하는지, 왜 화산은 간헐적으로 폭발을 하는지, 우리는 그 원인이 무엇이라기보다 그러한 현상을 볼 수 있으니 그렇다고 하는 것이지요.

내가 명상을 통하여 내담자의 전생을 보는 내용과 최면가가 최면요법으로 피최면자의 전생을 보는 내용이 거의 일치한다는 것밖에 드릴 말씀이 없네요. 단지 차이가 있다면 초월명상은 영능력자가 내담자의 무의식 속으로 들어가 저장된 정보를 보는 것이고, 최면요법은 피최면자가 전생으로 유도되어 본 것을 스스로 말하는 것입니다."

선녀가 말했다.

"그렇다면 자신의 전생을 피최면자가 스스로 보고 말하는 것이 더 신빙성이 있지 않을까?"

미나가 또 물었다.

"아무나 영능력자가 될 수 없듯이 누구나 최면 유도가 되는 것은 아니지요. 사실 최면 유도는 피최면자가 전체보다는 일부 중요한 것만 보았다고 볼 수 있겠지요. 내가 본 내담자의 전생도 주마등같이 빠르게 한 편의 영화를 본 것과 같으니 이야기나 해석의 차이는 있겠지요."

선녀가 말했다.

"신빙성으로 본다면 '전생의 기억을 갖고 태어난 아이들'의 이야기가 더 믿음이 가던데. 그들은 태어나서 한 번도 가 보지 않은 곳인데도 언제 어디서 살았고 자기 부모가 누구였다고 하여 확인해 보니 사실이었습니다. 그런데 어떻게 꿈꾼 것과 같이 전생의 기억을 갖고 태어날 수 있을까요?"

주서가 물었다.

"영능력자들은 보통 사람의 경우 태어날 때 전생의 기억이나 영계의 기억을 전부 없애 버리고 태어나도록 구성되어 있다고 말합니다. 일반적으로 윤회의 주기가 200년 정도라고 한다면, 전생을 기억하는 아이들은 죽은 지 얼마 안 된 짧은 기간에 다시 태어나거나 영계로 들어가는 전단계인 정령계에서 다시 태어났다고 봐야 하지 않을까요."

선녀가 말했다.

"어떤 방법으로 내담자의 무의식 속으로 들어가는지가 궁금한데?"

성모가 물었다.

"많은 사람이 질문하는 것인데 어떻게 설명해야 이해가 될지 모르겠네. 일종의 공명현상이라고 할까? 라디오를 한번 생각해 봅시다.

방송국에서 소리나 음악을 전파로 바꾸어서 송신 안테나로 내보내면, 라디오의 수신 안테나는 이 전파를 받아 다시 소리나 음악으로 바꿉니다. 이 소리는 스피커로 들을 수 있는 거죠. 방송국마다 주파수가 있듯이 사람마다 무의식에 접근하기 위한 주파수 같은 그 무엇이 있는 것 같아요.

영혼이라고 할까 기억이 저장된 공간을 컴퓨터에 비유하면 그곳에는 반드시 비밀번호 같은 장벽이 있어서 들어가기 위해서는 그 비밀번호를 해독해야만 합니다. 사람들의 그 견고한 장벽을 뚫고 들어가려면 깊은 명상을 해야 하며 언제나 접근할 수 있는 것은 아니니 무척 힘들고 어렵지요.

전생을 보거나 읽어 내는 것은 특수한 일이라고 보면 됩니다. 극한 작업을 한다고 볼 수 있죠. 내담자의 무의식 속으로 들어갈 때도 깊은 명상을 해야 하고 끝나서도 몸 상태를 온전히 하기 위해서 일종의 정리 해제 명상을 해야 합니다."

선녀가 말했다.

"하나 더 물어볼게. 왜 사람들은 전생을 알고 싶어 할까? 전생을 안다고 해서 달라지는 것도 없을 텐데."

성모가 말했다.

"현실적으로 크게 어려움이 없는 사람들은 운명이나 전생 같은 것에 관심도 없습니다. 전생을 알고 싶어 하는 사람들은 세상살이가 힘들고 괴로움이 많은 사람들이지요. '전생이 어땠기에 내 인생이 이럴까?'라고 생각하는 것 같습니다.

다 그런 것은 아니지만 주식을 하거나 복권을 사는 사람들은 십중팔구 돈이 궁한 사람들입니다. 카지노에서 돈을 탕진하거나 주식에 투기하여 거액을 날린 사람들은 처참하게 잃어버린 마음을 완전 치유하려면 다시 카지노에서, 주식에서 본전을 찾아야 하는데 거의 불가능하지요.

그래서 말인데요. 자기 자신의 전생을 이해하면 사는 데 도움이 되지 않을까요? 문득 트라우마, 콤플렉스, 열등감이란 말이 떠오르는데요. 누구나 이런 것들 하나쯤은 갖고 있을 겁니다. 적절하지는 않지만 예를 하나 들어 볼게요.

조선왕조에는 27명의 임금이 있었습니다. 왕들에 대한 평가는 역사가마다 사람마다 다 다르겠지요. 선조와 정조를 비교해 보겠습니다.

선조를 떠올리면 임진왜란, 무능한 왕이 다가올 겁니다. 실제 선조는 무능하다기보다는 오히려 총명하고 영특했습니다. 중종의 서손인 덕흥대원군의 셋째 아들이라는 것만으로도 짐작할 수 있습니다. 그런데 선조에게도 열등감이 있었습니다. 자기 아버지와 어머니가 왕과 왕비가 아닌 조선 최초의 왕이었으니까요.

임진왜란이 일어나 이순신이 연전연승하고 백성들이 장군을 칭송한다는 소식을 접할 때마다, 선조는 그 열등감을 극복하지 못하고 전쟁의 승리보다 왕조의 위태로움을 느끼지 않았나 싶습니다.

이에 비해 정조는 영조의 둘째 아들 사도세자와 혜경궁 홍씨 사이에서 태어나 세손으로 책봉되었습니다. 그리고 아버지 사도세자가 뒤주에 갇혀 죽자 횡사한 영조의 맏아들 효장세자의 양자로 입적되어 제왕 수업을 받았습니다.

그런데 정조에게는 당쟁에 희생되어 죽은 사도세자에 대한 열등감이 있었습니다. 그렇지만 정조는 내 아버지는 사도세자라고 외치며 그 열등감을 극복했습니다. 그리하여 정조는 당쟁의 소용돌이 속에서 죽음의 위협에 시달리면서도 문예부흥을 통해 새로운 정치를 열어 갈 수 있었습니다.

두 왕의 이야기는 평범한 사람들에게는 어울리지 않을 수도 있지만 열등감을 숨기고 사는 것과 열어 놓고 사는 것에는 굉장한 차이가 있습니다. 사람들이 전생을 알고 그것을 이해하고 인정했을 때는 심적으로 편안하지 않을까 합니다."

선녀가 말했다.

선생님은 트라우마나 열등감에 대해 완전 공감한다며 마음수련원에서 있었던 일화를 이야기한다.

"퇴직을 하고 어쩌다 충남 논산에 있는 마음수련원에 가게 되었지. 마음수련은 지나온 삶의 기억을 버림으로써 본래의 자기를 발견하는 것이야. 결국 수련이라는 게 죽는 연습을 하고 지나온 삶의 기억을 버리는 것이 전부이며 반복적으로 합니다.

처음에는 눈을 감고 수련을 하는데 어느 정도 시간이 지나니 여기저기서 우는 소리가 들립니다. 수련원생들이 250여 명 되는데 남녀노소, 직업 등도 다양합니다. 사람마다 지나온 삶이 다르지만 서러움, 분노 등 감정은 비슷한 것 같아. 기억을 떠올려 버리는 과정에서 슬픔과 한이 복받쳐서 울부짖는 사람도 많더라고. 신기한 것은 지나온 삶이 하찮은 인생이고 그 기억을 버리고 나니 참 개운하며 열등감 같은 게 다 사라지던데."

"전생이나 사후세계의 중심에는 영혼이 있어야만 되는데, 그 존재 여부에 대해 짚고 가야 되지 않을까요?"

성모가 말했다.

"임사 체험이나 유체이탈이란 말 들어 보셨지요. 임사 체험은 죽었다가 살아난 사람들을 말하는데 정확히는 일시적으로 죽었던 사람들입니다. 이 체험은 사고나 질병 따위로 의학적 죽음의 직전까지 갔다 살아남은 사람들이 겪은 죽음 너머의 세계에 관한 것입니다. 수천 년 전부터 그 사례가 기록되어 왔으며 개개인에게는 아주 드문 현상이나 사례는 많이 있습니다. 그 내용도 대동소이하고요.

이를테면 어떤 사람이 교통사고를 당하여 병원으로 옮겨졌지만 의식 불명의 상태가 되어 죽었는데 매장하려 할 때 다시 살아났다는 것입니다. 그런데 그 사람은 자기의 죽음부터 장례식까지 모두 것을 보고 있었습니다. 병원에서도 누가 병실로 들어오고 어떤 대화가 오갔는지를 알고 있었습니다. 또한 의사로부터 죽음이 선고되었을 때 몸에서 또 하나의 몸이 스스로 빠져나왔습니다.

그 빠져나온 것을 유체이탈이라고 합니다. 임사 체험을 하려면 영혼이 육체에서 벗어나 분리되어야 합니다. 사람이 죽으면 육체에서 분리되는 그 무엇이 영혼이기에 영혼은 존재한다고 봐야 하지요."

선녀가 말했다.

"사람들은 영혼이라는 말을 사용하는데, 자유로운 영혼이라든가 혼이 빠졌다는 등 영혼의 의미를 다양하게 생각하고 정의하는 것 같아. 솔직히 말해서 영혼이라는 개념이 다가오지 않는데 설명해 주었으면 하는데."

선생님이 선녀를 보며 말했다.

"영혼은 한마디로 설명하기가 어렵습니다. 불교의 유심론에서 말하는 인간의 근본의식을 근거로 얘기해 보겠습니다. 얘기에 앞서 한 말씀 드릴게요.

제가 원행 스님과 자주 만나 함께 참선을 하고 가끔은 불교에 대해서 많은 이야기를 나눕니다. 영혼이란 개념도 그 스님과 담소를 하면서 터득했다고 봐야지요. 다만 저는 불교의 경전을 적확히 이해했다고 보지 않으며 유심론에서 의미하는 것에 내 관점을 가미했다는 표현이 맞지 않을까 합니다."

"원행 스님이 초등학교 동창이었으니 함께 불교 공부도 많이 했겠네."

주서가 말했다.

"불교뿐만 아니라 인생도 논하고 서로 도움을 주고받았으니 참 좋았어."

선녀가 말했다.

"원행 스님이 누구지?"

선생님이 물었다.

미나가 선생님을 힐끗 보며 말한다.

"죄송해요, 선생님! 아무도 말씀드리지 않았나 봐요. 서후인이 기억 안 나세요? 30여 년 전에 출가한 것 같은데요."

"후인이가 스님이 될 줄은 생각지도 못했는데."

선생님이 말했다.

선녀는 마음에 대하여 이야기를 한다.

"유식사상(唯識思想)에서는 인간의 마음인 식을 여덟 가지로 구분합니다.

눈, 귀, 코, 혀, 신체를 통해서 일어나는 시각, 청각, 후각, 미각, 촉각의 다섯 가지의 감성작용을 일으키는 식을 모두 함께 전오식

(前五識)이라 부릅니다.

　제육식(第六識)은 전오식에 의해서 일어난 감성지각에 대해서 분별하는 식인데 의식이라고 합니다. 가령 인간이 어떤 것을 보고 '저것이 무엇이다' 하고 또 사유, 분석, 추리, 판단하는 것 같은 일체의 분별 작용하는 의식이라 합니다. 나와 너, 선과 악, 옳고 그름 등의 생각은 모두 의식이 일으키는 것입니다. 공중도덕을 지키려는 것, 어떤 일을 잊어버리지 않고 생각하는 것, 자다가 꿈을 꾸는 것도 다 의식입니다.

　제칠식(第七識)은 말나식(末那識)이라고 불리며 인간의 자아의식이라고 할 수 있는 마음작용입니다. 나 또는 내 것과 같이 나라고 하는 자아와 관계되는 심작용(心作用)이라 할 수 있습니다. 의식이 어떤 생각에만 빠져 있는 바로 그 순간에도 마음 저 밑바닥에서는 자기 자신에 대해 끊임없이 애착하는 또 하나의 마음이 있습니다. 이와 같이 말나식은 여타의 마음과는 별도로 존재하면서 항상 자기 자신에 대해 선천적이고 무조건적이며 무의식적으로 집착하는 마음입니다.

　제팔식(第八識)은 아뢰야식(阿賴耶識)이라고 하며, 다른 식과 같이 무엇을 자각하고 분별하는 작용의 식이 아니고 의식에서 비롯된 기억이나 정보를 저장하는 기능을 합니다. 인간 마음의 최심층부에 존재하는 마음의 작용이라고 할 수 있습니다. 말나식과 아뢰야식은 무의식에 가까운 마음으로 평상시 인간은 이 둘의 존재를 알지 못할 정도로 미세하게 작용합니다."

　묵묵히 듣고 있던 주서가 말한다.

"심오하다. 마음을 이렇게 세분할 수도 있구나. 불교는 종교에 앞서 철학이나 사상으로 보아야겠네. 그런데 누가 이것을 알아낸 건가요?"

"부처님이 최초로 깨우쳤을 것이고 유가행자들이 요가 수행을 하는 과정에서 깊은 선정 속에서 발견하게 된 것으로 체험에서 나왔다고 봐야지요."

선녀가 말했다.

이어서 선녀는 영혼 이야기를 한다.

"인간이 살아 있을 때는 여덟 가지 마음이 유기적으로 연계되어 서로 주고받으면서 마음작용을 합니다. 그런데 인간이 죽으면 마음도 흩어지겠지요. 인간이 죽으면 전오식인 눈, 귀, 코, 혀, 신체가 제 기능을 못 하고 제육식인 의식도 사라집니다. 그렇지만 제칠식인 말나식과 제팔식인 아뢰야식은 그대로 남습니다.

말나식은 인간이 살았을 때는 거의 의식에 의존했는데 의식이 사라지고 나니 아뢰야식에 의지하게 됩니다. 말나식은 아뢰야식을 대상으로 번뇌작용을 일으켜 아뢰야식을 항상 나로서 집착하고 애착을 일으킵니다. 말나식의 자아 집착은 한순간도 단절되지 않습니다. 말나식은 인간이 살았을 때도 잠을 자거나 식물인간인 상태에서도 작용합니다.

아뢰야식은 기억과 정보의 저장고로 영원히 존재한다고 볼 수 있습니다. 인간이 생을 반복한 만큼의 기억을 하고, 담아 두었던 것을 언제라도 필요하면 기억해 내고, 반사적으로 바로 쓸 수 있게 작용해 주는 역할을 합니다.

영혼은 바로 이 말나식과 아뢰야식이 함께하는 것을 말합니다. 사람이 죽으면 여덟 가지 마음의 식 중 전오식과 제육식은 사라지고, 제칠식과 제팔식으로 이루어진 영혼이 윤회한다는 것입니다."

"사람마다 생각하고 느끼는 영혼은 다를지라도 불교에서 의미하는 영혼 개념은 확 다가오는데."

선생님이 고개를 끄덕이며 말했다.

"마음은 육체에 의지하여 존재하고 육체가 사라져 영혼만이 남는다면 그 영혼은 무엇에 의지하여 활동하는 건가요?"

주서가 물었다.

"잘 모르겠는데. 아마 영혼의 존재를 인정하는 사람들은 영혼이 작은 입자, 에너지를 가진 입자라고 생각하는 것 같습니다. 그래서 영혼은 시공간에 구애되지 않고 어디든지 갈 수 있습니다."

선녀가 말했다.

"영혼의 모습은 어떨까?"

성모가 물었다.

"영혼은 살아 있을 때 모습과 유사합니다. 영혼은 미세하고 청정한 물질로 되어 있습니다. 일반인은 볼 수 없지만 영혼끼리는 서로를 알아봅니다. 극히 청정한 신통력의 눈을 가진 자는 영혼을 봅니다. 동영상 사이트를 검색하면 귀신을 보는 사람의 이야기를 쉽게 접할 수 있습니다. 빙의를 치유하는 법사들도 있잖아요.

무당이 본 귀신 이야기 하나 할게요.

무당이 어느 날 밤늦게 귀가하는데 그 시간에 이웃집에 불이 켜져 있었습니다. 웬일인가 싶어 그 집에 들러 보는데, 마침 그때 그 집으로 남자의 영혼과 여자의 영혼이 함께 들어가는 것을 보게 되었습니다. 그래서 그 집 안주인에게 조금 전에 본 영혼의 모습을 말하고 그분이 누구냐고 물었더니, 살아생전의 시부모님의 모습이라면서 오늘 밤이 바로 시아버지 제삿날이라고 하더라는 것입니다."

선녀가 말했다.

모두 한바탕 웃고 차를 마신다.

선생님이 망설이다가 말을 꺼낸다.

"주서와 미나가 깊이 사귀지 않았나 생각하는데."

"선생님, 다들 그렇게 생각하는데요. 지금도 우리는 깊은 우정을 나누고 있습니다."

미나가 담담하게 말했다.

선녀가 야릇한 미소를 지으며 쭈뼛하며 말을 한다.

"두 사람 관련된 전생을 얘기해도 될까요?"

"그거 재미있겠다. 어서 해 보서."

성모가 말했다.

"미나와 주서는?"

선녀가 물었다.

"괜찮아."

두 사람이 동시에 말했다.

"그럼 얘기해 볼게요."

선녀가 말했다.

"저는 많은 사람의 전생을 보아 왔는데 친지나 친구 등 잘 아는 사람들의 것은 사양하는 편이죠. 이유는 전생이 마음에 안 들면 화내거나 시비하는 사람도 있고, 특히 아는 사람의 전생을 보았을 때 비밀을 폭로한 것처럼 난감한 경우가 있어서요.

미나 대학 다닐 때인 것 같은데요. 제가 사는 집에서 미나와 밤늦도록 얘기를 하다가 잠자리에 들었습니다. 미나는 바로 잠들고 저는 어찌하다 명상에 들어 미나의 전생을 보게 되었습니다.

시대의 배경은 조선 후기로, 미나 아버지는 평안도 어느 성의 성주로 있다가 낙향하여 처사로 살아가고 있었습니다. 미나는 무남독녀로 혼인을 했지만 일찍 남편을 여의고 자식도 없었습니다. 아버지는 안타까움에 딸을 친정으로 데려왔고, 미나는 절에 다니며 수양하는 것이 일과였습니다.

그러던 어느 해 평안도에 민란이 일어나 아버지가 있었던 성이 반란군에게 점령되었습니다. 민란이 수습된 후 나라에서는 그 책임을 물어 성주와 주요 군사들을 처형하고 그 가족들을 관노로 삼았습니다. 아버지는 안타까운 마음에 감찰 온 종사관에게 성에서 복무할 때 두 군사의 남달랐던 충성심을 전하고, 나라에 일정한 재산을 바쳐 가며 그들의 아들 성진이와 딸 순옥이를 노비로 데려왔습니다. 그리고 식솔들이 모인 자리에서 두 사람에게 너희는 이제 노비 신분임을 명심하고 마님과 아씨를 잘 따르라고 일렀습니다. 성진이는 아씨가 나들이하거나 절에 갈 때면 아씨를 늘 호위했고, 순옥이는 아씨의 몸종이었습니다.

아씨는 보통 이른 아침 절에 가는데 어떤 날은 저녁에 가서 밤늦게 돌아오기도 했습니다. 늦은 밤 아씨가 법당에서 불공을 드리거나 수행할 때면 성진이는 뜰 한쪽에서 가족들과 단란했던 지난날을 회상하며 서러움에 울기도 했습니다. 또한 밤에 절에서 돌아올 때면 밤하늘에 빛나는 수많은 별을 보며 이런저런 생각에 잠기기도 했습니다. 저 별에는 무엇이 있을까? 사람이 살고 있지는 않을까? 달 밝은 밤이면 순옥이도 생각하며 시름도 많았습니다.

절에 갈 때면 성진이는 보자기를 들거나 메고 아씨를 앞서기도 하고 뒤따르기도 하며 묵묵히 아씨를 살피며 갔습니다. 절에서 내려올 때면 아씨는 성진이에게 불교 이야기를 들려주곤 했습니다.

어느 늦은 밤이었는데 아씨는 일주문을 나와서 부처님은 세상 만물, 모든 사람을 공평하게 사랑하신다고 했습니다. 그리고 성진이에게 다음 생에는 좋은 세상에 태어나라고도 했습니다. 그 말을 듣자 성진이는 아씨의 마음 써 주심에 울컥했습니다. 돌아오는 내내 성진이는 '아씨를 잘 모시겠다'며 마음속으로 되뇌고 있었습니다.

성진이와 순옥이가 대감댁에 온 지도 5년이 지났습니다. 아씨가 마님에게 두 사람을 짝지어 주었으면 좋겠다고 말씀드리니 마님 생각도 그렇다고 했습니다. 며칠이 지나 큰방에서 마님은 대감께 '성진이와 순옥이가 나이가 찼으니 둘을 짝지어 주었으면 어떻겠느냐?'라고 말씀드리니, 대감은 잠시 망설이다 입을 열었습니다.

그렇긴 한데 우리 명임이를 봐서 그렇게 할 수는 없지요. 걔네들에게는 안됐지만 관노에서 해방시켜 준 것만으로 내 할 도리는 다 했고, 우리 애가 얼마나 박복한지 임자도 잘 알지 않소. 두 사람이 혼인하면 아무래도 명임이한테 소홀하겠지요. 내 죽고 난 뒤에 생각해 보소. 그때 대청마루를 청소하던 순옥이가 두 사람의 얘기를 엿듣게 되었습니다.

　성진이와 순옥이는 집안에서 아씨의 일로 자연스럽게 소통하며 오누이처럼 지냈습니다. 매년 아버지 기일 밤에 두 사람은 만나 회한에 젖었습니다. 대감과 마님이 그들의 혼인 얘기를 했던 그해 기일 밤, 둘은 뒤뜰에서 서로의 신상 얘기를 나누게 되었습니다.

　성진이가 순옥이에게 나와 혼인하고 싶지 않느냐고 물으니, 순옥이는 저번에 대청마루를 청소하다 마님과 대감님의 얘기를 엿듣게 되었다고 합니다. 내가 오라버니를 참 좋아하는데 '우리 같은 노비가 아이를 낳으면 또 자식이 노비의 삶을 살아야 하잖아.'라며 울먹입니다. 성진이는 '차별 없는 다음 세상에 태어나서 꼭 함께 살자.'라며 순옥이 두 손을 잡아 주었습니다. 순옥이도 고개를 끄덕였습니다."

　선녀는 이것이 미나 전생의 일부라며 말했다.

　"아씨가 미나네. 전생에 부처님 제자라서 불교에도 심취하고 있구나."

　성모가 말했다.

　"나쁘지는 않네. 그런데 성진이는 누굴까?"

　미나가 말했다.

　"얘기해도 되니?"

　선녀가 웃으며 말했다.

　"괜찮아!"

　미나가 말했다.

　"주서가 잠시 방황할 때 우리 정사에 들렀다가 돌아가고, 내가 법당에서 명상을 하는데 주서 전생을 보게 되었지요."

선녀가 말했다.

"내 전생은 어땠는데?"

주서가 물었다.

선녀가 주서를 보며 놀라지 말라며 말한다.

"미나 전생과 겹치는 장면이 있더라. 성진이가 너였어."

"내가 미나 호위무사였다고? 그럴 리가."

모두 웃는다.

"순옥이도 궁금하네."

성모가 말했다.

"순옥이가 누군지, 마지막 퍼즐을 맞추고 싶었거든."

선녀가 말했다.

"맞추었니?"

성모가 물었다.

"알아냈지요. 주서 결혼식 때 처음 은파 씨를 보고 그날 밤에 은파 씨 전생을 보게 되었는데 순옥이가 은파 씨였어요."

선녀가 말했다.

"우리 사이가 이상하긴 했어."

미나가 웃으며 말했다.

"그것이 맞다면 전생이 삶에 영향을 끼친다고 봐야겠네."

선생님이 신기한 듯 말했다.

"전생이 있다면 내생도 있어야 하는 거지요. 저는 전생은 보지만 사후세계를 볼 수 있는 능력은 없습니다. 사후세계에 접근할 수 있는 영능력자들의 체험 등을 근거로 한번 얘기해 볼게요."

선녀가 말했다.

"죽었다 살아난 사람들, 임사 체험을 한 사람들은 하나같이 죽었을 당시의 이런 유사한 이야기를 합니다. '아련한 꿈 같은 세계가 펼쳐지면서 나 홀로 어디를 향해 가고 있었다. 아무도 보이지 않는 산 같은 곳을 혼자서 가고 있는데 이름 모를 아름다운 꽃이 보이고, 이 세상에서는 들어 보지 못한 새소리가 들리고, 한없이 넓은 호수 같은 것도 보였다'고 말입니다."

"그와 같은 내용으로 보면 사후세계는 좋은 것 같은데."

성모가 말했다.

"임사 체험자들은 사후세계를 보았다기보다 그 세계로 들어가는 길목 내지 이승과 저승의 경계점을 보았다고 해야겠지요.

숲속에 들어가면 상쾌하며 참 좋지요. 그런데 깊이 들어가서 어디가 어딘지를 모르게 되면 두려움을 느낄 수가 있습니다. 아름답기도 하지만 맹수가 나타날 수도 있고 곳곳에 위험이 상존하고 있으니 말입니다. 이와 같이 임사 체험자들의 이야기로 사후세계를 판단하기에는 한계가 있습니다.

영계를 다녀왔다고 하는 사람들은 인간이 죽으면 영혼은 유계를 거쳐 정령계로 들어간다고 합니다.

유계는 이 세상에서 정령계로 가는 통로 비슷한 곳으로 원래는 영이 사는 세계는 아닙니다. 유계에서는 죽은 후 인간은 아직 인간계에 있었을 때와 같은 모습을 하고 있습니다. 생전에 이 세상에 집착이 강하고 원한이 많은 영혼은 정령계로 가는 것조차 거절하고 유계를 방황합니다. 자기가 죽었다고 생각하지 않는 것입니다. 이들은 부유령(浮遊靈)이 되었다가, 지박령(地縛靈)이 되었다가 하면서 사람에게 빙의되기도 합니다.

정령계는 영계 가운데서도 특수한 곳이라고 할 수 있습니다. 사람이 죽으면 유체이탈을 하고 유계로 들어갑니다. 이 유계에서 마중 나온 영에게 안내되어 정령계로 올라갑니다. 이 정령계는 영혼을 순화하기 위한 과도기적인 세계입니다. 영혼은 정령계에서 천국으로, 지옥으로, 인간계로 나뉘어 갑니다."

선녀가 말했다.

"우리가 어렸을 때 불교에서는 염라대왕이 권선징악에 따라 심판을 하여 극락이나 지옥으로 보내고, 기독교에서는 예수를 믿으면 천당 가고 믿지 않으면 지옥 간다고 들었습니다. 그런데 정령계에서는 어떤 기준으로 천국이나 지옥, 인간계로 가는 것을 누가 결정을 하나요?"

주서가 물었다.

"어떤 기준이나 누군가가 결정한다기보다 영혼 스스로가 선택한다고 볼 수 있습니다. 이 세상에서 자기 자신이 살아온 삶에 따라 그것에 이끌려 간다고 할 수 있지요."

선녀가 말했다.

"그렇다면 인간계로 오는 영혼은 어떻게 탄생할까?"

성모가 물었다.

"정확히 알 수 있는 것도 아니고 하나의 가정으로 설명해 볼게요. 인간계에서 남녀가 성적인 관계를 맺어 수정란이 발생되면 그 순간에 영계에서 이 세상으로 영혼이 보내집니다. 그때부터 영혼은 수정란의 주체가 되어 정신적 영적 활동을 시작합니다. 이윽고 수정란이 성장하여 10개월 후 어머니의 태내에서 외계로 탄생됩니다. 그리하여 생로병사를 거쳐 어느 날 죽음을 맞는 것입니다.

하나 덧붙이면 인생에는 즐거움도 괴로움도 사랑도 미움도 다 응축되어 있으며 영혼은 단순하고 간단하지 않다는 것입니다."

선녀가 말했다.

"잘 모르는 사후세계에 관한 것은 한계가 있으니 27년간 영계를 자유자재로 오가며 천국과 지옥을 체험하고, 그 모든 것을 기록으로 남긴 스베덴보리의 『위대한 선물』에 대해 얘기했으면 합니다.

우리 네 사람은 특이하다고 할까 이단아, 괴짜라서 이 책을 한 번쯤은 읽어 보았을 것으로 생각되는데, 선생님은 보셨는지요?"

선녀가 선생님을 보며 말했다.

"읽어 보긴 했는데 내용이 가물가물하네."

선생님이 말했다.

"다 아시겠지만 상기하는 의미에서 책 소개를 하겠다"며 선녀가 말한다.

"위대한 선물은 스웨덴이 낳은 천재과학자 스베덴보리가 심령적 체험을 겪은 후 영계를 자유자재로 오가며 기록으로 남긴 천국과 지옥에 관한 체험기입니다. 이것은 스베덴보리가 주는 인생에 절대 불가결한 영적인 선물입니다. 저는 저자가 체험한 것을 전적으로 믿으며 이 책은 심령과학을 연구하는 사람들뿐만 아니라 불행한 환경에서 살아가는 사람들에게 위대한 선물임에 틀림없다고 생각합니다.

스베덴보리에게 보내는 역사적 인물들의 찬사가 쏟아집니다. 그 중에서 시각과 청각을 잃은 헬렌 켈러의 찬사를 들어 보면 장애가 있는 사람들의 한스러운 삶이 어떤지 내면을 들어내 줍니다.

'나는 하나님으로부터 버림받은 것 같은 절망에 빠져 있었습니다. 나는 왜 이렇게 꿈도 희망도 없는 절망적인 상태의 장애인으로 살아야 하는지를 몰랐습니다. 때론 하나님을 저주하고 싶었습니다.

그러던 중에 스베덴보리의 영계탐험기를 읽고, 나는 더 이상 외롭지도 슬프지도 않았습니다. 나는 스베덴보리를 알고 나서 영원히 죽지 않고 사는 천국이 있음을 알았기 때문입니다. 그리고 내가 천국에 가면 나는 더 이상 장애인이 아닌 것도 알았습니다. 그뿐만 아니라 내가 젊음으로 돌아가 영원히 살 수 있다는 것도 알았습니다. 나는 그의 저서를 읽은 후 죽는 것이 두렵지 않게 되었습니다.'

영능자로서의 스베덴보리가 겪은 신기한 사건들은 사람들을 놀라게 했습니다. 스웨덴 여왕의 면전에서 증명한 교령술(交靈術)은 행사에 초청된 문무백관들의 탄성을 자아내게 했습니다. 여왕은 고인이 된 한 장군의 이름을 대면서 그가 남긴 유서를 문무백관 앞에 공표하려 한다며, 스베덴보리가 영계에 가서 고인의 영을 만나 유서 내용을 듣고 여기에 있는 문무백관들에게 공표하라고 했습니다.

스베덴보리는 과거의 사건을 알기 위해 영계를 방문하여 그 장군의 영을 만나 유서 내용을 듣고 돌아와 그 내용을 말했습니다. 유서는 스베덴보리가 먼저 말한 내용과 한 치의 오차도 없이 일치했습니다. 그 밖에도 네덜란드 외교관 미망인 사건, 먼 곳에서 스톡홀름의 화재를 본 것, 자기 죽는 날을 예언한 것은 유명한 일화입니다."

"소개한 내용처럼 위대한 선물은 믿음이 갑니다. 그렇지만 스베덴보리에게 직접 물어보고 싶은 것이 많은데 그렇게 할 수 없는 것이 아쉽네요."

미나가 말했다.

"세상이 공평하고 같은 삶을 겪는다고 해도 사람마다 생각이 다르고 세상을 보는 견해가 같을 수 없기에 의견이 다양하겠지. 비장애인이 장애인의 삶을 심층적이고 완전하게 알 수 없듯이 사후세계에 대한 견해도 다르겠지만, 헬렌 켈러의 말을 들으니 삶은 희망이 있어야 한다는 메시지가 강렬하게 다가오는데."

선생님이 말했다.

"스베덴보리가 스웨덴 서부의 어느 도시로 출장을 가서 점심을 먹고 있는데, 갑자기 입신 상태에 들어가 먼 곳에서 스톡홀름의 화재를 보았다는 이야기는 어떻게 그것이 가능할까?"

성모사 물었다.

"입신 상태는 유체이탈로 보이며 보통은 유체이탈도 의식적으로 해야만 하는데, 스베덴보리에게는 어떤 느낌이 있으면 자연히 그상태에 들어갈 수 있다고 봐야죠. 똑같은 유체이탈이라고 하더라도 임사 체험자가 죽음의 문턱까지 갔다 왔다면, 스베덴보리는 죽음의 입구를 지나 사후세계 전체를 탐험한 것이지요. 더욱 신기한 것은 스베덴보리가 죽지 않고도 유체이탈을 할 수 있다는 것입니다."

선녀가 말했다.

그리고 선녀는 이 책을 여러 번 탐독하여 스베덴보리가 체험한 영계를 부정하지 않는다면서, 그래도 몇 가지 의문점이 남아 있다며 말한다.

"스베덴보리가 단골 식당에서 저녁 식사를 하고 있었는데 그곳에서 불가사의한 일이 시작되었습니다. 식당 쪽으로 오색찬란한 무지개가 비치더니 강렬한 빛이 비치는 것이었습니다. 스베덴보리는 눈이 부셔 눈을 뜰 수도 없었고 기절할 정도로 놀라 정신이 없었습니다. 그 빛 가운데서 금빛 찬란한 흰색 로브를 입은 한 인물이 빛을 발하며 모습을 드러냈습니다. 이러한 일이 있은 후 그 신비로운 인물은 준엄한 어조로 스베덴보리에게 말하는 것이었습니다.

'놀라지 마시오! 나는 하나님이 보내신 사자(使者)입니다. 나는 그대에게 사명을 부여하러 왔습니다. 나는 그대를 사후세계인 영의 세계로 안내할 것입니다. 그대는 그곳에 가서 거기 있는 영인들과 교류하고, 그 세계에서 보고 듣는 모든 것을 그대로 기록하여 이 지상 사람들에게 낱낱이 전하시오. 그대는 이 소명을 소홀히 생각하지 마시오!'"

이와 관련하여 선녀는 몇 가지 문제를 제기한다.

"이러한 체험은 아무나 할 수 있는 것은 아니지만 그렇다고 스베덴보리만이 해야 하는 것일까요? 창조주가 영의 세계를 알려 지상에 사는 사람들에게 천국에 가기 위해서는 선하게 살아야 한다는 것을 일깨워 주기 위해서라면 더 많은 사람이 체험할 수 있게 할수는 없었을까요? 임사 체험한 사람들이나 무당들이 주장하는 사후세계처럼 어느 정도 공통적이고 객관적이 면이 있어야 하는데왜 제2, 제3의 스베덴보리는 나오지 않을까요? 더 나아가 여러 사람이 영계체험을 할 수 있다면, 천국과 지옥을 설명하지 않아도 선한 삶을 영위할 텐데 말입니다."

"일반적으로 유체이탈은 감각기능이나 의식이 사라져야, 다시 말하면 인간이 죽어야 가능한데 어쨌든 스베덴보리에게 그러한 능력이 있었기에 창조주가 영의 세계를 알렸다고 봐야지요."

미나가 말했다.

"창조주가 인간에게 영계를 오갈 수 있는 능력을 주었다면 세상은 어떨까요?"

주서가 물었다.

"당연히 좋은 점도 있겠지만 바람직한 세상은 아닐 것 같은데. 삶은 성취감이 있어야 하는데 희망이나 기대감은 줄어들고, 스포츠나 영화 재방 보는 느낌일 수도 있고, 결과가 뻔하니 소극적이고 단조로운 생활 패턴 내지 개인주의가 만연하지 않을까?"

선생님이 말했다.

"모든 사람이 전생을 다 기억한다면 어떤 일이 벌어질까요? 당연히 혼란스럽겠지요."

성모가 말했다.

"일단 인간관계가 엉망이 되겠지요. 가족관계도 이상할 것이고 친구나 연인관계 등 얼마나 혼란스럽겠어요? 자기 자신의 잘잘못을 많은 사람이 알고 있는데 정상적인 삶이 되겠어요?"

미나가 말했다.

선녀는 웃으며 이 책의 내용을 하나하나 따지면 끝이 없을 것 같다며, 좀 길긴 한데 느낀 소감을 말씀드리고 영계 이야기를 마치겠다고 한다.

"천국은 어떤 세계일까요? 스베덴보리는 동토의 나라에도 가보고, 열대의 나라에도 갔으며, 태곳적 인간들이 살고 있는 곳도 방문했습니다. 천국이라 해서 천편일률적으로 같은 것이 아니며, 천국도 시대의 변천에 따라 변화하고 있습니다. 예수 그리스도가 강림하기 전 아주 먼 옛날에는 천국이 존재하지 않았습니다.

천국이 천편일률적이지 않다면 사후세계는 다양합니다. 천국이 시대의 변천에 따라 변화하고 있다면, 사람의 생각이나 상상에 따라 다른 세계가 전개되는 것은 아닐까요? 태곳적 사람들이 가는 천국과 현대인들이 가는 천국이 다르다는 것은 무엇을 의미할까요? 종교가 다른 사람들은 사후에 그들이 가는 천국이나 지옥이 다를까요? 예수 그리스도가 강림하기 전에는 천국이 존재하지 않았다고 했는데, 창조주는 천국을 창조하며 새롭게 만들어 가는 것일까요?

인간만이 천국이나 지옥에 갈까요? 인류의 역사는 장대하고 생물학적으로 인간은 진화해 왔습니다. 인류의 전 단계인 유인원은 천국에 갈 수 없을까요? 우리와 함께 사는 애완견을 비롯하여 동물이 죽으면 그것으로 끝일까요? 인간과 동물이 다른 점은 이성과 지성, 감성도 있지만 무엇보다 인간은 지능이 뛰어나다는 것입니다. 지능이 낮으면 상대적으로 인식작용이 낮기에 천국에 갈 수 없는지, 아니면 천국에서 받아들이지 않는 걸까요?

영체는 시공을 초월하며 그 이동 속도는 빛의 속도보다 빠른 생각의 속도라고 했습니다. 또한 영인들의 대화는 생각의 대화이며, 영계에 들어가면 그곳에 온 모든 영인과 언어의 장벽 없이 자유자재로 대화할 수 있다고 했습니다. 그렇다면 먹이사슬에 따라 살아가는 동물은 어떤 생각을 하지 않으니 영계에 갈 필요가 없을 것입니다.

스베덴보리는 인간의 수명은 천계에서 정한다는 사실을 두 번이나 실증해 보였는데, 그렇다면 인간의 수명은 태어날 때부터 정해져 있었을까요? 거의 같은 시각에 대참사로 많은 사람이 죽는 것은 어떻게 설명해야 할까요? 생명을 잃는 것도 예정된 것일까요? 인간의 수명이 정해져 있다면 몸이 아프다고 해도 굳이 병원에 갈 필요가 없지 않을까요? 심지어 안전사고 예방을 위해 조심할 필요가 있을까요? 어차피 인간의 수명은 정해져 있고 선하게만 산다면 천국에 갈 수 있는데, 지상에서 큰 업적을 남겨본들 무슨 의미가 있을까요?

이 책에 기독교인만이 천국에 들어간다고 하지는 않았지만 주님, 성서, 하나님, 구세주 등 기독교의 색채가 강합니다. 스베덴보리 연구회가 어떤 사람들로 구성되었는지는 모르지만 너무 종교적으로 편역한 느낌이 듭니다. 스베덴보리가 천국과 지옥을 오가면서 석가, 노자, 공자 등 동양의 성인들을 만났다든가, 인류를 불행하게 만든 악명 높은 사람들을 만났다는 이야기는 언급되지 않아 아쉬움이 있습니다.

영계의 인구는 모두 지구에서 올라간 사람들입니다. 지구가 없었다고 한다면 영계는 존재하지 않을까요? 인간이 없다면 창조주도 없을까요? 우주의 어느 별에 있는 지구와 같은 행성에서 지구의 인간과 유사한 지적 인간이 있다면 그들만의 영계가 있을까요?

영계가 있어야 인간이 있는가요, 인간이 있기에 영계가 있는가요? 인간은 영혼과 육체로 이루어져 있습니다. 지상에서 인간이 죽으면 육체는 사라지고 영혼은 영계로 가서 영원히 삽니다. 그렇다면 인간이 태어날 때 영혼은 인간 스스로 체득하는 걸까, 창조주가 주는 걸까요? 인간이 스스로 태어나서 살다가 죽는다면, 창조주는 우주의 질서나 그밖에 어떤 것을 위하여 인간의 영혼을 영계로 데려가는 것이 됩니다. 창조주가 인간에게 최초로 영혼을 부여한다면, 인간의 영혼은 최소한 지구와 영계를 순환합니다."

"대단하다. 모든 의문을 다 짚어내네."

성모가 말했다.

다들 박수를 치며 잠시 숨 고르기를 한다.

"우리는 이 짧은 시간에 영혼, 전생, 사후세계 내지 영계에 대하여 많은 의견을 나누었습니다. 듣고 보니 나의 신관에 균열이 이는 느낌을 받았습니다. 이쯤에서 각자의 신관을 들어 보았으면 하는데요."

미나가 어렵게 제안했다.

"특별한 신관은 없고, 어릴 적 어머니를 따라 절에 간 것이 전부입니다. 그냥 불교를 좋아하게 된 정도지요. 녹음이 짙은 여름날, 서울춘천고속도로를 달리며 차창으로 스치는 아름다운 산하를 마주하는데, 저 멀리 높은 곳에서 누군가 나를 보고 있다는 감을 받은 적이 있었습니다. 그리고 겨울로 가는 강원도 인제의 어느 산속에서 하늘에 떠가는 구름을 보고, 계곡에 흐르는 물소리를 들으며, 숲속에 이는 바람이 가슴으로 스며들 때 무지 고독을 느꼈습니다. 이 모든 것을 아우르고 삶을 숭고하게 해 주는 그 무엇이 신이 아닐까 생각한 적이 있었습니다."

주서가 말했다.

"나로부터 시작하여 아버지, 할아버지로 진화의 단계를 거슬러 올라가면 최초의 무엇이 신이 아닐까요? 그 실체는 알 수 없지만 그 무엇이 있을 것만 같은 영감이 들 때 신성함을 느낀 적이 있었지요."

성모가 말했다.

"여러분이 초등학교 5학년 때 대승사에 소풍을 가서 아이들에게 대웅전 심우도 벽화를 설명해 주었던 기억이 나는데. 지금 생각해 보면 그때는 종교도 잘 몰랐어. 여러 종교를 조금씩은 공부했지만 특별히 주장하고픈 신관은 없어. 퇴직하고 마음수련원에서 수련하는데 수련 과정이 반복해서 나를 버리는 것이 전부야. 그러다 보니 어느 순간 나는 없는데 보이는 것이 있었어. 나는 없는데 누가 보고 있는가! 나중에 그것이 우주의 마음이라고 하더군. 그때 신이라는 느낌을 받았지."

선생님이 말했다.

"철 따라 산과 들에는 꽃이 피고 하늘에는 흰 구름이 떠가는 고향 산천이 아득히 다가올 때 그냥 자연이, 만물이 신의 느낌으로 다가오던데요."

선녀가 말했다.

"신관 얘기를 꺼낸 송 박사도 한 말씀 해야지."

주서가 재촉했다.

"여러 종교를 섭렵하려고 종교 체험도 하고 성직자들을 만나는 등 두루 공부를 하였으나 겉보기와 다르게 내 속에는 알맹이가 없네요. 여러 종교를 기웃거려 보니 신앙은 다양하나 신은 하나인 것 같습니다. 이 땅에 종교다원주의가 꽃 피우기를 바라는 마음이 간절해서인지 어떤 종교에도 귀의하지 못하고 내 마음이 내 종교가 되었습니다. 앞서 영의 세계를 살짝 엿보니 신관에 떨림이 오며 부처, 예수, 무함마드 너머에 사랑과 평화의 신이 있을 것 같습니다."

미나가 말했다.

"제 얘기는 다 한 것 같고, 선생님도 하실 말씀이 있으실 것 같은데요. 이제부터 선생님이 이끌어 주시죠."

선녀가 선생님을 바라보며 말했다.

"세상 살아가는 데는 모든 것이 균형과 조화로움이 있어야 하는데, 여러분의 수준이 높아서 내가 끼어들어 분위기를 깨뜨릴까 걱정이 되는데……."

선생님이 말했다.

모두 박수로 환영한다.

"그럼 내 얘기를 먼저 하고 시작할게, 이해해 달라"며 선생님이 말한다.

"퇴직을 하면 참 편할 줄 알았는데 그렇지 않더군. 삶의 의무감이 줄어서 그런지 퇴직 초기에는 규칙적인 생활이 잘 되지 않더라고. 나름대로 계획을 세우고 준비를 했는데 체력이 따라 주지 않아 힘들었어. 무엇보다 낮잠을 자면 밤에 잠이 오지 않아 나도 모르는 기억들이 몰아치는데 미치겠더라고. 그때 느낀 점 몇 가지만 얘기할게.

첫째는 사람의 도리를 다하지 못했다는 것인데. 나와 관계되고 내가 만났던 사람들에게 좀 더 잘해 줄걸, 인간적으로 미안함이 많았어.

둘째는 어리석게 살았다는 자괴감이 들더군. 더 좋은 길이 있었는데 왜 힘들고 어렵게 살았는지, 허무함이 밀려올 때 나 자신이 미워 눈물이 났어.

셋째는 애증의 그림자가 남아 있었어. 사람 사이에는 사랑과 미움이 있게 마련이지만 악연이라기보다 미웠던 사람이 있잖아. 시간이 지나면 다 정리될 줄 알았는데 그렇지 않았어. 많은 생각을 해 보았는데 결국은 상대방을 이해하고 인정하며 용서하고 감사하는 마음을 체득할 때 이 모두가 사라지는 것 같아.

넷째는 인생을 제대로 예측하지 못했다는 것인데. 삶이 물 흐르듯 가지런하게 이어질 줄 알았는데, 교직에 있을 때와 퇴직 후의 생활에는 괴리가 엄청 컸어요. 상급학교로 진학할 때나 결혼할 때는 젊고 성장한다는 감이 있어서 그렇겠지만 은퇴 후의 삶은 완전 다르더라고."

"선생님, 저도 올해부터 인생 후반기를 살아가고 있는데 노하우 좀 가르쳐 주세요."

주서가 말했다.

"당신은 삶의 목표가 뚜렷한데 더 열정적으로 살아가겠지."

선생님이 말했다.

"그렇지 않습니다. 선생님 말씀 잘 새겨 열심히 더 정진하겠습니다."

주서가 말했다.

"가을날 들판에서 누렇게 영근 벼처럼 산전수전을 다 겪고 자신의 위치에서 전문가가 된 멋진 분들에게 얘기하자니 그렇긴 한데. 아득히 멀어진 초등학교 시절로 돌아간 느낌으로 시작해 보겠다"며 선생님이 말한다.

"인간에게 피할 수 없는 네 가지가 있는데 무엇일까? 다를 느끼겠지만 그것은 생로병사입니다. 태어남은 기쁘고 늙음은 애석하며 병듦은 괴롭고 죽음은 슬픈 것입니다. 생과 노와 병은 살아가면서 다 겪으니 누구나 자연적으로 받아들이지만 죽음은 차원이 다른 것이지요.

사람들은 죽음을 싫어합니다. 그래서 그런지 죽음은 예전부터 금기시된 언어였습니다. 옛사람들은 연세 많은 어르신들 앞에서 만수무강하시라고 덕담을 건넸습니다. 하지만 선사들은 삶과 죽음에 대해 초연하게 생사일여, 생사초월이라는 말을 합니다. 이는 집착을 없애라는 뜻이겠지요.

요즘 나에게 가장 크게 다가오는 화두는 '죽음이란 무엇인가?', '어떻게 죽음을 맞이해야 할까?'가 되었습니다. 살아온 날보다 죽음을 맞이할 날이 훨씬 가까워지니 그런 것 같은데. 의학이 발달한 시대에 살지만 여러분들도 죽음에 대해서는 나와 별반 차이가 없을 것입니다. 그래서 죽음 얘기를 하려고 해."

"선생님, 도인이 되신 것 같은데요."

선녀가 말했다.

"도인은 무슨 도인. 도인들이 들으면 기겁을 하겠다."

선생님은 죽음에 대해 거창한 이야기를 하려는 것이 아니니 편안하게 받아들이라며 말을 이어 간다.

"사람들은 평소에는 죽음을 전혀 의식하지 않다가 나이가 들어감에 따라 죽음에 대한 생각을 하게 됩니다. '죽고 나면 어떠한 일이 생길까?', '인간은 어떠한 존재이며 실체는 무엇일까?', '영혼이 정말 존재하는가?' 등을 깊이 생각하게 되지요.

다들 영혼이 있다고 생각하죠. 그런데 죽음을 생각하면 자연적으로 영혼이 뒤따라옵니다. 이상하게도 영혼에 대한 생각은 어렸을 적에는 아주 작았는데 나이가 들수록 커지며 죽음이 가까워지면 극대화가 됩니다."

"죽음을 바라보는 입장에서는 영혼의 존재 여부가 굉장한 영향을 주겠는데요."

성모가 말했다.

"영혼이 없다면 죽음에 대한 두려움이 덜할 것이고, 영혼이 있다면 죽음 이후에 대하여 관심을 가질 수밖에 없겠지. 어느 것이 좋을까 사람마다 생각이 다르겠지만."

선생님이 말했다.

"삶의 측면에서는 현저한 차이가 있을 것 같은데요. 영혼이 없다면 부정적, 소극적, 이기적으로 살 것 같고 영혼이 있다면 긍정적, 적극적, 이타적으로 살지 않겠어요?"

선녀가 말했다.

"영혼이 있는 것이 좋다고 봅니다. 영혼의 존재 여부에 대하여 어렵게 생각할 것 없이 영혼이 있다고 믿으면 될 텐데요."

주서가 말했다.

"인간은 묘한 존재라서 그렇게 되지 않아요. 신이 있든 없든 믿으면 손해 볼 것이 없는데도 무신론자가 있잖아요."

미나가 말했다.

"고대로부터 철학자들은 끊임없이 인간에 대하여 성찰해 왔습니다. 그것은 크게 인간을 바라보는 두 가지 관점입니다.

그 하나는 인간은 육제와 영혼으로 이루어져 있으며, 육체와 영혼은 서로 다른 차원의 존재라는 것이지요. 다른 하나는 인간은 육체만이 존재한다는 것입니다. 앞서 영혼이 존재한다고 했으니 후자인 물리주의자들의 주장은 생략하고 전자인 이원론자들의 주장만 언급하겠습니다.

우리의 몸은 육체와 의식 내지 정신이 공존합니다. 인간은 육체와 정신 그리고 영혼이 있는 셈입니다. 여기서 의식 내지 정신은 육체와 영혼 사이에 매개 역할을 합니다.

　육체와 영혼은 서로 작용을 합니다. 한편으로 영혼은 육체를 조종하고 명령을 내립니다. 우리 몸이 제대로 기능을 하는 한 영혼은 육체에 머무릅니다. 그러나 죽음을 맞이하는 순간 영혼은 육체를 떠나 자유롭게 돌아다닐 수 있습니다.

　이원론자들은 영혼이란 게 분명히 있고 긴밀하게 연결돼 있기는 하지만 육체와는 전혀 다른 비물질적 존재라고 생각합니다. 인간은 영적인 존재이므로 육체가 사라져도 인간은 그대로 존재한다는 것입니다. 다시 말하면 영혼불멸을 주장하는 것이지요. 그렇지만 사람들은 영혼이 존재한다고 해서 육체적 죽음으로부터 살아남을 수 있다고 장담할 수는 없습니다."

　"영혼불멸을 주장하는 이원론자들은 육체와 영혼을 별개로 보는 것 아닙니까?"

　성모가 물었다.

　"그래서 말인데 영혼이 육체와 관계없이 존재한다고 해도 인간의 정체성이 중요하니 그것을 따져 봐야 되지요."

　선생님이 말했다.

　이어서 인격과 정체성에 대한 이야기를 한다.

　"모든 것에는 격(格)이 있습니다. 격은 한자어로 바로잡을 격인데, 건축물의 기둥 역할을 하는 것으로 보면 되겠지요. 사람에게 가장 중요한 것이 인격입니다. 인격은 그 사람의 정체성이며 됨됨이로 평생 도야해야 합니다.

　죽음과 함께 영혼이 사라지든 존재하든 영혼은 우리의 생각과

의식, 인격이 자리 잡고 있는 기반입니다. 그러기에 육체에서 가장 중요한 부분이 뇌입니다. 뇌는 인격을 관장하는 기관이지요. 믿음, 욕망, 기억, 두려움, 야망, 목표 등 한 사람의 인격을 구성하는 모든 요소들이 뇌에 들어 있습니다. 인간의 정체성을 결정하는 가장 핵심적인 부분이 뇌가 되지요.

영혼이 인간의 정체성을 결정하는 핵심이라고 생각해 봅시다. 누군가 내 영혼을 갖고 있다면 그 사람은 다름 아닌 '나'입니다. 누군가 나의 영혼을 갖고 있는 한 나는 생존해 있지요. 나는 영원히 존재할 수 있을까요?

영혼이 다른 육체를 통해 환생할 수 있다고 해 봅시다. 환생하는 순간 전생의 모든 기억들이 그대로 증발한다고 해 봅시다. 그러면 인격의 연속성이 중단됩니다. 영혼은 계속해서 완전히 새로운 상태로 출발합니다. 환생이란 깨끗하게 지운 칠판과 같은 상태입니다. 나와 아무 상관 없는 존재가 천년 뒤에 '나'라고 해서 그게 무슨 소용이 있단 말입니까? 내가 진정으로 원하는 것은 동일한 인격을 유지하면서 생각하는 것입니다."

잠시 숨을 고르고 선생님이 질문을 던진다.

"A와 B라는 사람이 동시에 유체이탈을 하여 영혼이 뒤바뀐 채 육체로 돌아왔다고 가정해 봅시다. 두 사람의 정체성은 육체와 영혼 어느 것을 기준으로 해야 할까요?"

"외관상으로 보면 육체인 것 같은데 그 사람들의 입장에서는 영혼이 더 맞겠지요."

주서가 말했다.

"생거진천 사거용인(生居鎭川死居龍仁)의 설화에 나오는 추천석이 떠오르는데요. 아마 인간의 정체성은 영혼이 기준이 되어야겠지요."

선녀가 말했다.

"문득 이런 생각이 드는데요. 우리가 살면서 어떤 사람의 장점을 부러워하는 경우가 있습니다. 운동을 잘한다든가, 외모가 준수하다든가 아니면 예술적인 재능이 뛰어난 사람을 말입니다. 그런데 그것들은 자신이 갖지 못한 것에 대한 부분적인 욕망이고, 그 사람과 자신의 영혼을 맞교환하자고 하면 선뜻 그러자고 하기가 곤란하잖아요. 사람은 자신이 주체로 살려 하고 자기 인격이나 정체성을 가져야 하니까요."

미나가 말했다.

"죽음은 신체기능과 인지기능이 거의 동시에 중단됩니다. 죽고 나서 내 몸이 부활하거나 내 인격이 이식되지 않는다면 죽음이 나의 진정한 종말일 것입니다. 죽음은 나의 끝이자 내 인격의 끝입니다.

이를테면 일년생 식물이 천 년 전이나 지금 자라고 있는 품종이 같다고 할지라도 동일한 것이라고 할 수 없듯이, 몇백 년 전에 돌아가신 내 할아버지가 나와 닮은 점은 있을지라도 나와는 인격이 전혀 다른 존재입니다."

선생님이 말했다.

"선생님 말씀을 충분히 이해는 하는데요. 나 중심에서 생각하면 당연히 동일한 인격을 유지해야 하지만, 더 크게 생각하면 나의 영혼이 현재의 내 인격과 단절되더라도 더 나은 인격을 유지해 간다면 바람직하지 않을까요? 예를 들면 우리 조상들이 그분들의 생은 끝나더라도 후손들이 잘 살기를 바라는 마음 같은 것 말입니다. 육체는 죽음으로 끝나지만 영혼이 윤회를 한다면 사정이 달라지지 않을까요?"

선녀가 물었다.

"영혼의 영향은 받겠지만 내 인격의 영속성이 없으면 전생에 내가 어떤 사람이었든 간에 나는 백지상태에서 새롭게 출발하는 것이지요. 그 전생과는 별개로 태어나면서 자신의 삶을 창조한다는 뜻입니다. 덧붙이면 지금 여기가 중요하니 자신의 삶에 최선을 다해 살자는 것이지요."

선생님이 말했다.

"공감이 갑니다. 정체성에 혼란이 온 단적인 예를 들어 보겠습니다. 여러 사람을 만나다 보니 초등학교 동창에 대한 이야기를 들을 때가 있습니다. 사오십 년이 지나 어쩌다 동창이라고 만났는데 단절된 세월이 있어서 그렇겠지만, 서로가 그 시절의 기억이 전혀 없고 생판 처음 보는 사람이라는 것입니다. 가끔 동창회 때 만나지만 아직도 서먹하고 그 만남 이후에 쌓은 정만 있다고 합니다. 기억 속에 없는 사람은 아무런 의미가 없겠지요."

성모가 말했다.

"죽음을 이야기하는 것이 죽음을 미화하거나 찬양하기 위해서가 아니라 결국은 삶을 말하기 위한 것이니 넓게 이해해 달라"며 선생님이 말한다.

"누구나 영원히 살고 싶은 욕망이 있습니다. 그런데 그 욕망은 젊음을 유지하면서 온갖 좋은 것을 누리며 편히 사는 것을 전제로 말입니다. 우리가 100세를 넘기고 자신의 힘으로 거동할 수 없는 병상 상태에서 영생을 원하는 사람이 있을까? 요즘은 의학이 발달하여 오래 살 수 있는데 자식, 손자가 늙은이가 된 세상에서 함께 살기를 원할까? 대부분의 사람이 노인으로 가득한 세상에서 영생을 누리고 싶지는 않겠지요.

죽음을 생각하며 살자는 것은 삶을 가치 있게 살자는 것입니다. 죽을 운명에 직면할 때, 자신이 죽을 거라는 사실을 진심으로 받아들일 때, 우리는 인생의 우선순위를 바꾸고 비로소 생존경쟁의 쳇바퀴 속에서 벗어나고자 합니다. 그리고 사랑하는 사람들과 많은 시간을 보내고 자신에게 더 가치 있는 일을 합니다.

삶이나 죽음에 대해 젊은이들에게 이야기해 보았자 '쇠귀에 경 읽기'로 소용이 없습니다. 적어도 60대가 되면 스스로 받아들이게 되겠지요. 우리가 인생 후반기를 신중하고 균형 있게 살아가야 하는 이유는 죽을 운명이기 때문도 아니고, 객관적인 차원에서 짧은 시간밖에 살지 못하기 때문도 아닙니다. 죽음까지 남은 시간에 추구할 만한 가치 있는 목표가 많지 않고, 도전해야 할 목표를 이루기가 힘들기 때문입니다. 이것저것 조금 하는 식으로 인생을 허비할 여유가 없습니다.

앞으로 어떤 삶을 원하는가? 우리가 죽음을 한 번쯤 심사숙고해 보는 것은 삶을 더 열심히 살아가기 위한 것입니다. 죽음 이후의 세계를 준비하는 것도 우리에게 주어진 삶을 잘 살아가는 것이 전제되어야 하겠지요. 인간은 여행자처럼 지구별에 잠시 머무르다 떠나는 것이니까요."

"지난 시절을 돌아보면 가장 행복한 때가 어린 시절 초등학교까지인 것 같습니다. 삶은 준비의 연속입니다. 중학교부터 좋은 학교에 가기 위해 치열하게 입시 준비를 하지요. 대학에 들어가면 취업 준비를 해야 하고, 취업하면 은퇴 준비를 해야 합니다. 또한 은퇴를 하면 죽음 준비를 해야 하니까요. 은퇴 후에도 계속 소일거리가 있으면 모를까 현실은 상상과 다릅니다. 그런데 죽음 준비가 가장 중요한 것 같습니다. 죽음 준비는 정신적, 영적으로 살아간다는 것을 내포합니다."

주서가 말했다.

"사람이 죽는 것은 확실한데 언제 죽을지는 모릅니다. 낙관론자는 '삶은 살아갈 가치가 있다'고 하고, 비관론자는 '빨리 죽는 편이 낫다. 가장 좋은 것은 애초에 태어나지 않는 것이다'라고 생각할지도 모릅니다. 비관론자의 처지를 이해는 하지만 다시 낙관론자로 생하도록 사랑이 가득한 세상이 되어야겠지요."

미나가 말했다.

"현대 사회는 의학이 발달하여 인간의 수명이 늘어나고 노년 인구가 급격히 증가하니 죽음이 새로운 화두로 등장하게 되었다"며 선생님은 죽음관 내지 죽음 준비를 한번 논의해 보자고 말한다.

"일반적으로 많은 사람이 죽음에 대하여 이야기하거나 죽음 현장을 보고 듣는 것을 꺼리고 있습니다. 그러기에 죽음에 대하여 많은 것을 숨기려 합니다.

40년 전만 해도 할아버지, 할머니의 임종을 어른들과 아이들이 함께 지켜보곤 했습니다. 임종이 가까워지면 이 세상을 떠나는 사람의 마지막 삶을 함께하기 위해 가족 친지들은 물론, 마을 어르신들도 옆에서 보살피는 등 죽음을 우리네 일상사로 여겼습니다.

요즘은 죽음을 맞는 풍습이 크게 달라졌습니다. 가족과 격리된 병원이나 요양원에서 외롭게 삶의 마지막을 보내고 죽음을 맞는 경우가 많습니다. 가족들이 여러 지역에 살고 사정이 여의치 않아 임종을 보기가 어렵게 되었습니다. 또한 아늑하고 친근한 집이 아닌 쓸쓸한 병실에서 생을 마감해야 하니 애처롭기 그지없지요."

"어린 시절 죽음을 맞는 풍습이 어렴풋이 다가오는데요. 누구네 할아버지가 돌아가실 것 같다는 소문이 동네에 퍼지고, 가족들은 임종을 함께하느라 여념이 없고, 마을 사람들은 내 일같이 장례 준비를 서두르지요. '이제 가면 언제 오나 북망산천'으로 시작하는 상엿소리가 선한데요."

선녀가 말했다.

"죽음은 당연히 슬프고, 좋은 것은 아니지만 상엿소리를 얘기하니 감회가 남다른 것 같습니다. 옛날 장례 풍속은 슬프다기보다 의미가 담겨 있다는 생각이 듭니다. 가족들은 슬프겠지만 상엿소리에는 망자의 삶이 다 담겨 있습니다. 망자의 영혼이 그 모습을 보고 그 소리를 듣는다면 저승 가는 데 정서적으로 안정되고 외롭지 않을 것 같은데요."

미나가 말했다.

"저는 운이 좋아 부모님 두 분의 임종을 지켜보았는데요. 막상 함께하니 두려움은 없고 슬프고 애석했지만 서로가 편안했습니다. 떠나는 사람이나 보내는 사람이나 하고 싶은 말을 다 하지 못했다는 아쉬움은 남았지만요."

성모가 말했다.

"죽음 이야기를 괜히 꺼냈나 싶었는데 듣고 보니 그렇게 부정적이 아니라서 다행"이라며 선생님이 말을 이어 간다.

"사람들은 건강할 때는 건강의 중요성을 모르다가 말기 암 같은 치유하기 어려운 병을 진단받으면 평범하고 작은 일상이 얼마나 행복한지를 알게 됩니다. 죽음도 이와 같다고 볼 수 있지요. 죽음을 평소에는 나와 관계없는 일로 잊고 있다가 닥친 후에 죽음 준비를 해 둘걸 후회하는 경우가 많습니다. 떠나는 사람은 죽음을 두려워하고, 보내는 사람은 평안하게 보내드리지 못해 애석해합니다.

옛사람들은 죽음을 두려워했을까요? 죽음이 좋은 것이 아니니 두려움이 없었다고 할 수는 없겠지만 그보다 두려워할 시간이 없었을 거야. 먹고 사는 데 바빠서 평생 일을 하다가 생을 마감했으니까. 지금보다 수명도 훨씬 짧고 병환의 기간도 상대적으로 길지 않아서 그렇지 않나 싶은데. 젊었을 때 일상이 너무 힘들면 죽고 싶은 마음이 들듯이, 예전에는 천수를 누리기보다 병환으로 죽음을 맞는 경우가 많고, 몸이 아프면 고통에서 벗어나고픈 욕망이 앞서 죽음을 자연의 순리로 받아들였을 것 같아. 그러니 그때는 죽음을 준비하지 않아도 지금보다 문제가 덜했겠지.

옛날 노인들이 기력이 약해지거나 병환이 와 자리에 누우면 동네 사람들이 너나없이 문병을 왔습니다. 어떤 때는 병석의 할아버지가 누구를 보았다는 둥 헛소리한다는 이야기를 들을 수 있었습니다. 대부분의 사람이 그것을 무시했는데 지금 생각해 보면 헛소리가 아니고 종말 체험일 거라는 생각이 듭니다.

삶의 종말 체험은 환자가 세상을 떠나기 전에 어떤 환영을 보는 현상을 말합니다. 대체로 먼저 떠난 가족이나 생전에 특별한 관계가 있었던 사람이 임종하는 이를 마중 나옵니다. 더러는 임종하는 사람이 멀리 떨어진 가족이나 지인 앞에 모습을 나타내기도 합니다."

"30년이 더 된 것 같은데요. 병석에 있던 할아버지가 오래전에 돌아가신 종조할아버지 이름을 부르며 자꾸 보인다고 아버지에게 말씀하셨다는데 그것도 종말 체험이겠지요."

성모가 말했다.

"어머니가 병원에서 임종을 맞아 장례식장에 모시고서 아버지께 알려드려야 하는데 어머니의 죽음을 들으면 충격이 클 것 같아 걱정을 했습니다. 막상 시골집에 가서 '아버지, 어머니가……' 하며 말을 잊지 못했는데, 아버지는 '너 어마이 죽었제' 하는 것이었습니다. 돌아가셨다고 말씀드리니 '날 샐 무렵 하얀 치마저고리를 입고 날아와서 집안을 둘러보고 훨훨 날아가더라'라고 하였습니다."

주서가 말했다.

"어머니가 요양병원에 계셨는데 기력이 약해져서 그런지 병원에 들를 때마다 '어제는 누구네 집에서 칼국수를 먹었다'는 등 음식 얘기를 많이 했습니다. 저는 그냥 맞장구를 쳐 주었습니다. 이것도 일종의 종말 체험 현상인가요?"

미나가 말했다.

"종말 체험으로 봐야 하지 않겠어?"

선생님이 말했다.

"종말 체험이 죽어 가는 사람이 임종에 임박해 먼저 죽은 가족, 친지의 방문을 받는 것이라면 좋은 거네요. 그러한 것이 종말 체험이라고 환자에게 알려 주어야 하나요?"

선녀가 물었다.

"임종을 앞둔 환자에게 종말 체험 같은 현상을 알려 줄 필요가 있지요. 가족은 낯선 곳으로 떠나야 하는 환자에게 편안한 죽음을 맞이할 수 있게 도와줘야 하니……"

선생님이 말했다.

"듣고 보니 이런 생각이 듭니다. 일부 환자에게만 나타나는 것이 아니라 임종을 맞는 대다수 사람이 종말 체험을 한다고 봅니다. 예전에는 종말 체험이란 말이 생소하여 임종을 맞는 이에게 이런 현상이 있어도 헛소리 정도로 여기고 밖으로 드러내지 못했을 것입니다."

성모가 말했다.

"영혼의 윤회 측면에서 보면 종말 체험은 죽음이 끝이 아니라 다른 세계로 이동한다는 또 하나의 증거로 보이는데요. 이는 인간이 육체적 존재로서만이 아니라 보다 더 높은 차원의 영적 존재로서 말입니다."

선녀가 말했다.

"죽음 준비는 자식들이 해 주는 것이 아니라 자신이 해야 합니다. 다들 잘 준비하고 있나요?"

선생님이 말했다.

"벌써 준비를 해요? 선생님도 참."

미나가 웃으며 말했다.

"60대가 되면 서서히 준비해야 하는 거야. 빠를수록 좋지, 이득이 많고 평화가 깃드니까."

선생님이 말했다.

"공중화장실에 가면 볼 수 있는 '아름다운 당신은 머문 자리도 아름답습니다!'라는 표어가 생각나는데요. 죽음 준비도 이와 같지 않을까요? 우리는 어디에서 와서 어디로 가는지를 모르지만 지구별에 잠시 소풍을 왔다 가는 것이니 주변을 깨끗이 정리하고 떠나야겠지요. 다음에 소풍 올 후손들에게 쾌적한 환경을 만들어 놓고, 좋은 흔적을 남기고 가는 것이 먼저 왔다 가는 사람들의 신성한 품격이 아닐까요?"

주서가 말했다.

"어쨌든 말은 청산유수야."

미나가 말했다.

"모든 것은 시작도 중요하지만 그 못지않게 마무리도 중요합니다. 죽음 준비에도 많은 것이 있겠지만 두 가지만 얘기해 볼게.

첫째는 노년으로 갈수록 철학 내지 인생 공부를 해야 합니다. 삶이 무엇인지, 나는 누구인지, 어떻게 살아야 하는지 등 실존적이고 근원적인 문제들을 되새겨 보고 좀 더 성숙한 다음에 죽는 게 좋겠지요.

누구나 노년에 이르기까지 힘겹게 살아왔습니다. 한 인간으로서의 삶은 아직 완성이 아니고 건축물로 치면 마무리 채색을 하기 전 상태입니다. 그 채색을 어떻게 하느냐에 따라 그 사람의 삶이 달라질 것입니다.

인생을 개떡으로 생각하든, 찰떡으로 생각하든 별 차이가 없다지만 그것은 그 사람의 생각에 불과합니다. 삶을 진지하게 회상하면 몰랐던 소중함도 나오고 감춰졌던 아름다움도 쌓입니다. 물론 애증의 그림자도 있겠지만 용서와 사랑으로 하나하나 정리하면, 이 모두가 괜찮은 작품으로 승화될 것입니다. 그러면 죽음을 한결 가볍게 맞을 수 있겠지요.

둘째는 건강할 때 유언장이나 사전연명의료의향서를 작성해야 합니다. 하지만 이를 준비하라고 하면 본인이 화를 내거나 언짢아 할 수 있습니다. 그러다가 정작 치유하기 어려운 병이라는 진단을 받게 되면 주위에서 이런 얘기를 꺼내기가 더 어렵게 됩니다.

의식이 없는데도 병원 중환자실에서 생명 유지 기구에 의지하여 수십 년 함께 살아온 가족과 떨어져 고통 속에서 쓸쓸하게 혼자 세상을 떠나는 경우를 생각해 봅시다. 떠나는 사람이나 보내는 사람이나 얼마나 괴롭고 힘들겠습니까."

선생님이 말했다.

"우리가 죽음과 관련된 것들을 논의하다니 전혀 생각지도 못했다"며 선생님이 말을 이어 간다.

"육체보다는 영혼이 영원하고 영계의 삶이 평안하다 해도 '개똥

밭에 굴러도 저승보다는 이승이 낫다'는 말이 있듯이 지금의 삶이
가장 중요하지 않을까? 영혼도 육체와 함께 있을 때 아름답다는 생
각이 들고, 사후세계가 있든 없든 이 세상에서 잘 사는 것이 최상
일 것 같은데. 어떠한 삶이 바람직할까?"

"정당하게 살면 되지 않을까요? 현대인들은 성공을 목표로 살아
간다고 해도 과언이 아니지요. 진정한 성공은 요행으로 얻어지거나
남을 짓밟고 강탈하는 것이 아니라 자신을 잘 다스리고 자신의 힘
으로 만들어 가야 되겠지요. 기본에 충실하고 정도를 간다고 할까,
남에게 피해를 주지 않는 선의의 삶을 살아야 한다는 생각이 들고
요. 여력이 있으면 이웃을 도와주는 소박한 마음으로 살면 후회는
덜할 것 같은데요."

주서가 말했다.

"오늘 우리가 담론을 나누는 것은 우연이 아니라 기적입니다. 기
적은 가슴으로 느낄 때만이 진정한 기적이 됩니다. 삶이 기적이라
면 행복할 것입니다. 내 앞에 전개되는 모든 것을 기적으로 받아들
이면 가슴이 뜁니다. 매일 맞는 아침이지만 일상의 풍광이 신비롭
게 다가옵니다. 기적의 삶에는 만물이 사랑스럽고 소중하며 세상
에 감사하는 마음이 생깁니다. 더 나아가 하루하루가 즐겁고 작은
것 하나하나에도 빛이 납니다. 무엇보다 일을 적극적, 열정적으로
하게 됩니다."

성모가 말했다.

"지혜롭게 사는 것이 현명한 것 같습니다. 성공하려면 남다른 노
력이 따르는데 거기에는 재능이나 지식보다 지혜가 더 중요하겠지

요. 지혜는 쉽게 얻기는 어렵지만 다른 사람들이 무엇을 원하는지 잘 살피면 어느 정도는 지혜로워질 수 있지 않을까 합니다. 지나고 보니 돈으로 살 수 없는 것들도 예의나 말로는 살 수 있겠구나 하는 생각이 들 때가 있습니다."

미나가 말했다.

"우리는 많은 사람을 만나고 부대끼며 살아가고 있습니다. 문제는 나 중심에서 살아간다는 것이지요. 상대방의 가치는 무엇일까? 그 사람의 아픔은? 사랑, 외로움 따위의 감정은? 이런 것들을 헤아리며 산다면 인간다움이 충만하겠지요. 천도교의 교리에 나오는 오심즉여심(吾心卽汝心)을 깊이 새기며 산다면 좋을 것 같은데요."

선녀가 말했다.

선생님도 한 말씀 하시라고 미나가 권한다.

"내 경험에 비추어 보면 부지런한 사람은 거리낄 게 없을 것 같아. 어린이들의 일기장에서 가장 다가오는 것이 방학이 며칠 남지 않았을 때 쓴 일기야. '지금 다시 방학이 시작된다면 정성을 들여 숙제를 할 텐데' 하는 문장이야. 누구나 계획은 잘 세우는데 작심삼일(作心三日)이라는 말이 대변해 주듯 용두사미(龍頭蛇尾)가 되잖아.

부지런하다는 것은 규칙적인 생활을 하며 자기 관리에 철저하다고 말할 수 있지. 하고 싶은 게 많았는데 못 했다는 것은 게으름이 주범이고, 시간이 없다는 말은 핑계에 불과해. 인생은 묘하게도 어떤 것을 깨달았을 때는 이미 젊음이 사라진 거야. 모든 일은 때와 장소가 있는데 그것을 놓치면 영영 할 수 없잖아. 독서를 좋아한다고 해도 젊은 시절에 읽을 책이 있고, 명작이라고 해도 인생의 시기에 따라 느낌이 다른 것과 같이."

선생님이 말했다.

담론이 끝나고 선생님은 제자들의 모습을 하나하나 보는 듯 안 보는 듯 마음속 깊이 훑어보며, 노고단의 청명한 날씨만큼이나 밝으면서 감격에 겨운 듯 눈시울을 붉히며 말씀을 하신다.

"오늘이 내 삶에 있어 정말 감개무량하고 행복한 날 중에 으뜸이라고 못 박아 두고 싶어. 자기 분야에 뚜렷한 목적을 갖고 살아온 여러분께 다시 한번 감사와 경의를 표할게.

인생을 돌아보면 내 경험상 능력 있고 뛰어난 사람을 존경하고 칭찬해 주는 것이 당연한데, 자신과 비교해서 그 사람이 경쟁관계에 있는 사람이라면 잘되는 것을 바라지는 못할망정 시기하는 것을 많이 보아 왔지. 어떤 면에서 인간은 참 아이러니해.

세상에는 무조건 나보다 잘된 사람을 좋아하는 사람은 부모님과 스승뿐인 것 같아. '청출어람 청어람(靑出於藍靑於藍)'이란 말이 있듯이 이 성어의 의미가 새삼 실감 나고, 나의 사랑하는 제자 아니 동반자인 친구들이 나보다 몇십 배나 뛰어나다는 것이 무지 기쁘고, 우리의 만남은 기적이며 행운이야. 마지막으로 각자 한 말씀 하시고 마치도록 합시다."

"선생님, 저희 마음도 똑같습니다. 초등학교를 졸업하고 47여 년이 지난 것 같은데 세월이 금세 스쳐 갔습니다. 그동안 서운한 점 너그럽게 보아 주세요. 우리끼리는 티격태격 다투면서 살아왔는데 미운 마음도 아름다운 추억으로 간직했으면 좋겠어요.

사실 저는 별이 좋아서 별에 미치면서 살았다 해도 빈말이 아니지요. 밤하늘에 별을 본다는 것만으로도 행복했고, 별 하나를 볼 때마다 그리운 사람이, 친구들이 떠올라 즐거웠지요. 그러다가 별의 실체를, 우주의 정체를 밝힌다기보다 더 자세히 알고 싶었어요. 운명이 여의치 않아 천체물리학자의 길을 갈 수 없었지만, 홀로 고독하게 책과 씨름하며 나름대로 우주의 생성과 팽창, 소멸에 대하여 제 생각을 정립했다는 것에 보람을 느낍니다.

  어떤 사물이나 현상에 대해 앎, 느낌, 더 나아가 깨달았을 때 그 황홀감이라고 할까 희열은 이루 말할 수 없지요. 물리법칙은 거의 불변한데 우주는 상상할 수 없을 정도로 광대하기에 새로운 과학자가 나타나면 바뀌고 변하는 것이 진리일지도 모르지요. 지금 내 영혼에 담겨 있는 우주의 그림은 이렇습니다.

  우주라는 허공에 신이 자연적으로 드라마를 쓰고 다양하게 변화하는 양전자와 절대 변하지 않는 음전자를 출현시켜 절대온도가 연출하고 운동이라는 안무가 더해져서 빛이 생명체를 낳고 만물이 생로병사를 거듭하다가, 억만 겁의 세월이 흐르면 그 빛이 꺼지며 어두운 공간으로 모두가 사라지는 것이 우주의 일생이라는 생각이 듭니다. 그리고 때가 되면 다시 빅뱅이 시작되겠지요!"

  주서가 말했다.

  "지구상에 인간을 비롯한 수많은 생명체가 살아간다는 것은 기적이며 고귀합니다. 생명은 하등생명에서 진화하여 고등생명이 생겨나 함께 살아가는 것입니다. 어느 생명 하나 소중하지 않은 것이 없습니다.

저는 지구를 하나의 생명 공동체로 보아야 한다고 생각합니다. 지구는 생성된 이래 일정한 환경을 스스로 조정하고 지속적으로 유지해 왔습니다. 크게 보면 지구생명은 생명의 기본 요소들이 상호 작용을 통해 생명에너지의 생성과 물질을 순환시키는 등 생명작용을 하고 있습니다. 이와 더불어 지구의 건강성을 유지하기 위해 일정한 주기로 태풍, 홍수, 폭설들이 기상 변동이라는 방법을 통해 자율적인 자정작용도 하고 있습니다.

지구의 생명성이 사라지면 모든 개체생명이 살 수 없습니다. 지구생명에 가장 위협적인 존재가 자신들이 가장 고귀하다고 생각하는 병든 인간들이지요. 지구생명의 암적인 것이 환경 오염, 더 나아가 환경 파괴가 되겠지요. 주범은 바로 인간들인데, 그것을 알고 있으면서도 실천을 못 하니 참 안타깝고 어리석지요.

어떤 학자들은 지구상의 적정 인구가 3~4억 명이라고 합니다. 지금 인구의 반만 줄이면 지구를 오염시키더라도 어느 정도 지구생명체는 자정작용을 할 수 있을 텐데요. 지구의 생명체가 사라지고 수억 년의 시간이 지나면 생명은 다시 시작하겠지만, 오늘날 우리 인간과 같은 인류가 탄생하리라는 법은 없으니 그것이 슬픕니다."

성모가 말했다.

"종교 얘기를 하면 양의 동서와 시대의 고금을 막론하고 신의 존재에 대한 물음은 늘 따라다닙니다. 여기에는 신이 존재한다는 유신론, 신이 없다는 무신론, 그리고 신이 존재하는지 안 하는지 모른다는 불가지론이 있습니다. 신의 존재 여부는 믿음의 문제이니 어느 것이 맞다고 할 수는 없지요. 무신론자라고 불이익이 없으며,

유신론자라고 신이 떡 하나 더 준다고 볼 수 없습니다.

종교를 가지면 더 좋은 삶을 살아갈 거라고 단정합니다. 그렇지만 작금의 세계는 믿음이 약한 나라들, 더 무종교적인 사회들이 가장 높은 수준의 화합·평등·평화·풍요 등을 보여 주는 반면에, 믿음이 높은 나라들, 더욱 종교적인 사회들은 가장 심각한 수준의 혼돈·부정·불평등·비도덕성·가난 등을 보여 주고 있습니다. 이는 무종교가 좋다는 것이 아니라 종교가 가는 방향에 문제가 있다는 것이지요.

라마크리슈나는 힌두교·그리스도교·이슬람교를 직접 체험해 보고, 이 종교들이 근본적으로 같은 진리를 가르치는 것이라고 확신하고 '산꼭대기는 하나이지만 그리로 올라가는 길은 여럿'이라는 말을 했습니다.

사람들은 여러 종교를 바로 알고 각 종교의 본질이나 특색을 고려하여 종교 선택을 해야 하지 않을까요? '자기 종교만 아는 사람은 종교를 모른다'는 말이 있듯이, 내 종교만 오직 진리라고 하는 종교는 아무리 열광한다 해도 오히려 역효과를 낼 것입니다. 종교 다원주의는 종교들이 가는 길은 달라도 목적지는 하나라는 것입니다. 모든 종교인이 이웃 종교를 존중해 주고 화합하여 사랑과 평화로 거듭나는 것이 답일 것 같습니다."

미나가 말했다.

"선생님과 친구들이 좋은 말씀을 해 주셨는데 우리는 어디로 가는지 모르지만 동행자입니다. 나와 가깝고도 먼 친척인 무속인을 포함하여 전생에 관심이 많은 사람도 사랑으로 보아 주시면 감사하겠습니다.

사람은 나이가 들수록 죽음에 대하여 불안한 마음이 쌓이지요. 그렇지만 너무 걱정할 필요는 없어요. 천당과 지옥은 없으니 겁먹을 것도 없고 기대하지 않는 것이 편해요. 영혼은 우리가 보는 입장에서는 형체도 없고 상도 없으니 '있다', '없다'도 생각하지 않는 것이 나을지도 몰라요.

영혼의 세계를 바다에 비유해 보면, 바닷물은 증발하면 구름으로 떠다니다가 비가 되어 산이나 들, 호수로 내려오지요. 물은 높은 데서 낮은 데로 흘러 다시 바다로 갑니다. 물이 순환하는 과정이 영혼의 세계라고 보면 되죠. 어쩌다 물이 심연으로 들어가면 나오지 않듯이 영혼도 그럴 수 있습니다. 모든 생명이 일생 동안 살고 정신적으로 남은 씨앗 같은 게 영혼이라고 할 수 있지요. 사람들은 더 좋은 환경에서 뛰어난 재능을 타고났으면 하고 바라듯이 좋은 영혼을 만들어 다른 무엇, 누군가에 줄 수 있다면 가장 바람직하겠지요. 그러기 위해서는 세상에 감사하고 수행하는 삶을 살아야 하지 않을까 합니다."

선녀가 말했다.

이제 헤어질 시간이 되니 하늘도 아시는지 무심한 구름은 햇빛을 살짝 가리고 산들바람은 풀잎을 흔든다. 선생님은 어제 함께 온 아들이 천왕봉에서 오고 있으니, 먼저 가라며 일일이 제자들 손을 잡아 주며 뒷모습이 사라질 때까지 바라보고 있다.

그리고 사방을 둘러보며 노고단 야생화의 풍광을 스케치하여 문자메시지를 보낸다.

한여름의 열기 비껴가는
높푸른 노고단 마루에
야생화가 오색으로 수놓았네

벌은 꽃에 취해 계절도 모르고
잠자리는 신이나 창공을 날며
잠시나마 세상사를 잊으라 하네

저 꽃들을 피우려고
세찬 눈보라 거친 비바람에
고독을 삼키며 기다렸으리라

가녀린 몸매 다칠까 봐
운무는 꽃잎을 씻어 주고
바람은 향기를 흩트리네

먼 그리움이 밀려와
수줍던 그림 하나 보여 주며
사랑 이야기를 이어 가네

작가의 말

—————

세상에 이런 일이 있을까? 상상도 못 했는데. 그것은 다름 아닌 언제 끝날지도 모르는 '코로나 19'라는 전염병이다. 일 년 넘게 마스크를 쓰고 사회적인 통제를 받으며 산다는 것이 불편하고 두렵기까지 하다. 앞으로 이 코로나바이러스감염증이 사라져도 이보다 더한 감염증이 나타나지 않으리라는 보장이 없다. 백 년을 살아가야 하는 인생이 좋다고만 할 수 없음을 더욱 느끼게 한다.

인생 백 년이라 할 때 전후반기로 나눈다면 후반기는 직장에서 은퇴하는 60세 정도가 되지 않을까? 사람들은 젊었을 때 내게는 영원히 젊음이 있을 것만 같고 인생은 자연스레 흘러간다고 생각했을 것이다. 그렇지만 어느 순간 인생 후반기를 맞게 되면 당황스럽고 아쉬움이 애로사항이 앞을 막을 수도 있다.

나는 행복 계획을 세우며 은퇴 준비를 충분히 했다고 생각했는데 막상 퇴직하니 계획과 현실은 엄청 달랐다. 그 계획을 실천하려니 몸의 녹슬기가 시작되어 제어가 제대로 되지 않는다. 자연히 신체적, 경제적인 것에서 정신적, 영적인 삶으로 변환할 수밖에 없다. 일여 년 동안 사색과 명상으로 많은 시간을 할애하며 보냈다.

지나온 긴 여정을 돌아보니 여기저기 회한이 널려 있다. 우주의 시작이라는 빅뱅은 왜 일어났을까? 생명의 진화를 있게 한 것이 무엇일까? 신을 우러르는 종교와 인간은? 영혼의 실체는? 이러한 것들은 몰라도 살아가는 데 지장이 없는데 왜 자꾸 떠오르는 걸까? 이 모두를 한번 정리해 보고 싶었다.

이 책에는 시골 초등학교 단짝인 네 친구가 자기 분야를 열심히 다지면서 축적한 세계관을 보여 주는 것으로서 천체, 생물, 종교, 인식이라는 명제에서 시작하여 우주의 근원 내지 세상의 실제에 대한 담론으로 누구나 한 번쯤 동경하고 고민하며 알고 싶었던 이야기가 녹아 있다.

천체의 시대는 우주의 시작과 끝이다. 우주는 빅뱅이 일어나고 생성, 팽창하면서 궁극에는 소멸로 이어진다. 이 모든 것은 양자와 전자가 하는 것이다. 그러한 과정에서 우주의 체계를 그려 보고 중력의 실체, 물질의 근본, 빛의 정체, 운동의 근원을 알아볼 수 있다. 우주의 진실을 완전하고 정확히 아는 사람은 없다고 본다. 우주에서 일어나는 천체의 자전과 공전 등의 현상 이야기가 가설과 추론이긴 하지만 논리적이라는 데 의미가 있다.

생물의 시대는 단연 진화가 주를 이룬다. 이 땅에 인간이 태어나기까지 진화는 지구 환경 변화에 발맞추어 아주 느리게 진행되어왔다. 그러한 과정을 되짚어 봄으로써 인간의 고귀함을 깨닫고 생명의 소중함을 느껴 보려 한다. 지구의 모든 생명체가 영원히 함께 살아가자면 어떻게 해야 할까? 그러자면 우리가 아름다운 지구를 잘 가꾸고 인간다운 삶을 영위해야 한다.

종교의 시대는 먼먼 옛날부터 이어져 왔다. 사람은 내면에 성스러움이 있기에 절대자를 우러르며 살아간다. 세계 여러 종교를 둘러보고 그들 종교가 추구하는 가치를 살짝 맛볼 수 있다. 종교학자 외에는 거의 자기 종교만 알지 타 종교에는 관심이 없다. 그러니 자기 종교만 유일한 신앙이 되고 타 종교를 미워하며 편견과 아집에 사로잡힌다. 종교는 거룩하고 성스러움으로 다가오지만 그 이면에는 인간의 추한 모습도 있다. 급변하는 현대 사회에서 종교가 가야 할 방향과 참 신앙생활을 생각해 볼 수 있다.

인식의 시대는 개념이 모호하지만 영혼, 전생, 사후세계 등 삶과 죽음에 관한 것이다. 모든 생명은 죽음을 맞는데 인간만이 죽음을 두려워한다. 그 두려움이 죽음 이후의 세계를 생각하며 알고 싶게 했을 것이다. 어떤 동기에서건 선지자들이 체험한 사례가 많이 축적되어 있다. 그렇지만 사람들은 그것을 확신하지는 않는다. 인간은 현명한 존재이니까! 그래도 한 번쯤 간접적으로나마 알아보고 죽음을 맞는다면 다소 편안하지 않을까 싶다.

매일 맞는 아침이지만 블라인드를 올릴 때 보일 게 빤한데도 나도 모르게 가슴이 두근거린다. 그 작은 두근거림에서 생각이 일어나고 생각에 따라 세상이 달리 보인다. 요즘 같은 힘든 시기에 모든 사람이 좋은 생각을 하며 기운을 충전하고 새로운 하루를 맞으시길 바란다.

아울러 출간을 상담할 때마다 따뜻한 배려를 해 주신 편집팀과 글 쓰는 대한민국을 열어 가는 북랩 출판사에 감사를 드린다.

2021년 2월
金正浩